师者

高建忠 著

中国華僑出版社
·北京·

图书在版编目（CIP）数据

师者 / 高建忠著. — 北京：中国华侨出版社，2020. 12

ISBN 978-7-5113-8173-6

Ⅰ. ①师… Ⅱ. ①高… Ⅲ. ①长篇小说－中国－当代 Ⅳ. ①I247.5

中国版本图书馆CIP数据核字（2020）第 015490 号

●师　者

著　　者 / 高建忠
责任编辑 / 高文喆　桑梦娟
经　　销 / 新华书店
开　　本 / 710毫米 × 1000 毫米　1/16　印张 / 20.75　字数 / 333 千字
印　　刷 / 北京天正元印务有限公司
版　　次 / 2020 年 12 月第 1 版　2021 年 10 月第 2 次印刷
书　　号 / ISBN 978-7-5113-8173-6
定　　价 / 45. 00元

中国华侨出版社　北京市朝阳区西坝河东里77号楼底商5号　邮编：100028
发 行 部：（010）64443051　传　真：（010）64439708
网　　址：www.oveaschin.com　E-mail：oveaschin@sina.com

目　录

第一章　赵建文前传

1990 年　赵建文参加高考

赵建文是个听话的孩子。好好学习是他的惯性。老天爷报以他偏爱厚爱深深的爱，从小学到初中，他历次大考都是年级第一，但在中考的时候给予他沉重一击。他考砸了自己最擅长的数学，总分落到了年级第四。虽说比第一名也不过少了十分，但最终还是因为半分之差，没有考到全市最好的横江一中。

赵建文的父母表面上沉默不语，内心千万般的羞愧与恼怒却在疯狂地寻找着出口。赵建文的姐姐既担心老人的身体，又害怕弟弟吃亏，此时却也只能坐在一边束手无措。

赵建文心里虽然感到委屈，但他已经预感到难逃此劫，便低下头，做出一副罪无可赦、认罪服法的样子，希望可以缓解随时可能到来的疾风暴雨。

一阵沉默之后依然是沉默，但屋子里的空气似乎马上就要爆炸了。

赵建文求救似的看了姐姐一眼，恰好看到姐姐正双眼冒火地瞪着他，又将眼光转向父母。赵建文心领神会，扑通一声跪在了地上。

赵建文背后的那面墙上，贴满了他从小到大得到的奖状。

赵建文的母亲开始哭泣。父亲扬了扬手，叹了口气，复又放下了。姐姐抬头看了一眼那满墙的荣耀，突然站起来，将墙上的奖状一张不落全都扯了下来，一边扯还一边嘟囔着："我就不信，这么多奖状换不来那半分！"

姐姐拿着这些奖状去学校找领导理论，但结果是，她只带回校领导的一句劝慰：宁做鸡头，不做凤尾。

考不上横江一中，赵建文就只能去横江二中读书了。

虽说这两所中学的校名仅一字之差，但社会上的口碑却天差地别。别的姑且不说，横江二中经常有学生能考上大学，而横江一中却经常有学生能考上北大或者清华，哪怕有的时候有且只有一个。

赵建文的目标恰恰是想将来考上北大或者清华，成为天之骄子中的佼佼者。

不过，如果赵建文当真去了横江一中，以他的成绩，沦为庸众也说不定。到了横江二中，他是同学眼中的榜样，老师眼中的红人，领导眼中的香饽饽。人如果在某个环境里被激发出强大的自信，往往也会被同时激发出巨大的潜能。论实力，赵建文原非等闲之辈，更何况他心里还一直燃烧着复仇之火呢。

自从进了横江二中，赵建文有两件事让很多同学望尘莫及。一个是他狂热地爱上了各种练习册上的习题。他上厕所的时候，小便一分钟内尿完，大便两分钟拉完。节省出来的时间，他只做一件事——做题。另一个是写考场作文。经过老师的一番点拨，老师讲出来的他懂了，没讲出来的弦外之音他也懂了。于是他写的考场作文总是能既切合题意，又能频频戳中老师的心坎儿。老师看他的作文，总是一边赞叹，一边一次次给了高分。

相比那些被语文拖了后腿的同学，赵建文简直是如虎添翼了。

上了高二，年级里要分文理班。赵建文眼见去文科班的同学均属成绩平平，他左右权衡之后，毅然来到了文科班。后来的结果自然显而易见，他的成绩不仅在所有的文科生中一骑绝尘，就是全省里的几次统考，他也从未跌出过前五名。

如此显赫的战绩不仅在横江二中的历史上极为罕见，即便放在横江一中，甚至是省城里最好的正德中学，也不知道会令多少人眼红。

上至校级领导，下至同学老师，还有赵建文的父母，所有人都万分激动地期待着，横江二中的校史上将出现浓墨重彩的一笔——在考上清华北大的人数上实现零的突破!

高考的前一天晚上，班主任唐晓燕老师对她颇为看重的几个弟子挨家走访，她特意把赵建文放在了最后。当她来到赵建文家的时候，已经是晚上九点多了。

唐老师虽已三十出头，但模样和身形依然出众，是赵建文等一干男生课间时久聊不厌的谈资。

那天天气很热，虽说天色已晚，家里的风扇不过是把一阵阵热风推来搡去。唐老师跟赵建文家里人客气了几句之后，便说要和赵建文单独说上几句。她和赵建文来到小区的大院里，在一条石凳上坐下。

唐老师在那天的穿着上犯了个错误，她完全忽略了赵建文已经是一个发育良好的大小伙子了。

唐老师穿的是一条没有领子的连衣裙。

那天唐老师说了什么，赵建文完全没印象，他只看到一颗汗珠在唐老师的额头左边凝聚，慢慢流到耳畔；流到颈项的时候，和别的汗珠汇聚在一起，迅速流过锁骨。

那几颗团结在一起的汗珠，流进唐老师的胸窝，不见了。

唐老师并没有注意到此时的赵建文心不在焉。她看到赵建文额头上依然不断地冒汗，便掏出手帕帮他轻轻地擦拭。唐老师手往上抬，赵建文眼向下看。唐老师收手的时候，赵建文赶紧闭了眼睛。

最后，赵建文像做梦一样把唐老师送到小区门口。唐老师问赵建文将来想做什么工作，赵建文迷迷糊糊地回答道："我想像您一样，做老师。"

晚上，赵建文没睡好，滚了一夜的凉席。

第二天上午，坐在考场里的赵建文等待监考老师发卷子。副监是个女老师，怎么那么巧，她竟然穿了一条和唐老师昨天晚上那条一模一样的裙子。

卷子发到赵建文这里的时候，赵建文一抬头，眼光正撞到监考老师的胸口，他的心里瞬间全乱了。

语文考试结束。走出考场的赵建文遇到了迎上来的唐老师。他面对唐老师殷切的目光，终是憋不住，眼泪扑簌簌地往下掉。

唐老师的脸立时变得刷白，身形也似乎矮了半截。

高考结束后的赵建文哪里也不去，一直闷在家里。任父母和姐姐问什么，赵建文一句话也不说，这让赵建文的父母着实尴尬。高考这几天，街坊邻居亲戚朋友轮流请赵建文一家吃饭，都希望赵家这小子将来飞黄腾达的时候能得到些许荫庇。若是赵建文真的没能如愿，这人情可怎么还呢？这脸面可怎么捡得起来呢？

难道，他们又要像三年前一样，面对一次老天爷的捉弄吗？

然而，所谓命运弄人，不仅意味着会在你得意扬扬的时候给你一闷棍，也会在你万般沮丧的时候给你送来意外的惊喜。

时间过去了一个月，赵建文一家人依然深居简出。这时，唐老师又来了，她一脸兴奋，催着赵建文赶紧跟她去学校。

赵建文的父母问唐老师到底什么事。经唐老师一说，一家人才算明白。原来省教委苦于本省师范大学常年不能招收到大批的高质量生源，恳请省委出面跟北京大学联络，请北京大学为其代培一批师范生。这批师范生的录取成绩自然要低于那些非师范生，但所学的课程却与他们别无二致，将来的毕业证也只盖北京大学的章。唯一不同的便是，这些师范生毕业之后必须回到原省做中学教师。

唐老师说道："又做了北大的学生，又满足了你做老师的心愿，岂不是两全其美？亏你还算是考得不错的。赶紧报吧，你要是不报，你后边的人就有机会了。"

赵建文似乎觉得自己此时无论如何也该矜持一下，旁边赵建文的父亲已经抬起一只脚，朝赵建文吼道："臭小子，你还杵在这儿干什么！还不快去！"

赵建文像是被点着的火箭，瞬间从家里飞了出去。

半个多月以后，赵建文接到了北京大学的录取通知书。

赵建文的父母和姐姐看到通知书上的图案——北京大学西门的那对石狮子，乐得怎么也合不拢嘴了。

1995 年　赵建文大学毕业

赵建文读的是北京大学中文系汉语专业，但为了加以区别，他所在的班叫师范班，班上共有四十人。毕业后，四十人中有近一半的人根本没去中学报到，准备拿着北京大学的毕业证去另谋高就了。

省教委的领导怒火万丈，立刻放出话来：不服从分配的毕业生将缴纳六万元以赔偿各项损失，不然别想将档案关系转走。

那一半的人当中，有的人家眼皮不眨，像孔乙己似的排出了六万元。有的人家拗不过孩子的哭爹喊娘，东拼西借地凑出了六万元。要是哪个家长多说一句，当老师不是也挺好的吗，他们得到的回应便是：你们打死我吧！只要我还有一口气，我就绝不去当那没出息的孩子王！

对赵建文一家来说，六万元不是个小数目。赵建文上大四的时候，他的母亲去世了。没过多久，姐姐也下岗了。想起之前自己两次最重要的考试给一家人带来的折磨，赵建文这次不想再让父亲感到为难。

赵建文原本想去省城的正德中学碰碰运气，但他最终主动要求留在了横江市。为了弥补当年的遗憾，他到了横江一中，做了一名高中部的语文教师。

2000 年　赵建文结婚

眼见工作上日渐起色，赵建文的父亲和姐姐便开始唠叨他的终身大事。赵建文自己也着急。在一次进修活动上，他认识了倪湘莲。

那一次活动，他和倪湘莲刚好挨着坐。赵建文对主讲人的内容没兴趣，有一搭无一搭地听着，无意中发现旁边的女老师很像年轻时的唐老师。当时，倪湘莲正为一篇学生的作文如何写评语而发愁。赵建文主动示意可不可以给他看看。倪湘莲只略微愣了一下，便把作文交到赵建文手里。赵建文粗粗看了一遍，便拿起笔在作文后面写了几句，递给倪湘莲之后，他一直盯着对方的反应。

倪湘莲只看了几眼，便双眼放光，急着问赵建文是哪个学校的，赵建文欲擒故纵，笑而不答。

旁边一个女老师笑道："显见你是不怎么来进修，这是横江一中的赵老师，课讲得可好呢，我还跟你说起过呢。"

倪湘莲脸红了，对赵建文笑道："我确实不怎么来。要不是今天说考试重点，我还不来呢。"

赵建文问倪湘莲是哪个学校的。倪湘莲笑道："别问了。如果我好意思说，我早就告诉你了。"赵建文转头向刚才说话的女老师寻求答案，那女老师笑道："我俩是一个学校的。"

赵建文装出一副呆萌的样子，问道："没听说咱们这里还有个叫一个的中学啊。"

两位女老师"扑哧"一下笑出了声。

台上的主讲人不乐意了，一个劲儿地干咳以示抗议。

赵建文小声说道："两位女士，咱们不在这里给人家捣乱了，我请二位出去喝茶，怎么样？”

那位女老师看出了端倪，笑道：“我还是留下吧。一会儿我们领导要是问起来，总得有个打马虎眼的。你们去吧。”

赵建文和倪湘莲结婚之后，赵建文的父亲拿出多年的积蓄，给赵建文两口子付了一套新房的首付。

赵建文的姐姐带着丈夫和孩子住到了父亲那里。她告诉赵建文，自己负责给父亲养老送终，但代价是那套房子归她。赵建文答应了。

2002 年 赵建文做了父亲

赵建文给孩子取名赵千仞。赵千仞继承了赵建文的强壮和聪明，又继承了倪湘莲的皮肤和面庞。总之，是个人见人爱的万人迷。

赵建文偶有参加大学同学聚会。那几个死活不当老师的人看到赵建文的全家福，连连喟叹道：“老赵，你说你咋生的呢？当初我们几个都觉得你傻，就你上大学的时候，明明知道毕业当老师，还那么苦哈哈地学。可现在看看，就属你大智若愚。娶个漂亮媳妇不说，儿子又这么招人喜欢，等孩子将来长大了，你又是免费的优秀教师。现在培养一个孩子多费劲！唉，我们都瞎折腾个啥嘛！”

事业上日渐升腾，身边有温柔能干的妻子和可心可意的孩子，赵建文几乎已经相信，自己就是这个世界的王者。

2007 年 赵建文参加全省首届中学语文教师基本功大赛

比赛的最终环节是每个参赛老师要讲一节课。赵建文走上讲台的时候，台底下有人窃窃私语，甚至发出嘻嘻的笑声。赵建文心里明白是怎么回事。倪湘莲后来跟他说过，要不是第一次见面的时候，旁边的同事提醒，我根本就不相信你是语文老师。赵建文问道：“那我要是不说话，你觉得我像什么？”倪湘莲笑道：“你就像剃了胡子穿上西装的李逵。”

等站在台上，面对学生的赵建文一开口，底下顿时鸦雀无声。

参加这样的比赛，很多老师有两个关口难以逾越。一个是组委会为了保证公平，规定所有参赛的老师都不允许带上自己的学生。组委会从当地中学抽调一部分学生过来，供参赛者比赛时随机抽取。很多老师面对完全陌生的学生，满腔热情地讲了几句话，迎来的却是满场无言的冷漠，一时间便乱了方寸。还有一个问题便是，既然是基本功大赛，语文老师的口语表达便是其中重要的一环。有的老师虽然镇定自若，经验丰富，但一遇到前后鼻音之类的问题，便让下面的学生一个个听得傻了眼。

这两个问题，对赵建文来说都是小菜一碟。

比赛开始前，他把钱包打开，让下面的学生挨个看赵千仞的照片，并告诉大家，这是他的儿子。当最后一个学生看完，赵建文一边往前走，一边说道："我爱我的儿子，但是现在，我觉得你们跟我儿子一样可爱。因为你们像他一样，脸上都是真诚而自然的笑容。"

当他转过身来的时候，他发现所有的学生都已经放松下来了。

赵建文的普通话不仅标准，而且是浑厚而低沉的男中音。

四十分钟的课程，对赵建文来说既是展示，又是表演。他时而激昂，时而沉稳；时而旁征博引，时而丝丝入扣。台上的学生听得心驰神往，台下的观众听得如痴如醉。下课的铃声响起，赵建文走下讲台的时候，下面的掌声不再仅仅是礼貌性的，而是充满赞赏的雷鸣般的掌声。

赵建文走出赛场，找了个僻静处想喘口气。刚刚站定，就见一个五十多岁的男子和一个二十多岁的小伙子一前一后向他走来。那个中年男子一边主动向赵建文伸出手，一边笑道："赵老师您好，我是省城悟德中学的校长，我叫于振旅。"

赵建文握住来人的手，面带狐疑地问道："悟德中学？我没听错吧，是不是正德中学？"

于校长脸上的表情略显尴尬，旁边的年轻人早已气不过，插嘴道："全中国只有一个悟德中学。正德中学是我们的手下败将。"

于校长示意小伙子不要再讲话，并对赵建文说道："这是我的秘书，姓沈。"

赵建文完全没有意识到这两个人会和自己以及自己的将来有什么关系，他朝于校长礼貌性地笑了笑，便不再言语。

赵建文的这一反应增加了于校长对他的好感，在他的印象里，如果换作别人，恐怕此刻就要极尽阿谀之词了。

于校长向赵建文问道："刚才我听了您的课，感觉您必是前途无量。不知道赵老师有没有兴趣到我这里来工作？"

赵建文只当是于校长在跟自己开玩笑，再加上他对悟德中学一无所知，只好笑道："不会吧，您那里肯定是人才济济，我排不上号的。"

于校长说道："未必哪个科目都人才济济。中学里的好老师不多，尤其是好的语文老师。"

于校长见赵建文不说话，便回头看了一眼小沈。小沈赶忙拿出一张名片递给赵建文。赵建文接过名片端详了一番。小沈在一旁说道："赵老师，您大概还不太了解我们学校。我问您个问题，您知道我们学校今年有多少人考上北大清华吗？"

赵建文对正德中学，也只是在上大学的时候听说过一点儿，听说这所中学每年都有几十个能上北大清华的。这已足以令横江一中甘拜下风了。既然悟德中学能打败正德中学，赵建文想了想，鼓足勇气说道："五十个？"

小沈得意地笑道："您只猜对了零头，是一百五十个。"

赵建文心里一惊，整个身体差点顺着墙角滑到地上，继而又觉得自己被这个姓沈的耍弄了，心里恨得咬牙切齿。他用手撑住窗台，依然装出一副泰然自若的表情。

小沈大概看出了一点赵建文此时的心思，颇为得意地补充道："要不是名额限制，我们悟德中学的贡献肯定不止这个数呢。"

小沈还想再说点什么，被于校长示意制止了。于校长见赵建文如此镇定，心里更加喜欢了。他对赵建文说道："赵老师，如果有意，记得和我们联系。对了，什么时候评上特级了，想着告诉我一声。"

赵建文笑道："我能评上特级？您怎么看出来的？"

于校长笑道："就冲你今天的表现，我能打包票的。"

说罢，于校长和小沈一前一后，又回到赛场中去了。

这次基本功大赛最终的结果是，赵建文得了第一名。

回到家后的赵建文把奖杯和名片都交给了倪湘莲，并把和于校长相遇的事情给倪湘莲讲了一遍。倪湘莲听罢，只问名片在哪里。赵建文掏出名片交到倪湘莲手里。倪湘莲左手拿着奖杯，右手拿着名片。过了片刻，她朝赵建文举起了名片说道："要是有一天真派得上用场，这小小的名片可比这奖杯要紧得多。对吧？"

赵建文非常郑重地点了点头。

2010年 赵建文被破格评为高中特级语文教师

直到当年的十月，赵建文才拿到特级教师证书。

当天夜里，像要赶赴一个仪式一般，赵建文让倪湘莲把那张名片找出来，像放牌位似的把名片放在床头柜上。沉吟了一阵之后，他拿起自己的手机，用最平实的语言给名片上的号码发了个短信。短信的内容只有两句话：

于校长您好，我是横江一中的赵建文。我评上特级了。

倪湘莲问是不是该多说两句，赵建文说道："上赶着的不是买卖，多说无益。"

从上次参赛回来，赵建文有意于平时留意了一些关于悟德中学的新闻。不看不知道，跟悟德中学相比，横江一中真个是小巫见大巫了。

通常情况下，一所中学每年有几个能考上清华北大的人就已经非常了不起了。这些年，横江一中便是如此。不过，也如同被施了法术一般，领导们绞尽了脑汁，老师被榨干了油水，学生学得如同机器，横江一中考上清华北大的数目就是突破不了个位数。

悟德中学，仅2010年考上清华北大的人数便是一百四十八个。更要命的是，伴随着这一数字的，还有另一个难以置信的事实，那就是悟德中学已经连续五年，将每年全省的高考理科状元揽入怀中。

科学地讲，状元对一个学校来说是小概率事件。一个中学可以有生源上的集团性优势，但不敢说有年年中状元的把握。悟德中学可以年年如此，那只能说，悟德中学的学生质量不是一般的好；悟德中学的教师水平不是一般的高。

赵建文忽然开始犹豫了。他甚至觉得即使悟德中学真的发出邀请，他都得掂量掂量自己的斤两了。

赵建文把心里的想法讲给倪湘莲听，倪湘莲对赵建文内心的忐忑并不在意，她满脑子想的都是赵建文如果成了悟德中学的老师，他们的儿子就可以顺理成章地成为悟德中学的学生。她见赵建文默不作声，便轻轻叹道："要是我，只要能让咱儿子在悟德中学读书，让我去当清洁工，我也认了。”

一句话点醒了赵建文。他们的儿子赵千仞小学即将结业。明年这时候，就是家长必须要面对的小升初的问题了。

一想到儿子，赵建文就激动不已。赵千仞模样好，性格好，学习成绩好。好得让他自己都觉得惭愧，只能认为这是老天爷送给他们两口子的一个宝。这几年，赵建文深感人情如纸薄。自己劳心费力教出的学生考上全国名牌大学的不在少数，可这些学生基本上第一年还发个短信问候一下，时间一长，全都没了消息。只有每当看到儿子红扑扑的笑脸时，赵建文才觉得后半生只为儿子活着，才是自己最心甘情愿的。

若能去得悟德中学，不光自己有可能工作上再上一个台阶，凭借赵千仞的聪明，再加上悟德中学那种学习环境的熏陶，将来儿子上北大清华定如探囊取物一般。也许这是老天爷再一次对自己垂青，他没有理由把这一点点希望之火亲自熄灭。

赵建文把手机放在桌子上，和倪湘莲靠在床上，静静地等待着。

时间漫长得似乎让二人感觉到了微秒的存在。赵建文觉得呼吸有些困难，想站起来去阳台上透透气，被倪湘莲死死抱住了胳膊，动弹不得。

其实只过了不到十分钟，桌子上的手机就显示有短信过来了。

赵建文抓起手机，将短信打开。现在轮到倪湘莲坐不住了。她将头扭到一边，对赵建文说道：“你赶紧念念，快念念。”

赵建文沉住了气，轻声念道：

“赵老师您好，我是小沈。首先祝贺您荣升为特级教师，这对我们来说也是个好消息。如果您愿意来悟德中学，您个人的调动问题，还有您爱人的工作，孩子的学籍都会因此而变得容易得多。若您肯光临我校，请您尽快和您现在的领导做好沟通工作。如果您无意于悟德中学，也请您尽快告知我。当然，这是我们不希望看到的。祝您工作顺利，阖家平安。”

小沈考虑得足够周全，把赵建文不好意思开口询问的担忧也一并作了回答。

倪湘莲听罢，扭身蹲在地上，双手放在赵建文的大腿上摩挲着，仰头望着赵建文说道：“你还犹豫什么，赶紧答应啊。”

赵建文只回复了两句话：“谢谢您，沈老师。我愿意。”

小沈马上回复道："好。我们等您下一步的好消息。"

兴奋劲过后，赵建文和倪湘莲都意识到，一个严重的问题摆在面前。很明显，赵建文应该立刻去找校领导，表明去意已决。可是，今天刚刚拿到特级证书，第二天就跟领导说要离开这里，这样的做法，怎么想都觉得这事一开口便只有挨骂的份儿。

如果回绝悟德中学的邀请，今生今世又去哪里找这一登及顶的机会呢。再说，自己今天不走，再过些年，四十多岁的人，恐怕想走也难了。放弃这样的机会，就如同天上掉下来一个大馅饼，自己却把它转手扔给了乞丐。

倪湘莲见赵建文还在犹豫，什么也没说，伸手就扒赵建文的裤子。

自打有了赵千仞，倪湘莲一心扑在儿子身上。总是赵建文百般央告，倪湘莲才像幼儿园的阿姨对待小朋友那样，偶尔给予奖励。

此时的赵建文自然怠慢不得，他将倪湘莲抱起来扔到床上，老虎抓鹿一般地扑上去，气喘吁吁地说道："你放心，明天我就找书记去。"

第二天上午，在横江一中书记兼校长方城之的办公室里，赵建文直截了当地说自己要离开横江一中。

和赵建文预想的不一样，方校长并没有瞠目结舌，也没有张嘴就骂。待赵建文说完，方校长稳稳当当地盯着赵建文看了一阵，方才笑道："赵老师，能不能痛痛快快地告诉我，您打算到哪里去，是哪一所学校对你有这么大的吸引力？"

赵建文犹豫了一下，说道："悟德中学。"

方校长脸上的笑容瞬间消失。他愣了一下，身体靠到椅背上，眼睛向上漫无目的地扫了扫，又长叹了一口气，终于说道："好吧。原本预备不管你说去哪里，我都会大骂你一顿，骂你忘恩负义，让你断了离开这里的念想的。虽说这些年你给学校做了不小的贡献，可学校也给了你不少的机会。只是我怎么也没想到你会是去悟德中学。你的学生有上北大清华的，没想到现在你也要攀高枝去了。看来，你是有上省城当老师的命啊。你能不能老老实实地告诉我，你是怎么联系到悟德中学的？"

赵建文把事情的原本一五一十地说给方校长听。听罢，方校长知道，赵建文是无论如何留不住了，只好说道："好吧，如果人家真的要你，我知道我现在恐怕是说什么也没用了。不过，你别打量我现在就放你走，这样我没办法跟大家交代。你自己也有个脸面问题。这样吧，你踏踏实实地把这一年教完，明年你走人。”

下班之后，赵建文和倪湘莲分别回了各自的家，把情况跟两边的老人说明。两边的老人自然是欢喜得不得了。倪湘莲的爹娘直说赵建文是个好女婿，叮嘱闺女一定得照顾好他。赵建文担心父亲不同意，没想到父亲听说儿子将要落户省城，尤其是孙子都要跟着沾光，到省城读中学，他激动得使劲地拍赵建文的大腿。赵建文攥住父亲的手。父亲把手抽出来，又使劲地拍自己的大腿。

回到自己家，赵建文给小沈发了短信，说明了情况。小沈说要请示于校长，并答应会尽快给予回复。

当天晚上，赵建文收到了小沈的短信：“赵老师，您的想法于校长同意了。祝您余下的时间里工作愉快。我们等您，明年见。”

2011 年　赵建文离开横江一中

离开之前，赵建文特意来到唐老师家，同唐老师告别。

唐老师五十多岁了，头上已经有了不少白发，但依然像过去那样神采奕奕。

两个人谈到了横江二中。自赵建文之后，二十多年过去了，赵建文依然是那里唯一一个考上北大的学生。

当年上大学的时候，趁着放寒暑假，赵建文会回母校看看。他考上北京大学的那张喜报，足足在学校的橱窗里挂了两年。因长久不见燎原之势，也只好撤下了。

听说赵建文要离开这里，唐老师沉默了很久之后，表情凝重地问道：“赵建文，我问你一个问题。你要如实回答我。”

赵建文很认真地点点头。

唐老师问道：“你真的喜欢当老师吗？不为别的，就是因为打心底里喜欢？”

唐老师的问题唤起了赵建文心海里沉寂多年的记忆。他沉默了许久，最终摇了摇头。

第二章　悟德中学的危机

方校长说话算话，2011 年高考工作结束之后，他没有再给赵建文安排任何工作。

赵建文把自己目前的状况告诉给小沈，小沈让他随时等候通知，还要他做好思想准备，学校已经打算给他安排在新高三了。

将一个初来乍到的老师安排在高三，赵建文明白，这是自己当年基本功大赛上的表现依然在于校长的心里发挥着作用。他对此并没有表现出明显的得意，只是问小沈自己会住在哪里。小沈说，刚好有个老师离职，这位老师住的房子是学校的，已经腾出来了，随时恭候。

等待消息的赵建文闲下来了。他除了关照一下赵千仞的功课，便是上网了解和悟德中学有关的信息。

六月下旬的一天，一则新闻撞入赵建文的眼帘，令他吃惊非小。

那则新闻的题目是“悟德中学高考状元旁落”。

赵建文点开链接，正文里清清楚楚地写着，今年全省的高考文理科状元均属正德中学。得知消息的记者前去探访，两位同学却均一走了之。想尽办法取得联系之后，两位同学一再表示，绝不接受采访。

我在前面说过，状元原本是小概率事件。这种事情，应该是有自然好，没有也属正常。不过，这通常是旁观者才有的想法。

打个比方，老赵有五个儿子先后参加高考，老大到老四都是状元。老大中状元的时候，老赵会认为这是祖上有德和自己教子有方。老二中状元的时候，老赵除了相信是赵家祖上有德和自己教子有方之外，还会认为是老大给了老二充满正能量的刺激。等到老四中状元的时候，此时的老赵会坚定地相信，老五必定也会是状元，或者必须是状元。

如果老五没中状元，老赵家之前所有的辉煌都会在这一刻灰飞烟灭。

这个比方还没说完。老赵的隔壁是老钱家，老钱家也有五个孩子，老大和赵家的老五是同学，今年中状元的恰恰是老钱家的老大。

那些之前卑躬屈膝，只向老赵家讨要经验的人，此时会对赵家一脸厌弃，转身去敲老钱家的门。

赵建文觉得心里有点乱。他想了半天也无法断定，这对即将成为悟德中学一员的自己来说，到底意味着一个什么样的开局。

倪湘莲下班回来，赵建文把这个消息告诉了她。倪湘莲想了想说道："兴许对你来说是个机会呢。起点低，进步空间就大呗。你也别老想你自己，多想想咱们家的万人迷。"

赵建文曾经问过赵千仞："你觉得去省城读书好不好？"

赵千仞的回答表现出他这个年龄的人少有的冷静。赵千仞说道："去省城好，去省城读书未必好。"

赵建文问道："有什么区别吗？"

赵千仞答道："去省城读书的话，我得看看同学和老师怎么样，我才能说好不好。"

赵建文笑道："那么好的中学，怎么可能不好呢。"

赵千仞反问道："您又不在那里上班，怎么知道好不好呢？"

7 月 4 号下午，赵建文接到小沈发过来的短信，要他参加悟德中学 7 月 6 号下午举行的高考成绩通报会暨新老高三交接会，地点在毕业楼的地下报告厅。小沈特地嘱咐，要赵建文多带几件衣服。

赵建文又问小沈学校对自己的老婆、孩子是怎么安排的。小沈回复说："倪老师自然还是教书，令郎如果够出色，将会尽可能安排到初一更好的班，这些事学校都惦记着呢，您放心。"

当天晚上，倪湘莲以最实惠的方式鼓励了赵建文。

7 月 6 号上午 10 点钟，赵建文拉着个行李箱，出现在悟德中学东门口。

悟德中学的校门是个高大的房体建筑，最上面的匾额上“悟德中学”四个字不知何人所书，对略通书法的赵建文来说实在不能算是吸引人。门口的保安一副百无聊赖的样子。见有人往里走，那保安伸出手去拦，但见人家没有停下的意思，便问也懒得问，伸出去的手也放下了。

没等几分钟，小沈从里面小跑出来，依然是一脸谦卑的笑容。和前几年相比，小沈略有发福，小肚子已经微微隆起了。

二人一边寒暄，一边向里走。走到门口的时候，门卫赶忙立正，向二人敬了个礼。

赵建文手搭在小沈的肩膀上往里走，两个人的亲热劲儿就像是多年未见的兄弟。

没走几步，赵建文便见到远处呈“品”字形排列的三座教学楼。小沈指向左边，示意赵建文左前方的那座三层的红楼就是办公楼。

到了办公楼的三楼，赵建文看到有家长和孩子在楼道里排了长长的一队。赵建文猜也猜得到，这支队伍的尽头一定是于校长的办公室。

果然，走到最前面之后，小沈示意赵建文稍等，他自己先推门进去。不一会儿，有家长和孩子从里面走出来，跟在后面的就是小沈和于校长。于校长请排在外面的家长稍等，指着赵建文说这是事先约好的，等在门口的家长连连说不忙不忙。

像是老友重逢一般，于校长满面笑容，牵着赵建文的手走进办公室。二人在沙发上坐下。于校长说道：“你这一来，我心里就彻底踏实了，我还担心你中途变卦呢。”于校长拍了拍赵建文的肩膀，接着说道：“几年不见，还是这么结实啊。上高三的老师要都像你这样，我也少操一半的心。”

赵建文也笑道：“您好像一点也没变，还是那么硬朗。”

于校长笑道：“我？我是假洋鬼子，你看看。”于校长说着，伸手指向茶几下面那一层。赵建文看了一眼，里面密密麻麻的，是各种各样的药瓶子。

赵建文说道：“只要您心情好，倒也未必会怎么样的。”

于校长笑道：“心情嘛，一时半会儿好不了了。想必你也知道了，状元没了嘛。不过看到您来了，我确实心情好多了，呵呵。”

赵建文不知道该怎么接，只好点点头。

于校长说道："得，下午开会的时候，有空咱们多聊聊。您大老远赶过来的，让小沈先带您去休息。您也看见了，外面家长排着队呢，都不是善茬儿。"

出了办公楼，小沈带着赵建文往左边拐。路过那三座教学楼，再往前就是四百米的操场，操场的尽头就是宿舍楼。宿舍楼门朝东开，横亘在操场的西端。

小沈带赵建文来到最高层，这里不像是学生的宿舍，装修得如同外面的快捷酒店。小沈说，这是接待各校参观学习的时候，供领导和老师住宿用的。赵建文问道："来咱们这里参观的学校多吗？"小沈说道："自打咱们拿了状元，来咱们这里取经的学校就越来越多了。"

赵建文笑道："所以，今年就冷清了一些？"

小沈不知道该说什么，一耸肩，"嘿嘿"地笑了笑。

小沈打开了一间房，里面干净整洁，一尘不染。靠窗的桌子上放着一台电脑，网线也已经连好了。

小沈说，这台电脑就给您用了，每个老师都有，这是标配。说着，小沈又拿出一串钥匙和一张卡，说这串钥匙里有您家的钥匙，还有您办公室的钥匙。您家就在宿舍楼南边那栋楼里，三门三零二。您的办公室在毕业楼的三层，女厕所斜对面。这张饭卡是您在食堂吃饭用的，里面有五百块钱，是校长自己掏的钱。食堂就在图书馆西边，您一会儿出去转转就看到了。一日三餐的时间是早上六点半、中午十一点和下午五点。

小沈带赵建文站到窗前，指着东边不远处那三座教学楼说道："最高的那座楼叫毕业楼。初三在一二层，高三在三四层，最高层是平时备课组开会和阅卷的地方。旁边那两座楼是后起的。南边的是初中部，北边的是高中部。"

赵建文问从办公楼一路走过来，怎么没看到几个学生。小沈说道："期末考试刚结束，大家正判卷子呢。明天是试卷讲评课，学生就都回来了。"

赵建文原本想让小沈带自己去见见高三的几位语文老师，但听说他们在判卷子，恐怕帮不上什么忙，再说下午就能见着面了，自己也就没再说什么。

小沈临走前又叮嘱了一句，下午的会两点钟开始。

赵建文打开窗户，在桌前坐了一会儿。看看时间已到十一点，便拿着饭卡到了食堂。

食堂一共有三层，今天只开了一层。吃饭的时候，倪湘莲的电话打过来了，问情况怎么样。赵建文说饭很难吃，比你做的差远了。倪湘莲说道："你吃完饭去咱的新家看一眼，缺什么东西告诉我，我好在家里预备着。"

吃过饭，赵建文来到宿舍楼旁边那栋楼。走进三门的时候，有个女老师走在赵建文的后面，而且也上了三楼。见赵建文停在三零二门口，那个女老师说道："您好，请问您是赵建文老师吗？"

赵建文很是诧异地点头说道："我是。"

那个女老师伸出了手，说道："赵老师您好，我叫刘谆谆，悟德中学高中语文教研组组长，也是新高三语文备课组组长。"

赵建文连忙伸出手，并说自己到这里来看看新家的情况。因为第一次来，还不知道里面什么情况，恐怕不方便让刘老师到里面坐坐。刘老师笑道："您别客气，我住您对门的楼上，新家要是缺什么东西，您尽管说。"

赵建文连忙表示谢意，并问试卷是不是判完了，自己判卷子还是挺快的，可以帮忙。刘老师说判完了，成绩也填报上去了。刘老师又说新高三的年级组长姓吴，是个女老师，也住在这个楼，但不是这个门。最后，她叮嘱赵建文别忘了下午的会，便上楼去了。

赵建文的新家是个两居室，尽管老旧，但收拾得很干净。老楼的墙体都比较厚实，虽是夏天，里面倒显得凉爽很多。厨房里的东西很齐全，主卧里有一张大床，一个衣柜。次卧里有张小床，有张桌子。客厅不大，但三口之家也足够用了。

赵建文拨通倪湘莲的电话，把这里的情况一五一十说了个齐全。倪湘莲又问赵建文什么时候回家，赵建文说不清楚，既然这边要求带几件衣服过来，有可能得待两天。

回到宿舍楼，赵建文小睡了一会儿，居然还做了个梦，梦见了穿着粉红色睡衣的倪湘莲。醒来之后，他去卫生间洗了个澡。这些年，赵建文经常出去参加各种交流活动，于他而言，这已经是习惯了。

出了卫生间，赵建文打开箱子，换了身干净衣服。

将近下午两点钟的时候，赵建文来到毕业楼的地下报告厅。刚一进门，他就被里面的情景吓了一跳。

他原以为自己到得早，里面的人应该寥寥无几。没想到会场前三排靠中间的位置，早已聚集了二三十人。这些人全都像是犯了错而等待老师批评的小学生，一个个低着头，噤若寒蝉。

主席台上的长桌后面，放着三把椅子。其中一把椅子上坐着一个四十多岁的女老师。另外两把椅子还是空的。

赵建文看到坐在第三排的刘谆谆老师向他招手，便凑过去坐在旁边。他看着刘老师，眼神里充满惊奇地说道："没想到咱们学校的会风这么好！"刘老师笑了，用手指点着周围的人，转头对赵建文半真半假地说道："好什么好，都是吓的！"

后来进来的人，不用旁人提醒，全都乖乖地坐到了一起。

这压抑的氛围让赵建文觉得连他自己的底气似乎也跟着减弱了几分。

快到两点钟的时候，于校长和另外一位年纪相仿的男老师走进了会场。

一进会场，下面的老师纷纷站了起来，他们努力捕捉且揣摩着于校长脸上的表情，似乎是在寻找可以被原谅的蛛丝马迹。

于校长此时偏偏是面无表情。他和那位男老师走上了主席台。台上的那位女老师早已候在台口了。

于校长坐定，看了一眼下面的人，伸出双手，做了个下压的手势。

下面的人又都坐下了。大家都调整了坐姿，坐得笔直，但还是低着头。

刘老师对赵建文说，台上的女老师就是新高三的年级组长吴老师，也是刚提拔起来的校内副校长，那个男老师是主抓高三工作的辛副校长，刚好今年就退休了。

赵建文问什么叫校内副校长。刘老师笑道："就是明天的正式副校长，后天的校长。"

大会开始了。

大会第一项是通报高考成绩。此项工作由辛副校长负责。辛副校长打开事先准备好的幻灯片，将成绩一页一页地打在了投影板上。

说实话，如果仅仅是看那些数据，悟德中学的成绩依然是非常炫目的，这也足以令赵建文羡慕不已。表格当中，高分段的人数不仅呈集团性优势，而且非常明显地盘踞在高位上。全省总分前五名全部出自悟德中学所在的河清区，而且第二名到第五名全都是悟德中学的学子。

只有那第一名，后面的信息刺目地显示为"正德中学"。

然而就是这一字之别，让在场除了赵建文之外的所有老师觉得自己像是和别人站成一排之后，被人挨个扇了耳光。

在众人的想象里，也许正德中学这几天正“锣鼓喧天、鞭炮齐鸣”呢。那简直是一定的。

辛副校长汇报的过程中，还有人在底下窃窃私语。辛副校长刚一结束，所有人都闭了嘴，整个会场再次陷入令人倍感压抑的沉默当中。

于校长看了大家一眼，笑道：“怎么了，各位？我今天谁也不吃，你们都抬起头来。”

于校长话如此说，下面的氛围稍微缓和了一些。

于校长接着说道：“要是大家都不说话，就能把咱们的第二名变成第一名，我就陪大家在这里坐着，坐到死我也愿意。可是不行啊，我亲爱的同志们。大家都清楚，咱们的第一个状元是怎么来的，后来的那些状元又是怎么来的，全都是大家不要命似的拼出来的。这次的状元，没了就是没了，要紧的是以后怎么办，现在怎么办。昨天，一位新高三的学生家长给我发了一条短信。短信上说，相信我一定能找到问题所在，重创辉煌。这位家长相信我，可我只能相信大家。这些天，想必有人认真想过这个问题了。各位说说吧，问题到底出现在哪里，新高三的学生和家长们还眼巴巴地等着我们呢。”

见大家依然沉默，于校长对辛副校长说道：“辛副校长，您起个头吧。”

在赵建文看来，辛副校长的表情有些复杂。脸上既有晚节不保的沮丧，似乎也有即将逃离的轻松。对于于校长的问题，辛副校长看来早有准备，他做戏似的沉吟了一下，说道：“我长话短说。依我个人看，主要问题是我们对状元苗子的关注不够。不是没有关注，是关注得不够细致，他们的一些弱科没有引起我们足够的重视。我做了个数据统计，大家看一下。”

说着，辛副校长又将一组幻灯片打开，那上面是悟德中学此次高考前二十名学生的各科成绩的汇总。

于校长话如此说，辛副校长事如此做，给人的感觉更像是两个人在演双簧。

不用辛副校长再多说什么，那上面的数据已经明显地指向了一个结论：这二十名学生中，多数学生数学、英语和理综的成绩不仅突出，也非常整齐，全都集中在高分段上。唯独是语文这一项，明显地呈现为参差不齐：最后五名里有人语文考了一百三十多分，但前五名里居然有人只考了一百零九分。

台下的老师依然不说话。教语文的和不教语文的，此刻都不知道该说什么。

过了一会儿，一个白白胖胖的男老师举起了手，示意自己要发言。于校长朝他点点头。

刘老师对赵建文说道："这是新高三数学备课组的组长洪老师，听着吧，他可没什么好话。"

洪老师说道："大家都看到上面的数据了吧，还用得着说什么吗？我亲爱的于校，有机会的话，凭借着您巨大的影响力，跟上级领导反映反映，有些科目要是不考了，就凭咱们学校老师和学生的强项，分分钟考死别的学校的学生，让他们费尽九牛二虎之力也追不上，连尾灯都看不见。"

洪老师说道"于校"二字的时候，特意把右手放在了胸口上，以此来证明他并不是在开玩笑。

洪老师刚刚坐下，刘谆谆老师便坐不住了，马上举手向校长示意。于校长又点了点头。

刘老师起身说道："大家不好意思明说的话，我替大家说。如果只看这个表格，很明显，问题自然是出在语文头上。但大家好好看看这张表格上的人，他们语文成绩不好不是高三造成的，是他们从初中甚至小学起就欠了语文的债。很多没有排在这里的学生，他们的语文成绩非常好。他们之所以总分不高，恰恰不是语文出了问题。是哪一科的问题，各位同样是不言自明。校长您有空看看后面三十名学生的成绩，看看我有没有夸大事实。最后我想提一个建议，下次再搞这种排名，应该以语文为标准，看看到底是哪些科目拖了后腿。"

洪老师又举起了手。于校长并未理睬，示意他把手放下，说道："咱们开这个会的目的，不是要你们互相指责，而是真正找到问题到底出在哪里。今天这张表格是有点欺负语文的意思，但现在高考的趋势很明显，高分段的学生如果语文不好，那就会是很大的麻烦。他们的麻烦就是咱们学校的麻烦。洪老师，你的孩子要是语文成绩好，怎么会一直待在九班呢？你敢说没有你这家长的责任？"

最后这句话，说得洪老师哑口无言，说得台下其他一些老师发出了嬉笑之声。

于校长接着说道："洪老师有一句话提醒我了，高三年级任何一个科目都不能有短板，首先老师这里就不能有短板。所以，为了保证新高三总体的教学质量，我给咱们学校请来了一位名师。他现在就在这里。赵建文老师，请您站起来，跟大家见个面吧。”

赵建文原本还在看热闹，没想到这么快就轮到自己出场。他慢慢地站起来，感觉到似乎所有人都看向了他这里。

于校长说道：“赵老师去年刚刚被破格评为特级教师，年轻有为。赵老师，您讲两句。”

赵建文很珍惜他这第一次在众人面前亮相的机会。他沉下一口气，找好了发音位置，不紧不慢地说道：“大家好，我叫赵建文，很高兴来到如殿堂一般的悟德中学。初来乍到，以后有不周全的地方，还请各位海涵。”

话音刚落，赵建文如愿地听到下面有女老师小声说：“是个男的啊！声音好有磁性，太好听了。真有范儿。”

大会的第二项内容是由吴老师宣布新高三的人选，人员名单照样是打在投影板上。

除了刘谆谆老师，上面的名字赵建文一个也不认识。他在一片密密麻麻的名单中找到了自己的名字。他看到跟在自己名字后面的班级是五班和九班。

名单宣布完毕，吴老师宣布除了新高三的老师，其他人离场。话音刚落，会场里登时站起一干人等，如逃跑一般快速向外涌，似乎生怕再晚半步，就会被一只大手攫住，再也挣脱不得。

剩下的人便都是新高三的老师了。大家起身挪了挪位置，再次汇聚到一起。偌大的报告厅里，新高三老师就像是一群蝌蚪，只需一网便可尽数捕捞。

待大家坐稳，于校长起身往下走，辛副校长和吴老师急忙站起来紧跟在后面。于校长走到大家面前，一脸的笑容。大家没有料到于校长竟会是这样一副表情。洪老师机灵，急忙站起来，但又不知道自己该伸手，还是该说话。其他老师见状，也全都站起来了。

于校长站在大家面前笑道：“各位，都是自己人，冠冕堂皇的话我就不说了。你们比我还清楚，‘悟德中学’四个字对你们意味着什么，悟德中学有状元对你们来说又意味着什么。没了状元，就好比股票崩盘，你们这些股东都得跟着遭殃。要是有一天，悟德中学四个字不值钱了，恐怕你们也就跟着掉价了。你们都明白我说的是什么意思。所以，不管是为了咱们学校，还是为了你们自己，拜托了。”

说完，于校长给大家深深鞠了一躬。

此时的洪老师如同喝了酒一般，面颊通红。他抓住于校长的手说道：“校长，您放心，我敢代表高三数学组跟您保证，明年的高考，数学绝不会拉后腿！”

听得洪老师如此说，刘谆谆老师冷笑了一声。

于校长点点头，叮嘱吴老师继续下面的安排，自己向大家作了个揖，和辛副校长一起离开了这里。

于校长走了，也就意味着大会结束了。接下来的内容是老师们以备课组为单位，商讨放假前的课程安排。

很多备课组就地找了个角落继续开会。五班的班主任白老师和九班的班主任骆老师找到赵建文，两人分别作了自我介绍。两位老师都是数学老师。白老师是个三十多岁的女老师，自称来悟德中学的时间也不长，没什么经验，以后有空多交流。骆老师是个男老师，更年长一些，来悟德中学已经十几年了。

三个人彼此留了电话号码，两位班主任便去了在一个角落开会的数学组。

刘老师吩咐赵建文别动，又高高举起手，向周边招呼着：“姐妹们，都过来吧，咱们就在这里备课。”

共有四位女老师聚集到了刘老师这里。刘老师向赵建文介绍道：“这是柳传芬老师，这是尚玉华老师，两位和我一样，依然在高三坚守。不一样的是，这两位老师明年就退休了。”

尚老师笑道：“是啊，我们俩是锅沿上的小米——熬出来了。”

刘老师又指着另外两位女老师说道：“这两位是夏小满老师和尹百苗老师，她们是第一次上高三。”

尹老师看着赵建文，脸上都是止不住的笑意，说道：“哎呀，真是天大的好事，少见语文组有这么孔武有力的男老师，声音又这么好听。听刘老师说了，您可不是一般人，我第一次上高三，以后少不得要麻烦您了。”

夏老师一旁说道：“赵老师，您别搭理她。这是我们语文组著名的‘二货’，看见男老师就犯花痴。”

刘老师只是希望会议早点结束，说道：“两位妹妹，闲话少说，进入正题好不好？大家赶紧说说，期末考试后到放假前这十天，大家希望课程怎么安排？”

赵建文略感惊讶地问道：“马上就要上课的吗？”

尚老师笑道：“赵老师，没想到吧，我们也要上课的呢。其他年级正常放假是七月中旬，咱们抢着在放假前上十天课，外人是看不出来的。瞧瞧，你刚来，就跟着我们不学好。”

刘老师见没人响应她，便拍了拍桌子，示意大家别再出声，说道：“这样吧，大家要是没什么意见，咱们就先把《文化经典研读》上的《论语》《晋灵公不君》和《求谏》讲一讲。最后那两天，把今年的高考卷讲一讲，十天也就差不多了。大家觉得怎么样？”

老师们纷纷表示同意。刘老师问赵建文是不是没带教材过来。赵建文说没有。刘老师说道：“到我家来吧，我给你留了一套。你把你邮箱地址给我，我把今年高考语文卷的试题和答案，还有课表，全都发给你。”

刘老师又让大家彼此间留了手机号码，又提醒说今晚会把课表的电子版发到大家邮箱里，高三的课将从八号开始，随即宣布散会。

老师们站起身往外走。洪老师见语文组的老师起身离开，向尚老师笑道：“尚老师，你们总是这么高效啊。”尚老师也笑道：“我们有多大的本事，开多长的会，何必装出一副很勤勉的样子呢？”

回家的路上，刘老师问赵建文对今天的会议有什么感觉没有。赵建文说道：“我以为会‘黑云压城城欲摧’呢，好像也没那么紧张。”

刘老师笑道：“您是高人，看问题着实敏锐。状元没了不假，但也不是谁成心让它没的。何况这又是个小概率事件。不过没了就是没了，总不能算是好事。校长也就得做出个杀伐决断的样子来。让那些水平不高的眼睛盯在业务上，水平高的盯在自己的学生身上。”

见赵建文一脸的不解，刘老师揣摩对方没听懂自己的意思，笑道：“就是别都老想着出去挣钱呗。”

赵建文说道：“咱们学校这些年这么辉煌，老师的水平怎么可能不高呢？”

刘老师笑道：“辉煌？咱们学校就是个暴发户。就像是不肯锦衣夜行的项羽，可总有天黑的时候吧？”

快到家门口的时候，刘老师站在楼门前，向赵建文问道：“赵老师，你知道于校为什么一定要把你调过来吗?”

赵建文表示不解。

刘老师说道:“咱们学校语文组男老师太少，有的让校长轰走了，有的让校长扣着，就是不让上高三。不过，他的心思我猜也猜得到。别看新高三换了三个语文老师，校长看不上我们这群娘们。他还是更信任男老师。赵老师，只要征服了于校，你一定会大有前途的。”

赵建文笑道:“我怎么可能征服于校长呢?”

刘老师说道:“再简单不过了，成绩好啊。只要您教的班成绩好，大家对您便只有信服。即便有嫉妒的，任谁也扳不倒您。”

赵建文跟刘老师到了家门口，刘老师邀请赵建文到家里坐坐，赵建文表示想赶紧看看教材和试卷，有机会再来请教。刘老师转身进去，不一会儿便拿了教材和教参出来。赵建文接过并表示谢意，忽然想起一件事，问道:“刘老师，明天的试卷讲评课由谁上?”刘老师说道:“由原来的老师站完最后一班岗，您这两天就好好备备高三的课吧。”

晚饭后，赵建文拿起教材大致翻了翻。悟德中学的语文教材和横江中学是一样的。他在横江一中最后这几年一直在高三，这些东西于他而言早已是烂熟于心，着实没什么可看的。他想一个人再看看悟德中学，便放下教材，出了宿舍楼。

从宿舍楼出来向东走，路过教学楼的时候，赵建文又将这三座楼端详了一番。

三座楼当中，毕业楼最高，前面的两座楼矮了两层，像是毕业楼的保镖。三座楼间有空中走廊相连，中间形成了一个大天井。

从东往西看，这三座楼就像是一把巨大的龙椅。

走到东门的时候，赵建文远远看见骆老师从校门外走进来，便和他打了声招呼。骆老师一边回应，一边说自己是回办公室拿点东西的。

赵建文便说和他一起去，一个是了解一点九班的情况，一个是自己也到语文办公室看看。

快走到教学楼的时候，骆老师指着右手边的两座楼宇说道:“这是图书馆，旁边是阶梯教室。阶梯教室常用来上公开课，重大会议都在地下报告厅开。”

赵建文问起高三年级的情况。骆老师背书一样说道："咱们年级一共十二个班，一、二、三班是文科班，其中一班、二班是重点班，三班是普通班。四班到十二班是理科班，重点班是其中的八班到十二班。班号越大，成绩越好。十二班自然是最好的。咱们班的成绩，比八班还要差一点，高二的时候就差，领导是知道的，跟别的重点班就更没得比了。教咱们这样的班，往好听里说，领导没抱太大希望，老师没什么压力；往不好听里说，教这样的班没什么前途。班里有几个学生您小心点。张骁除了学习什么都不关心。伊雅这丫头比较愣，啥都敢说。胡岩是官二代，人不坏，就是不学习，除了英语好点，什么都不行，还特别爱迟到，其实他家就在附近。对了，班上有个叫洪武来的，是咱们数学组洪老师的公子，就是今天拍着胸脯跟校长表决心的那个。"说到这儿，骆老师"哼哼"地冷笑了两声，然后接着说道："洪武来这个孩子爱学习不爱说话。不过班里最麻烦的是蔡泱泱，你根本不知道他心里在想什么。"

以赵建文的经验，老师不知道学生心里在想什么分两种情况。一种是学生不愿意向老师敞开心扉，另一种是老师并不愿意主动去了解学生。彼此间就这么陌生人一般地过了几年。这个蔡泱泱属于哪种学生，骆老师属于哪种老师，此时的赵建文还不便多问。

赵建文问起班里谁是班长，骆老师说道："张骁，他还兼着学习委员。反正学习委员也没啥事，学习好就行。"

骆老师忽然想起了什么，说道："对了，您还得选个科代表。咱们班原来的科代表楚晴柔去十一班了。"

赵建文问道："学生的班级可以随便调换吗？"

骆老师说道："具备两个条件就可以。一是学习好，二是家长背景硬。其实二者居其一即可，但要特别突出才行。"

二人进了毕业楼大楼的一层，骆老师指着前面的一片空地说道："之前几年，只要有了状元，这里就会摆上一张状元的巨幅照片。今年没了状元，这里也就空空如也了。"说着，骆老师沉沉地叹了口气。

二人来到三层。骆老师往右拐，赵建文向左，走向语文办公室。

进得门来，赵建文摸到了墙上的开关，轻轻按了一下，办公室顿时亮堂起来。

整个办公室只有一扇窗户，并不在正中央，而是位于靠右的地方。办公桌有三列，每列三张桌子。靠窗那一列过道很窄；中间一列一头一尾的两张桌子上堆满了卷子；左边这一列的第一张桌子上，放着暖水瓶、粉笔盒等各式杂物。

其余的桌子，应该就是老师们各自办公的地方了。有的桌子上堆放得很整齐，有的像是把整个家都搬到了这里。而共同的特点是，桌子下面都至少放着一双鞋。在赵建文的印象里，女老师通常都喜欢在办公桌下面单独准备一双鞋，倪湘莲也是如此。倪湘莲喜欢穿高跟鞋来上班，到单位才换成平底鞋。

还没有哪张桌子是空的，赵建文自然也无法断定，哪个位子是属于他的。

赵建文从中间那列的第一张桌子上拿起一张卷子，大致浏览了一番，并没有发现什么新意，也就放下了。

靠近门的一侧，一圈沙发占据了近三分之一的空间，中间有个长长的茶几。赵建文明白，这应该是平时接待学生或学生家长用的。

沙发的西南角上，放着一张课桌，课桌上面放着个微波炉。

赵建文关灯锁门，准备往回走。这时候他注意到办公室旁边的教室，门口上方悬挂的班牌和别的教室不一样。别的教室的班牌都标注着是高三年级的哪一个班，这个班牌上写着四个字——公用教室。

他上前转了一下公用教室的门把手，门竟然没锁，“吱”的一声开了。里面黑洞洞的，什么声响也没有。赵建文随便看了一下，又把门给带上了。

往外走的时候，他的手机响了，是刘老师打来的。刘老师非常抱歉地问赵建文，能不能让他的爱人提前来悟德中学一趟，学校给她安排了后天的试讲。因为总是安排不好时间，所以一直没有给予明确通知。

赵建文心有不快。他原本以为不管什么班，学校只需让倪湘莲继续做老师就好，无须多此一举。但又一想，毕竟老婆的名号没有自己大，学校恐怕也要给他人一个交代。虽说时间紧迫，有他给出主意，应该问题不大。再说，马上就要放暑假了，事情能提早有个安排，自然比夜长梦多要好。

赵建文问试讲哪一个篇目，刘老师说，一个是初中的《社戏》，一个是高中的《梦游天姥吟留别》，选一个就好。

和刘老师通话完毕，赵建文赶忙拨通了倪湘莲的电话，把自己这一天里的经历和这边要求她试讲的事情都告诉了她。赵建文问她想讲哪一篇，倪湘莲气哼哼地说道："为什么要给我一个初中的篇目啊，我是高中老师好不好？明摆着看不起人嘛！咱语文老师活得不就是一张脸吗？"赵建文说道："要是人家一开始先把你安排在高中，后来又把你安排到初中去上班，你说哪个更没脸？"倪湘莲想了想说道："好吧。那我就讲《社戏》。我明天下午到，再给你带两件衣服过去。"

从楼里出来，赵建文又向北看了一眼，北边由东往西，依次是图书馆、阶梯教室和食堂。

教学楼位于整个校园的正中央。

赵建文计算了一下，走得快一点的话，把整个中学转上一圈，也用不了半个小时的时间。相比于横江一中来说，这全省最好的悟德中学，着实是太小了。

第二天下午，倪湘莲匆匆赶到学校。赵建文上来就问赵千仞在家里怎么样，倪湘莲说放在爷爷那里了，放心好了。说罢，便要赵建文拉着自己再去他们的新家看看。

倪湘莲对新家的条件不能算满意，但也没有嗤之以鼻。她里里外外看了几遍，一边看一边嘟嘟囔囔地算计着，心里勾画着新家的模样。

赵建文问倪湘莲对明天的试讲有什么主意没有。倪湘莲并没有太当回事，不慌不忙地说道："不是有你吗？我有主意也得被你否定喽，你直接说就完了。"

赵建文说道："那你注意听我说，这是老篇目了，按部就班地讲肯定没意思。我建议你打破常规，上来就问学生最喜欢哪个情节，学生十有八九会说偷豆。你就问学生为什么要偷豆，学生会说饿了；你再问他们为什么饿了；就这么问下去，整个故事情节就都串起来了。最后，你再问学生那算不算偷，这和六一公公说偷有什么区别没有，故事的主题基本上也就明了了。"

倪湘莲点点头，说道："你再帮我做个幻灯片呗，我晚上再熟悉熟悉，明天就这么着了。"

赵建文笑道："你晚上还有空看吗？"

倪湘莲郑重地说道："你严肃点啊，往后谁都会知道我是你老婆，人家要是看不上我，未必对你有好处。"

赵建文不再言语，回到宿舍楼之后，忙不迭地给倪湘莲做起了幻灯片。

第二天上午十点多钟的时候，倪湘莲在毕业楼的一间教室里完成了试讲。一出楼门，便看到了在楼前转来转去的赵建文。

赵建文也看到了倪湘莲，忙走上前来问讲得怎么样。倪湘莲说道：“一个学生都没有，其实就是说课。我就按照你的意思说呗。从他们的表情看，应该问题不大。”

赵建文问倪湘莲“偷豆”那个情节是怎么处理的。倪湘莲说道：“不是没有学生吗？我就装模作样地问啊，同学们，你们觉得课文里哪个情节最有意思啊？是偷豆吧？”

看着赵建文有些发愣，倪湘莲又说道：“你有什么好担心的。我不是说了嘛，只要能把咱儿子的学籍转过来，让我当清洁工我都愿意。对了，坐在中间的那个女老师对我很满意，一直冲我点头微笑呢。”

赵建文知道，倪湘莲说的那个女老师就是刘老师，他刚才从教室后门偷看到了。但他不清楚刘老师的微笑是因为倪湘莲的水平还是因为自己的面子。

吃过午饭，倪湘莲又风风火火地张罗着回去，说儿子也刚刚考完，自己也赶紧收拾收拾，过不了几天，她就把整个家当，还有她和儿子，全都搬过来。

赵建文叮嘱倪湘莲，一定把自己之前积累的教材、教参、各种练习册和试卷全都带过来。

临走前，倪湘莲问赵建文高三什么时候上课，赵建文说明天。倪湘莲把双手放在赵建文肩膀上说道：“老公，你一定要加油。我是来混日子的，咱们家的将来可全指望你了。”

晚上，赵建文收到刘老师发来的短信，告诉他办公室已经安排妥当，该搬走的都搬走了，该搬来的也都搬来了。最里面靠窗的那个位子，是特意留给他的。

整个办公室里，最糟糕的位子是中间那列的第一个。不管什么人从外面经过，总能看到这个位子上的人在干什么。刘老师留给赵建文的那个位子，却是办公室里的最佳位置。人在这里，站起身来便可以非常自然地看到所有人的行动；坐下来，又最不容易被任何人发现。

赵建文回复短信表示感谢之后，便放下手机，站到窗前。

他要把这两天的事情在脑子里过一遍。

也许是老婆孩子不在身边，赵建文总觉得这两天过得不那么真实。和新高三老师一起开会的时候，他一点也找不到自己是这里的一分子的感觉。唯一印象深刻的便是于校长温和的笑容，但他又觉得那温和的笑容背后有不可名状的东西令他感到紧张。虽说今天自己见到了语文组的同事，虽说所有的老师都笑脸相迎，但赵建文总是觉得那笑容里面全是客套，既不是冷漠的拒绝，也不是发自内心的容纳。现在，于校长的表情已经被消解在眼前越发浓黑的夜色里，刘谆谆老师和其他语文组老师的面容也莫名地有了距离，好像一切都和他没有什么关系了。

赵建文，就这样成了全省顶尖的悟德中学的老师？连他自己都觉得有些荒唐。

这两天当中，有两件事在赵建文的脑海里深深地烙下了印记。一是他觉得那天的新老高三交接会进行得过于仓促。按说，原五班和九班的语文老师该主动过来和自己打声招呼，就算当天和其他人一起骇而疾走，也该在剩下的时间里找到他，给他介绍些班里的情况。虽说他自己也可以联络这两位老师，但他于这里而言毕竟算个陌生人，老教师主动来找新人，才是应有的礼数。这让赵建文感到些许的不满。

这第二件事便是，听了骆老师的介绍，他多少明白了自己在于校长眼中的斤两。把重点班中成绩最一般的班级给他，即便不必理解为不信任，至少对方也是持了观望的态度。很显然，于校长并没有把明年夺回状元的希望寄托在他的身上。以横江一中为例，每年高考的魁首都出自年级中最好的班级。虽说横江一中的学生和省城的学生不可同日而语，但状元出自最后一个梯队的重点班里，那简直就是天方夜谭。

赵建文看了一眼手表，已经是十点多钟了。再过一个多小时，就算是第二天了。

明天，他就将真正见识到悟德中学学生的真面目。他自己的真面目，也会纤毫毕现地展现在他的学生面前。过不了几天，他的真面目还会传到同事们的耳朵里，最终抵达于校长的心里。

第三章　处女讲

上午第一节课的上课时间是早上八点，赵建文七点多一点来到办公室的时候，发现柳老师、尚老师和刘老师已经到了。赵建文赶忙向几位老师问好，尚老师也向赵建文问好，柳老师则以点头微笑表示回应。

赵建文刚刚坐下，刘老师走过来说道："赵老师，不好意思，校长吩咐的，一会儿您的第一节课，我得去听课。您可别紧张，不过是走个形式。"

这时，尹老师和夏老师也进来了，恰好听到刘老师在说什么，便问赵老师今天的课表是怎样的安排。赵建文说："五班第三节，九班第四节。尹老师说道：完了，和我的一模一样，想听都听不成了。回头我得跟教务处的老师说一声，开学之后，把我和赵老师的课表错开安排。赵老师，您没意见吧？"

赵建文笑道："我没意见，只怕我的课没你们想的那么好。我知道省城这边，评特级要难得多，很多老师不是特级，胜似特级。"

尹老师说道："您可真会说话。也未必有多难，只是我们这里狼多肉少，不然咱们刘老师早就榜上有名了。不过这也挡不住咱们于校长慧眼识人呢，您就别谦虚了。"

刘老师问赵建文介意不介意，不然她把听课时间改到第二天。赵建文说不必了。刘老师说道："那你就趁现在没课，赶紧好好准备准备。"

上午第三节课的上课铃声响起，赵建文和刘老师一同走向五班教室。

五班作为普通班，确实很普通。没有人捣乱，也没有人主动发问。赵建文让大家翻开书，大家就翻开书；他让大家拿起笔，大家就拿起笔。一堂课下来，赵建文一个兴奋点也没找到。表面上很是平顺，内心却是尴尬得很。

让赵建文略感奇怪的是，班里的学生并没有因为赵建文这个新人的出现而表现出应有的好奇或惊喜，似乎自始至终都是一种很漠然的状态。若不是听到赵建文的声音，恐怕有的学生连赵建文是男是女都不知道。

不过对这样的班级，赵建文原本也没什么期待。他的心思全在下一节课的九班上。

返回办公室的途中，刘老师对赵建文的学识和表达赞不绝口。赵建文说道："我怎么觉得学生的状态不那么积极呢，恐怕我还得想办法调动一下。"

刘老师的注意力全在手中所记的笔记上。她边走边对赵建文说道："不着急。只要课讲得好，其他都是皮毛。您看看，我记了这么多呢，您简直是帮我备课了。"

下一节，刘老师也有课。赵建文略坐了坐，喝了口水，便又起身往外走。课前预备铃响起的时候，赵建文已经站到了九班门前。

不知道是不是上一节课拖了堂，九班的学生显然还没有做好上下一节课的准备。有的学生依然在讨论问题，有的看了一眼老师，然后继续讨论。有的学生似乎刚想起来了什么，抓起水杯往外跑。还有学生陆陆续续从外面走进来，边走边聊，有说有笑。

不知道是谁发出了一声断喝，一个学生梦醒一般跳将起来，冲到讲台前，抓起板擦，飞速地擦起了黑板。一时间，粉笔灰四处弥漫。

正式的上课铃声响起的时候，班里还是没有安静下来的意思。

赵建文完全没有料到，他万分期待的重点班竟然是这样一幅图景。尽管他知道，越是后面的班，整体成绩越好，但他满心以为，既然是重点班，这些学生无论如何也该比普通班更加懂事。眼前的景象已经完全突破了他所期待的底线。他压抑着心里渐渐升起的怒火，提醒自己万不可轻易造次。他尽量做到面无表情，只是站在门口静静地等待着。

见赵建文迟迟不进班，不知道是谁喊了一声"上课啦"，班里总算安静了许多。

赵建文走进教室，站到讲台后面，习惯性地看了下面的学生一眼。和刚才在五班一样，眼前的这些学生完全没有表现出对一个新教师的期待。赵建文感觉不太自在。他干咳了一下，然后高喊了一声“上课”。奇怪的是，班里的学生并没有如他所想，齐刷刷地站起来向他问好。有几个学生你看看我，我看看你，似乎有点不知所措。

赵建文问道：“各位同学，没听到我在说什么吗？”

底下有学生说道：“老师，我们以前的老师早把这个环节取消了。”

有人附和道：“是的，有外人来听课，我们才会站起来。”

赵建文说道：“你们觉得，这个环节确实无关紧要？”

下面又有人说道：“不重要。老师，您赶紧上课吧。”

赵建文嘴里像含了黄连，一阵阵发苦。他在横江一中的时候，学生即使不把他奉为上仙，也总会言听计从。他知道此刻若发起火来，恐怕这一节课都要荒废掉了。他深吸了一口气，又缓缓地吐出来，说道：“好吧，那我们上课。”

赵建文原本准备好的开场白被刚才的插曲冲得七零八落。还好，他的神思并没有混乱。他努力在脸上焕发出一丝笑意，语调平缓地说道：“各位同学，大家好。我姓赵，这是我成为悟德中学的一名教师后，在咱们班讲的第一节课，也可以说是处女讲。”

说完这句，赵建文明显看到底下有人撇了撇嘴，也有人旋即发出“哧哧”的笑声。

赵建文不为所动，接着说道：“我幻想过各种我们今天见面的版本，但今天这个真实的版本是我完全没想到的，大家一定是别出心裁，准备了最让我意外的见面礼。”

此话一出，教室里一下子安静下来了。但安静之中，似乎多了些凝重的味道。

课堂的内容终于进入正题。赵建文不再多说什么。他让大家把课本打开，翻到第一课。他把《论语十则》带读了一遍，又让大家自己齐读了一遍。纠正了一些读音错误之后，便开始检查大家对这篇课文的内容了解到什么地步。

讲桌上有个座次表，他在下面的第一行中看到了张骁的名字，便叫他来讲讲第一则是什么意思。

张骁是个大个子，还很结实。他腾地站起来，吓了赵建文一跳。张骁说道：“君子吃饭不求饱，居住不求安全，做事勤快，说话谨慎，这就是有道之人了，而且很正直，也可以说是好学了。”

刚说完，就有同学附和道：“牛，真牛。”班里甚至还响起了稀稀落落的掌声。

堂堂的班长兼学习委员，原来就是这样的水准。赵建文心里既觉得好笑，又觉得无奈。他先示意张骁坐下，然后说道：“‘居无求安’的‘安’要讲成安逸舒适，不可能是不求安全，人在各种情况下不可能不需要安全感，没必要在这里强调安全。这两句讲的是君子对物质需求不多，讲究精神追求，所以要讲成安逸。中间两句解释得很好，确实该有掌声。不过‘就有道之人而正焉’错得比较严重，‘正’是匡正的意思。‘就’是古文中的常见字，是靠近、趋向的意思。哪位同学能举出些以前学过的例句来？”

这是学生上语文课最怕老师问的问题之一。全班立刻陷入沉寂。大家面面相觑，无人应答。

正在这时，教室门“咣”的一下被推开，一个背着双肩背包的男生走进教室。他看了一眼赵建文，但那眼神很明显不是为了表示歉意，而是对眼前的陌生人稍感意外。他只停顿了片刻，便继续向教室后边走。下面有同学看到这个男生进来，马上说道：“赵老师，您让胡岩讲吧，他知道。”

正在向后走的就是胡岩，他立即停下脚步，笑道：“谁说的？出我洋相是吧？”

胡岩走到最后的那个空座位，把背包放下，指着座位旁边的男生说道：“老师，您问我爸，我爸肯定知道。”

赵建文刚刚说出“你爸？谁是你爸”，马上便后悔了。他如此一问，便是落入了学生语言游戏的陷阱。此话一出，果然下面立刻有学生开心地大笑起来。

胡岩所指的那个学生一直在低头看书。胡岩把那个学生手中的书抽出来放到桌子上，说道：“爸，赶紧回答老师问题，老师都着急了。”

赵建文低头看了一眼座位表，确认那个男生就是蔡泱泱。

对赵建文刚才所问的问题，蔡泱泱显然是知道的。他非常温和地朝胡岩笑了笑，那表情似乎不是为了回答问题，而是为了给胡岩面子。蔡泱泱说道：“初中课文《活板》中有一句‘持就火炀之’的‘就’，孟浩然《过故人庄》中‘还来就菊花’的‘就’，高一课文《劝学》中‘金就砺则利’的‘就’。”

蔡泱泱回答完毕，全班齐刷刷地发出了惊呼——“哇！”在这惊呼当中，赵建文还听到有人怪里怪气地说道："哦，菊花，哈哈！"

赵建文原以为这样的问题没人能答得如此通透，他正想享受万众期待之下自己将答案娓娓道来的快感，没想到这个学生反应如此之快，答案既准确又丰富。更何况，他所举的例子有些见于初中教材，而现在的教材更替很快，蔡泱泱提到的篇目有的在今天的教材里已经看不到了。

赵建文很不乐意自己的节奏被这个学生牵扯了去。这让他感到非常被动。他首先肯定了蔡泱泱的回答，又心有不甘地接着问道："其实现代汉语的一些成语中，这个字的有些义项依然保留着，谁能再举个例子吗？"

依然是没人应答，众多学生的目光再次转向蔡泱泱。

刚才的过程中，张骁始终拿笔做着记录。

蔡泱泱微微笑了一下，慢条斯理地说道："'行将就木'的'就'。"

赵建文点点头，微笑着示意他坐下。

蔡泱泱刚坐下，旁边的胡岩便抻出他白白的衬衣领子，凑近蔡泱泱说道："我的神，给我签个名吧，就签这儿。"

刚才讲第一则的时候，赵建文注意到下面有个女生一直在拿笔写着什么。凭借多年来的经验，他断定这个女生所写的东西和这节课没有关系。讲到第二则的时候，他并没有按照座次表查找这个学生的名字，而是直接用手指向那个女生，要她来解读第二则的内容。

那个女生完全没有意识到赵建文叫的是她。她的同桌用胳膊肘顶了她一下，把自己的书推到她面前，并用手指了指书上的内容。

这个女生站了起来。她显然已经明白了自己要做什么，但她并没有将同桌的书拿起来，很大声地说道："老师，您换个人问吧，我根本就没看这篇课文。"

赵建文问道："对你来说，这篇课文不重要吗？"

这个女生说："很明显，对我来说，英语更重要。"她把桌子上的一本英语书拿起来，朝赵建文摇了摇。

赵建文感觉如果此时内心的怒火喷发出来，教室里的空气恐怕都要燃烧起来了。他故作镇静地问道："你在别的课上也复习英语吗？"

这个女生说道："当然，我又不高考，我铁定要出国了，我得抓紧一切时间为出国做准备。"说到这儿，这个女生似乎意识到了赵建文还要问什么，又接着说道："老师，我叫伊雅。您以后课上就不用叫我了，我也保证课上安安静静的，不给大家捣乱。"

赵建文很是奇怪，说道："若是如此，你在家里复习岂不是更安静？"

伊雅苦笑着说："学校要是允许我请长假，我还真就不来了呢。"

下课后，赵建文径直走向骆老师的办公室。张骁追了出来，问赵建文自己可不可以做他的语文科代表。赵建文原本为九班的科代表去了十一班而发愁，现在有人主动来担当，心里自然乐意。但眼前站的是张骁，又让他心里有些犹豫。他问张骁这么多工作是否吃得消，张骁说道："没事，反正那两个也是虚职，都是看我成绩好硬要我当的。"赵建文点点头表示答应了。张骁高兴得两眼放光，给赵建文鞠了个躬，转身"咚咚咚"地跑回了教室。

赵建文找到骆老师，问他班里有多少人打算出国。骆老师说："肯定出国而不参加高考的有两三个，还有不少两头忙，持观望态度的。"

赵建文想起另一个情况，又问道："张骁那么大个子，怎么他的座位那么靠前？"

骆老师说道："这是他和他家长要求的，好学嘛。"

赵建文问道："班里其他同学没有意见吗？"

骆老师笑道："有意见的，都在前排呢。"

赵建文又跟骆老师说起张骁主动要求担任科代表的事。骆老师笑道："没问题，让他当吧，他家里人肯定也愿意。张骁学得最差的科目就是语文，他做语文科代表，兴许能给他一些动力呢。"

最后，赵建文问骆老师有没有学籍卡，骆老师从抽屉里拿出一个牛皮纸的袋子，交给赵建文。赵建文说了声谢谢，带着学籍卡回了办公室。

刚回到办公室，尚老师便问赵建文上课的感觉怎么样，赵建文刚说了一句"挺好的"，他的手机便响了。赵建文见是倪湘莲打来的，便拿起手机，出了办公室的门，走进了旁边的公用教室。

倪湘莲在电话里问赵建文今天的课上得如何。此时的赵建文再也控制不住自己的情绪，他恶狠狠地说道："我今天可是真真切切地领教了悟德中学的风貌了。什么悟德中学，简直就是无德中学。不仅没有规矩，有的还特别地低俗。他们竟然无视我的存在，一个个还大义凛然的样子，没见过这么嚣张的学生。"

赵建文尽量压低音量说话，还随手关上了公用教室的门。

听赵建文控诉完毕，倪湘莲沉默了片刻说道：“老公，他们今天第一次见到你，没理由故意对你不尊重。也许，是他们对谁都不尊重呢。再有，高三我也上过，你今天讲的是《论语十则》，这些内容高考又不考，学生可能连看都不看，也难怪他们不跟你配合。”

倪湘莲的几句话，赵建文听着有理，心情也很快就平静下来了。倪湘莲接着说道：“看来悟德中学的语文也好不到哪里去。这样，你今天晚上好好准备准备，明天在他们面前亮亮你的本事，先把他们镇住再说。”

赵建文连连称是。心里有了底，他便不再继续这个话题，而是问起赵千仞期末考试的成绩怎么样。倪湘莲说道：“还用问吗？又是第一呗。”

倪湘莲还告诉赵建文，今天上午接到方校长的电话，说他真的后悔了，说赵老师一走，等于走了两个人才。

赵建文说寒假的时候得请方校长吃顿饭，倪湘莲同意了。

第二天，赵建文再次站到九班讲台前。因为昨天晚上的充分准备，此时赵建文脸上的表情镇定了许多。他眼睛看着下面，心里其实没把任何一个学生放在眼里，慢条斯理地说道：“各位同学，非常抱歉，昨天忘了向大家做自我介绍了。现在请大家看幻灯片。”

赵建文问谁是电教委员，一个学生举起了手。赵建文问他叫什么，这个学生说他叫洪武来。赵建文示意洪武来上来把自己的笔记本电脑和投影设备连接好。

不一会儿，投影板上出现了赵建文的照片和文字说明。学生对赵建文所发表的论文没有表现出多大的兴趣，但当他们看到赵建文毕业于北京大学，并于三十八岁时被破格评为特级教师的时候，又像昨天一样，不由自主地发出惊呼——“哇!”

赵建文的内心如春暖花开一般，但表情上依然是平静如水。待大家安静下来，他依旧慢悠悠地说道：“我还有个业余爱好，大家大概已经感觉到了，我的声音条件还不错，所以我很喜欢朗诵。我最喜欢的作品是朱自清先生的《春》，我保证一个儿化音都不会错。你们想不想听听看?”

眼前这些学生虽然身在高三，竟然依旧是一副只要不讲课，似乎老师随便做什么都会备受欢迎的样子。听赵建文如此说，学生等着看戏一般，立刻鼓起掌来。

赵建文的朗诵不可谓不规范，不可谓不富有激情，不可谓不错落有致。最后一句的话音刚落，班上响起的掌声比赵建文预想的还要热烈很多。

并非所有的学生都这么捧场。享受之际，他看到鼓掌的人群后面，坐在最后一排的蔡泱泱却始终如同置身事外一般。当别的同学听得入神的时候，他端坐不动，面无表情。当赵建文朗诵完毕，班里掌声响起的时候，赵建文甚至从蔡泱泱的嘴角看到那么一丝丝嘲笑的意味。

这让赵建文想起了一件事。昨天晚上，他拿出从骆老师那里要来的九班的学籍卡，最先翻找的就是蔡泱泱那一页。他发现蔡泱泱母亲那一栏，职业写的是医生，而父亲那一栏里只写着两个字——“已故”。

看着眼前的蔡泱泱，赵建文想起了骆老师的那句话——你根本不知道他心里在想什么。此时此刻，他不确定蔡泱泱的笑容里包含着什么样的内涵，但他可以确定的是，这样的笑容里决然没有褒扬。

第二天晚上，倪湘莲坐着娘家哥哥找来的汽车，带着儿子和所有家当，从老家赶了过来。

倪湘莲坐在车上，用手拍着两个大纸箱子向赵建文说道：“你和你儿子的宝贝，全在这里了。”

那两个大纸箱子里，一个装满了赵千仞读的书，另一个按照赵建文的吩咐，里面全是教参、练习册和各种诗文鉴赏辞典。

倪湘莲是个手脚麻利的人，仅两三天的时间，便将新家里的一切安排停当。

晚上，当一家三口坐在一起吃晚饭，尤其是外面夜色深重，赵建文再次把倪湘莲搂在怀里的时候，之前几天的种种不安一下子烟消云散了，他似乎又找到了那种令他倍感安全的归属感。

为期十天的补课结束了。

放假前最后一天的上午，每个高三的学生都拿到了六本练习册，都是学校自行印制的暑假作业，一个科目一本。其中数学和语文的最厚。不过数学练习册几乎都是题，语文的练习册中有近一半都是答案。刘老师给每个语文老师都发了一本。赵建文拿到手里看了看，又是那种似曾相识的感觉，便弃如敝屣一般，将练习册扔在了办公桌上。

最后一天的语文课都在上午。吃完午饭，除了尹老师是班主任，还要战斗到最后一刻，其他老师彼此祝福了几句，便各自散去了。

赵建文刚到家，接到了尚玉华老师打来的电话。尚老师问赵建文接下来这几天有事没有，可不可以替她去外地讲两天课，她家里装修到了尾声，离不开人。赵建文问讲课是不是学校安排的，尚玉华老师笑着说当然不是。赵建文又问是什么样的课，尚老师说："就是给新高三的学生讲一讲如何应对高考。"赵建文说："两天的课程，恐怕也解决不了什么问题吧。"尚老师说："左不过就是长长见识，或者是有病乱投医。他们就是相信，远来的和尚会念经。"

赵建文说："原本定的是您，换了我去，人家会不会有什么想法？"

尚老师说："这你不必担心，咱们是悟德中学的人，派哪一个去，他们都翘首以盼呢。"

赵建文问尚老师有没有主办方的电话，尚老师说道："你要是同意，我马上把你的电话给他们，让他们打过来。"

赵建文同意了。

几分钟过后，赵建文的手机响起来了，对方客客气气地做了自我介绍，并说是尚老师介绍过来的。赵建文放心了。他先问课酬如何给付，对方说一个小时一千。

赵建文刻意把报酬重复了一遍，站在一旁的倪湘莲听到这话，马上来到赵建文面前，一个劲儿地朝他点头。

赵建文问道："这一千是个什么样的价位，我想不同的老师，你们给出的价格是不完全一样的吧。对方说道：赵老师您放心。我们这家机构给悟德中学老师的报酬一定是最高的，我们和悟德中学合作不是一天两天了，大家彼此满意才走到今天。您上完课后，我们在学生那里有个反馈评价，如果学生对您的评价很高，我们不仅要继续和您合作，还会适当调高您的课酬呢。尚老师跟我们介绍您了，您是特级，肯定受欢迎。"

赵建文想知道尚老师都跟主办方介绍了多少关于自己的情况，问道："我不过是悟德中学的老师，外面辅导班的情况我不了解啊。"对方说道："赵老师您就别客气了，现在全天下的语文不都是一样的吗？"

赵建文不再说什么。他又问了问活动的具体安排，并问课酬可不可以拿现金，对方说没问题。赵建文又说活动期间不许利用他的学校做宣传，不许拉横幅，对方也是满口答应。

双方又敲定了一些细节，这事就算定下了。

倪湘莲说道："看来做悟德中学的老师就是不一样，都不用你去找，好事自己就送上门来了。不过，你刚来悟德中学才几天，什么情况都不了解呢。这要是让人知道了，可怎么好？"

赵建文说道："前几天我在学校里遛弯的时候，看到九班的班主任骆老师匆匆往学校里赶，当时是八九点钟的样子，骆老师不住在学校里，那天学校里又没什么事，他那个时间出现在学校里不太正常。要我猜，十有八九是在外面上课，而且上课的地方就在学校附近。今天尚老师来电话，保不齐她在外面上课也不是一天两天了。"

倪湘莲不再说什么，转身去给赵建文收拾东西去了。

三天以后，赵建文揣着一万两千块钱现金，志得意满地回来了。

倪湘莲问这些钱怎么花，赵建文早已做好了打算，说道："先拿出两千块钱来，去商场买两个炭雕，我听说那东西吸附甲醛的效果挺好的，咱们去送给尚老师。"见倪湘莲有些犹豫，赵建文接着说道："我刚来这里，尚老师就介绍这样的事给我，是好是坏说不好，送她点东西，她也不便再说什么。"倪湘莲觉得有理，点了下头。赵建文又说道："剩下的钱，拿出两千给你，你看看家里是不是还要添置什么东西，没的添置，你就给自己买两件衣服。再拿出五千给我，等我回老家的时候用。虽说方校长答应放我了，有的环节只怕是咱们还要趁着暑假的空，该打点的都得去打点一下。"

倪湘莲问道："还剩三千块钱呢，怎么办？"

赵建文想了想，说道："我的意见是，给咱儿子在这边报个课外辅导班。"倪湘莲说道："儿子成绩那么好，不必了吧。"赵建文说道："孩子成绩是不错，但眼界没有这里的孩子开阔。咱们就报这一期，只当花钱让儿子多接触一下这里的学生，长长见识。"

倪湘莲想想也对，便把赵千仞叫到身边，并将刚才给他报课外辅导班的打算告诉了他。

话没说完，赵千仞就听明白了里面的意思。他噘了噘嘴，但还是同意了。

赵建文并没有急着带上老婆孩子回家过暑假。过了两天，他带着两个精美的炭雕，到尚玉华老师家登门拜访。

尚老师的家里刚装修完，和赵建文现在的家相比，简直不可同日而语。

赵建文只是夸赞尚老师很懂得审美，只字不提装修的材质和价位。尚老师很清楚赵建文的来意，彼此客气几句之后，尚老师问道："赵老师，上这十天的课，什么感觉？"

赵建文说道："倒也没什么太突出的感觉。只是有个地方我觉得奇怪。我原来的单位，如果班级的教师配备发生变化，班主任都会带着新任课教师到班里，把新教师介绍给学生，前任教师也会和新老师做个交接；如果是上高三，各班都会先有个动员会，所有的老师也会参加。可在咱们学校，好像这些环节全都省了，老师只管上课，学生只管听课。至于其他的，好像都不重要了。"

尚老师笑道："赵老师眼力不错，一来就发现了问题。只恐怕你还发现了别的问题，毕竟咱们不熟，你不方便告诉我呢。不过你也不必大惊小怪的，就像《红楼梦》里袭人说的，比这奇怪的事情，你以后不知道还会遇到多少呢。简单说吧，在咱们学校，评价标准简单得很，不管是老师还是学生，教得好就是好老师，考得好就是好学生，其他的都不重要。您是特级，又这么年轻，您的前途远大得很呢。"

赵建文笑道："我教的是九班，恐怕没什么机会吧。"

尚老师听出了赵建文的野心，笑道："赵老师，您才来几天，悟德中学的秘密，您了解得不少啊。咱们学校的学生，入学之后有分班考试，现在的班级都是按照考试成绩分的。不过，这种考试从来不考语文。也就是说，后面班级的语文未必能好到哪里去，前面的班级也未必差到哪里去。您肯定还是有机会的。再说，倘若你真教得好，你也不一定只教九班。"

赵建文不解尚老师所说何意。

尚老师说道："你听说过咱们学校的学生如果成绩好会被调整到更好的班级里去吗？"赵建文点点头。尚老师接着说道："老师这里也是一样的。八班九班这种班就是老师的试金石，刚上高三的，新来的，校长看得上的，一般都先到这种班来锻炼一下。干得好的右迁，干不好的左迁，不好不坏的原地打转。咱们于校长做事果决得很。一般高三重大的考试之后都会开成绩分析会，以前有的老师一次分析会过后，你在高三就见不着了。”

赵建文很是惊愕，说道：“这样，那些老师岂不是很没面子？”

尚老师笑道：“你当那是面子，那面子就害了你。你不当那是面子，谁又能把你怎么样呢？顶着悟德中学教师的名声，走到哪里都吃得开。‘悟德中学’四个字，戴在头上是高高的帽子，口朝上拿在手里，那就是装钱的兜子。在咱们学校，有的老师从来没上过高三，人家乐意平时轻轻松松上班，好有余力在周末的时候出去挣钱呢。”

说到这儿，尚老师见赵建文看了自己一眼，又低下头一言不发，便猜到赵建文想问什么，说道：“不过，上高三有上高三的好处。现在很多学生和家长，上了高三才搂草打兔子似的愿意在语文上付出。家长给孩子报课外班的时候，会点名要名校名师，而且得是在高三一线的老师。你想想，那身价低得了吗？”

赵建文说道：“咱们学校是名校毋庸置疑，可我不能算是名师。”

尚老师哈哈大笑，说道：“赵老师，您要不算名师，全省还能找出几个名师来？在咱们学校，任谁都可以算名师，包括刚上高三的尹老师和夏老师，你信不信？”

赵建文也笑道：“我明白您的意思了。”

临走的时候，赵建文问尚老师对外面的补习学校是不是有了解，他想让自己的儿子在外面上几天课，适应一下这里的路数。

尚老师说道：“学校正门马路对面就有一家，你可以先到那里去看看。”

赵建文问这所学校好在哪里。尚老师笑道：“好在哪儿？这么说吧，那就是另一所民办的悟德中学。你要是有机会到那里上课，恐怕会误以为各备课组换了个地方开会呢。”

第四章　狂生蔡泱泱

过了半个月，赵千仞的课结束了。赵建文带上老婆孩子回了老家。

赵建文原本想和方校长见上一面表示感谢，一打听才知道，方校长带着高三一众人等出国考察去了。赵建文便请学校办公室的袁老师吃了顿饭。

饭桌上，赵建文问起校长出国考察的事，袁老师笑道："什么考察，那些老师纯粹是旅游。咱们校长呢，那是出去躲清静去了。"

袁老师的孩子也在高三。刚两个月不见，赵建文就觉得袁老师的发际线比以前高了许多。赵建文问袁老师怎么没有跟着方校长一起出国。袁老师苦笑道："等令郎上了高三你就知道了。孩子上了高三，家长就等于进了班房。哪里都去不得，保命要紧。"

赵建文问起袁老师他离开之后学校里有没有什么反映。袁老师说道："放假前最后一次全体教师大会上，方校长宣布了这件事，还说咱们学校的老师能到全省最好的中学去当老师，这是咱们学校的荣耀呢。你们要是谁也有这样的本事，我照样欢送。"

赵建文问道："老师们没说什么吧？"袁老师笑道："怎么会！当时就炸了锅。有的人着急，有的人高兴。"赵建文问这话怎么讲。袁老师说道："着急的是走了你这么个好老师，高兴的是又有人有机会被扶持起来了呗。不过，事情过去了半个多月，好像也就没人再提起这件事了。"

最后，袁老师向赵建文要他新的电话号码，并问他老的号码还用不用。赵建文说还得用呢，自己的父亲只记得住原来的号码，新的记不住了。袁老师说：

"兴许我的孩子以后少不了要麻烦你。"赵建文笑道:"不麻烦，有事您尽管说。"

整个暑假，赵建文在家里休息了半个月的时间。他除了陪陪父亲，便是翻看那本语文暑假作业。他按照练习册里的思路，把自己电脑里的各种复习资料又重新整理了一番。一些过于老旧的内容，他犹豫了一下，最终还是悉数删除了。

假期里，除了张骁的妈妈，再没有哪个学生或家长跟赵建文有过联系。

张骁妈妈对赵建文一通感谢，并说孩子听了赵建文的课后，特别崇拜他，终于觉得自己语文有希望了。

赵建文知道这些话里的水分不少，但心里还是觉得很是受用。

八月十九号，新高三的师生提前返校。首先进行的就是为期两天的摸底考试。

摸底考试的目的自然是检验学生假期里自主学习的成果。或者说，通过这样的考试，学校要看看有哪些学生已经率先进入角色，而入戏快慢的标准便是成绩的高低。

第一门考试科目自然是语文。因为人手有限，每个考场都只有一位老师监考。

假期里，老师们就已经得知了悟德中学今年高考的最终结果。除了文理科状元均花落他家，今年悟德中学考上北大清华的人数也锐减为一百二十八个。

这个数字让悟德中学的老师感到垂头丧气，却又让赵建文感到哭笑不得。一百二十八个，不知道要横江奋斗一中多少年才能企及这样的高度。

摸底考试的试题是由各学科的备课组长负责完成的。和其他老师一样，直到监考的时候，赵建文才得以见到完整的试卷。他原本对这份试卷很是期待，以为浏览整份试卷会花掉很多时间。但实际的情况是，除了作文题，试卷中的大部分试题和放假前发给学生的那本练习册一样，都是他以前见过做过的成题。

做了老师之后，赵建文做过的题一点不比他做学生的时候少。

赵建文明白，用以往的成题考试，不利的情况在于，如果有学生事先做过这样的题目，考出来的成绩会显得不那么真实。好处是出题人不会过于辛苦。且相比较原创题而言，已经经过打磨和时间筛选的成题漏洞自然也会少一些。

用原创题的最大好处是对老师的锻炼。刚工作那几年，赵建文仗着年轻人无知即无畏的勇气和北大毕业所带来的不可一世的傲气，出过大量的原创题。虽说因此闹了不少笑话，遭到同事的嘲笑和鄙夷，但几年下来，尤其是带过两次高三之后，赵建文对如何应对考试可以说心知肚明。今天的他虽然不能说自己已经炉火纯青，但完全可以称得上胸有成竹。

赵建文猜想，既然悟德中学习惯用成题，恐怕省城里的其他学校也都是这么做的了。

两个半小时的监考时间一下子显得漫长起来了。赵建文巡视了几次之后，便坐下来，仔细阅读那道作文题。

这次的作文题是个材料作文，材料内容是个故事："一个在某矿井做门卫工作的保安救了一个同事。那个同事每天早上都向那个保安问好，每天下午都向那个保安道别。某一天，井下发生事故。当矿长确定井下的人都已逃出生天时，那个保安却认定那个每天向他问好道别的人还没有出井，并亲自下去寻找。最终，他找到了那个同事，并将他救了出来。"

这个故事让赵建文很是感动，于是便很想知道这样的故事在学生那里得到了什么样的发挥。他再次巡视的时候，便有意在很多考生那里多看几眼。

距离考试结束还剩下大约四十分钟的时候，赵建文发现有个考生的作文还只字未动，他站在那个考生身旁，期待着那个学生的第一句会写出什么样的文字。

那个考生注意到了身边的赵建文，轻轻地说："老师，请您走开，您妨碍我思考了。"

考生的话说得很客气，但赵建文却觉得分外地刺耳。他甚至开始期待这个学生到最后写不完作文；即使写完了，最好也是混乱不堪，难以卒读。

四十分钟后，交卷的时间到了。

赵建文整理试卷的时候，特地留意了刚才那位考生的试卷。令他生出些许失望的是，这个学生的作文写完了，而且字迹很是工整。赵建文看了看第一段的内容，竟然立意准确，且文通字顺。

赵建文将试卷带回办公室，其他几位老师也陆续到位了。

几位老师先是将试卷等分成十二份，然后尹老师拿着学生的机读卡去了楼上。楼上年级组长吴老师的办公室有台电脑，那台电脑连着读卡机。其他老师开始分别装订答题纸和作文。

楼下的工作接近尾声的时候，尹老师拿着机读卡回到了办公室，同时带回来的还有各班机读部分的成绩。她将机读卡扔在一边，将各班的机读成绩单发给几位老师，将写有各班平均分的表格放到刘老师的桌子上。

老师们匆匆看了一眼各自的成绩，便不约而同地聚集到刘老师这里。只有在那张表格上，大家才能看到各班机读成绩在年级里的位置。

赵建文也凑到跟前，一看究竟。

在这几位老师当中，虽然赵建文是唯一的新人，但也算是久经沙场。他很清楚，这种校级考试，真正可以拿出来比高低的，也只有机读卡上的成绩，其他部分，基于老师们各种各样的心思，难免会有水分。

刘谆谆老师教十二班和文科二班，十二班平均分最高，排在第一位；柳传芬老师教十一班和文科一班，她的文科一班紧跟其后，排在第二位，十一班排在第三位；尚老师教十班和六班，她的十班排在第四位。尹老师教八班和七班，她的八班平均分排在理科重点班中的倒数第二位；夏小满老师所教的两个班都是普通班，排名自然垫底。

赵建文的九班，果然排在所有理科重点班的最后一名。

看到这样的排列顺序，尚老师如释重负地笑道："也真是有趣，虽说这些学生分班的时候不考语文，到底还是考出了语文的高低。"

尹老师看到这样的成绩也面露喜色，说道："阿弥陀佛，总算可以过几天安生日子了。"

柳老师看到成绩之后，默不作声，回到座位上琢磨试卷去了。

时间已将近中午，刘老师将试卷锁在柜子里，并通知大家阅卷工作从下午两点钟开始，大家抓紧时间去吃午饭。尹老师和夏老师相约到外面去吃。尚老师招呼柳老师去食堂吃饭，柳老师说想再看看卷子，并说自己带饭了，一会儿在微波炉里热热就好了。赵建文说："尚老师，我跟您去。"尚老师说："您跟我去啊，您爱人没在家给您做好饭吗？"赵建文说："她带孩子出去玩了，他们娘俩中午都在外面吃，不回来了。"尚老师说："好啊好啊，那就同去。"

因为仍然是在假期里，其他年级还没有回来的缘故，食堂只有一层提供饭食。尚老师和赵建文来到这里的时候，食堂里学生不多，聒噪的不少。赵建文和尚老师端着食盘，总算觅得一处略微安静的所在。刚刚坐下，尚老师起身去买水果，赵建文一直等到尚老师回来坐定，才拿起筷子准备吃饭。

尚老师笑道："赵老师，家教真好，这么绅士啊。"

赵建文微微一笑，便问起刚才机读成绩出来的时候，尚老师那句话是什么意思。

尚老师笑道："您有所不知。这种成绩分布是让我们这些语文老师最安心的分布。虽说当初新生入学分班考试的时候没考语文。但如果语文成绩的高低也和班级分布保持一致，不管成绩如何，大家都好交代。成绩好的班自然该好，成绩不好的班，也有了堂而皇之的理由，当初就不如人家嘛。"

赵建文说道："您的意思是说，文科班的语文成绩通常都不是最好的，而且有些年份，语文成绩并不是这么让人安心的，对吗？"

尚老师说道："嗨，咱们这些老师，有时候就是自虐狂。大家这样安安稳稳地走完高三多好。偏有人不甘心，弄个倒挂出来。比如说，十二班整体实力比十一班好，但如果十一班的语文成绩超过了十二班，十一班的老师就会受到表扬，十二班的老师就会倍感煎熬。不只是这两个班的语文老师，所有老师都会因此被搅得不得安宁。领导会觉得，人家能创造奇迹，凭什么你不可以。语文能创造这样的奇迹，其他科目自然都可以一次又一次地复制这个奇迹。一旦出现这样的情况，高三这一年，大家就都别指望安宁了。"

赵建文说道："如此说来，柳老师的日子岂不是要难过了。"

尚老师说道："你没看见刚才大家看到成绩之后，柳老师都不说话了吗？咱们学校，文科的成绩全指望一班呢，二班名义上是重点班，其实就是个架子，是糊弄那些想进一班而不得的学生家长的。其实高二分文理班的时候，重点班的孩子没人去学文科。语文的实力自然也好不到哪里去。再说，一次考试又能说明什么呢？偏偏柳老师是个特别认真的人，平时不爱说话，心思极重，别人还没说什么，自己就先把自己架到烤炉上去了。这次这样的成绩，不知道她又怎么想呢。原本是明年，我们两个就都退休了。要是能平平安安地画个句号，那是再好不过了。但你看咱们高三这些个语文老师里，就她教两个重点班。在外人看来，这是了不起的荣耀。在她自己看来，恐怕是苦乐自知了。"

赵建文问道："教高三，算得一份荣耀吗？"

尚老师瞪大眼睛说道："当然！您看尹老师，工作这么多年，于校才第一次让她上高三，据说还是她哭着喊着求来的。要是你不仅能上高三，还能连续留在高三，你就是于校眼里最能干且最放心的人了。不过呢，万事分人。你觉得这是荣誉，自然会在这些事情上上心。你要是觉得它什么都不是，倒也乐得清闲。夏老师教两个普通班，压力自然小得多。夏老师老公有钱，自己是阔太，心思自然不在学校这边。虽说她也是第一次上高三，但她那样的班，谁教都一样，领导就没指望着普通班能有多大的出息。我上次跟你说过，咱们学校有的老师就喜欢待在高一高二，毕竟不在高三，平时没那么辛苦。周末或假期的时候，顶着悟德中学的名声，出去挣点外快，何乐而不为呢。”

说着，尚老师忽然想起了什么，看了看四周，然后压低声音说道：“赵老师，暑假出去上课的时候，他们给你的报酬是多少，能说吗？”

赵建文也小声说道：“能说，一个小时一千。”

尚老师笑道：“真是无商不奸。他们坑你了。下次他们再给你报这个价，别这么轻易地答应他们。”

两个人边吃边聊。有几个学生端着食盘过来，坐在两位老师的旁边。其中一位男生如梁山好汉一般，一只脚踩在椅子上，向其他几个人大声地讲着一道题的解题过程。

尚老师说道：“赵老师，咱们走吧。这都是祖宗，咱们惹不起。”

两个人回到办公室，闻到办公室里弥漫着一股红烧排骨的味道。

尚老师对仍在低头阅卷的柳老师说道：“柳老师，又是老公给做的吧。”

柳老师抬头笑了笑，就又埋到卷子堆里去了。

下午两点钟，阅卷工作在五层的一间会议室里正式开始。刘老师已经给大家做了分工。夏老师负责默写，尹老师负责文言文断句，尚老师负责诗歌鉴赏的主观题，柳老师负责科普类现代文阅读，分量最重的现代散文阅读部分，由赵建文和刘老师负责。

所有试卷中写有姓名班级的位置都已经封好，老师们只能看到答案，看不到答案是何人所写。柳老师吩咐，基础知识和阅读理解部分要在今晚回家前判完，而作文将平均分给六位老师，带回家继续评判，第二天下午将作文交回，并将各自负责的部分做好成绩分析。

刘老师和赵建文老师商量了一下他们所判的几道题的评分细则。商定之后，刘老师说：“赵老师，咱们俩这两道题你先判着，她们判默写和断句的应该判得快，一会让她们支援咱们。我先去把作文样文印出来，方便大家一会儿商量作文的评判标准。”

赵建文说：“没问题，您不用着急，我手很快的。”

刘老师前脚出门，如同老虎离开了自己的领地，办公室旋即热闹起来了。

尹老师大声说道：“各位，你们听啊，哪里有这样断句的，人家原文明明应该断句为‘今一人言市有虎，王信之乎’，这里有个奇才，断成了‘今一人言市有虎王，信之乎’，真是奇葩。”

尚老师和夏老师一听，也禁不住笑起来。

尹老师听得有人呼应，像是获得了某种支持，更是难以抑制心中的好奇，说道：“不行，我得看看这个奇葩到底是谁。”说罢，尹老师拿起一支笔，撬起装订部分的缝隙一看究竟。尹老师手太快，尚老师想加以劝阻已经来不及了。然而看过之后，大家都在等着下文，尹老师竟不再言语，低头接着判卷子。夏老师连声追问是谁。尚老师忽地明白了，说道：“哦，笑早了，是吧？”尹老师很是尴尬，说道：“说嘴打嘴，现世报来得真是快呢。”

柳老师抱起一摞试卷，悄没声息地到隔壁会议室去了。

过了一会儿，刘老师抱着学生作文的复印件回来了，赵建文急忙帮着分发下去，柳老师也被叫回来了。几位老师停下手中的工作，开始讨论评分标准。

一共八篇例文。赵建文快速浏览了一下，虽然还没有打分，但基本上可以看出，例文的装订顺序反映着作文得分的多寡，而事实也果然如此。

第一篇作文得到了大家的一致首肯。这篇作文名为《好人一生平安》，通篇极具文艺气质。作文开头引用了一首老歌的歌词，“有过多少往事，仿佛就在昨天，有过多少朋友，仿佛还在身边”，引发了几位老师抑制不住的联想和热议。尚老师知道夏老师和尹老师应该是没有看过电视剧《渴望》的，刚准备给二位讲刘慧芳和宋大成的故事，便被刘老师叫停。

尹老师并不在意刘老师的态度，依旧沉浸在这篇作文带给她的美好感受之中，说道：“真是服了，一定是十二班的，也就十二班的学生才有这种水平。尚老师笑道：十二班要是不出范文，有的人的日子恐怕就不好过了。”

通常情况下，平时的考试，为了让学生觉得还有进步空间，大家都不愿意给一篇作文过高的分数。大家最后商定，给这篇作文五十六分，距离满分只差四分。

接下来几篇例文的评判，进行得都很顺利。但是，有一篇作文在六位老师这里费了一点周折。

这篇作文的题目是《美丽人生》，内容如下：

我赠你以琼瑶，你报我以木瓜。我送给你白马，你报我以西风。我付出最真挚的感情，你给我最温暖的人生。

那个早上问好晚上道别的工人恐怕完全没有想到，他曾经的付出终有回报，使得他在万分危急的时刻得以生还；那个保安恐怕也没有想到，他的坚持成就了两个人的美丽人生。好人终有好报，好人的人生因为真诚而美丽。

梵高是真诚的。阿尔镇的风土民情使得他的内心永远如孩子一般充满童真。面对家徒四壁的窘境，面对画商的质疑，面对一幅画都卖不出去的巨大挫败感，他的真诚从未使他产生自我否定。你看他的《星空》，如孩子般好奇；你看他的《向日葵》，如赤子般热烈；你看他的《鸢尾花》，如梦境般灿烂。他用他一幅幅真挚的画作，表达着对生活的热爱。试想，如若没有对生活如此的真诚，他的梵高二字在今天人们的口中又怎么可能依然是为人赞颂的芳名？

苏轼是真诚的。不管生活带给他什么样的磨难，他依然乐观面对。在旁人眼里，杭州、惠州、儋州这些地方是再不能向旁人提及的耻辱，而在苏轼看来，只要我内心充满光明，人生中任何一处足迹都可以踏得坚实，人生中任何一片天空都可以是云蒸霞蔚。看看他的“谁怕？一蓑烟雨任平生”，多么豪迈；看看他的“一樽还酹江月”，多么旷达；看看他的“但愿人长久，千里共婵娟”，多么伟岸。我们喜欢苏轼，因为他是所有人生命历程中的一个灯塔，照亮前方的黑暗；我们赞美苏轼，因为在茫茫人海中，我们永远渴望真诚。

向你的家人问声好，或者给他们一个大大的拥抱，这是他们照顾你多年应得的回报。向你的朋友问声好，朋友之间，交流电总比直流电效能更高。向陌生人问声好，因为在他们眼中，你也是陌生人，而你的问好可以融化彼此自我保护的戒条。

向生活问声好，生活就真的好了。

向镜子中的自己问声好，镜子中的你也会说：“你好。”

尹老师和夏老师都觉得这篇作文不错，理由是书写规整，文笔优美，结构清晰，思路明确。但她们都是第一次上高三，对自己的意见没有把握，眼巴巴地看着其他几位老师。

尚老师和柳老师觉得，这篇作文内容有些空洞，作文构架有些模式化，也就是二类下的水平。

刘谆谆老师问赵建文老师什么意见，尹老师插嘴道："就是，我也想听听，您是远来的和尚，没准念的经和我们不太一样呢。"刘老师说道："赵老师可不是一般的和尚，他可是得道的高僧。"

但就是这个问题，让赵建文在此时此刻为了难。

若完全从他个人的喜好看，他很看不上这样的文章，他同意尚老师和柳老师的意见，外表华美，内涵空洞，通篇歌颂真诚，其实写得一点都不真诚，而且非常的矫揉造作，里面还有常识性错误。但是，作为从教多年的语文老师，他很清楚这样的作文多年来一直备受青睐。即便这两年有所回落，但全然没有销声匿迹的意思。在有些学校，这种作文依然是学生的救命稻草，依然在历次大考中占有很大的比例。这种态势很像一群土匪将地主家团团围住，逼得地主低头就范。毕竟这样的作文最终成绩如何，决定了太多人的成绩，也决定了太多人的业绩或政绩。

最近几年，赵建文经常走出去，同其他省份的一些中学搞一些交流活动。他发现这样的作文经常被老师们用来做作文教学中辅导学生的范本，有的地方从高一起就开始训练学生如法炮制。

和他的诸多同人不同的是，为了给学生更高端的引领，赵建文自己时常写几篇下水文，和学生的作文放到一起，让学生在不知情的情况下进行交流。自然，他的文章总是赢得学生的交口称赞。

只是现在，在全省最有名的悟德中学，赵建文不清楚这篇作文该面对一个什么样的评判。

还有一点让赵建文稍感困惑的是，刘老师把这样一篇作文放进来，是不是掺杂着她个人的想法在里面。如果给的分数过低，作为标杆文，势必影响整体成绩。若果真如此，出题人也好，任课教师也罢，大家面子上都不好看；是不是还会衍生出什么危局来，谁也说不好；如果这篇作文出自刘老师学生的手笔，赵建文觉得如果日后有什么麻烦，首当其冲的可能是他自己。

这些想法并没有让赵建文耽搁太久。短暂的困惑之后，赵建文便有了答案，说道："一开始，我也觉得这篇作文有些跑题了，材料讲的是工人和保安两个人的故事，而这个学生的作文中，所举的例子全是从梵高、苏轼个人的角度叙述的，只写了一个人的故事；但我又一想，这位同学歌颂的是真诚，就是他所提倡的对生活的态度，那么可不可以理解为材料中的人对人的角度被这位同学转化为了人对生活的角度呢？这样的立意如果成立，这篇作文的分数应该可以更高一些。当然，这位同学如果在叙述两位名人的事例的同时，强调一下生活对他们的回报，可能就更恰切了。"

刘老师对这样的解说甚是满意，说道："那好吧，就给一类下吧，五十一分，大家觉得怎么样？"

众人似乎并不在意这篇作文多少分，而只是希望这个环节尽快结束，便纷纷表示认可。

刘老师将装订好的作文分派下去，每个人两本，并叮嘱几位老师，每本作文的平均分要把握在四十二分左右。

晚上，学校食堂给老师们提供了免费的晚饭，并由几位师傅送到了阅卷地点。大家吃过晚饭后，又忙乎了三个小时。等大家各自完成手中的任务，又各自带着两本作文回家时，已经是晚上九点多钟了。

回家的路上，赵建文问刘老师，为什么要规定每本作文的平均分，而且是四十二分。刘老师说道："其他学校学生的整体作文水平，肯定到不了这个分数；要是咱们学校的语文成绩不好，其他学校更好不到哪里去；再有，咱们要是给低了，领导就得找咱们的麻烦，咱们何苦自己害自己？"

听到刘老师如此说，赵建文表面上频频点头，心里却暗暗升起了一丝愉悦。这种感觉他颇为熟悉，甚至极有归属感。他几乎可以下这样的断语：如果仅仅是从作文评判的标准和方式上来看，他一点也没看出堂堂的悟德中学和横江一中有什么不同。

赵建文回到家中，倪湘莲示意他慢步轻声，说儿子已经睡了。尽管赵建文同样感到很疲惫，但他还不能睡下。他吩咐倪湘莲给他冲一杯牛奶，随后就在桌前坐下，从包里掏出了那两本作文，准备挑灯夜战。

赵建文判作文的习惯做法是先将两本作文做个通览，再根据例文所代表的精神给个初评，最终再去做每一篇的定夺。

就在他通览的过程中，他发现了那篇被老师们一致认定为五十六分的作文。

倪湘莲将牛奶放在桌上，赵建文示意她在旁边坐下，神神秘秘地说道："今天我真是长见识，这个学校不光按成绩分布班级，就连老师阅卷工作的任务分配也有高低之分。教普通班的只能评阅最没有技术含量的题目，教重点班的才能评阅更有难度的内容。"

倪湘莲问："那你判哪道题？"

赵建文说："还用问，我判最难判的散文阅读题啊。对了，制定作文评判标准的时候，大家意见不一，刘老师还让我帮着拿主意呢。"说着，赵建文把那篇作文拿起来，又继续说道："你不是想见识见识悟德中学学生的好作文什么样吗？你来看看，明天也让儿子看看，好好学学。"说着就把这篇作文拿给倪湘莲。

倪湘莲看得颇为仔细，但看完之后，她脸上的喜悦低于赵建文的预期。倪湘莲说："好是好，可咱们的孩子是男孩啊，这篇作文明显是女孩子写的，酸了吧唧的，这可学不得。家里有你这个整天冒酸水的，还不够吗？"

赵建文说："怎么见得一定是女孩子写的？"

倪湘莲说道："你不信？好歹我也当过这么多年语文老师呢。"说完，还没等赵建文有什么反应，她拔出赵建文手里的笔，将那装订之处的缝隙撬起。倪湘莲的动作比尹老师还要迅捷。因为用力过猛，三个装订过的地方被撬开了两处，像是棺椁被掀掉了顶盖，班级姓名在灯光下赫然在目。

赵建文惊骇异常，说道："你怎么这么冒失，这我明天怎么向同事解释啊？"

倪湘莲一副经验老到的样子，说道："怕什么，你们这些试卷不是打乱班次装订的吗？最后还是要拆开，重新按班级归类的吧？你明天早点去，装作是第一个拆完试卷的，和大家的混在一起，谁看得出来？"

倪湘莲看了那份试卷一眼，自信地笑道："我说是女生吧。这个学生叫伊雅，还能是男生？再说，你看看这个学生是哪个班的？"

赵建文一听说"伊雅"这个名字，顿觉耳熟，又赶忙看了看装订线内填写的班级——九班，他想起来了，就是那个在语文课上看英语书的女生。

自从上第一次课后，赵建文再没有关注过这个叫伊雅的女生。

倪湘莲不明就里，说道："你的弟子，高兴吧。"

赵建文却一点也高兴不起来，说道：“我有什么好高兴的。她是出国生，不管考得好不好，做班级成绩统计的时候，这样的学生是不计算在内的。”

倪湘莲叹了口气，说道：“那你判吧，我去睡了，这篇作文我明早出去复印一份。”

赵建文拿着这篇作文，心里不知道是悲是喜。他搬起一本厚厚的词典，压住了装订线，继续浏览。

不过，赵建文绝对想不到，后面还有一篇作文，如同一个不定时炸弹，静静地等着他。当他翻阅到这篇作文的时候，那无声的轰响会把他惊得目瞪口呆。

也许应该说，这都不能算是一篇作文，因为作文纸上就一句话，且并没有写在第一行，而是不前不后地写在作文纸左半面的中间。那一句话写的是：

“我就试试只写一句话得不得分。”

这几个字的书写极其出色，似乎每一个笔画都透露着一种难以遏制的昂扬。只是这样出色的书写和这样刁蛮的内容配在一起，真的是让赵建文难以评判了。

教学这么多年，赵建文从来没有遇到过这种情况。这要是在横江一中，不用多说，校领导必定找来孩子的家长，通知家长把孩子带走，回家反省，至少停课一周。对家长来说，别说是一周，哪怕只是一天，家长恐怕都要先一脚将孩子踹倒在地，然后自己也扑通一声跪下，在校长面前连连哀求了。

赵建文清楚地记得，曾经有个学生只是因为课上喝了一口水，便被班主任喊来家长宣布停课。那学生家里距离学校太远。学生家长赶过来后，陪着孩子在校门口自学了一天。

现在面对这样的情况，赵建文着实有些不知所措。他估计刘老师应该也在奋战当中，他便给她发了个短信，将这一情况汇报给刘老师，并询问这样的作文该如何打分。很快，刘老师把电话打过来了，问那作文是谁写的。赵建文说不是封着试卷吗，不了解。刘老师说道：“那就给零分吧。”

赵建文问道：“不是说，按照一般的惯例，哪怕只写一句，也不给零分吗？”

刘老师说道：“可他不是在写作文啊，他是在问我们问题呢。我们的回答就是——零分。”

赵建文挂下电话，发呆一般看着眼前这份作文。终于，强烈的好奇心促使他拿开那本厚厚的词典。他要看看，到底是哪个学生如此地胆大妄为。

然而，不看则已，看过之后，赵建文如同被当头敲了一棒，整个人僵在那里。

那个名字似乎是一把寒光闪闪的利刃，撑开了赵建文的眼睛，并刺得他双眼生疼。

那个名字是“蔡泱泱”，旁边的班级一栏清清楚楚地写着——“九班”。

伊雅的作文不作数，这样的作文倒是要计入九班的成绩。赵建文此时的感觉，就像是被人在嘴里强行塞满了黄连，还不能吐，只能咽下去。

第二天下午，大家再次汇集到昨天阅卷的会议室。将各自手里的试卷拆封分班之后，刘老师将印有试题分析、文言文翻译和古诗赏析文字的答案解析版发给大家，并要大家汇报一下各自的阅卷情况。

轮到赵建文的时候，他拿出蔡泱泱那份作文，递给刘老师。

刘老师把这份作文展开，给大家看了一眼，并向大家征求意见。

尹老师和夏老师看到那篇作文，笑了。尹老师说道：“猜也猜得到谁会干出这样的事来。我听以前的老师说，高一高二的几次大考，这个叫蔡泱泱的就没好好写过几篇作文。”

刘老师说道：“这个学生比较特殊，反正他一不是状元苗，二又上不了清华北大，犯不着为这样的学生劳心费神。赵老师刚来，咱们别给他添堵了。我的意见是，这个孩子的成绩就不作数了。”

刘老师话音未落，大家纷纷表示同意。

尹老师笑道：“怎么样赵老师，去掉一块心病了吧？请客吧。”

赵建文笑道：“好啊好啊。我爱人猪蹄烧得好，改天我请大家尝尝。”

夏老师也笑道：“赵老师，以后尹老师说的话您就别当真。您也太厚道了，她是跟您开玩笑呢。”

第二天，赵建文在九班讲评作文的时候，他并没有急着先把学生的作文发下去。他把学生中几篇开头写得不错的作文制作成了幻灯片。一一展示给学生的同时，自己还时不时地点评几句，引得学生频频点头。

幻灯片的最后一章，是赵建文自己写的：

马克思和燕妮，彼此成就了可歌可泣的爱情；元稹和白居易，彼此成就了至真至纯的友情；孟母和孟子，彼此成就了流芳千古的亲情。朋友，我怀揣真诚，等着和你成就一段传奇的人生。

然而，学生们看到这一片段的反映，多少令赵建文感到有些失望。虽说下面不乏掌声，但也有不少人无动于衷，甚至一脸茫然。伊雅更是笑出了声，但很快又把嘴捂住了。

蔡泱泱大概在低头看着什么，头也不抬，一动不动，好像身边的事情和他一点关系也没有。

临近下课的时候，赵建文把作文发了下去。

不出赵建文所料，蔡泱泱的那篇作文，立刻在班里炸响了。胡岩如同发现了至宝一般，大声惊呼着“祖宗，你是我的祖宗”，接着又抓起一支笔，给那零分前面加了一个“6”，然后大叫道：“满分！满分！”

周围的人立刻围拢过来，一边传阅，一边大声议论着。一瞬间，蔡泱泱周围围了个里三层外三层。

张骁并没有凑过去，他问赵建文：“老师，您不管管啊，他们太不像话了。”

赵建文面对眼前的景象，不动声色。

他看到蔡泱泱从人群里钻出来，坐在一边，看戏一般欣赏着众人的反应。

第五章　誓师大会

十天之后，其他年级的学生返校，悟德中学真的开学了。

让赵建文倍感欣喜的是，经过入学考试的筛选，赵千仞落到了初一最好的重点班。

赵千仞的语文老师是个女老师，姓韦，也是去年刚从外区调到悟德中学来的，三十多岁，做老师已经有七八个年头。

赵建文心想，这大概也像他一样，是被校长从什么地方挖过来的。

倪湘莲去了初一，她教的是两个普通班。因为赵建文在高三，学校并没有给倪湘莲安排班主任的工作。

赵建文原本担心倪湘莲会因为教普通班而有些失落。没想到倪湘莲却是知足得很，笑道："我和儿子在一个年级，方便照顾他；学校没给我安排班主任，让我也方便照顾你，多合适啊。"

三十一号的晚上，轮到赵建文晚自习值班。

悟德中学高三每个班的住宿生都不多，但上晚自习的人很多，尤其是重点班的学生。大部分走读生都选择在学校里上晚自习，他们需要以他人的学习氛围来约束自己。

晚自习从六点半上到九点半。值班老师要做的工作就是定时到各班点名，并察看考勤和纪律情况，其余时间便是在办公室里忙自己的事情。赵建文今晚的打算是把收上来的暑假作业处理完。

开学后，任课教师照例查收各科的作业。赵建文的九班只交了一半，五班更少，大约交了四分之一。这可让赵建文吃惊非小。作业交得最多的是十二班、十一班和文科一班，像小山一样摞在刘老师和柳老师的办公桌上。柳老师不在，赵建文便问刘老师是怎么做到的。刘老师笑道："怎么做到的？谁知道呢。您没看我另外一个班也是寥寥无几吗？不过赵老师您别着急，您的学生老实，不做就是不做。我这里交的不少，恐怕有大半都是抄的。交作业也就是充充样子，落个好学生的名儿而已。"

赵建文又问刘老师知道不知道柳传芬老师是怎么做到的。刘老师笑道："你大概想象不到，温柔和善的柳老师在学生面前有多凶。柳老师最擅长的就是追问，追问到学生难以申辩。我要是她的学生，恐怕也赶紧交了算了。"

赵建文喃喃地说道："怎么会这样呢。我原来的学校，学生绝不可能出现不交作业的情况的。"

刘老师笑道："您在原来的学校从不发愁作业问题，最终不是也没见学生的成绩出类拔萃吗？咱们的学生做事功利得很。语文作业交，成绩也好不到哪里去；不交，成绩也差不到哪里去。还不如把时间花在自己更喜欢的科目上。"

赵建文知道，既然刘老师都如此说，自己若再多说不仅无益，反而会讨人嫌了。

处理作业的时候，赵建文习惯于先统计一下有哪些人没有完成。五班交得太少，他不打算再统计了。他把九班的名册拿出来，一一加以核对。他猜都猜得到，胡岩肯定没交作业。但让他感到奇怪的是，蔡泱泱也没有交作业。

六点半到了。赵建文走出办公室，拿着各班的花名册逐个巡视。重点班都比较安静，普通班里学生不多，不少学生明显是听到了响动，料定是老师来巡视，这才正襟危坐，装出一副思考状。

走进九班的时候，他注意到蔡泱泱很认真地看了自己一眼。

从蔡泱泱的眼神里，赵建文读出了一丝期待的意味。赵建文断定，虽然之前蔡泱泱那篇所谓的作文在宣告他的桀骜不驯，但他现在看到的这种眼神明明是在提示赵建文，蔡泱泱依然不过是一个单纯的孩子，他像很多学生一样，渴望得到老师的关注和肯定。

面对此时蔡泱泱眼神里的期待，赵建文装作没看见。他若无其事地点完名，随即离开了教室，回办公室去了。

过了一会儿，赵建文拿着水杯去走廊另一端打开水。当他打水回来，再次路过九班教室的时候，恰好看到蔡泱泱从教室里出来，走到门口的时候，回头很大声地和里面说了一句什么。说完了，他就靠在门框上，垂下眼，一副无所事事的样子。

赵建文心下明白，此刻的蔡泱泱已经有些迫不及待了。他走到蔡泱泱身边，问道："蔡泱泱，现在是否有空？有的话，我想和你谈谈。"

蔡泱泱似乎有些吃惊，但马上就说："好。"

走进办公室，赵建文示意蔡泱泱在沙发上坐下。蔡泱泱说道："老师，您先坐。"待赵建文坐下，蔡泱泱坐到了赵建文旁边的位置。

说实话，如果不是基于那篇作文和其他方面的一些了解，赵建文绝对不会把眼前的这个学生和吊儿郎当、放任自流、哗众取宠等词语连缀在一起。此时此刻的蔡泱泱，恭恭敬敬地坐在他旁边，双手放在膝盖上，面带微笑。

赵建文注意到，蔡泱泱的头很圆。很明显，这应该是母亲的功劳。只有在孩子幼小的时候不断调整孩子的睡姿，才能保证孩子长大后，前额、两颊、头顶和后脑呈现为一个很自然的弧度。

赵千仞的头也是这样的。在这件事情上，倪湘莲居功至伟。

蔡泱泱一直用期待的眼神看着赵建文。

赵建文说道："蔡泱泱同学，你大概知道我是为什么找你的吧？"

蔡泱泱笑道："老师，我知道。不过您别这样问我好吗？太像我父亲的口吻了。"

赵建文说道："你父亲是做什么的？"

蔡泱泱说道："他是警察。"

赵建文满脸疑惑，他想起了蔡泱泱学籍卡上父亲那一栏的"已故"二字。

蔡泱泱读懂了赵建文的表情，说道："我小的时候，他因公牺牲了。"

赵建文伸出手，想摸一摸蔡泱泱的头，蔡泱泱头一偏，闪开了。

蔡泱泱看到赵建文略显尴尬，赶忙又说道："没事老师，已经过去很多年了。"

赵建文问道："能告诉我你为什么没交暑假作业吗？"

蔡泱泱说道："对不起老师，我应该先主动告诉您一声的。我没有事先声明，是我以前的老师连问都不问。我本来想做来着，但我一看那里面的内容，我就觉得即使我一道题都不做，我的成绩也差不了多少。有这时间，我还不如多看看书呢。”

赵建文说道：“我第一次上课的时候，就感觉你读书不少，这是你的习惯吗？”

蔡泱泱说道：“我妈妈工作忙，我经常是放学之后去舅舅家吃饭。我舅舅也是个老师，也教语文，他藏书挺多的。我读的很多书，都是从舅舅那里看来的。”

赵建文“哦”了一声，接着说道：“那，我们说说你的那篇作文？”

蔡泱泱点点头。

赵建文又补充了一句道：“放心，我还没有和你妈妈说这件事呢。”

蔡泱泱笑道：“没关系，跟我妈妈说也没事，我已经告诉她了。我总分那么低，我不告诉她，她也得问我怎么回事。”

赵建文说道：“哦，你妈妈怎么说？”

蔡泱泱说道：“我妈说，以后别开这样的玩笑了。你肯定把老师要么吓坏了，要么气坏了。”

赵建文说道：“我也没吓坏了，也没气坏了，但我想你这么做不只是为了开玩笑吧。”

蔡泱泱的表情变得严肃起来，说道：“当然不是。主要的原因就是，我不喜欢这次作文的材料，觉得自己如果顺着这个故事的主题写了，那纯粹就是浪费时间。”

赵建文问道：“你不担心你这样做的后果可能会很严重吗？”

蔡泱泱说道：“我不担心。我妈说过，人到了十八岁，就要学会为自己的行为负责。我已经十八岁了，我敢这么做，就敢承担后果。其实，让我顺着出题人的意思写，我也知道怎么写，我也相信我能得到高分。”

赵建文说道：“那你说说看，你为什么不喜欢这个作文材料。我还觉得挺感人的呢。”

蔡泱泱笑道：“老师，您要是觉得感人，那我只能说我和您有代沟了。”

赵建文说道：“那你不妨说说看，兴许能将这代沟有所弥补呢。”

蔡泱泱说道：“好，那请您允许我先问您一个问题，您没觉得这个故事有问题吗？”

赵建文说道：“有什么问题，我听说这个故事取自一个真实的报道呢。”

蔡泱泱说道：“真实不真实我不知道，但我和几个同学都觉得这个故事假得让人难受。您不觉得这个故事里的两个主人公关系不一般吗？”

赵建文问道：“怎么个不一般？”

蔡泱泱笑道：“那个工人是每天向所有人都问好吗？恐怕不大可能。就算那个工人只向保安问好，后来那个保安就要去救他？恐怕这是个可歌可泣的爱情故事吧。”

赵建文笑道：“瞧瞧，你们都想到哪里去了。”

蔡泱泱接着说道：“即便不假，您说这样的作文有什么好写的呢？不就是好人好报吗？我们都不知道写了多少次关于好人的作文了，中国的，外国的，古代的，现在的，各行各业的，男女老少的，反正都是好人，反正都是要歌颂好人，这个世界有那么美好吗？就算材料里没提到具体的人，我们在作文里还是要拿好人做例子，继续歌颂。只要歌颂了，就能得高分。”

赵建文说道：“好人当然是要歌颂了。”

蔡泱泱看了赵建文一眼，说道：“老师，您觉得这世上有绝对的好人，绝对的坏人吗？”

赵建文一时语塞。

蔡泱泱继续说道：“我爸跟我说过，这世上的人因为要生活在一起，为了彼此的安全感才想方设法提倡好的一面，制定法律和道德抑制坏的一面。我小的时候老师就告诉我，世上还是好人多，意思是这个世界上还是有坏人的对吧？我爸就是抓坏人的，他经常跟我妈妈说，他抓的人有多坏。”

赵建文说道：“也许你的父亲不该当着你的面说这些。”

蔡泱泱点点头说道：“是的。他意识到不该跟我说这些的时候，他就不在了。”

赵建文接着说道：“不过我觉得写作文是一回事，生活是另一回事。”

蔡泱泱的眼神里闪过一丝惊讶，继而说道：“不是吧？老师。你们不是常说，作文如做人？”

赵建文说道：“我说的是，写应考作文和写作文不是一回事。”

蔡泱泱笑道：“老师，您把我说糊涂了。”

赵建文说道："这么说吧，如果让你放开了写，你打算怎么写？"

蔡泱泱停顿了一下，一脸得意地笑道："其实我早就写了，我把它发在我自己的博客里了，名字叫《绑架好人》。您要是愿意抽空看看，我把地址写给您，或者我打印出来一份给您。"

赵建文说道："你把地址给我吧，我找时间上去看看。"说着，赵建文起身，找来一张废弃的机读卡和一支笔。蔡泱泱将地址写在机读卡的背面，交给赵建文，便准备起身告辞。

赵建文忽又想起了什么，说道："蔡泱泱，什么时候有空，讲一讲你对悟德中学的感受好吗？我是新来的，很多事情都不太了解。"

蔡泱泱说道："老师，我不想说，我觉得背后议论别人不好。"

赵建文说道："这不是议论，我只是想多角度了解一下。"

蔡泱泱说道："对您来说是了解，对我来说就是八卦了。抱歉了，老师。"

赵建文再次感觉到了尴尬，但也只好作罢。

回到家，赵建文打开电脑，按照蔡泱泱提供的网址，他找到了蔡泱泱名为"锦瑟华年"的博客。他在目录里找到了那篇叫《绑架好人》的文章。内容如下：

看完这个故事，我的第一反应是，恐怕这两个互为好人的人，他们以后的生活再难平静了。他们一定会像早些年那样，作为好人必有好报的典型，四处讲用。一方面，他们享受着鲜花和掌声，而另一方面，他们再也别想过回普通人的日子。

俗话说，出来混是要还的。既然大家认定你们俩是好人，你们就得按照好人的标准去做，不能光光占尽了好人的便宜。什么是好人？那就是三百六十度无死角，哪怕周围的人像苍蝇那样长了复眼，也永远没可能发现你们的缺陷。说得再通俗点，最好晚上睡觉连呼噜都不要打，任何时候都只会帮助他人，而万万没有可能惊扰到他人。

生活中就是有这样的人，明明自己不想做好人，明明知道没有谁有必要做成那样的好人，在对自己百般原谅的同时，对那些被推出来的好人百般为难。更有甚者，他们利用高科技手段，整天盯着那些好人的日常行为，专门搜集他们不光彩的一面，一旦有所收获，立即公之于众，这就是所谓的维护正义，揭露真相，让更多的人站在卫道士的立场上对好人口诛笔伐。其实，不过是做了打瞎子骂哑巴的事，泄了自己的私愤。

只可怜那些被冠以好人名声的人，再也回不到原来的生活里去。重做保安和下井工人，那会被认为是大材小用，而且也受不了同事混合着指摘和期待的目光；那就免不了被身居高位的人虎视眈眈。此时这些好人的处境很像是被五花大绑之后又被蒙上了眼睛，看不到路，迈不得步，自己的身体被别人呵斥着，自己的心灵被别人驱使着，让你往哪里走，你就得往哪里走。你原本是谁，是什么样的人，一点都不重要。

我只希望，这两个人今后的生活依然可以平安无事，他们依然有稳定的工作和收入，依然可以维护着各自家庭的安全。当然，如果这件事可以使他们获得些许的奖金或者工资额度的提升，不至于让别人眼红，也不至于让自己难堪，那就是再好不过了。

最后我想说，我不敢说我是绝对的好人，但我力争当一个多做好事的人。

看这篇文章的时候，赵建文难以抑制内心的激动。他一会儿把双手放在两颊使劲地摩挲，一会儿站起来走几步。但无论做出什么动作，他的双眼始终被这篇文章牵扯着。

这样的文章，赵建文已经太久没见过了。这甚至让他想到了如蔡泱泱这么大的时候的自己，想到曾经的自己所拥有的那种“敢为天下先”“世界在我心中”的状态。这种状态在当下的学生当中并不多见，在他自己内心深处也已经是久违了。

通常情况下，一个学生可以把作文写成这样，多半都不是语文老师教出来的。在这样的文章面前，老师们多少都会有些心有余而力不足。

凭借着这些年参加高考阅卷的经验，赵建文非常清楚，这样的作文要么会被评判老师捧上殿堂，要么就被作为另类而打入地狱。多年来，评阅老师更希望看到的是更方便于用评分标准来衡量的作文。大家平时是这么判的，课上也是这么教的。在这一点上，赵建文也不例外。只是他实在是说不清楚，自己到底是从什么时候成了现在这个样子的。

面对眼前这篇如此另类而又让他激动万分的作文，他不知道该怎么办才好了。

赵建文把倪湘莲叫过来，让她看看这篇文章。倪湘莲看过之后说道：“好是好，反正我教不出来这样的学生。但是，你真的打算让咱儿子学吗？”

赵建文说道：“你记得张承志有篇叫《冬日平静》的散文吗？”

倪湘莲说道：“记得，你很喜欢那篇散文的结尾。”

赵建文说道：“那我现在回答你的问题。我希望咱儿子学会给 B 打钩的同时，能把 A 藏在心里。”

第二天上午，悟德中学新学期开学典礼在大操场上举行。

今天的开学典礼，同时也是新高三的誓师大会。

悟德中学的操场是拥有标准的四百米跑道的大操场。上午八时许，操场上黑压压地坐满了从初一到高三各年级的学生，主席台上黑压压地坐满了从省里到区里的各级领导。

高三的学生坐在整个操场的中间位置，其他各年级坐在东西两边。各班的班主任坐在本班的最后。赵建文和其他任课老师以年级组为单位，集中在操场的最东边，这里也是最靠近国旗的位置。

今天的天公不甚作美，阴沉沉的。

开学典礼的第一项照例是升国旗，唱国歌。乐声响起，尽管操场上的人数以千计，但大家合唱的声音并没有盖过伴奏的音乐声。赵建文的声音不高，但是浑厚，因而既不显得比别人尖利，也不会过于低弱。

负责升国旗的旗手看来不是很熟练，国歌的乐曲声已然结束，国旗只升到一半。国旗手急忙用尽全力猛地一拽，国旗“嗖”的一下直窜到了杆顶。

第二项，是新生代表讲话。

两个学生走上主席台，都是男生，一个代表高一新生，一个代表初一新生。两个人除了相同的校服，初一新生代表的脖子上多了一条鲜艳的红领巾。

两个人一个鞠躬，一个行队礼。高一新生代表说“各位领导各位老师各位同学”，然后两个人齐说“大家好”，然后初一新生说“金秋送爽，金声报捷，在这阳光灿烂的日子里……”

听到这里，赵建文已然是听不下去了，他在心里斥骂着：“什么玩意儿！”

接下来的颁奖环节极具悟德中学特色。在过去的一年里，在国内国际各种竞赛上披金挂银的学生，名牌大学的保送生，诸多在学科竞赛上获奖的教师在运动员进行曲的烘托下轮番登台、领奖、讲话，各级领导一次又一次地面带微笑和获奖者合影留念。

这一环节持续了将近一个小时。

颁奖环节结束，于校长讲了几句话，台上来宾代表简明扼要地表达了赞美和祝福，开学典礼便宣告结束。台上诸多领导在师生们的掌声中挥着手微笑离场。

操场上的全体师生却并没有散去的意思。

接下来的主角，将专属于高三的师生们。

于校长宣布："高三学生奋战三百天誓师大会现在开始!"操场上从初一到高二的所有学生瞬时将目光全都集中在会场中间的高三师生身上。与此同时，高三各班均有一名高大的男生肩扛一面红旗奔上主席台，按照班级顺序，面向众人一字排开。站定之后，一班学生代表率先走到话筒前，左手扶住红旗，右手握成拳头，且高高举起。与此同时，台下一班的学生霍然站起，同样举起右拳。他们要在全校师生面前庄严宣誓。

台上其他班的学生代表挥舞着红旗，营造着如火如荼的背景。

一班说："我是高山，藐视平川；我是人杰，藐视草芥；我是勇夫，藐视懦夫，我是英雄，藐视平庸。"

二班说："为了家人的幸福，为了老师的企盼，为了学校的荣誉，为了国家的未来，我们保证：双眼一睁，不怕牺牲；宁淌血水，不流泪水，竭尽全力，青春无悔。"

三班说："未来的三百天，我们只会燃烧，不会沉沦；我们只会前进，不会逡巡；我们只会捷报频传，绝不会辜负我们火一样的青春。"

四班说："不做无谓的彷徨，敢做有价值的牺牲。我愿低下头去劳作，换取我更高端的生命历程。不要小看我今天的承诺，明天，我就给你非比寻常的证明。"

五班说："师生情谊长，父母恩情重。我用我的真心，赢得你的笑容。为了你们，我们力争上游，分秒必争。让我们的青春之火，在这三百天中烧成永恒。"

六班说："你拼的是汗，我搏的是命；你有的是信心，我有的是血性；你若不眠不休，我就灯火长明；豁出这一条性命，愿意和你共赌一生。"

七班说："雄鹰的理想是蓝天，骏马的理想是草原，蛟龙的理想是深渊，我们的理想是降服骏马，驾驭蛟龙，俘获雄鹰，站上世界之巅。"

八班说："莫说难，长征万里只等闲。我辈今朝同做伴，可走十万并八千。加油干，明朝定把梦来圆。只恨时光难再转，不买清愁不买闲。"

九班说："他人笑我太疯癫，我笑他人看不穿。天生不是凡夫子，明朝定能上九天。怀抱明月饮琵琶，嫦娥为我舞翩翩。玉净瓶中何所有，遍洒甘露做福田。"

十班说："子时眠，不惧前方九折回转，三更起，立志成就千仞高山；心中有梦，终将流连于荷塘月色；眼前有路，必当徜徉于未名湖畔。"

十一班说："我们是有良心的人，我们是有信心的人，我们是不怕吃苦的人，我们是惜时如金的人，我们是坚持不懈的人，我们是愈挫愈强的人，我们是勇往直前的人。"

十二班说："请各位领导放心，请各位老师放心，请各位学长放心。你们的热望由我们来实现，你们的遗憾由我们来弥补，你们的心愿由我们来达成。今天，我们是悟德中学的骄子；明天，我们可上九天，缚住苍龙。"

台上的学生代表发言的时候，个个都是双目外突，青筋外露，不断上涌的热血使他们的面颊和脖颈变得又红又紫。在他们眼里，似乎台下的众人此时都是他们的假想敌，而每个人只需一阵声嘶力竭的怒吼便可以令敌人瞬间土崩瓦解。

每一段誓言之后，台下都会响起一片大获全胜般的掌声和欢呼声。

这样的阵势，赵建文并不陌生。以前在横江一中，每年都会有高考奋战一百天的誓师大会。他没有想到的是，悟德中学刚开学就将高三的氛围燃到极点。若在平时，台上有些班级的誓言只会让赵建文感到好笑，但此刻的他已经完全被眼前的氛围所感染，他似乎能听到血液在自己的身体里加速奔流的声音。

十二个班的学生代表宣誓完毕，台上十二位男生将手中的红旗再次挥动起来，台下其他年级的学生全体起立，一边鼓掌一边齐声高喊："祝福学长，高考必胜！"

高三所有的学生和老师也全都站起来，他们一面整齐划一地挥动拳头，一面齐声将"高考必胜"高呼了九遍。

赵建文事后问尚老师，为什么要喊九遍。尚老师只说了两个字："吉利。"

赵建文瞥了一眼附近的其他老师，大家俨然都成了眼前这股洪流中的一分子。刘谆谆老师的表情非常严肃，柳传芬老师一边高喊口号，一边泪落如雨。

十二个班的学生代表走下了主席台，于校长重又站到话筒前。

此刻的于校长表情凝重，再也不见了往日的温和。他停顿了许久之后，只说了一句话："明年，你们把状元给我拿回来！"

台下所有的人一边挥动拳头一边高呼："拿回来！拿回来！拿回来！"

虽然只是简单的重复，但"来"字越喊越长。喊到第三遍的时候，忽然刮过一阵狂风，天上的浓云受了惊吓一般，四散奔逃。没过多一会儿，天晴了。

第六章　悟德中学的秘密（一）

如果有人问悟德中学的老师身在高三累不累。十个老师中，有九个会异口同声地说："累！"

那一个说不累的，应该是赵建文。

喊累的人，自然也有喊累的理由。

悟德中学每周上六天课，只在周日休息一天。周一到周六每天都是八节课，上午五节，下午三节。上午第一节课之前有半个小时的早读，每周一三五给了英语，二四六给了语文。每天中午一点到一点四十是老师进班的答疑时间。除了周六，每天下午都有统练，从第三节课后开始，时长为一个小时，通常都在五点半钟结束。

语文和数学英语一样，每周每班有七节课，但这并不包括周六的课程。周六的课表单独安排，一天六节大课，每节课一个半小时。上午是语数英，下午是文综或理综。

语文早读的内容由柳老师、尚老师和夏老师负责。柳老师负责周二的基础知识，夏老师负责周四的默写，尚老师负责周六的文言文。

周二的早读词汇量很大，学生恰恰在此漏洞百出，如果学生要老师逐个地予以解释，老师们则少不得要事先抱着词典一一加以落实，工作量着实算得繁重。但当柳老师把第一份早读练习的教师版分发给大家的时候，赵建文和夏老师不禁油然而生感激之意，尹老师更是高兴得几乎跳起来。原来那上面不仅有答案，还密密麻麻、工工整整地写满了对每一个词语的注释。

尹老师笑道："柳老师，您真是个大好人，省得我备课了。"

柳老师笑道："恐怕你还是要查一查的，一个是我写的未必都对。再有，你查一遍，才真的记得住。"

尚老师在一旁对尹老师笑道："尹老师，你将来还想留高三的话，柳老师就是你的标杆。"

语文的统练被安排在每周三的下午。老师们在当天晚上就要把卷子判完，以便赶上第二天能及时进行讲解。

语文练习总是主观题多，判起来很耗费时间精力。如果赶上做作文，当天晚上几乎就是老师们的"鬼门关"。将近一百份作文，总共近八万字的文字量。用尚老师的话说就是："要是篇篇出彩倒也罢了，而实际上是不管你把作文题出成什么样，学生练就的唯一一样本事就是见什么题都写成偏跑题的作文。那些没有偏跑的作文，也是一大堆的平庸之作。可你还是得一篇篇地看下去，还要认认真真地看，认认真真地写评语。如果日后学生指着作文中的某处细节与老师理论，而老师却对这一细节印象全无，恐怕便会招致学生对老师的嫌弃。"

通常情况下，学生会在第二天上午课间操或中午答疑的时候来到办公室，要求老师面批昨天的作文。尽管学生的作文在老师眼里永远都是大同小异，但学生们自己对每一次作文总是充满了信心和期待。

赵建文问尚老师，学生应该知道作文是很难判的，按说过两天再问也不为过，他们怎么会这么着急。尚老师叹了口气，说道："这件事的始作俑者是咱们的组长刘老师，她是个铁娘子。去年高三，即使是一百五十分的大统练，她也能做到当天判完，第二天讲评。别的学生看到自己老师这边还没结果，心里自是老大不乐意。有学生把这件事告诉了家长，而家长偏偏就告诉了校长，结果校长在大会上大力表扬了刘老师，这不就等于是在不点名地批评我们吗？没办法，我们只好拼了老命，死活也要跟上了。"

中午的答疑，原本有时间限制，但总是有一些学生一点之前就来到了办公室。

尚老师班里有个女生，刚下第五节课，便一直跟着尚老师来到办公室，要跟尚老师讨论刚才课上的问题，尚老师说："我刚上完第五节课，我得先去吃饭。"

这个女生完全没听明白尚老师的意思，说道："老师，您看我不是也没吃饭吗？我就耽误您几分钟的时间。”

尚老师面带愠色，说道：“你耽误我几分钟的时间，教师窗口就得排成长队，轮到我就没什么可吃的了。”

这个女生显然不高兴了，说道：“好吧，那您快点回来好吗？”

尚老师说道：“抱歉，我牙口不好，我得细嚼慢咽才行。”

那个女生终于闻到了尚老师言语里的烟火气，一噘嘴，不情不愿地转身离开了。

尚老师朝着那个女生的背影恨恨地说道：“瞧瞧，我们培养的就是这样的白眼狼。”

繁重的课业负担，还有不懂事的学生时时带来的恼怒，再加上今年高考失利所带来的压力，悟德中学高三的老师大概是最有资格喊累的人了。

然而就在大家都叫苦连天的时候，赵建文却真真切切地感受到了难得的轻松。于他而言，自己过去在横江一中的日子才真正叫作暗无天日。若只比师生的辛苦程度，赵建文觉得横江一中和悟德中学的高考成绩恰恰应该颠倒过来才对。

横江一中高三的学生每天要上十节课，上午五节，下午五节。早上五点半，学生开始上早操，六点钟上早读；中午的午饭时间总共只有半个小时；下午的最后一节课下课时，已经是六点二十；晚自习要上到十点半。

这和老师有什么关系呢？有的。老师的作息时间和学生是一样的。

很多学生晚上十点半之后回到宿舍，用被子蒙着头，打着手电筒继续背书做题。

学生上了高三之后，他们一个月只休息一天。

这里的学生平时除了成绩，最喜欢比较的是谁晚上睡得少，谁回家的次数少。

横江一中有个口号：“既然没学死，就往死里学。”

横江一中旁边有个补习学校，算是学校的三产。赵建文在那里上过课。周末的时候，这里集中了横江中学大部分的应届生和往届的复读生。即使到了夜半，这里依然灯火通明。

如今，赵建文在悟德中学，既不是班主任，也不是备课组长，因为家就在学校里，也省去了每日的奔波。悟德中学并不要求任课教师坐班。他自己做起事来又是个快手，语文的作业原本就不是很多，再加上学生交作业经常交不齐，往往是其他老师还在向手头的工作发起猛攻的时候，赵建文早就开始打扫战场了。

难得清闲的赵建文回家之后，便常有机会辅导一下赵千仞的功课，还可以给埋头于编写教案的倪湘莲出出主意。

拿到了第一个月工资的时候，赵建文发现自己的收入比在横江中学校内外工资之和还要多。他把工资存折拿给倪湘莲。倪湘莲先是瞪大了眼睛，眼里如焰火一般不停地闪着光。像是怕刚到手的宝贝得而复失，她赶忙把存折扔进抽屉，上了锁，然后转过身，双手勾住了赵建文的脖子，万分得意地说道："你说当初你犹豫啥，咱们这不是神仙般的日子吗？"

悟德中学的高三，拥有不成文的特权。学校里非毕业年级的一些活动，诸如运动会、新年联欢会之类，在高三全部取消。语文组全员出席的大会，只在学年初和学年末各开一次。那些不定时召开的全校教师大会，高三的老师也以监考、阅卷或者给学生答疑为借口纷纷缺席。但凡是和高三关系不大的事情，高三的老师几乎众口一词："我在高三呐，高三多忙啊，多累啊！"

这句话，简直就是屡试不爽的挡箭牌。

让赵建文稍感奇怪的是，他原以为有了开学典礼上那样轰轰烈烈的开场以后，高三所有的老师和学生都会像上满弦的发条一般在日后的学习中全情投入。而实际的情况是，很多学生依然一副懒懒散散的样子，像张骁一样全情投入的人倒成了很多人眼中的奇观。

这样的困惑，赵建文最愿意问的人只有尚老师。对于这样的问题，尚老师不仅乐于回答，还从来都是答一送三。这一次，尚老师又是稍显得意地笑道："赵老师，别的问题倒也罢了，这件事我不方便跟你讲太多。以后的日子还长，你慢慢品吧。毕竟咱们是省城里最好的中学，媒体都盯着呢，咱们不敢做得太过分。再说，咱们有生源做保障。咱们学校的学生，但凡努力一把，就会让其他学校的学生望洋兴叹，再加上还有您这样的老师把关，耽误不了事。"

在赵建文看来，尚老师已经讲得足够多了。

有时候工作做完了，不好意思过早回家的赵建文便坐在座位上胡思乱想。他非常感谢刘老师把这个座位留给他。他趁站起身来伸伸懒腰的空儿，便可以将办公室里所有老师的行动一览无余。一来二去，赵建文觉得自己已经可以对他办公室里的这几位同事下断语了。

如果用业务水平来衡量这几位老师的高低，刘谆谆老师自然应当排在第一位。这不仅是因为刘老师是教研组长兼备课组长，还教着全年级最好的理科班，单看那份摸底考试的试卷，也能看出刘老师在应考上是个明白人。虽然那些试题并非刘老师的原创，但在浩如烟海的题库里找到适合学生用来训练的题目也并非易事。赵建文清楚，很多语文题要么是文本不合适，要么题目不合适，学生要么读不懂，要么答案有争议。为此，语文课经常上成一个语文老师舌战所有学生的吵架课。一堂课下来，老师累得直喊大脑缺血不说，学生还感觉什么也没学到。

刘老师选的资料，多数都是文本难度适中，题目难易适度，即使有学生不大有把握的题，老师们也能根据答案给学生讲清楚。最起码，赵建文觉得他自己是肯定能讲清楚的。

不过，刘老师有弱点，那就是她的急脾气。她总喜欢尽可能多地给学生留作业，又要求大家将收上来的作业尽早判完。若是赶上周三统练写作文，她要求各位老师周末就得把优秀作文的电子版交给她，这样便可以在下周一交给文印室。也就是说，学生在周二就能拿到年级优秀作文汇总的纸质版，老师们也就可以尽早给学生讲作文了。

这个时候，率先跳出来反对的往往都是尚老师，大叫还让不让人活。柳老师虽然不吱声，但也没有公开站在刘老师那一边。

赵建文明白，看来在上一届高三的时候，工作在刘老师的麾下，这两位老师没少受罪。

两位第一次上高三的老师，夏老师自觉没资格发表意见，便一直缄默不语；尹老师知道自己所教的两个班没什么指望，自然不愿意工作更加辛苦。见尚老师反对，少不得要应和两句。

尚老师表示反对之后，曾将目光投向赵建文，希望得到赵建文的支持。

赵建文憨厚地笑了笑，什么也没说。刘老师说道：“赵老师能说什么？判得比我还快呢!”

女老师的计较通常都不善于拿出来当众理论，尚老师独木难支，大家最终都选择了服从。

在赵建文眼里，刘老师是个业务能力很强，但情商不高的人。她不会横眉立目地命令谁，也不会和颜悦色地央告谁。她奉行的原则是，大家都是成人，说不说在我，做不做在你。

对于柳老师和尚老师，赵建文感觉不太好评价。

两位老师手里都各有几本装订起来的复习资料，都是以往习题的汇总。高三学生的作业，多数都是以往高考的成题或者模拟题。每次拿到新的作业，两位老师都喜欢问刘老师用的是哪一年的题。刘老师说出年份，她们很快便能从手里的习题汇总当中找到曾经的答案和笔记。如果用的是新题，两位老师便多少都有些茫然无措，于是要求临时加一次集体备课，大家把这些新的问题议一议。讨论的时候，两位老师低着头，又在新的练习上密密麻麻地写满了笔记。

可以这样说，两位老师是在守着以往的经验过日子，但那些经验已经日趋老旧了。

近些年来，赵建文也积攒了不少这样的资料，但大都由他自己或者让学生帮忙，整理成了电子版。他将这些题按照年份、省份、题型和考点做了不同的分类。也就是说，他手里的资料，比柳老师和尚老师要翔实得多，查找起来也方便得多。不同的是，赵建文对这些资料时常做出更新。那些过于老旧的完全不合考试潮流的资料，他一点也不心疼，毅然决然地一键删除。

从性格上看，柳老师更沉稳一些，平时不喜欢说话，总喜欢闷头忙自己的事情。如果说学生是学习的机器，柳老师就像个教书的机器。眼睛里除了作业和成绩，再没有什么要紧的东西。相对来说，尚老师的言行则更为张扬一些。她喜欢大声说笑，看到觉得不公平的事情就喜欢嚷嚷几句。她所有的表现似乎都在透露着这样的信息——我要退休了，看你们谁还能把我怎么样。

从尚老师那里，赵建文了解到不少关于悟德中学的情况。尚老师似乎也乐于让赵建文觉得，自己对悟德中学的方方面面洞若观火。也许是因为要退休了，尚老师才有了这样的表现；也许她就是这样的人，只是一直都缺少听众。

尹老师是办公室里最聒噪的人。她不喜欢自己动脑筋，或者动了脑筋之后也依然不放心。遇到令她感到棘手的问题，办公室里有一个老师她问一个，有三个她就问个遍。再加上嗓门又大，只要她一开口，别的老师就不得安宁。面对这种情况，刘老师不好意思提醒，尚老师便夹枪带棒地予以戏谑。尹老师是个心里不装事的，哈哈一笑就过去了，可第二天照旧如此。

还有一点，尹老师在着装上着实不讲究。即便是新的，面料款式也很一般。夏老师曾经嘲笑她说，尹老师要是进了商场，她第一时间选定的一定是商场里最难看的衣服。

关于尹老师，尚老师给赵建文讲过这样一个故事。尹老师来悟德中学之前，于校长四处奔波，求爷爷告奶奶，最终给学校部分老师争取到了一批房子，尚老师和柳老师都有份，但尹老师没赶上。尹老师只抱怨了几天之后，便对此事缄口不提。过了两年，尹老师搬了新家，在三环附近买了一套新房，就是尚老师和柳老师等人所在的小区。从此，她便可以每天早上和其他悟德中学的老师一起，坐上学校的班车，赶到学校来上班。

“你知道人家的首付是怎么挣来的？”尚老师说这句话的时候，眼神里充满了敬佩之意。见赵建文不语，尚老师又说道：“人家就是靠在外边上课一笔一笔积攒下来的。”

夏老师是几个女老师当中唯一一个每天都化淡妆的人。她的着装让人看着也非常舒服。不论是款式、颜色还是搭配，似是信手拈来，但总能做得恰到好处，给人既不张扬又过目难忘的感觉。

所有高三语文老师当中，只有夏老师只教普通班。只这一点就让赵建文觉得自己在夏老师那边是没什么可担心的了。

这诸多的印象让赵建文心中成竹在胸的感觉越发强烈。在他看来，悟德中学老师嘴里所谓的“累”，更像是一种自我标榜，同时又可以借此对日后有可能出现的更多辛苦表示拒绝。

他想起了刘老师曾经跟自己说过，于校长之所以调他过来有可能是看不上现有的这些老师。现在想来，他觉得这句话不无道理。

原以为自己像蜗牛一样谨小慎微地步步攀爬才能到达顶点的赵建文发现自己像是坐上了缆车，没过多久就已经优哉游哉地轻松登顶。

若说悟德中学还有什么地方让赵建文感到不安，那便是他现在所教的这两个班的学生。

虽说从开学到现在的时日不长，但有一句话已经铭刻在赵建文的心里：生源和成绩是永远的王道。这句话换成尚老师的说法就是：这就是明火执仗。

摸底考试结束之后，高三各班的班主任便拿着成绩单挨个找任课老师沟通情况，目的就是划定重点关注对象。所谓的重点关注，就是根据成绩排名，看看哪些人有希望上名牌大学，哪些人有希望上清华北大，哪些人有希望争夺高考状元。

五班的班主任白老师，笑盈盈地找到赵建文，赵建文一看五班学生语文的年级排名，也笑了。那份名单里面，语文排名最高的也在年级一百名以外。

若按照刘谆谆老师高考成绩分析会上所说，以语文成绩为标准计算排名，其结果一定是天下大乱。

五班的排名和赵建文平时上课的印象倒是很一致，那就是既没什么好担心的，也没什么好指望的。多数学生不学，但也不捣乱；少数学生跟着赵建文的思路走，可也没什么潜质。

白老师笑道："高一高二的几次大考，这个班少有人能名列前茅，即便有，基本上也是源于其他科目成绩的优异。在语文上，咱们班一个尖子也没有。"

白老师怕赵建文着急，又补充道："按照以往的惯例，有些学生极有可能会在下学期甚至第一次高考模拟之后把注意力挪到语文上来。那时候保不齐会有几个冒出来的。咱们这样的班，能出一两个上清华北大的就是意外惊喜，就是彻彻底底的胜利。您平时上课的时候，重点关注排在前面这几个学生就可以了。"

赵建文想了想，觉得这样也好。虽说不大可能因进步而受到表扬，但既然底子本来就薄，今后逢大考若考得不好，倒也不至于挨批评。

最让赵建文感到头疼的，还是九班。

九班的情况比五班要复杂得多。正如之前骆老师所说，洪武来只有理科还不错，语文上一点灵气也看不到，作文倒是可以做到字迹工整，但内容很是幼稚，堪比小学生。伊雅和蔡泱泱功底很好，可一个忙着出国，一个整天没什么可忙的。蔡泱泱身边总跟着一群起哄的，很多学生学着蔡泱泱，做出一副百无聊赖的样子。胡岩更不必说，他开学考试的成绩位于全年级的末端，除了英语还凑合，其他科目惨不忍睹。

用骆老师的说法就是，每次大考之后做班级成绩分析的时候，胡岩的成绩是最好分析的。一是稳定，二是好找。从年级大排行中倒着找，马上就能找到。

最麻烦的是，九班还顶着重点班的名号，校领导肯定不会对九班彻底地等闲视之。

总得树起个标杆出来。赵建文一边这样想着，一边挨个将班里的学生在脑海里一一扫描。

最后，他将目标锁定为张骁。

单说张骁对学习投入的程度，那恐怕后面班级的有些学生也无法与之相比。越是后面的班级，聪明的学生越多。张骁没那么聪明，但他可以不惜力甚至不惜命地学。就是凭着这样一种状态，他硬是让自己成了年级当中的种子选手。对张骁而言，唯一令他十分耕耘但难有一分收获的就只剩下语文了。

整个班级里，也就只有张骁最听赵建文的话。

赵建文想，如果张骁可以在语文上取得进步，不论是对他个人，还是对班级学习语文的氛围，甚至对他赵建文自己，都是有好处的。

张骁在语文上最大的问题，就是他的作文。

洪武来的作文虽说幼稚，但总算文通字顺。张骁的作文则是问题多多。一是逻辑混乱。张骁只写议论文，但永远都是前言不搭后语。二是他喜欢说一些高高在上的大话，尤其喜欢以排比的方式给作文开头，以期震慑住评阅的老师。三是他在开头部分给材料内容做出的提炼通常都游离主线。往往从第二段开始，他的作文就回不了头地偏跑下去了。

这最后一点最为致命。因为考场作文一旦出现偏差，分数连二类都进不了。这样的成绩不只会拖垮语文，总成绩也会因此而全军覆没。

同洪武来一样，张骁作文唯一的优点也是书写工整。虽说不上有多上乘，但总算有养眼的感觉。

到目前为止，赵建文对张骁没有任何信心。不过还好在复习应考上面，他对自己信心十足。

开学没过几天，便是教师节。

赵建文收到了几条来自横江一中学生的短信，全都是些热烈且空洞的言辞，还尽是群发的。赵建文也懒得回，旋即删掉了。

十号下午，教师节庆祝大会在报告厅召开。大会进行得简短而热烈。一群教龄达三十年的老教师走上主席台，接受学生的鲜花和掌声；辛副校长代表退休的老教师发言；洪老师代表一线教师讲话；学生表演了几个歌舞；最终由于校长做总结。大会结束。

洪老师讲话的时候，每每提到于校长，都会把右手放在胸前。

见此情景，尹老师颇为不满，向刘老师问道：“刘组，干吗找个数学老师上去讲话呢？这是咱们语文老师的强项啊。听他在上面说些什么，连个来回话都说不利落。”

刘老师说道：“话说不利落算什么，有成绩就有话语权。再说，咱于校长经过这么多年，不是也锻炼出来了？”

刘老师转头问赵建文：“赵老师，洪老师的进步空间比洪武来大吧？”

赵建文不知道该说什么，身边几位老师已经笑成一片了。

傍晚七点多钟的时候，赵建文接到张骁妈妈打来的电话，对赵建文再次表示感谢。最后说，有一点小意思，放在学校南门的传达室了，说完便挂掉了电话。

张骁妈妈很是有心。南门传达室离赵建文的家很近。距离越短，便越是消解了被他人发现的可能。

赵建文要倪湘莲出去看看。倪湘莲刚出门不久，赵建文便听到有人敲门。拉开门一看，洪老师笑眯眯地站在门口，手里还拿着两个纸袋子。

赵建文赶忙把洪老师让进来。进得门来，洪老师并不坐下，把那两个袋子放在桌子上，说道：“赵老师，一切尽在不言中。您可别让我多说话，一是我看到你们语文老师就紧张，二是您自然明白我的意思，洪武来的语文，肯定给您添了不少麻烦。我不多说了，走了。”

洪老师双手握住赵建文的手，使劲晃了晃。

赵建文原本还想说点什么，洪老师已经走到门口，朝赵建文作了个揖，便转身离开了。

赵建文看了看那两个纸袋子，一个袋子里放着两条烟，一个纸袋子里放着两筒茶叶。

赵建文把那两条烟拿出来，又仔细端详了一番，发现塑封得很好，里面应该不会再有什么玄机。

以前在横江中学的时候，曾有家长将纸币卷成烟卷，封在烟盒里送给老师。

过了几分钟，倪湘莲抱着一个大纸箱子回来了。赵建文说道：“刚刚家里有我的同事来，我还怕你撞见他呢。”倪湘莲说道：“我看见他进了咱家门，等他走了我才上来的。”说着，倪湘莲打开了那个纸箱子。

纸箱子里，竟然是一层层码放整齐的猪蹄。有可能是刚放到传达室不久，那些猪蹄刚刚有一点化冻的迹象。

倪湘莲笑道：“这是什么人呐，竟然知道你好这一口。”

赵建文仔细思量了一下，笑道：“我在办公室里说过你做猪蹄是一绝，不过那也是唯一的一次。看来以后在办公室说话得小心了，真是防不胜防。”

倪湘莲看到桌子上的袋子，问赵建文是不是刚才的同事拿来的。赵建文点点头。倪湘莲扒开袋子看了看，撇了撇嘴说道：“什么年月了，还送这么没品的礼物。”

倪湘莲把猪蹄码放进冰箱后，将一筒茶叶打开闻了闻，说了声“还不错”，便把这一筒茶叶放在桌子上。她又把两条烟抓在手里，朝赵建文晃了晃，意思是不许抽，然后把另一筒茶放进冰箱，把烟拿到卧室里去了。

因为那些猪蹄，赵建文少不得要尽快为张骁做点什么。

第二天上午大课间的时候，赵建文带张骁来到公用教室，问张骁想不想提高作文成绩。张骁使劲点头，那硕大的头颅似乎都要掉下来了。赵建文说道：“那你听我的，第一，不要再上外面的辅导班，那都是害人的。”张骁一惊，伸出了下巴，但马上又使劲地点头。赵建文接着说道：“第二，你从今天起，好好练习审题，把这几年的高考题和各区的模拟题找来，只练习审题，之后和我讨论。我们达成一致意见之后，你动笔写个开头。注意，只能写开头，多一段多一句都不可以。”

张骁说道：“老师，开头有这么重要吗？”

赵建文说道：“开头对了，基本上后面也就对了。”

张骁面色焦虑地问道：“老师，您觉得我这样练习，多久能提高？能提高多少？”

赵建文沉思片刻，说道：“期中考试的时候，应该能到二类中上。”

张骁面露喜色，说道：“要是真能那样，我总分能上一大块。老师您放心，我绝对按您的要求做！”

赵建文笑道：“你放心，赵老师不打诳语。”

张骁给赵建文鞠了一躬，跑着离开了教室。

上课铃响了，楼道里乱哄哄的。赵建文出了办公室的门去教室上课。

忽然，不知怎的，赵建文觉得楼道里的嘈杂声一下子都消失了，甚至周围的学生也瞬间变得无踪无迹。楼道里只有他自己，他能清晰地听到他的皮鞋踏在地板上发出的非常悦耳的“嗒嗒”声。

继而，一种美妙的感觉涌上了他的心头——我当真是悟德中学的人了。

第七章　悟德中学的秘密（二）

高三语文组集体备课的时间被安排在每周二下午，其主要内容通常都是议一议第二天下午的统练，交流一下一周来各班的学习情况，由主备人把下一周的训练内容给大家做一番讲解。这个时候，刘老师会把统练的教师版先发给大家，而学生的试题版也已交印，第二天上午便可以从文印室抱回来。

统练内容若是先由大家讨论一番再做定夺，整个周期就会变得很长，而最终的结果也未必会令所有人满意。于是刘谆谆老师干脆自己大包大揽，省去了不少麻烦不说，她组合出来的试卷倒也很难让人挑出什么毛病。

统练题目依旧以成题为主，对几位征战过高三的老教师而言，意义不是很大。所以备课会上讨论统练题，基本上等同于给尹老师和夏老师做专项辅导。

尹老师问得非常仔细，尤其是那些主观题，每一道题的答案，包括分值的设置，答案的得分点，甚至于答案的顺序安排都要问个清楚明白。

尚老师笑道："尹老师，你不用问这么仔细吧，总得有个自我消化的过程，刘老师的教师版做得还不够详细吗？"

尹老师说道："我笨呐。学生要是问我答案为什么是这样，我怕我说不清楚啊。我今天问明白了，明天不就不用麻烦各位了吗？"

尚老师指着夏老师说道："看人家夏老师，人家就什么都不问。"

夏老师笑道："尚老师，不好意思。我想问的，尹老师都问过了。"

备课到尾声的时候，刘老师都会问一句，明天上午的进修，你们都去吧？

听到这句话，尹老师总会嘟囔一句："周周都进修，哪里有那么多要紧的事。”

刘老师说道：“就别说没用的了，大家赶紧说去还是不去，我得跟学校订班车。”

每到这个时候，柳老师都会说去，尚老师都会说不去，她要利用周三上午的空闲去医院看病；尹老师和夏老师第一次上高三，不好意思说不去。赵建文对进修没什么兴趣，但想想自己在这里毕竟也算是新人，自然还是要去的。

河清区的进修学校坐落于东郊，离悟德中学有半个小时的车程。每次进修的时候，学校有班车负责接送。

去进修的路上，赵建文问刘老师：“既然每次去进修，总是这些人去，您为什么每次还都要问一遍呢？”刘老师冷笑道：“学校有要求，只要有进修，必须是全员参加的。尚老师是老教师了，明年就退休，我也拿她没什么办法。实际上，她也未必每次都去看病。有些事，你我心里都清楚，说明白了也没意思。反正，就算是不去进修，也不耽误人家是悟德中学的名师不是吗？”

赵建文听明白了，刘老师每次必问，实际上问的只是尚老师一个人，这也是在有意地给尚老师制造难堪。

进修学校的占地面积大约有悟德中学的一半大。靠东南角矗立着一座拐角楼，围起了半个院子。院子中心有个小花园，种植着几株槭树和碧桃。中心地带有个藤架，虽时至早秋，依然是绿汪汪的一片。

进修学校的门口，停着好几辆中巴车。刘老师指着那些车，非常得意地说道：“这些车进不去，都不是咱们区的，都是其他区甚至远郊区的老师来咱们这里偷师学艺的。”

第一次进修的时候，刘老师把赵建文介绍给进修学校高三语文学科负责人胡丽云老师。胡老师听说赵建文是北大毕业的，又是特级教师，便急着要给他安排一次讲座。

赵建文正想答应，一旁的刘老师说道：“你着什么急啊，人家刚来，咱们这里的路数还不摸门呢，以后再说吧。”

胡老师笑道：“也好，反正您要有心理准备，以后少不了要麻烦您。”

刘老师是区里的兼职教研员，也是区统考出题小组的主要负责人。

进修活动结束，刘老师和其他教研员还要留下开会，筹备即将到来的期中练习。刘老师跟赵建文说不必等她，让大家先走，自己打车回去。

这个时候，夏老师便招呼大家搭她的车回学校去。

赵建文、尹老师和柳老师等在进修学校门口。赵建文问尹老师哪一个是夏老师的车，尹老师笑道："您一会儿看见哪个最值钱的车开过来了，哪个就是。"

不多时，夏老师的车开过来了，果然是豪车。

三个人略微谦让了一下，赵建文打开后车门，让尹老师和柳老师坐进去，他自己坐在了副驾驶的座位上。

三人上了车，夏老师却迟迟没有起步，只是微笑地看着赵建文。尹老师在后面拍了一下赵建文的座椅，笑道："赵老师，看美女愣神了吧，安全带。"

赵建文一脸窘相，急忙把安全带扣好。

在赵建文的印象里，女司机通常分两种，一种是磨叽，一种是狂野，但夏老师哪种都不是，她开得既稳当又迅捷。

尹老师在后面笑道："小满，我在后面看你们俩，怎么觉得你们这么般配呢。真真是一个郎才，一个女貌。"

夏老师笑道："任你怎么说吧，你既动摇不了我和我老公的爱情，对赵老师恐怕也无济于事。赵老师的爱人咱都见过，那可是一等一的美人。"

尹老师转而对赵建文笑道："赵老师，有美女坐在你身边给你开车，你真的不动心？"

赵建文笑道："动心，但绝不会影响行车安全。"

听了赵建文的话，几个女老师都笑起来了。

尹老师又说道："我就羡慕夏老师，看看这车，就知道她老公对她有多好。再想想我自己，唉，这都是命。"

夏老师说道："你羡慕我吗？你一年多挣出个房子的首付来，不知道有多少男人羡慕你呢，只恨被你老公抢了先。我呢，开着好车，周末到学校判作业，你们说悲催不悲催，这也是命。"

赵建文说道："要我说，你们都是在变相地秀幸福。我和我爱人可是又没车又没房。跟你们可没办法比。"

夏老师笑道："您不是刚来吗？等您站稳脚跟了，别的不敢说，挣钱肯定比尹老师容易。"

尹老师笑道："赵老师，要说什么是幸福，您听听柳老师说什么，我和夏老师都得甘拜下风。"

柳老师笑道："你们说你们的，干吗又开始编排我？那么平常的一句话，到你们这里怎么成了格言警句了？"

尹老师一边摇晃着柳老师的胳膊，一边央求道："芬姐，可我还想再听一次嘛。有您原版在这里，您何必让赵老师听我们学舌呢。"

柳老师只好说道："我老公提前退休了，这些年我一直在高三，根本顾不上家里的事，都是我老公伺候我。我跟他说了，等我明年退休了，剩下的日子，都是我伺候他。"

尹老师说道："瞧瞧，瞧瞧，房子有什么用，好车有什么用，看人家这幸福的含金量，多高！"

当天晚上，赵建文把夏老师周末开着豪车到学校判作业的故事讲给倪湘莲听，并问这故事悲催不悲催。倪湘莲嘴一撇揶揄道："赵老师，您赶紧挣钱给我买辆好车，我从咱们家开到初中楼，让我尝尝这悲催是什么滋味。"

从进修学校回到单位，时间刚好十一点。所有老师下车之后都奔了食堂，赵建文总是先到文印室，把下午考试用的卷子抱回来，再抱着卷子去食堂找那几位老师。一开始，其他几位还跟他客气一番。尹老师说道："赵老师，您这样会把我们惯坏的。"

赵建文笑道："那就让我看看，我能把你们惯得有多坏。"

几次三番之后，除了夏老师和柳老师偶尔出手，抱卷子的事几乎就成了赵建文的专利。

这一日，赵建文抱着卷子从文印室出来。刚进食堂，就看到尚老师端着一盘饺子向二层走。尚老师告诉赵建文，另外那几个人都在二层，二人便一同向上走。赵建文问尚老师是不是很喜欢吃饺子，又说倪湘莲也喜欢吃。尚老师笑道："咱们学校的饺子，又好吃又便宜，才十五块钱一斤。我之所以喜欢吃，还不是我们这辈人小时候难得吃一次，落下毛病了，直到现在也是，见着饺子就想吃。你媳妇喜欢吃，恐怕那是她给你省钱呢。"

刚到二层，便看到那几位老师坐在靠窗中间那一排。尹老师朝赵建文挥手。赵建文先把卷子放到几位老师身边，又去买了饭。回来的时候，挨着柳老师坐下了。

从赵建文买饭往回走，尹老师就始终盯着赵建文，看到赵建文坐下，笑道："赵老师，我刚才和夏老师打赌，我说你一定会挨着夏老师坐呢。"赵建文笑道："不好意思，要让你破费了。尚老师笑道：你们哪里有赵老师心思缜密，即便赵老师想挨着夏老师坐，现在也是不能的。万一一会儿倪老师也过来了，正好看见怎么办?"

几个人一边吃饭，一边闲聊。过了一会儿，刘老师也拿着食盘过来了。刚坐下，刘老师便告诉大家，上学期学生给老师们打分已经有结果了，大家可以上网查看了。

赵建文忙问是怎么回事。刘老师说，每学期学生都要给老师打一次分，一般都是在下一个学期出结果，老师可以到网上查看。

尹老师说道："我不看，学生总是乱打分，但凡对你有点意见，他们全给你选 D，一帮白眼狼。好像我是他们前世的仇人，而他们终于抓到了报复我的机会。"

赵建文又问都有哪些评分项目。尚老师笑道："您已经是特级了，还在乎这些？还不就是仪表仪容啊，课讲得好不好啊，拖堂不拖堂之类的。我就奇怪了，老师牺牲休息时间给学生多讲几分钟，怎么还成了不是了？我也不看，这是咱们学校领导一贯的招数，无非是挑动群众斗群众。"

刘老师笑道："看不看是您的事，话我总得说到喽。"

刘老师交给赵建文一张纸条，说道："赵老师，这个您先留着，下学期您就能看到属于您的相关信息了。"

那纸条上面，是赵建文名字的全拼和一个初始密码。

晚上，赵建文用那个用户名和密码登录成功以后，到里面看了看，果然是什么信息都没有。他很想看看别人的信息，试了几下，发现根本不可能。

在横江一中的时候，他经历过类似的事情。越是比较有名的学校，领导们似乎越看重学生对老师的评价。如果出现某位老师评分过低的情况，领导便会在大会上对这位老师点名批评。领导们不怕这些老师闹事，因为好的中学从来不担心师资问题。越是门槛高的学校，越容易被心气儿甚高的应届毕业生视作人生的高起点。

那些被批评的老师，为了生计和其他诸多的好处，便少不得要在领导面前低下头，暂且忍过这一遭，还要为如何讨得学生欢喜颇费一番脑筋。

方校长到横江一中之后，也很看重这一点。只不过他把会上点名批评改成了会后单独谈话。但这并不意味着方校长做事怀柔。以前的领导至多吓唬对方以敲山震虎，而和方校长谈过话的老师，新学期开学的时候，要么被转岗了，要么就人间蒸发了。

赵建文反思了一下这些时日以来自己的表现，除了蔡泱泱的眼神如鬼火一般在自己的脑海里时隐时现，他还真不觉得自己在学生面前有什么问题。说实话，此时此刻，他更担心的是倪湘莲。既然高中部有这样的举措，初中部定然也是有的。

开学之后到现在，倪湘莲不算不努力。初一的语文备课组组长是殷老师。赵建文每次遇到她，便会试探性地问问倪湘莲的表现。殷老师见到赵建文，最爱谈及的话题就是赵千仞的聪明可爱。听到赵建文问及倪湘莲，殷老师笑道："可用功了。比咱们的学生还用功，每天都有很多问题要问。"

赵建文提醒倪湘莲道："以后有问题你只可以问我，再不要问你的同事了。你都把人家问烦了。倪湘莲说道：问你自然是好的，可我不是看你忙吗？高三那么辛苦，把你累坏了怎么办？"

此时的倪湘莲正在厨房忙得惊天动地。赵建文把赵千仞叫到跟前，叮嘱他将来给老师打分的时候，不能意气用事。赵千仞说道："爸爸，我们要是对老师有意见，等不到打分那一天，您不知道咱们学校有个贴吧吗？您上去看看就知道了。"

就像是一语点醒梦中人，赵建文眼前一亮。经赵千仞稍加指点，赵建文很快就找到了那个网上的悟德中学。

贴吧里的内容五花八门，有讨论游戏的，有交流作业的，有描述噩梦的，有就某某和某某的关系加以联想和想象的。

正如赵建文所期望的那样，在贴吧的第二页，他居然找到了一个名叫"说说咱们高三的语文老师"的帖子。

发帖日期就是教师节那一天，发帖人和跟帖人用的都是网名，他们提到的老师也全都用字母来代替。不过很显然，Y 老师应该就是尹老师，而 X 是夏老师，

S 是尚老师，Z 是他自己。

赵建文不大清楚的是，这里说到的 L 到底是刘老师还是柳老师。

可能是学生对尹老师和夏老师比较熟悉的缘故，提到这两位老师的帖子并不多，有的说 Y 老师很认真，有的说水平一般；说到 X 老师的帖子，口径倒是一致，那就是白富美的代表，言语之间充满了艳羡。

说到 S 老师的帖子，有的说 S 老师水平很高，有的说 S 老师说话过于严苛，说话总有夹枪带棒的感觉，听着不舒服。有的人说，那是你不会听课，人在高三，就该听对自己有用的，别的什么大可以屏蔽掉。这个学生最后还补充了一句："高三老师就是取款机，现在是有一百取一百。到了下学期就是榨汁机，连渣子也要取出来。"

说到 L 老师的帖子，内容显得比较复杂。跟帖人似乎也乐于玩文字游戏，就是不明说到底是哪一个人。有的帖子肯定是说刘老师的，说 L 老师是区里教研员，跟着她走肯定没错。但也有人表示质疑，跟着她走能应付区里的考试恐怕没错，但区里的方向就是高考的方向吗？谁又敢说明年的高考到底什么样呢？

但是，有的帖子，赵建文就不好下断语了。

有的帖子说，我特喜欢 L 老师给我们的心灵鸡汤，尤其是她说的，人在悟德中学还找什么捷径，不拼命做题就是贱命一条。不过这个帖子后面也有人说，这么难听的话你都喜欢听，那你真是够贱的。

当然，赵建文最关心的，还是关于 Z 老师的内容。

这个主题帖后面，说到 Z 老师的内容是最多的。

除了少数帖子说 Z 老师是难得一见的男老师，一语既出便迷倒一片之外，更多的人对 Z 老师的教学水平给予了高度赞誉。有的帖子惊呼，我到今天才知道，语文是可以通过做题来提高的。以前有语文老师讲到境界情怀，我总是自惭形秽。现在想想，都靠边站吧，只有成绩才是王道。有的人附和道："我生平第一次见到一位老师可以把题讲得那么清楚，尤其是作文，我原来怕作文，根本不知道该怎么办，Z 老师让我茅塞顿开，我现在特别有信心，我的目标就是高考作文进一类中。"

这个同学最后非常直白地说道："写作文，找建文。"

赵建文把倪湘莲叫过来，一手摸着倪湘莲的腰，一手指着电脑屏幕，让她看看那上面都说了什么。待倪湘莲看完，赵建文说道："我再找找，看看有没有说到你的。"

倪湘莲大惊失色道："你可千万别，我还是自欺欺人吧。以后在这里，除了和你有关的，剩下的你都不许看。"

赵建文笑道："那你怎么奖赏我呢？"

倪湘莲脸一红，说道："让我说你啥好呢。要不是还有'老师'二字管着你，你就是天底下头一号的色狼。"

赵建文笑道："我要是色狼，那说明你有美色哟。你要是再不肯奖赏我，有这个可能哟。"

倪湘莲示意赵建文快吃饭了，赵建文说把剩下的一点内容看完，倪湘莲回了厨房。

然而就在诸多的赞誉之后，赵建文看到了一个他最不想看到的跟帖：

说Z老师好的各位，你们都是统招生吧。但他讲得再好，也不可能让所有人都听懂，而我就是那个经常有时候听不懂的人之一。我明明白白地告诉各位，我不是统招生。我发现当我问Z老师问题的时候，他就不是很有耐心。我亲眼见过他给九班的张某讲题的时候有多仔细，看来Z老师也和其他老师一样，内外有别。

让赵建文略感慌乱的是，这个帖子后面，还有不少人抛出鲜花以示附和。

赵建文不能确定这个学生到底是来自五班还是九班，他也就无法回想起相关的情境，也就无法判断自己是不是不够耐心。

但能够肯定的是，语文组只有他一个男老师，那个字母"Z"和"他"确指赵建文已是毋庸置疑。

这个帖子提到统招生。这个概念赵建文并不陌生。简单说，统招生就是中考成绩达到或超过高中招生分数线的学生。除了这些统招生，每个年级都有一些计划外的名额，享有这些名额的学生被称为非统招生。简而言之，就是成绩在录取分数线下但依然进了悟德中学的学生。

通常情况下，只有统招生才是一所学校高考成绩的中坚力量，而非统招生的成绩在多数情况下都只能是统招生们的陪衬。

不过，这个帖子着实冤枉了赵建文，因为他并不清楚他所教的这两个班里，哪些人是统招生，哪些人是非统招生。

但他现在觉得很有必要把这件事弄个清楚明白。

不用任何人提醒，赵建文也很清楚，统招生的成绩是学校领导最大的指望，也是衡量任课教师水平高低的最要紧的标尺。

看时间尚早，赵建文给骆老师打了个电话。他在电话里直接问骆老师班里都谁是统招生，谁是非统招生。

骆老师告诉赵建文，九班确实有非统招生，而且有非统招生的重点班不只九班，还有八班，更好的班级里就没有了。不过，于校明确交代过，不能告诉任课教师哪个是统招生，哪个不是统招生。如果赵建文具体问到某一个学生，他倒是可以给予明确的答复。

赵建文问张骁是不是，骆老师说是。赵建文又问洪武来是不是，骆老师说，咱自己的子弟，当然是。赵建文又问胡岩是不是，骆老师说很不幸，他是统招生。

听到骆老师说胡岩是统招生，赵建文顿时如五雷轰顶。

赵建文又问蔡泱泱是不是，骆老师先是笑了两声，说道："他也是统招生。"

彼此都沉默了一会儿，骆老师说道："赵老师，您不能再问了。其实，只要是统招生，相对来说，他们的成绩都比较靠前。如果哪个非统招生考得好，比如考上了北大清华，最终也会被计入我们的高考成绩。您要是实在着急就再等等，半个月之后，期中考试成绩一下来，您基本上就都清楚了。不过，您也不用太担心，咱们这样的班级是给更优秀的班级输送弹药的，楚晴柔不是走了吗？兴许期中考试之后，咱们班还会有人员上的变动。这也就等于说，咱们班要是考得不好，于校也不会太难为咱们。在他眼里，十到十二班才是重点关注的对象。"

最后，骆老师笑道："赵老师，了解了这一点，悟德中学对您来说，恐怕就没有什么秘密可言了。"

骆老师的话让赵建文想明白了一件事情。他之前担心轰轰烈烈的誓师大会之后，高三年级的学习氛围并没有那么浓厚着实是没有必要。悟德中学集中了全省最好的生源，仅就这一点来讲，即使其他学校使尽浑身解数恐怕也难出其右。

有了最好的生源，悟德中学辉煌的高考成绩便有了最有力的保障。有了令人艳羡的高考成绩，悟德中学便是殿堂级的悟德中学。在这金碧辉煌的殿堂面前，那些高考不尽如人意的学生无人关注，更无人喝彩，便只能自悲自叹了。

第八章　期中练习

高三一年当中一共有四次重要的考试。第一学期有两次，分别是期中考试和期末考试。这是以往官方的叫法。在今天，考试是敏感的字眼，所以这两次考试都被称作期中练习和期末练习。这样的练习第二学期也有两次，因为趋近于高考，这两次练习尤其具有高考前练兵的性质，所以叫作第一次模拟练习和第二次模拟练习，简称“一模”和“二模”。

考试和练习的区别在于，考试是要被淡化的，于是练习就多起来了。

悟德中学所在的河清区把这四次考试全部安排为统考。

对于悟德中学高三的学生而言，这第一次全区统考的目的是摸一摸高三的路数，找一找自身的起点，顺便大致描摹一下属于自己的高考目标。不过，真能有如此规划的学生并不在多数。他们当中的大多数人在盲目地认为自己考上北大清华易如反掌的同时，仍旧在扮演从众性的角色。对他们来说，这明明仅仅属于自己的高考还是要用周遭学习氛围的好坏来决定自己是否要努力。

对于悟德中学高三的教师而言，这第一次全区统考的成绩就像是一把衡量自身水平的尺子。没有人会认为自己水平不高或者不够努力。但在更好的成绩面前，有的老师却没了话语权，只好屈打成招似的听任了他人对自己命运的安排。

在这一点上，赵建文也并不敢说自己有十足的把握。他无法断定即将到来的结果对自己而言到底是个碰头彩，还是当头一棒。

统考也就意味着要全区统一阅卷。考试之后，所有的试卷都会被集中到一起，分类、扫描，进入设定好的程序。全区各校高三的老师几乎都会被抽调出来，集中到某一地点，进行为期两天的网上阅卷。老师们进行评阅的时候，只能看到学生扫描版的答案。大家根据评分标准对每一道题予以评定，但无从知晓是在给哪一个学生盖棺定论。

对于这样的阅卷方式，赵建文倒是很赞成。因为平时大大小小的练习，都是老师们给自己所教的学生打分，老师们要么打同情分，要么打鼓励分，学生的成绩里多少掺杂了一些老师个人的感情色彩。他很想知道在一个相对公平的标准之下，在一群悟德中学的教师中间，自己到底是什么样的水准。

赵建文还想知道他所教的两个班，尤其是九班，会不会如他所想，因为自己两个多月的努力，能有些许的亮点；还有张骁，哪怕是他能取得一点点的进步，赵建文都可以满血续航。

赵建文问刘老师这次老师们集中到哪里去阅卷。刘老师似乎并没有听明白赵建文的意思，笑道："赵老师，你这么积极，那我就先给你报名了。柳老师和尚老师年纪大了，不能让她们再去了。剩下咱们四个，最好都去。"

赵建文笑道："刘老师，我刚才问您咱们去哪里阅卷，您还没回答我呢。"

刘老师笑道："不好意思，我满脑子想的都是阅卷人选。阅卷地点在正德中学。"

正德中学四个字，一下子唤起了赵建文遥远的记忆。那么多年过去了，这次倒可以借着阅卷的机会，一睹真容了。赵建文忙问正德中学在哪里。刘老师答道："挺近的。出了咱们学校向西走，到红绿灯右拐，两百米后有个过街桥，对面就是。"

赵建文问刘老师以前是否去过正德中学。刘老师说道："去过。我跟那里的向老师很熟。您到了那里就知道了，正德中学可和咱们学校大不一样呢。"

期中练习日益临近，高三语文组的办公室也终于热闹起来了。

平日里，经常光顾语文办公室的人寥寥无几。除了张骁，只有十一班的楚晴柔和七班的邓晓鹃是这里的常客。

这三个人当中，张骁是最不受老师们欢迎的学生。因为他不仅什么问题都问，且都是一些很幼稚的问题，而且总是很大声地说话。大家对同样喜欢大声说话的尹老师留了几分面子，对张骁就没那么客气了。赵建文几次提醒他，但他至多轻声细语地说上几句，很快又会变得激昂起来。待张骁离开，尹老师总免不了要抱怨几句。赵建文无奈，只好假装威胁张骁，如果再不能小声说话就不再回答他的问题，张骁这才有了少许的收敛。

邓晓鹃和张骁不一样。张骁从来都是主动来问问题的，邓晓鹃则每次都是尹老师叫来的。

尹老师是七班的班主任。邓晓鹃是七班唯一一个比较全面的学生。尹老师若想有所作为，邓晓鹃是她最大的指望，尹老师自然免不了经常把邓晓鹃叫过来面授机宜。邓晓鹃当然懂得老师的好意。但她的表现和张骁正相反，全程几乎一句话不说。她更习惯于一面将尹老师的话一句不漏地记在本子上，一面捣蒜似的点头。

楚晴柔不仅是三个人里来办公室次数最少的，也是用时最短的。她每次来，只是把自己前一段的得失跟柳老师做一下汇报，让老师提提意见；并询问老师下一阶段的安排是什么，然后说一说自己的复习构想。如果柳老师没什么意见，她便说声谢谢，转身走了。

每次楚晴柔前脚刚走，办公室里便会有老师发出啧啧的赞叹。尚老师最常说的一句话就是："我教书一辈子，也没碰上这么懂事的学生。柳老师，你的造化不小啊！"

如今大考将至，问问题的学生比过去多了一些，语文办公室比往日热闹了不少。语文学科显得总算是有了些地位。不过学生所问的问题总是令人啼笑皆非。

几个男生人手一本语文组印发的背诵默写资料汇编来找尚老师。走在前面的男生大概是被推举出来的，他红着脸问尚老师可不可以帮忙把背诵范围压缩一下，画出一些名句来，不然他们几个根本背不下来。

尚老师原本还想揶揄这些学生几句，但看到带头的学生一脸真诚的歉疚，便压下了怒火，说道："丑话说在头里，我可不敢保证我有那么高的命中率。万一考得不好，你们不能把账算在我头上。"

几个男生立刻说"不会不会"。尚老师问道："班里是不是还有人有这样的打算？"那几个男生频频点头。尚老师说道："这样吧，我先整体浏览一下，上课的时候我在班里说。"

几个男生跟尚老师道过谢，刚一出门，便欢呼着散了。

尹老师耳朵好使，听到了刚才的对话，原本想跟着那几个学生一起捡个便宜，没想到尚老师留了一手，自己没能得逞。但她并不甘心，学生刚走，忙问尚老师能不能把压缩的结果给她一份。尚老师笑道："这可别，我害自己的学生也就罢了，害别人我可承受不起。"

尹老师讨了个没趣，一脸不快地回到自己的座位上。

赵建文问尚老师："学生在大考之前能认真对待的是不是也就是默写？"尚老师答道："多数是这样的。不过你说'认真'二字也算是高抬他们了。他们不过是背了一堆字儿而已。考完也就忘了。"

一个女生进来找尹老师。这个女生拿着一本练习册，一脸愁容，指着上面的一道题问道："老师，这个文学常识选项为什么是错的啊？大家说这几个人物里有的不是《水浒传》里的，可我看不出来啊。"尹老师看了一眼，面带愠色，说道："很明显嘛，黄盖不是啊。"这个学生又追问："那黄盖是哪里的啊？"尹老师说："那你知道周瑜打黄盖这句话吗？"学生说："知道啊。"尹老师说："那你知道周瑜是哪里的吗？"学生说："不知道啊。"尹老师说："周瑜不是《三国演义》里的人物吗？"学生说："哦，老师，我知道了，黄盖也是《三国演义》里的。"

这个女生原本还是一脸大彻大悟般的笑容，看到尹老师脸上的表情，立刻明白自己问了一个多么不入流的问题。她一缩脖，吐了吐舌头，赶紧走了。

待那学生离开，尹老师嘟囔道："我还不如跟夏老师一样，教普通班呢。没人来问多好，好不容易来一个，还气得你半死。"

尚老师笑道："你真这么想吗？你甘心吗？"

正说着，夏老师进来了。尹老师问夏老师去了哪里。夏老师说道："还能去哪里，在班里检查学生一个一个地过默写呗。"

尹老师说道："一个一个地过，他们背不下来怎么办？"

夏老师笑道："盯着呗。要是比耐心，他们可谁也比不过我。"

十二班的一个学生来向刘老师请教一个诗歌鉴赏题，这个学生不大明白陆游的一首《蝶恋花》中的第一句"桐叶晨飘蛩夜语"的意思。

刘老师说："这句话的意思是作者早上起来看到梧桐的叶子落了，而之前的夜里，蟋蟀一直在叫。蛩是蟋蟀的意思。这句话作为整首词的首句，含蓄地营造了一种伤感的意境。"

这个学生问道："老师，可我没觉得作者有多伤感啊。"

刘老师说："古人言秋必悲，后面'旅思秋光'一句证明这确实是秋天，当然会悲伤了。"

这个学生问道："可刘禹锡不是也写过'我言秋日胜春朝'吗？那并不悲伤啊。"

刘老师说："那是特例，这首词就是悲伤的。"

这个学生问道："可我怎么知道哪个是特例，哪个是常例啊？"

刘老师说："咱们学过那么多首写秋天的诗歌，有几个不是悲伤的？"

这个学生说道："可这也不能证明以后学的就都是悲伤的啊。作者有没有可能先写积极的心态，后面转折了，再写内心的悲伤呢？"

刘老师说道："作者为什么先要表示一下积极的心态呢？从整首作品来看，一点蛛丝马迹都看不到啊！陆游是大家耳熟能详的人物了，他内心的压抑和愤懑你们应该很有印象的吧？"

刘老师的话并没有最终将这个学生说服。两个人都感觉到再这样继续下去终究没有什么结果。这个学生站起身，一脸惆怅地离开了。

张骁来了，两只眼睛红红的，像是刚哭过，也像是刚刚暴怒过。

张骁也是来找赵建文问诗歌鉴赏题的。

整张语文试卷中，张骁最头疼的部分除了作文，就是散文阅读和诗歌鉴赏这种文学类文本了。他的问题就一个，读不懂。

赵建文清楚，现在的学生既没有课外丰富的阅读积累，也没有因课内的学习打下扎实的基础。很多理科生还想凭借理科思维攻克难关，以为只要把某一首诗里里外外理解个通透，就像学会了一道公式，便能读懂以后所有的诗词，解决所有的问题，而结果往往是碰得头破血流，照样一无所获。

一次又一次的失败让很多学生开始怠慢语文，转而去榨尽其他科目的油水。

赵建文清楚这种情况大抵是如何造成的。这里不光有学生的原因，也有老师的原因。刚刚刘老师给那个学生讲解那首词的过程，赵建文听了个一清二楚。看着那个学生转身离去的背影，赵建文脸上掠过一丝难以察觉的轻蔑与得意。

张骁并没有像很多学生那样放弃语文。最起码，他还是非常信任赵建文的。

张骁今天并没有拿来什么试题来让赵建文做具体的指导。他只是来问赵建文，做诗歌鉴赏题有没有一些一般性的原则。说得通俗一点，他也是来问诀窍的。

赵建文问张骁：“你有没有注意到，为什么出题人会在有的诗歌下面给背景注释，有的为什么就不给？”对于这种比较烧脑的问题，张骁通常都是使劲地摇头，这次也不例外。赵建文又问道：“那你想想课本上那些诗篇，给了背景注释的都是什么内容？”一旦问到课本上的内容，张骁立刻像换了一个人，言语里充满了自信，说道：“这个我知道，要么就是被贬和流放，要么就是一事无成或漂泊在外。”赵建文问道：“你能总结一下吗？这说明什么？”张骁又蔫了，两眼瞪着赵建文，一语不发。赵建文说道：“这说明，没有给背景注释的，你就可以按照生活常理去理解文本内容。给了注释，这个作品的意味往往就有了特殊性，所以你要高度重视这个特殊背景。”张骁像是想起了什么，说道：“这个我知道，我们老师讲过。只要是被贬的，那这首诗的主要情感就一定是悲观的、绝望的。”赵建文笑道：“这话不是我说的吧？”张骁摇摇头，又赶忙点点头。赵建文说道：“作品的内容还没看呢，你就根据背景注释下结论吗？柳宗元被贬倒是很沮丧的，可苏轼被一贬再贬，可是越活越达观呢。”张骁急了，又大声问道：“那我怎么办？我不会区分啊。”赵建文示意张骁小点声，又说道：“你不能根据背景注释先入为主地判断诗歌的主旨，还是要认真读整首诗，尤其是最后一句，那才是真正表达作者主要情感的所在。你把你以前没读懂的诗找出来，按照我的建议再看看，还看不明白的话再来问我。”

张骁像看到希望一般，咧开厚厚的嘴唇，开心地笑了。

张骁出去后，赵建文忙为张骁的喧哗向其他老师表示歉意。尹老师笑道：“赵老师，您太客气了。下次再有这种时候，您说话是不是也能大声点呢？”

赵建文并不像尚老师将手里的宝藏个严实。他会多少透露一点，但遇到实质性内容，同样谨言慎行。

找柳老师来问问题的一个学生比较过分，他将进入高三以来所有的语文统练试卷订在了一起，将那上面自己做错的试题挨个向柳老师问询。柳老师完全没有表现出任何的不耐烦。她示意那个学生坐在旁边的小圆凳上，然后耐心细致地将这些题逐一落实。

问题太多了，直到上课，这个学生也没问完几个。这个学生问下午放学后柳老师还在不在，柳老师说在。这个学生又说那他放学后过来行不行，柳老师说没问题。

直到考试的前一天，蔡泱泱和楚晴柔也没来过语文办公室。赵建文猜想，楚晴柔这样的学生，应该是学习能力和自制能力极强的学生，自然不必像其他学生那样临时抱佛脚。

赵建文找到蔡泱泱，问他对这次考试有什么打算。蔡泱泱笑道："没什么打算，正常考呗。您的意思呢？您希望我怎么考？"

赵建文一脸严肃地说道："你那篇《绑架好人》我看了，我觉得特别好。不过我对这边的情况还不了解，我担心你那样的作文在考场里会不会有什么麻烦。你还小，你不知道你个人的麻烦会有什么样的连锁反应，所以你最好还是慎重点。我估计以你的水平，写一篇四平八稳的考场作文应该不成问题。"

蔡泱泱笑道："老师您放心，这次肯定不会给您找麻烦的。"

期中练习第一科考试是语文，这已经是多年雷打不动的惯例了。

各班的教室变成了考场。学生被打乱了班次，变成了考生。除了每个考场只有一位监考老师，整个安排和高考别无二致。

区进修学校的负责人胡丽云老师要求所有高三的兼职教研员下午两点钟在正德中学学知楼集中，商量评分标准。胡丽云老师特地提醒刘谆谆老师，将赵建文也带上。

刘老师将通知转告给赵建文，最后又补了一句道："赵老师，您的机会来了。"

下午一点半的时候，赵建文来到了正德中学的大门口。

正德中学比悟德中学看起来还要小一点，但所有的建筑被安排得错落有致。建筑墙体以青灰色为主，看上去亲切柔和。一直向里走，前面是一道曲曲折折的走廊，连接着教学楼和图书馆。走廊的柱子上嵌有名言警句。走廊迂回之处，有一方清浅的池水，池水中漂浮着几朵睡莲。图书馆北墙根的一块三角地上，生长着几根竹子。虽然时令已是秋天，这几根竹子依然青翠。

还没有到下午上课的时间，但校园里并不嘈杂，有三三两两的学生走过，也是慢步轻声，路过赵建文身边的，都向赵建文问好。

很显然，这里的氛围带给赵建文的感受和在悟德中学迥然不同。说实话，赵建文之所以对悟德中学并不感到特别陌生，除了他逐渐恢复的自信之外，还有一个重要原因是他觉得悟德中学和横江一中实质上没什么不同，无非都是为了来年的高考成绩，学生和老师每天都像在开展一场如火如荼的会战，或者说是浩浩荡荡地走上了一条只能向前的不归路。

刘谆谆老师有一句话说得极好。她说在悟德中学，即使是在夜里，校园里的空气都是喧嚣的。但在这里，赵建文感觉自己刚刚走进门，似乎就像被过滤了一样，整个人都被融化在眼前这份难得的安宁当中。

第一次目睹正德中学的真容，眼前的景象让赵建文倍感舒适，甚至有一丝亲切，就像自己前世曾在这里工作过。此时的他禁不住心生感慨。如果当年他不是执意坚持，他有可能是这里的一员。但是，他说不清楚若自己果真留在这里，今天的他是否还能拥有那些曾经的荣耀。

赵建文站在原地胡思乱想。一个男生走过来，先说了一声老师好，接着问赵建文要去哪里。赵建文说要去学知楼。这个学生问他知道不知道怎么走，赵建文说第一次来，不太清楚。这个学生便说自己可以带赵建文过去，说着便充当起了向导，走在赵建文前面。

到了学知楼，赵建文还未及说一声感谢，这个学生向赵建文说了声“老师再见”，便转身走了。

第二天一早，赵建文就成了夏老师和尹老师的向导。他向两位老师讲起了昨天那个学生多么地懂得礼数，引得二人长吁短叹。

夏老师说：“早听说这里氛围好，今天也真算见识了。你看咱们一路走过来，凡是从咱们身边走过的学生，根本不可能认识咱们，各个都向咱们问好。哪里像咱们的学生，个个都像乌眼鸡似的，整天只盯着分数。感觉在这里教书，心里该是比较敞亮的。”

尹老师笑道：“那你怎么不想想办法，调到这里来？”

夏老师笑着说：“我倒是想到这里来呢，先不说人家要不要我，连我自己都觉得心虚。”

赵建文忽然想起什么，说道：“对了，不是说今年的文理状元全出自这所学校吗？而且人家双双拒绝采访，真是有个性。”

夏老师说道：“也就是咱们学校，拿状元当回事，惹得很多别的学校，也对状元虎视眈眈。其实状元二字对一个学校的好处可能更大一些；对学生个人来讲，恐怕是弊大于利。正德中学是百年老校，人家积淀的是文化。就像一棵根深叶茂的老树，通体都是美的。不像咱们，只盯着树上的花。”

听到如此的说法，赵建文对眼前的夏老师不由得刮目相看了。

上午八点半，阅卷的老师都到齐了。进会场之前，每个老师都领取了相关的阅卷资料和一个证明自己身份的胸牌。

大会第一项自然是进修学校的领导讲话，然后才是胡老师讲解命题思路和评分要领。可领导刚开口，胡丽云老师跑到台上和领导耳语了几句，领导点点头，停止了言语。胡丽云要求台下的所有老师把刚刚领到的胸牌举起来。就在大家感到纳罕的时候，胡老师指着两个没有胸牌的老师说道：“这两位老师，这个会场是签了字领了胸牌才能进来的，你们没有胸牌，那请你们出来指认一下签名簿上哪个是你们的名字。”

那两位老师赶忙收拾好东西，跟着胡老师出去了。

整个过程让赵建文感到莫名其妙。刘老师在一旁说道：“肯定是别的区偷偷溜进来探听虚实的。”

果然，胡老师很快就回来了，那两个老师则不见了踪影。

胡老师讲话结束之后，将阅卷任务分配停当。刘老师是大组长，赵建文作为阅卷小组长之一，负责现代文学类文本阅读。他手下一共有二十个老师，和诗歌鉴赏组共用一个计算机房。

此次阅卷，除了作文，其他题目都是单评，即一个阅卷老师给出的分数就是最终结果，组长有权限对不合理的评判加以改动，对过于草率的老师还要单独谈话以示提醒；问题严重者，只能告知对方，提前回家。

作文以双评的形式进行评判。即每一道题都由两个人给出分数。如果两个人的分数差在合理范围之内，系统将自动取两个分数之和的一半作为最终结果。如果两个分数的差距过大，将由赵建文这样的负责人予以更改；如果负责人也拿不了主意，便由胡老师和刘老师等人做最终的裁定。

一般情况下，第一天上午的进度会比较迟缓，老师们以熟悉试卷和评分标准为主，下午的工作便会提速，以保证第二天能如期完成。

阅卷工作刚刚进行到上午的茶歇之时，赵建文就发现，自己所管辖的二十个老师当中，有一位叫厉抒的老师已经评判了将近三百份，远远超过了本组每人平均的工作量。赵建文很是担心，如此高的效率是不是就意味着草菅人命。他抽查了几个由这位厉老师所评判的试题，却发现他所给的分数都十分妥帖。

赵建文拿着教师名单核对了一下，发现这个厉老师就来自正德中学。他又下去走了一圈，最终确定那个坐在最后一排，和一位年纪较大的女老师坐在一起的那个中年模样的男老师就是厉老师。

大家三三两两地都到茶歇室去了。赵建文见这位厉老师还在自己的座位上没动，他走过去问道："请问您是厉抒厉老师？"厉老师显然知道赵建文的身份，他站起来，脸上带着温和的笑，说道："我是。您好，赵组长。"赵建文问道："您怎么不休息一下，茶歇室那边有咖啡、点心和水果呢。"厉老师说道："我自己带了茶叶，现在茶歇室肯定挺热闹的，等大家差不多回来了，我去冲杯茶就可以了。"

赵建文搬了把椅子坐在厉老师身边，说道："厉老师，我刚才做了一下工作进度统计，发现您效率极高，质量又好。等下午阅卷开始的时候，您把您的经验跟大家介绍一下，免得咱们组最后拖了整体进度的后腿。"

厉老师笑道："你真的要我介绍吗？可能都是上不得台面的路数呢。"

赵建文说道："您客气了，您的效率那么高，肯定有值得推广的地方。"

厉老师"嗯"了一声，说道："那好吧，我试试看。"

茶歇过后，大家回到各自的位置继续工作。赵建文对前面的工作进度做了一个小结，并特意提到了厉老师和他已然完成的工作量。当赵建文说到三百这个数字的时候，整个计算机房爆炸了一般，大家不由自主地发出了惊叹声。这惊叹声不仅来自本组，也来自诗歌鉴赏组的老师们。赵建文颇有些得意，又说大家别着急，今天上午主要就是熟悉评分标准，不必赶工，下午阅卷前，咱们请厉老师介绍一下经验。

厉老师不动声色，似乎说到的人与他无关。他身边的那个女老师则悄悄地找到赵建文，问她可不可以换到机房里空余的别的位子上去工作，理由是压力太大了。那位老师说，我受不了这刺激，我拼了老命，也不可能像厉老师那么快。赵建文答应了。

中午吃饭的时候，刘老师和另外一个女老师与赵建文坐了对面。刘老师向赵建文介绍，这是正德中学的向武清老师，又对向老师说，这是赵老师，我们学校新来的特级。

向老师向赵建文问好，接着又说道："赵老师，您运气好，您的下属里有个姓厉的老师，你们阅卷组占便宜了吧？"

赵建文说道："是啊，我以为我就是快手了，没想到人外有人。"

向老师说道："厉老师不仅手快，人也好。他都不是正德中学的人了。我们有个老师来不了了，我实在找不到人，就给厉老师打电话，人家马上就答应了。"

赵建文问道："您刚才说他不是正德中学的人了，什么意思？"

向老师说道："他准备移民了，老婆孩子都已经到加拿大去了，他自己的档案关系也都不在学校了。对了，你们还是校友呢，厉老师也是北大毕业的。"

赵建文笑道："哦，这样的苦差事，还有人主动往火坑里跳，真是少见。"

向老师说道："要不然怎么说厉老师是好人呢。"

回到机房，距离下午的工作开始还有一点时间，但赵建文发现厉老师的周围已经聚集了不少人，有两个还是诗歌鉴赏组里的老师，大家纷纷要求厉老师慷慨解囊，传授经验。

厉老师看了一眼赵建文，说道："咱们现在判的这道题是个分值为六分的题，答案也很明确，一共三个得分点，每个得分点两分。所谓的三个得分点，就是三个关键词，大家记住这三个关键词，再记住可以替换这些关键词的词语，然后就到学生的答案里去找，找到一个给两分。"

旁边一个老师说道："我就是这么做的啊，可我还是慢啊。"

厉老师接着说道："大家注意到没有，这三个关键词语当中，第三个是个关键点，能答出这一点的学生，基本上其他的得分点也能答个八九不离十。大家不妨先找这一点，最终的分数不大容易有明显的误差。"

又有老师问道："要是学生答了很多，但哪个条目都和标准答案有一定距离怎么办？"

厉老师又说："如果学生的答案比较模棱两可，但又写得满满当当的，那就看您从宽还是从严了。如果既不想让这个学生占太大的便宜，又担心他吃了大亏，又不想给咱们的组长增加负担，影响咱们组的进度，那么三分会是个比较合理也比较保险的分数。您不必担心冤枉了学生，学生应该也不大会找老师的麻烦。"

此言一出，很多老师恍然大悟，不约而同地"哦"了一声，便回到各自的座位上去了。

厉老师朝赵建文微笑了一下，便又继续工作了。

赵建文回到自己的座位，琢磨着刚才厉老师的那几句话虽说有点露骨，但也确实合乎情理。只是今天作为组长，自己不方便向大家说得那么直接，更何况自己平时阅卷的时候，想法和厉老师也常常是不谋而合，自己也就不好再说什么了。

下午四点，离下班的时间还有一个小时，大家的精神已经有了明显的懈怠。但就在此时，刘老师把赵建文叫了出去。

刘老师带来一个坏消息："由于有些阅卷组进度过慢，今天要加两个小时的班。"

赵建文自然是不乐意的。他说："我计算了一下，我们组的进度挺快的，我们现在基本上就已经完成今天的工作量了，加班那么久，大家肯定不乐意。我跟大伙张不开这个嘴啊。"

刘老师觉得此言有理，说道："那好吧，我把胡老师找来，让她跟大家说。"

过了一会儿，胡老师来了，她要大家先停下手里的工作，说道："我看了一下各组的工作进展情况，咱们两个组工作效率非常高，标准掌握得非常好，特别感谢大家。但是，因为整体的进度过慢，我担心如果第二天不能如期完工，后面的试卷讲评、数据统计和成绩下发都将连锁性地受到影响。很多学校后天就要上课，这么重要的一次考试，老师、领导、学生和学生家长都盼着这个成绩呢，我们无论如何也要如期完成这次的阅卷工作。为了不给明天的工作拖后腿，我们今天要加两个小时的班，到晚上八点结束。我跟正德中学的领导联系过了，食堂的师傅们为了咱们加班而加班，已经着手给咱们准备晚饭了。"

胡老师刚刚说到"但是"的时候，下面的人就已经有了预感，当听到"加两个小时的班"的时候，大家见预感变成了现实，纷纷骚动起来。

胡老师倒是不急不慌，她耐心地等待着，等待大家平静下来后自己再补充两句。

然而就在此时，赵建文看见厉抒老师举起了手。胡老师也看见了，但却一直看着别处；但厉老师举着手就是不肯放下，而且越来越多的老师看到了厉老师一直高高地举着手，她只好向厉老师点头示意。

厉老师站起来说道:“胡老师，我有两点困惑，请您明示。第一，您是否应该明确告知大家，这算不算是你们事先对阅卷难度和人员分配估计不足，导致各组间阅卷进度失衡。第二，既然是加班，请告诉我们有没有加班费。如果没有，这属于大家正常工作范围之外的劳动，您是不是可以不用命令性的口吻告知大家。您刚才说的那一段话里，我一个‘请’字也没听到。好像您那边已经安排好了一切，我们愿意不愿意都只能接受，只能服从，这让人感到实在是不舒服。”

计算机房里安静极了。老师们的目光都转向了厉老师，待他说完，大家又齐刷刷地转向了胡老师。

胡老师大概从来没遇到过这样的境况。她虽然是强作镇定，但在众人面前遭人数落，还是让她的眼眶里盈满了泪水。她明确地告诉大家没有加班费，又把刚才的话拣重点重说了一遍，并刻意地加上了“请”字，最后还给大家深深地鞠了一躬。

胡老师出去了，但很多老师还没回过神来，依然盯着厉老师。赵建文拍了拍手，大家才如梦初醒一般继续工作。

刚才要求换座位的那个老师向赵建文招手。赵建文走过去，发现这位老师也是泪眼盈盈的样子。她说她没想到阅卷任务这么重，她的眼角膜有问题，不能长时间看电脑，能不能让她现在回去，多休息一会儿，她明天早点来，争取多干一点。

厉老师听到了他们的谈话，把赵建文叫过去，小声地跟赵建文说他可以多干点，让这个老师先回去，明天也不用来太早，按正常时间到就可以了。赵建文同意了，并将厉老师的意思转告给那位老师。那个老师的眼泪夺眶而出，对厉老师连连道谢之后，悄悄地走了。

阅卷工作于第二天临近中午的时候结束。吃过中饭，所有的老师都聚在正德中学的礼堂里听各阅卷组的负责人对所负责的部分进行分析。

赵建文把台下的人搜了个遍，也没看到厉老师的身影。

第九章　换　人

第三天上午，高三语文组办公室里，几位老师坐立不安。大家都在等待着期中练习的最终结果。

通常情况下，其他科目的结果，老师们根据对试卷的分析和考试之后学生的反映，就能判断个十有八九。但是语文学科却很难做出这样的判断。语文老师的经验是，学生越是感觉不错，结果可能越糟。尤其是作文，要是有学生走出考场的时候说“我终于写了个痛快”，结果往往是惨不忍睹。

基于这一点，两个多月以来，赵建文做得最多的事情就是抓作文的审题。他的理念是，宁可平庸，也不能偏跑题。因为即便内容平庸，只要作文没有出现偏跑题现象，作文结果至少在二类里，分数基本上还能保证在三十八分到五十分之间。虽不甚理想，但毕竟没有吃太大的亏。

一般来说，作文一旦出现偏跑题现象，但凡再出现一些其他方面的问题，往往会被阅卷老师一次又一次地等而下之。如果作文阵地失手，语文成绩基本上也就沦陷了。

赵建文对自己在作文审题方面的能力颇为自信。不过，毕竟时日尚短。今天，他也像其他老师一样，不免会对即将到来的结果惴惴不安。

尽管语文试卷已经返回到各位老师手里，但任谁也看不下去。或者说，看不到学生各题的得分，老师们也不好对学生答案的好坏做出判断。

其他科目的成绩，学生都已经知道了。随着语文成绩的揭晓，学生个人的成绩、班级的成绩，以及班级内的排名、班级间的排名、悟德中学各科成绩在区里的排名，也将就此一目了然。

随着这一系列数据的揭晓，一个个悲喜故事也将轮番上演。

不断有学生来语文办公室询问成绩。一个个带着期望来，带着失望回去。他们失望的表情似乎让办公室里紧张的气氛更加浓重了。

上午十点，刘老师说了一声“终于来了”。尹老师喊了一声“我的妈呀”，每个人都回到自己的座位，打开电子邮箱等待着。很快，刘老师就将所收到的邮件转发给了所有老师。

语文成绩是以表格的形式呈现的，按照班级顺序依次排列。内容很翔实，既可以看到每个学生每道题的得分，也可以看到学生最终的总分，还可以看到各班的成绩。

所有的老师都开始忙碌起来，他们开始心照不宣地做起同一件事情。

赵建文先将邮件保存在一个文件夹里，又将自己两个班的成绩分别复制粘贴出来，按照成绩高低重新排序，分别做成两个文件，并再次加以保存。赵建文的手很快，就在别的老师一边整理一边大呼小叫的情况下，他已将一切安排妥当，并再次打开最先保存的那个文件，准备一探究竟。

他拿起一支笔，找到一张废弃的机读卡，将所有重点班的平均分一一记录下来。当这些成绩清晰完整地呈现在赵建文眼前的时候，他所有的期待瞬间变成了满满的失望。

从班级平均分来看，这次考试成绩的年级排名依旧是正态分布。排在第一名的依然是十二班，排在第二名的依然是文科一班，之后便是十一班、十班，唯一的变化是九班超过了八班。

这也就意味着，相比较开学考试的成绩排名，赵建文略有进步。但这一点点进步，在自信绝非等闲之辈的赵建文看来实在是微不足道。他心理的预期是，无论如何，九班也应该在第四位，也就是要排在十班之前。

在九班的成绩单里，蔡泱泱总分一百二十一分，作文考了四十八分。如蔡泱泱自己所说，他没给赵建文捣乱。但以他的水平，这样的成绩也算不上多么出色。这次考试伊雅也参加了，成绩是一百二十四分，作文五十二分，刚刚进一类。

赵建文没有看到胡岩的成绩。这令赵建文感到沮丧。因为九班所谓的进步也许并非拜他所赐，而是因为胡岩没有参加考试而给班级平均分间接地做了贡献。

赵建文不甘心，他要找出足以用来安慰自己，和万一被领导问询而能为自己解释一二的理由。

他定了定神，决定把各班的作文平均分重新算一下。果然，几分钟之后，赵建文看到的结果当真给他带来一丝惊喜。

单看作文的平均分，九班的成绩排在年级第三位，和排在前面的十二班和文科一班相比，差距不到一分；但和后面的班级相比，至少领先一分。

班级间的作文平均分，一分已经意味着比较明显的差距了。也就是说，十二班和文科一班以及九班之间成绩相当，组成了整个年级写作上的第一阵营。

从作文成绩的等级看，九班作文有八个人进了一类。这个数字少于十二班和文科一班，但也遥遥领先于其他各班。

赵建文很清楚，作文一旦站住了脚，其他的知识点就不是什么大不了的问题了。九班平均分不高，只能是说明拖后腿的人太多。如果这些人根本不在领导的关注范围之内，他自己也就着实没有什么可担心的了。

张骁的作文同样得了四十八分，创了他个人的新高，这也令赵建文欣喜不已。

就在赵建文暗自得意的同时，尹老师看到八班的成绩又回了原位，内心十分懊恼。她开始一张张地翻阅学生的试卷进行核对。当她看到学生的背诵默写题的得分情况时，不禁暴怒，大喊道："雄姿英发的'雄'能写成'狗熊'的熊，简直是该杀！"

夏老师呼应道："这算什么，我这里还有把'何妨吟啸且徐行'的'吟啸'写成'淫笑'的呢。"

尹老师一抬头，恰好看到此时一个学生在门口探头探脑。尹老师认出，那个人正是自己的学生。她大喝一声："过来，看看你的默写，这什么玩意！"

这个学生倒是不笨，预感到情况不妙，转身就跑，差点和走进来的张骁撞个正着。

赵建文见张骁走进来，问道："来看成绩的吧？"

刚才赵建文特意看了一下张骁的成绩，一百一十八分。这不是一个很理想的分数，但毕竟高过了班里的平均分，还不至于拿不出手。

张骁惴惴地说道："是的。老师，能看吗？"

赵建文说道："当然可以。他将自己做好的文件重新打开，并示意张骁坐下看。他自己拿起装满茶水的大玻璃瓶子站到一旁，一边喝茶，一边活动活动腰身。"

张骁看完了自己的成绩，又将其他同学的成绩看了个究竟。

赵建文问张骁："你总分是多少。"

张骁说："总分七百零二。"

赵建文又问道："你年级排名多少？"

张骁说道："第十名。我妈妈说了，我能考到这个位置，我得特别感谢您。"

赵建文笑道："你妈妈不说这句话，你就不该感谢我吗？"

这句话问得张骁一时语塞，张着嘴不知道该说什么。

正在此时，又有不少九班的学生进来看成绩，赵建文依然示意他们自己看，他自己则拿起暖水瓶，到外面打开水去了。

看成绩的这几个学生难免吵嚷，正怒火中烧的尹老师听得不耐烦，突然站起来，冲这几个学生大喝道："这是办公室，你们怎么可以这么放肆，都出去！"

几个学生显然是被吓到了，一步三回头地往外挪，张骁说了声抱歉，也跟着出去了。

学生刚走，尹老师就把办公室的门从里面锁上了。

赵建文打水回来，进不得门，只好敲门。柳老师过来开了门。赵建文进得门来，一脸疑惑。柳老师说："我刚刚要换件衣服，就把门锁上了。"

这时，刘老师忽然说道："大家注意，我说个通知，刚收到的。本周五下午，高三年级在聚贤会议中心召开期中练习成绩分析会，所有人准时出席，不得请假。"

除了赵建文，其他老师听到这个消息，不约而同地"啊"了一声。尚老师苦笑道："得，情况不妙。"

赵建文问聚贤会议中心在哪里。刘老师笑道："地狱在哪里，聚贤会议中心就在哪里。"

中午吃饭的时候，赵建文问尚老师，去聚贤会议中心开会怎么就意味着情况不妙。尚老师不慌不忙，娓娓道来，脸上的表情云淡风轻，似乎即将到来的暴风雨跟她一点关系也没有。

尚老师说道："悟德中学开高三的成绩分析会，有两种开法。如果成绩考得不错，就在校内开，至多象征性地开半天，开完之后老师们各回各家。有的时候，校长还会吩咐食堂大摆宴席犒劳大家。如果是在校外，也就是在聚贤会议中心开，那问题就严重了。要么是整体都没考好，要么是某一学科考得极其糟糕。没考好的任课教师等着被校长训诫，其他科目的老师则跟着陪绑。这次到聚贤去开会，看来有些人的脸皮肯定是要不得了。"

赵建文微微一笑，颇为镇定地说道："咱们语文成绩出来得晚，现在就通知外出开会，也就是说，不一定是语文考得不好，一定是别的什么科目考砸了。"

尚老师笑道："赵老师，你这么聪明，有当年级组长的潜质啊。"

赵建文依然难以想象那到底会是个什么样的情景。他忽然想起几个月前尚老师跟他说过的，高三有些科目的老师因为教学成绩不佳中途被换掉的那些话。他现在不清楚，于校长在九班语文成绩并不显赫的同时，会不会关注到他九班的作文成绩有所进步。如果这一细节被忽略掉，他难以预料等待自己的将会是什么样的评判和安排。

焦虑和不安像是在赵建文的心房咬开了一道口子，然后一股脑钻了进来。之前的那些小惊喜早已遁逃得无影无踪了。

周五下午上完最后一节课，高三一行人坐着校车赶到了聚贤会议中心。

上车之前，刘谆谆老师已经得到消息，这次期中练习，悟德中学的生物成绩非常不理想，排在全区第四位；语文成绩以不到半分的微弱劣势排在第二位，第一名是正德中学。

听说语文成绩并不是最糟糕的，几位语文老师的心踏实了一大半。尚老师笑道："只当是周末出来看戏了。这样的成绩得不到表扬，但也不至于被批评了。"

校车出了校门，一直向西开了大约半个小时，又向左拐了个弯，途经一片菜地之后，终于停在一座大门前。这里的建筑物寥寥无几，显得荒僻又开阔。这样的一个所在，即便有人想在会议期间溜出来走走，恐怕也无处可去。

小沈老师早已等在门口。待老师们下车之后，他把房间安排表和房卡交到老师们手里，并提醒大家晚饭六点钟开始，七点钟到主会议厅集中开全体大会。

赵建文和骆老师被分在了同一个房间。柳老师和尚老师住在一起，就在赵建文的隔壁。尹老师和夏老师被分在一起。刘老师单独一个房间。

进得房间，赵建文问骆老师数学考得怎么样。骆老师说数学还可以，这次主要是生物考得不太好。赵建文笑道："您也知道了。"骆老师笑道："好事不出门，坏事传千里呗。"

赵建文又问九班整体考得如何。骆老师说也算正常。赵建文心生疑窦，问道："不会吧，语文就很一般呐。"骆老师笑道："统招生还是不错的。"赵建文呵呵地笑出了声，说道："您还是不肯告诉我班里谁是统招生吗？"

骆老师说道："开各班的成绩分析会的时候，你会拿到两张成绩表格，一张是全体的，一张是统招生的。全体的表格你几乎可以不看，除非非统招生里面有考得好的，需要你以后关注一下。你真正要关注的肯定是统招生那张。那张表格里，有一个算一个，只要这次考得好，以后就只能越考越好。不然，你我的日子都不好过。"

赵建文想起了一件事情，又问道："你以前说校长不让班主任告诉任课教师班里统招生的情况，校长考虑工作能细致到这样的地步？"

骆老师说道："你可别小看咱们校长。只要是他看重的事，再小也是大事。他当年级组长的时候，如果哪个学生不好好学习，他天天苦口婆心地给孩子做工作，给家长做工作，弄得大人孩子觉得不好好用功就对不起他。你不觉得柳老师就是在学于校长吗？要是有哪个老师懈怠了，他就天天去听那个老师的课。从高一到高三，他每天都是最早到，最晚走。带着大家苦干了三年，硬是将正德中学挤到了第二位，这才有了悟德中学的今天。"

赵建文说道："听得出来，你挺敬重咱们校长的。"

骆老师说道："于校长有时候挺霸道的，但他到现在依然还是拼命地干，下面的人就算再不乐意，恐怕也只能腹诽，表面上该干什么还得干什么，还得像校长那样尽力地干。不过，老师当中最敬重他的应该是洪老师。洪老师也是于校前几年从外校挖来的。这个洪老师早就有名了，一是教得好，一是能挣钱。他想调到咱们这里来，这样孩子上好大学也就更有了指望。当时很多人不同意。于校说，他能挣钱，受欢迎，说明他本事大，就硬是把他调进来了，还把他的孩子放进了重点班。洪老师千恩万谢，一再说这三年，我外面一分钱不挣，全贡献给悟德中学，贡献给于校长。"

赵建文笑道："他真的没在外面上课吗?"

骆老师笑道："那谁知道呢。我没亲眼见过，就不能随便说。"

吃晚饭的时候，生物组的老师各个闷头不语，惹得其他人也没了胃口，大家在一阵叮叮当当和吸吸溜溜的响声中吃完了晚饭。晚饭过后，大家又休息了半个小时。七点钟的时候，成绩分析会正式开始。

进入会场的老师都拿到了一张表格，上面是各班各科平均分以及班级各科总分的排名。

统招生的那张表格上，九班的总成绩属于正常分布，排在第四名。

年级组长吴老师将各班各科的成绩从不同角度做了统计，并做成了柱状图，以幻灯片的形式展示在大家面前。哪个科目的图柱最高，说明在整个班级各科中，这一科考得最好，反之为最差。吴老师按照班级顺序依次加以介绍。介绍到九班的时候，如骆老师所说，非常明显地，语文如漓江边上的山峰一般，高高地矗立着。相比较而言，九班考得最不好的就是生物，柱状图上，代表生物的图柱就不像个柱子，而是如同蜷缩在山脚下的一只乌龟。

介绍到九班语文的时候，吴老师还特意补充道："开学摸底考试的时候，九班的语文还排在八班的后面。就两个月的时间，九班就超越了八班。看来赵老师在经验上还是很有一套的，这很值得研究。"

说到生物的时候，吴老师一脸严肃地说道："相比较语文成绩，生物的情况就值得反思了。"

吴老师的话说得还算是客气，但在所有高三老师面前，这几乎已经是最难听的话了。

吴老师所做的另外一种统计是赵建文没想到的。这也让赵建文的身上再次出现了闪光点。

吴老师统计的是各班的尖子生反映在各科上的优与劣。几个重点班当中，只有九班的尖子生没有大面积出现语文偏弱的情况。其他很多班级，几乎全部呈现为理强文弱。

夏老师向赵建文伸出了大拇指，尹老师含酸拈醋地说道："赵老师，势头要不要这么猛啊。"旁边的尚老师则意味深长地笑道："赵老师，手下留情啊。"

令所有老师略感欣慰的是，全区各校的总分排名，依然是悟德中学名列榜首，且遥遥领先于第二名的正德中学。

省城各区当中，教学质量最高的区就是河清区。这也就意味着，位于全区第一名的悟德中学同时也是整个省城乃至全省的第一名。

晚上九点半，会议进入第二阶段，即以备课组为单位的分科研讨。语文组的几位老师被服务员引导到了主会场旁边的一个小会议室。

几个人刚刚落座，刘老师便要大家赶紧商议一会儿如何应对于校长的责问。

尹老师问道："你确定校长一定会来咱们这里吗？"

刘老师说道："历年的成绩分析会，只要是有哪个科目不是第一，他饶过哪一个了？大家有什么主意赶紧说，说不定校长马上就到了呢。"

尹老师笑道："这好办。这事交给小满。等校长一会儿来了，就让小满哭鼻子。校长最见不得女老师哭，何况又是这么漂亮的女老师，肯定能大事化小，小事化无。"

夏老师冷笑道："我眼泪倒是有，就是不会装模作样。"

话音刚落，于校长和小沈就进来了。

几位老师全都站了起来。刘老师赶忙说道："于校长亲临语文备课组，对我们的工作加以指点，大家欢迎。"众人立刻响起掌声予以回应。

于校长示意大家坐下，自己落座之后，便问会议是不是还没开始，刘老师说还没有。于校长说道："那我就先说两句。虽说这次考试，语文和第一名有点差距，但我觉得差距不大。我不打算夸你们，但也绝对不会骂你们。我跟各位说句实话，在我眼里，高三各科必须是第一名，第二名就是失败。但如果有一科可以例外的话，那就是语文。不过，也不能低于第二名。"

于校长转头问刘老师语文试卷各个题目的小分表做出来没有，刘老师说做出来了，而且她还跟向老师要到了正德中学语文的小分表。于校长问刘老师是不是也把这边的小分表给了对方，刘老师说是的。于校长对大家说道："看看，人家也会琢磨咱们的。你们一会儿把小分表好好研究一下，一道题一道题地比对，看看问题到底出在哪里，还有哪些地方是我们的进步空间。剩下的两个月里，大家再努力一把，我很希望你们期末的时候考第一。这样的话，大家都踏实。"

听到如此温和的话语，所有语文老师的心不仅都变得安稳了，甚至心里还升起一种莫名的感动。

于校长接着说道："好听的说完了，下面的话恐怕要让各位不自在了。他扫了一眼众人，又接着说道：有家长跟我反映咱们学校有高三老师在外面上课，这我可是绝对不允许的。所以我现在少不得要问你们一句，你们都谁在外面上课了？"

见大家谁也不说话，于校长便一个一个地问起来。他先问刘老师有没有在外面上课，刘老师说没有。于校长又问赵建文，赵建文也说没有。接着，于校长又问刘老师和尚老师，两位老师都说没有。

于校长面色如水，沉吟了片刻，又换上一张笑脸说道："高三有多重要，我不必在这里重复。你们是语文老师，理解能力比我强。我把大家安排在高三，不管是能力上还是境界上，我都特别相信大家。希望大家再加加油，给学生、家长，还有你们自己，一个讲良心的交代。"

说完之后，没等大家鼓掌，于校长跟大家告辞，众人起身相送。小沈在关门的时候，转过头来笑眯眯地对大家轻声说道："别怕，没事儿，我们杀奔生物组的会场啦。"

众人重又落座。尚老师对赵建文说道："赵老师，有个细节您注意了吗？校长刚才问问题的时候，第二个就问到了您。"

赵建文不解道："这能说明什么？"

尚老师笑道："这能说明，您在校长心目中的位置不一般呗。"

尹老师却对刚才校长的发言极为不满，恨恨地说道："我很奇怪啊，为什么刚才校长只问了你们四个，不问我和夏老师，因为我们教的普通班，所以我们就人微言轻吗？校长最好拿着刚才的问题去数学组好好问问，有没有人在外面的补课班光挂了个名号，每月就不知道拿了多少钱。看看他们平时都开的什么车，那是靠工资买得起的吗？"

夏老师说道："别说了，越说越离谱。"

尹老师说道："怕什么！你的车怎么来的，大家都清楚。他们的车怎么来的，大家也清楚。打量谁是傻子不成！"

夏老师说道："我的车是我老公给我买的，这值得说吗？"

刘老师说道："尹老师，别嚷嚷了成不成？刚才校长要真是问到你了，你怎么说啊！"

尹老师虽然还是气鼓鼓的，但也不再言语了。

刘老师接着说道："嚷嚷完了，该干什么还得干什么。刚才校长说语文考第二名可以原谅，这话我怎么听怎么像是在骂人。大家还是赶紧想想吧，下一步的工作，你们有什么好主意没有？我的想法就一个，争取期末的时候，超越正德中学，考个第一。"

刘老师看向尹老师和夏老师，夏老师说道："别看我们，我和尹老师都是第一次上高三，我们怎么可能知道该怎么样呢。"

尹老师说道："还能怎样呢。明天开各班成绩研讨会的时候，就会圈定重点人，以后就死盯那些重点人不就完了？"

赵建文明白，尹老师所说的重点人，应该就是统招生，尤其是其中的佼佼者。

刘老师问赵建文有什么主意没有，赵建文并不想在此刻传经送宝，只是说道："那就没有什么捷径可走了，按照我以往的经验，最好的办法就是加强一对一，面批面改。"

听到"面批面改"四个字，大家不约而同地看向了柳老师，大家此时也意识到，从大家来到这里开会到现在，柳老师几乎一句话都没说过。

柳老师见大家都看着自己，苦笑了一下说道："面批面改？我就是这么做的。可你们都看到了，十一班的成绩并不突出。"

讨论又陷入了僵局。

见此情景，尚老师先是笑了笑，然后意味深长地说道："刘老师，主意倒是有，而且咱也不用看什么小分表了。不过这主意只跟你有关。既然和第一名差距不大，这事倒未必很难。你要是愿意，那就是救了我们大家了。"

听了尚老师的话，其他几位老师全都心领神会地保持了沉默，似乎包括刘老师在内，每个人都知道尚老师的话是什么意思，只有赵建文还蒙在鼓里。

待语文组会结束，赵建文回到房间的时候，已经是夜里十点钟了。

骆老师早就回来了，坐在沙发上百无聊赖地看着电视。赵建文问他怎么还不睡。骆老师说道："我睡觉轻，你要是不回来我睡不着。再有今晚也不能早睡，等着吧，事情还没完呢。"赵建文问道："还等什么？各备课组的讨论可是今天会议安排的最后一项啊。"骆老师摇摇头笑道："你最好也再等一会儿。按照咱们学校的惯例，如果有哪些科目考得不好，通常都会被校长提审，对你耳提面命一番。”

赵建文说道：“这次考得不好的是生物，没咱们什么事吧。”

骆老师说道：“整体上生物考得不好，但要细算起来，指不定校长对哪个科目的老师不满意呢。你最好还是等等吧，至少要等到半夜。咱们校长的喜怒，那可是没人说得清楚的。不过，这次生物确实考得不能算好，肯定有哪位生物老师在高三待不住了。”

骆老师想了想，又说道：“赵老师，您经验丰富，帮着分析一下，学生为什么学不好生物呢？咱们这些老师，也算是各个顶尖了。”赵建文笑道：“我听学生说，他们总是在生物考试上出现审题错误，恐怕是他们没学好语文的缘故吧。”骆老师说道：“他们没学好语文，也不可能拿着生物题来问你啊。恐怕是生物老师的语文不过关吧？”赵建文笑道：“这是你说的啊，我可没这意思。”

两人正说笑着，听到楼道里想起了匆忙的脚步声，接着就听到有人敲隔壁的门，接着便听到有人问柳老师在不在，是小沈的声音。不一会儿，门开了，然后是两个人的脚步声渐行渐远。

赵建文笑道：“感觉怎么像是在过堂。”

骆老师也笑道：“可不就是嘛。你不觉得这里就像个高级监狱吗？等你在高三多待几年，一切也就习惯了。你要当回事，这就真是个事；你要不当回事，那就全都无所谓了。”

赵建文问道：“您带过几届高三了？”

骆老师答道：“有四届了。每一届都做班主任，每一届都把九班这样的班给我。在咱们学校，领导让你教什么样的班，基本上就意味着在领导眼里，你是什么样的水平。你不甘心没用，除非你拿出成绩来。可咱们学校的班级分布，都是按照入学成绩划分的。想干出点成绩来，要么你有非同一般的本事，要么你豁出命去干。我呢，既没有那么大本事，又不想豁出命，乐得个顺其自然。”

赵建文笑道：“怪不得你不为统招生的事着急呢。”

骆老师笑道：“我着急有用吗？像胡岩那样的都是凭关系进来的，那可是我自己做不了主的事情。这样的学生越多，我就越省心。但凡出来一个好的，就被后面的班拔萝卜似的拔走了。我这里都快成了盐碱地了，怎么可能总是上演雨后春笋的奇迹呢。”

赵建文说道：“如此说来，咱们九班这次的语文成绩，我更得知足才行啊。”

骆老师说道：“也不尽然。咱们学校最容易出现乱象的恐怕就是语文，毕竟当初分班考试的时候，学生没考语文嘛。”

听骆老师如此说，赵建文忽然想起了什么，问道：“骆老师，以您的经验，咱们学校每年高考上北大清华的人，在重点班里大概是怎么个分布？”

骆老师说道：“十一班十二班要保证全班都上，十班至少一半，八到十班差不多总共要出三十个，再加上文科一班出十个左右。咱们学校文科生实力一般，很多人觉得理科无望才去学了文科，其实文科基础未必多么雄厚。剩下的普通班加在一起也能出几个。还有就是那些特长生，你可别小看那些孩子，都是咱们的中坚力量呢。加在一起，总共大概一百四五十人。咱们学校这些年成绩好，生源有了保障，但也混进来一些起哄架秧子的。不过也无所谓，影响不了大局。”

赵建文笑道：“这也就是在悟德中学，这在外地任何一所学校，恐怕是想都不敢想的事。我原以为开学典礼之后，学生们都会赴汤蹈火一般地往前冲，结果发现有不少学生如闲庭信步，我现在算是明白了。”

骆老师说道：“咱们学校有很多学生在各种竞赛上得了大奖，人家早就跟清华北大签约了，要么保送，要么降分降到离谱，人家好歹学学，清华北大就十拿九稳了。”

赵建文问道：“张骁没签约或降分吧？”

骆老师说道：“当然没有了。不然他怎么会那么着急呢。他这次能考得这么靠前，已经是他的造化了。”

两人正说着，外面又响起敲门声。赵建文去开门，骆老师也站起来了。

来人是小沈，是赵建文此时最不想看到的人。小沈看到赵建文，笑着说：“赵老师好，我找骆老师。”

赵建文目送骆老师远去，正要关门，却见到柳老师正慢慢往回走。赵建文见柳老师脸色发白，便问柳老师是不是不舒服。柳老师什么都没说，只是摇摇头。

目送柳老师进了门，赵建文独自一人待在房间里，似乎第一次体会到什么叫如坐针毡。

也就过了十几分钟，敲门声再次响起。赵建文急忙去开门，是骆老师回来了。

骆老师在沙发上坐定，赵建文坐到骆老师对面，望着他，等着他开口。

骆老师定了定神，说道：“赵老师，有两个消息告诉你。一个是教九班生物的老师果然被换掉了；还有一个，对您来说，可能是好消息，对我来说可能是坏消息，我得跟您说再见了。”

赵建文问道：“你不做九班班主任了吗？”

骆老师说：“我还是九班的班主任，但您不教九班了。我跟校长一个劲地争取，说九班学生多么地喜欢您。但没办法，于校长拿定的主意，谁也改变不了。”

赵建文大惊失色，问道：“怎么会这样？那您知道让我去教哪个班了吗？”

骆老师摇摇头，说道：“我知道，但我不能说。您等着吧，反正过一会儿会有人来叫您的。”

大约是十一点钟的时候，小沈来找赵建文。

去校长房间的路上，赵建文心情十分复杂。他感觉自己不是去和校长谈话，而是去听从命运的摆布。走在前面的小沈，手里似乎抓着一个无形的链条，链条的另一端就套在自己的脖子上。四周一片漆黑，他睁着眼也是没用的，链条发出的响声就是他前进的方向。

此时此刻，开学之初的那些美好感觉就像避鬼一样不知躲到哪里去了。

他很想问问小沈，能不能先跟倪湘莲通个电话。但小沈若真的同意了，他又不知道此时该说些什么或者该怎样说才不至于让倪湘莲心惊肉跳。

不远处，于校长笑盈盈地等在门口。等赵建文走近，他拉着赵建文的手进了里间。于校长示意赵建文坐下，自己也坐下了。

赵建文注意到，昏黄的灯光下，于校长显得苍老了不少，但表情依旧是和善的。他记得几年前，他和于校长第一次见面的时候，于校长的脸上就是这样的表情。赵建文的心里感到略微踏实了一点。

两个人寒暄几句之后，于校长并没有直奔主题，而是先问赵建文对状元这件事怎么看。

赵建文没料到校长会问起这样的问题。他想了想，说道：“我打个比方吧。状元就像世界选美大赛的冠军。虽说各国送去的都是倾国倾城的佳丽，但只有最终戴上王冠的那个人怎么看怎么美，其他的人，怎么看都差一点。”

于校长笑道："还是语文老师会说话，而且还说出了我的心思。"他转头对小沈说道："看到没有，我没选错人。"

小沈不说话，一脸憨笑。

于校长接着说道："在你们眼里，没了状元可能不要紧，在我这里可不行。其实，咱们学校每年少几个上北大清华的，我一点都不着急。毕竟咱们学校招来的是最好的学生。但这也恰好成了别的学校攻击我们的把柄。人家会说，凭你们这样的学生，随便什么人来教恐怕结果也差不到哪里去。能堵住他们的嘴的，只有状元，而且是裸分状元，有加分的都不能算。有了状元，年年有状元，把偶然的变成必然，人家才相信我们不仅有好学生，还有好老师。这样我们才能保证每一年生源的质量。没有好生源，神仙来了也没用。若是明年后年还没有状元出来，悟德中学这碗饭恐怕就没那么香了。"

听了这样的话，赵建文感觉眼前的于校长就像是一个处处为大家着想却还时时受着委屈的老大哥，内心的亲切感油然而生。他不知道说什么，只是极为严肃地点着头。

于校长始终微笑地看着赵建文，就像一位名师看着自己最出色的徒弟。他见赵建文不说话，又接着说道："好了，不闲扯了，说正事。赵老师，本着从大局出发的原则和您个人的表现，您的工作要做出调整。您的五班不动，但要把九班交出来；柳传芬老师以后只教文科一班，她十一班的语文教学工作以后由您担任。"

赵建文不由自主地"啊"了一声，说道："怎么会这样，柳老师不是教得挺好的吗?"

于校长说道："柳老师身体状况不太好，教两个重点班有点吃力。您就别多问了，这是我们几个领导商量过的，柳老师本人也同意了。"

从校长那里出来之后，赵建文的脚步依然沉重，但这沉重是装出来的，他不能让谁轻易发现他此时内心的狂喜。看来他的进步于校长不仅看到了，而且还给予了令他喜出望外的认可。他很想把这个喜讯告诉倪湘莲，看看时间已近半夜，他只好忍住了。

回到房间，赵建文一脸的兴奋，完全没有睡意。骆老师问赵建文知不知道谁教九班，赵建文表示不清楚。

骆老师想起了什么，说道："对了，赵老师，您将继续做张骁的老师。"

赵建文暗暗叫苦，忙问怎么回事。骆老师说道："张骁这次考试成绩优秀，成了状元苗子，为了保证重点班的成绩，也给他一个更好的环境，他被提拔到十一班去了。他的家长心有不甘，认为他们的孩子应该进十二班，被领导好说歹说压下了。"

赵建文问道："这种事真的很常见吗？"

骆老师说："反正不少见。刚刚开学的时候，楚晴柔不就到十一班去了吗？"

骆老师沉吟了一下，又面色凝重地对赵建文说道："赵老师，几个月来咱们合作得不错，给您个忠告，您到了十一班，以后要多加小心。"

赵建文不解何意。

骆老师说道："十一班的学生，各个成绩优秀。他们的家长也是各个来者不善。很多班级的家长在网上都建了家长群，他们时常在里面共享各自打探来的消息。有很多事情，要么咱们不知道，人家知道；要么咱们晚知道，人家先知道。他们要是在那个群里针对哪个老师拧成了一股绳，那对咱们可是非常不利的。这次生物老师的调换，固然有成绩不佳的原因，但保不齐也和家长的运作有关系。"

赵建文很是吃惊，说道："这些家长有这么厉害？"

骆老师说道："越是成绩好的班级，就越是盛产这样的人。那些成绩不好的学生的家长，只能在心里记恨着，表现出来也没人搭理。你大概也感觉到咱们学校的校长为什么难做了吧。不管有没有这回事，小心驶得万年船，你当心点就是了。"

赵建文问道："您不在那个群里吗？"

骆老师说道："他们一般都有两个群，一个是对付我的，一个是他们自己抱团的。"

赵建文长长地"哦"了一声，对骆老师又是微笑又是点头以示感谢。

骆老师叹了口气，说道："您这副牌是落听了，我这还缺一个搭子呢。"

骆老师去了洗手间。赵建文躺在床上，望着外面漆黑的夜色，睡意全无。

早上八点，成绩分析会继续进行。大会的内容是整个会议流程的最后一项——总结。首先是由各个备课组组长汇报昨天下午的讨论内容，最后由于校长做总结发言。

语文组是第一个汇报的。刘谆谆老师代表语文组汇报完毕之后，因为听不懂或者没兴趣，其他科目的汇报对语文老师来说已经形同虚设。

赵建文困得两眼虚睁，几近入梦。忽然，他感觉到他的肩膀被人碰了一下。他模模糊糊地感到有个人在他身旁坐下了。

赵建文睁开眼看了一下。然而就是这一眼，惊得他差点从椅子上跳起来。

坐在他旁边的是厉抒老师。

赵建文忘了合上他张大的嘴，因为他完全不能相信他现在所看到的一切。

厉抒老师依旧是温和地笑着，小声地说道："赵组长，您好。"

第十章　历老师

赵建文吃惊非小，问道："历老师？你怎么会在这里？"

历老师心平气和地说道："是我。我来代课。"

赵建文登时就明白了，问道："你来教九班？"

历老师笑道："是的。"

赵建文长长地"啊"了一声，若有所思地点了点头。

尽管赵建文完全没有了睡意，但大会后面的内容，他一句也没听进去，直到最后于校长讲话的时候，提到历老师。

于校长示意历老师起立，接着说道："这是来自正德中学的历老师，北大中文系毕业，以后九班的语文课就由历老师来上。历老师，您和大家说几句。"

听说是从正德中学来的，下面的人开始小声议论起来。

历老师站起身，微笑着说道："大家好。恕我冒昧，更正一下于校长的说法。我北大毕业不假，也确实在正德中学工作过，但我来贵校之前，已经离开了正德中学。所以说，我既不是倒戈，也不是卧底。"

中午吃饭的时候，语文组和数学组的老师被安排在一起。刘老师给各位语文老师和历老师之间做了介绍，并把一份纸版的期中练习试卷和答案以及第二天上课的课表交给历老师。

尹老师看着历老师，问道："历老师，您和赵老师都是北大毕业的，你们不认识？"

历老师问赵老师哪年上的大学，赵建文说九零年。历老师笑道："你上学那年，正好是我毕业。”

旁边的洪老师并不急着吃饭，他对他儿子的新语文老师很是好奇，问道：“厉老师，那个年代的大学毕业生很吃香啊，您怎么当了老师了呢？”

厉老师笑道：“我毕业那年工作不好找，再说我又喜欢当老师。”

洪老师问道：“您中学是在哪里读的？”

厉老师答道：“我初中高中都是在正德中学读的。”

洪老师问道：“我好多年没到北大去了，很多地方都记不清了，中文系在几号楼来着？”

厉老师笑了，问道：“您真的要我回答这个问题吗？”

洪老师也笑了，而且很认真地点点头。

厉老师笑道：“北大中文系不在哪个楼里，它所在的地方叫五院。”

洪老师不说话了。尚老师指着洪老师笑道：“知道吗？你这叫自取其辱。”

厉老师完全不理会洪老师的尴尬，转头对赵建文说道：“我刚才找了九班的班主任骆老师，问他要九班的学籍卡，骆老师说在您手里，您要是看完了，吃完饭我跟您回家拿一下吧，我跟你们坐班车走。另外，我还想看看九班这次考试的作文。”

赵建文问道：“你只看作文吗？前面的阅读理解你不看了？”

厉老师答道：“我只看作文。只有作文值得看。”

午饭过后，大家坐上班车，返回学校。

班车上，厉老师特意和骆老师坐到了一起，以便了解九班的情况。两个人有问有答地几乎说了一路。

赵建文和刘谆谆老师坐在一起。赵建文问刘老师，厉老师是怎么到这里的。刘老师说道：“开学刚一个多月的时候，于校长就让我帮忙再物色一个语文老师。我跟向老师很熟，问她有没有人选。向老师说，厉老师不就是现成的吗？我跟校长说了一下情况，校长一听说是正德中学的，二话没说，当即要求和厉老师面谈。至于面谈的结果，咱们不是都看见了？不过这个厉老师挺有意思的，刚来就拆校长的台。”

赵建文小声问道：“你说校长一个多月前就找了你，难不成他当时就有换人的打算吗？”

刘老师也小声回答道："咱校长的心思比女人的都难猜，你还是别费这个劲了。"

听了刘老师的话，再看看正和骆老师认真交谈的厉老师，赵建文明显地感觉到，一丝不安正从他的心海慢悠悠地升起。

班车开到了学校。赵建文要厉老师到家里坐坐，厉老师表示太过仓促，不是为做客而来，不方便打扰，只在外面等就好。

赵建文回到家，吩咐倪湘莲找出那本学籍卡和九班学生的作文。倪湘莲找出那个牛皮纸袋子，和作文一起交给赵建文，并提醒他道："作文你还没看完呢。"赵建文说："用不着我看了，九班的新语文老师就在外面。"

赵建文出了家门，把那个纸袋子和作文交给厉老师。厉老师表示感谢之后，转身要走。赵建文忽地想起了什么，便叫住厉老师，告诉他九班有个叫蔡泱泱的，文笔不错，问厉老师是不是有兴趣，并愿意把蔡泱泱的博客地址发给他。厉老师说道："谢谢赵老师。学籍卡上应该有学生的联系电话，我还是先问问他本人，征得他同意才好。"

说罢，厉老师朝赵建文摆了摆手，转身走了。

进得家门，赵建文瘫倒在床上。倪湘莲忙过来问怎么回事，九班为什么有了新的语文老师。赵建文又一下坐起来，紧紧抱住倪湘莲，把整个头埋在倪湘莲的乳沟里。过了一会儿，他抬起头，把自己工作上的变动说给倪湘莲听。

倪湘莲听罢，双手揉搓着赵建文结结实实的脸蛋笑道："我也有好消息告诉你呢。"

赵建文笑道："你的两个班考得也不错？"

倪湘莲说道："怎么可能呢。是你儿子考得不错，进了年级前十。你别忘了，你跟儿子有个约定，进了年级前十，你要带他去买书的。"

赵建文确实和赵千仞有个约定，进了年级前十，可以买十本书，其中一半的书目赵千仞可以自己拿主意。如果进了年级前五，可以买二十本书，至于买什么书，全由赵千仞说了算。

赵建文问儿子去了哪里。倪湘莲说道："在操场上踢球呢。"

赵建文抓着倪湘莲的手不放，问道："我给儿子买书奖励他，你拿什么奖励我呢？"

周一一早，柳老师刚拐过四层的楼梯口，就看到厉老师站在办公室门口。他的手里抱着个纸箱子，肩上背个电脑包。

柳老师赶忙开了门，并向厉老师表示歉意。进得门来，厉老师见里面没有他放东西的地方，便把包和箱子放在旁边的沙发上，转头看见柳老师一手拿着墩布，一手拿起暖壶，便将墩布抢在手里，两个人一同走向走廊的南端，男厕所和打开水的地方都在那一边。

厉老师先用湿墩布将地面墩了一遍，然后蹲在地上，用一块干抹布将地面一点点擦干。柳老师见状，连忙说道："厉老师，不用这么仔细的。大家踩来踩去的，不出半天的时间，地面就跟花狗脸一样了。"

厉老师笑道："我习惯了。地上乱七八糟的，我看着别扭。"

办公室里就那么一块抹布，柳老师到别的办公室拿了一块过来。等她回来的时候，厉老师基本上已经擦完了。

柳老师的脸上又是感激又是歉意。她抢着去洗抹布，回来的时候说道："厉老师，跟你商量个事？"

厉老师笑道："您别客气，您说。"

柳老师说道："现在咱们办公室里一共有七个老师，就你我只教一个班。别的老师至少教两个班，有的还做班主任。能不能以后办公室里的卫生，由我和您包下来。"

厉老师说道："没问题。"

两个人商定，办公室的卫生一周做两次。柳老师在周一做，厉老师在周四做。

过了一会儿，其他几个女老师也陆续到了。尹老师看见地上光洁如新，惊声叫道："天呐，这是谁擦的啊，我都不好意思上脚了。"

夏老师打趣道："那你就在这里站着，等一会儿赵老师来了，让他抱你进去。"

柳老师提醒刘老师，今天厉老师来得最早，但是进不了门。刘老师一拍脑门，从包里拿出一把钥匙交给厉老师。厉老师一面道谢，一面收下了。

接下来，厉老师的座位安排，让几位老师有些为难。虽说中间那一列一头一尾都是空位子，但都放满了平时考试用的卷子。后面那个座位靠墙，但中间有个半出墙的柱子，坐不得人，也就只能用来放卷子。安排厉老师坐在前面的座位上，自然是最妥当的，但这也就意味着前面的卷子就都得堆到后面的座位上来，很明显是放不下的。

几个老师一时没了主意。

厉老师想了想，只说了一句“应该能解决的，你们等等”，便转身出去了。

过了一会儿，厉老师回来了，后面有两个工人抬着一个简易的一人多高的木质书架进了办公室。厉老师吩咐那两个工人把书架立在办公桌对面的墙上。

立定之后，厉老师就开始把桌子上的卷子把书架上搬。其他几个老师立时领会，也都过来帮忙。

书架够大，放完了前面桌子上的试卷，还空下了一半。刘老师思考片刻后，用手向后面一指，几个老师又将后面那张桌子上的试卷也搬到书架上。

一时间，语文办公室显得清爽了许多。

尚老师叹道：“看看，看看，我们就这么乱七八糟地在这里待了好几年，原来我们就是没这个心。”

柳老师问道：“厉老师，这书架哪里来的？”

厉老师笑道：“我去了趟木工房，跟那里淘换来的。”

听了这话，尚老师再次叹道：“看看！看看！我们在这里待了多少年了，还不如人家新来的。我们就是没这个心！”

老师们回了各自的位子。厉老师用抹布将桌子擦拭干净，又把后面的桌子擦了一遍，便开始收拾自己的东西。

他从电脑包里拿出一个笔记本电脑，又从纸箱子里拿出一对小音箱，一套茶具，几本书，还有一小盆文竹。厉老师简单摆弄了几下之后，桌面上便显得整齐而清雅。

那盆文竹颜色鲜嫩，如一团绿色的雾，整个桌面立时有了生机。

刘老师说道：“厉老师，学校给每个老师都配备了电脑，五年之后，这个电脑就归您自己了。您可以去电教办公室领一个过来。”

厉老师问道：“代课老师，也有份吗？”

刘老师忽然犹豫了，说道：“应该有吧。”

厉老师说道：“万一没有呢，何苦白跑一趟，可能还有少不了的尴尬。我用我自己的吧。”

正在这时，赵建文走进来，看到办公室一下变了样子，愣住了。

尚老师笑道：“赵老师，你没走错。都是厉老师的功劳。”

赵建文刚刚坐下，柳老师微笑着走过来，把一本装订在一起的资料交给了他。

赵建文打开一看，里面竟然是对十一班每个学生从开学到现在的语文学情记录。赵建文立时觉得手里沉甸甸的，忙向柳老师表示感谢。

柳老师笑道：“我用不着了，兴许对您有帮助，给您吧。”

今天上午，各班都是试卷讲评课。赵建文提出去听厉老师的课，并说这是工作交接的一部分，厉老师很痛快地答应了。

两个人比上课时间早到了几分钟。进得教室，赵建文径直走到教室后面。胡岩的座位空着，赵建文坐到了蔡泱泱的旁边。

九班的学生显然已经知道了更换老师的消息，赵建文和厉老师一进教室，便有学生盯住了新来的厉老师，也有不少学生眼光追逐着赵建文的身影，并不停地发出唏嘘感叹之声。

厉老师扫视了一下讲桌周围，问道：“今天哪位同学是值日生？”

洪武来站了起来。

厉老师拿起黑板槽里的两块抹布，对洪武来说道：“你跟我来。”

洪武来跟着厉老师，两个人一前一后进了教室对面的男厕所。

不一会儿，两个人又回来了。厉老师带着洪武来，用抹布重新擦起了黑板，尤其是黑板的边缘和板槽。厉老师擦得很是仔细，洪武来也学着厉老师的样子，一丝一毫都不放过。

擦完之后，厉老师吩咐洪武来去把抹布洗干净，他看着干干净净的黑板，转头对大家笑道：“黑板就该有黑板的样子，对吗？”

正在这时，于校长拎着一个小圆凳进了教室。他没有走到后面去，朝厉老师点头示意之后，便在靠门的位置坐下了。见校长进来，原本渐趋安静的教室里又有人小声私语起来。

厉老师并没有表现得很惊诧，他以微笑对于校长表示回应。

洪武来拿着抹布回来了。厉老师教洪武来将其中一块抹布叠成长条，放进黑板槽里，用另一块抹布将讲桌擦拭了一遍。洪武来很懂事，开始收拾讲桌上的东西。过了一会儿，讲桌变得干净整洁，讲桌上的东西也变得井然有序。厉老师打量了一下自己所处的环境，满意地笑道："嗯，这就对了。"

这一刻，教室里真的安静下来了。

上课铃响了，厉老师一脸严肃地说道："上课。"

所有的学生，齐刷刷地站了起来。

于校长也站起来了。赵建文见状，也赶忙跟着站了起来。

待大家重又坐下，厉老师说道："讲课之前，我先问各位一个问题，你们说，两年多的时间，可以导致一个人有多大的变化?"

学生被这个莫名其妙的问题问住了，一时无人言语。

厉老师笑道："也许一夜之间，一个人就可以面目全非。也许一辈子之久，在有些人心里，有的人依旧容颜不改。请问各位，这是为什么?"

下面的学生一片沉默，但很多人都很期待这个问题的答案。

厉老师说道："前者为什么，我不清楚，但后者的答案很简单，那是因为爱。"

很多学生不约而同地发出了认同且赞许的"哦哦"之声。

厉老师说道："如果将来有人跟你说，你还像以前那么可爱，你一定要记得，那个人是爱你的。如果没有这么说，要么是那个人变了，要么是你变了。不过，在座的各位，你们的变化可不大，你们相不相信，我现在可以叫出你们每一个人的名字。"

学生们你看看我，我看看你，他们以沉默表示否定，又以闪闪放光的双眼表示着强烈的期许。

赵建文明白，如果厉老师真的叫得出这些学生的名字，那一定是因为那本学籍卡。只是，厉老师一夜之间可以记住所有人的样貌，赵建文还是不大相信的。

厉老师看着蔡泱泱说道："赵老师身边这位同学，你叫蔡泱泱，有个性，又不失温和，这点和我很像，我很喜欢。而且我知道，你和你的同桌是好朋友。对吧?"

一向沉稳的蔡泱泱此刻眼睛瞪得溜圆，他看了一眼身边的赵建文，说道："是的。但我的好朋友叫胡岩，不是赵老师。"

听得此语，同学间发出了“呵呵”的笑声，蔡泱泱这才意识到自己言语有失，又马上向赵建文说道：“赵老师，对不起，不是故意的。”

厉老师接着说道：“赵老师介绍我看你博客里的文章，我还没有征得你的同意，你愿意让我看吗？”

蔡泱泱大声说道：“我太愿意了。您随便看。”

这时，伊雅举起了手。很显然，她被厉老师如此有趣的开场吸引住了，但她不相信厉老师能叫出她的名字，问道：“老师，您知道我叫什么吗？”

厉老师说：“你叫伊雅，比以前瘦了点，更好看了。”

伊雅先是张大嘴吃惊了片刻，然后便是得意得直晃脑袋。

接下来，厉老师竟然真的是一一叫准了所有人的名字。

只有一个男生，让厉老师一时语塞，只好笑道：“看来我刚才是说大话了，很抱歉，我叫不出你的名字。”

这个男生站起来，说道：“老师好。我叫郑远航。您叫不出我的名字不怪您，我是刚到这个班里来的。”

厉老师说道：“刚到这个班？怎么回事？”

郑远航说道：“这次考试我考得好，学校把我从普通班调到重点班来了。”

厉老师说：“哦，那你和我一样，要尽快适应新环境了。”

郑远航说道：“我原来还挺担心的，现在看来，我赚大了。”

厉老师微笑着说了声“谢谢”，示意郑远航坐下。

上课的时间已经过去了三分之一，并没有人急着要厉老师赶紧讲评试卷。

这时，厉老师又说道：“我再问一个问题，男生现在没有女朋友的，请举手。”

所有的男生被这个问题问蒙了，因为没有而不愿回答或者因为有而不敢回答，总之，没有人举手。

这时，于校长举起了手。

厉老师笑道：“校长，您别开玩笑。”

于校长笑道：“我没有开玩笑。我真的没有女朋友，我只有老婆。”

众人听校长如此说，不禁开怀大笑起来。

厉老师笑道：“今天是十一月十一日，没人理会我，我该祝谁节日快乐呢？”

众人又笑起来了。

伊雅问道："老师，您怎么只问男生，不问女生啊。"

伊雅旁边的一个男生打趣道："你不是有了吗？"

伊雅道："有什么有，我们早分开了。"

伊雅的同桌拽了拽伊雅的衣袖，无可奈何地说道："你怎么这么二啊。"

厉老师听到了这句话，笑道："现在有个流行词叫女汉子，在我看来，和二的意思差不多。所谓'二'和'女汉子'，共同特征就是心胸开阔，不斤斤计较，有大女人的风范，挺好。"

伊雅似乎得到了强大的后援，大声说道："听见没有，我就二了，你们敢把我怎么样！"

厉老师说道："不管有没有女朋友或男朋友，都要有真心诚意做前提。有真心的会找到真正的好友。即便暂时没有，总不至于懊悔自己只是过着庸庸碌碌的日子。做人如此，作文也是如此。我看了你们这次统考的作文，说实话我不太满意，虽然你们不大可能像是给心上人写信一样写这篇作文，可能你们也很不喜欢考试，但这世界上很多事情是这样的，你可以不喜欢，但你不能不重视。何况我们常说，作文如做人。你总不希望旁人以对你作文的判断来跟你本人画等号吧。"

蔡泱泱大声说道："老师，我们不想那么写，但不得不那么写。"

厉老师说："不要总把问题归结到别人头上，最终还是你们自己拿了主意。你们有的已经十八岁了，有的就要十八岁了，该学会自己对自己负责了。"

学生问："我可以说真话吗？"厉老师说："就应该说真话。"学生问："我可以揭露现实吗？"厉老师说："有社会责任感的人就不能无视现实。"学生问："我可以写阴暗面吗？"厉老师说："如果你对这片土地爱得深沉，你就放心大胆地写。"

厉老师最后说道："从今天起，给你们自己下一道特赦令，还你们手里的笔以自由。"

班里一时间爆发出强烈而持久的掌声。

赵建文看到，鼓掌的人当中，也有于校长。于校长脸上的笑容表明，他的鼓掌不是礼节性的，那是发自内心的愉悦和钦佩。

这种场面让赵建文多少有些失落。他没想到刚刚还对他恋恋不舍的学生，这么快就对一个新老师投怀送抱。他心里的话不便明说，便只是装模作样地问身边的蔡泱泱，胡岩怎么没来。

蔡泱泱说道："他来不来也不要紧了。他要跟他的父母到国外去了，忙着办手续呢。"

下课后，赵建文和厉老师刚回到办公室，蔡泱泱和伊雅就跟着进来了。伊雅的手里还拿着一篇作文。

厉老师先问蔡泱泱有什么事。蔡泱泱说道："也没什么要紧的，就是想和您聊聊。"厉老师说道："那你中午来找我吧，一点之后，那时候你我都应该吃过饭了。"

蔡泱泱点了点头，说了声"谢谢老师"，转身出去了。

伊雅把那篇作文递给厉老师，说道："老师，您能帮我看看这篇作文，然后给个评价吗？"

伊雅递给厉老师的，是开学考试的那篇高分作文。

厉老师接过来，只看了几眼开头，便抬起手，要把那张纸还给伊雅，说道："你不用等到一点再来找我了，我现在就可以告诉你，这篇作文没什么可看的。"

伊雅不甘心，接着说道："老师，这可是我开学考试的高分作文呢。"

厉老师笑道："我们今天第一次见面，我不想把话说得很难听，可我又不会拐着弯说，所以，还是不说的好吧。"

伊雅说道："那我替您说，您是不是觉得这篇作文就像一坨翔？"

厉老师笑道："你要是这么说，我也不反对。"

伊雅面露得意之色，她把作文的背面给厉老师看，嘴里说道："当时我写完这篇作文的时候，我就在中缝里写了一句话，您看看。"

那张作文纸背面的中缝里，竖版写着一行字："这是一坨翔。"

字写得很小，已经有些模糊了。

中午时分，办公室里安静下来了。厉老师泡好一壶茶，又戴上了耳机。尚老师向厉老师挥了挥手，厉老师连忙摘下耳机问尚老师什么事。尚老师说道："厉老师，有什么好听的，让我们也听听呗。"厉老师说道："不会吵到你们吗？"尚老师说道："不会的，原本就是休息时间，听点好听的，洗洗耳朵，净净心。"

厉老师拔掉耳机，换上那两个小音箱，肖邦的夜曲开始在办公室里荡漾。

尚老师叹道："看看人家厉老师，这才叫生活呢。我们充其量只是活着而已。我们就这么自觉地把自己活成了庸众。"

一点钟的时候，蔡泱泱如期而至。他先向赵建文问了声好，又问厉老师是不是吃过饭了。厉老师说吃过了。他拿过一个小圆凳，示意蔡泱泱坐下说话。待蔡泱泱坐定，厉老师开口说道："我们就从你那篇《绑架好人》说起？"

蔡泱泱很是惊讶，说道："您已经看过了？"

厉老师说道："看了，别的文章也看了一些。说不上文笔有多出色，但思考和真诚还是给我留下了很深的印象。你已经写了好几年了，看样子你应该能够坚持下去。"

蔡泱泱说道："老师，我想问您个问题，就像《绑架好人》这样的作文，如果我写在考场上，您大概能打多少分。"

厉老师说道："单就这篇作文来说，我也可以拍着胸脯告诉你，这篇作文我至少给你一类中的分数，按六十分满分算，大概就是五十五六分的样子。不过，你大可不必用应考文的评判标准来衡量你的作文，那就有点屈才了。"

话刚说到这里，蔡泱泱的眼圈已经有点发红了。

厉老师接着说道："光从这篇作文看，优点很多。第一，你不写无病呻吟的文章，你不为自己所谓的悲苦自嗟自叹，你有大视角、大情怀。以你这样的一个年纪，这着实难能可贵。第二，你喜欢在作文里旁征博引。看得出来，你平日喜欢读书、喜欢思考，有一定的积累，这一点是写好文章的基本保障，而且我相信读书和思考已经成了你的习惯。我从你的文章里读出一些愁苦的味道。这是喜欢思考的人写文章的共同特质。第三，你的表达很顺畅、很明了，虽然说不上文采飞扬，但片面地追求文采、将作文套版化而忽视内涵，也是我所厌弃的。"

厉老师停顿了一下，又接着说道："我问你个问题，写这样的文章的时候，除了内心可能有些许的顾虑之外，你当时还有什么感觉？"

蔡泱泱刚要回答，厉老师忽然灵机一动，说道："这样，我们谁都不说，像当年诸葛亮和周瑜那样，写在手上，就写一个字，看我们想的一样不一样。"

蔡泱泱欣然应允。厉老师找出两支笔，一支递给蔡泱泱。两个人转过身去，各自将答案写在手心，又都转过身来，将手心摊开。

两个人的答案完全相同，都是同一个字——畅。

两个人一时无语，蔡泱泱的脸上全是幸福的笑容，眼里却是泪光闪闪。

厉老师拿出纸巾递给蔡泱泱，笑道："男儿也有泪。"

蔡泱泱马上接道："情动亦轻弹。"

厉老师笑道："嗯，孺子可教。"

话说到这样的地步，已经无须再多说什么了。蔡泱泱向厉老师表示谢意，站起身，将那个小圆凳放回原处，又跟赵建文说了声再见，便离开了办公室。

办公室又恢复了平静，但办公室里的几位老师却各个心绪难平。上午厉老师和伊雅的那一幕，让几位老师吃惊不小。连作者本人都认为那是一坨翔，那简直就是打了所有老师的脸。而刚才厉老师和蔡泱泱的那一段对话，不仅让几位老师心生敬意，更是唤起了大家已经遥不可及的记忆。那种感觉就像是被严冬盘踞多年的地方，重又吹起了一阵宣告春天来临的东风。

柳老师站起身，走到厉老师跟前，说道："厉老师，刚才你们的对话，我无意中都听到了，我也很受教育，抽空我得向您请教，您千万别推辞。"

尚老师说："干吗还无意中听到啊，厉老师，您大概没注意到，您和那个学生一张口，我们这儿就悄无声息了，全都听着呢。"

夏老师也附和道："就是，真是受益匪浅呐。"

厉老师笑道："你们太客气了，用得着我的话，尽管说，我乐此不疲。"

柳老师说道："说实话，刚才您喝茶和听音乐的时候，我对您还有偏见呢。"

厉老师笑道："感觉我挺能装的是吧？"

柳老师红了脸，笑道："不瞒您说，我还真这么想来着。不过听到您后来和学生的谈话，我为我刚才的想法向您表示歉意。"

厉老师不知说什么好，便双手合十，向柳老师行了个礼。

答疑结束，尹老师和刘老师回到办公室。夏老师赶忙把刚才的情况给尹老师描述了一遍。尹老师听罢，先是长叹一声，然后说道："我怎么那么倒霉，偏偏今天去答疑。厉老师，再有这样的事，您提前说一下，我找人调换答疑时间，也得听听您怎么说。"

厉老师笑道："千万别这样，回头我把你们全带沟里去了。我是来向你们学习的。"

尚老师笑道："您向我们学，那才真是学到沟里去了呢。"

从蔡泱泱走进办公室一直到现在，整个过程中，赵建文始终没有参与。他心里五味杂陈，不知道该说什么，也不知道该怎么说。

第十一章　家长会

期中练习后的第一周，高三年级组有两件要紧的事要做。一个是各班的成绩分析会，一个是家长会。

周二中午一点钟的时候，洪老师召集所有十一班的老师一起开了个短会。待老师们到齐，洪老师将两样东西分发到老师们手里。一样是成绩单，上面按照期中练习总成绩由高到低排列着班里所有成员的名字。另外一样要厚得多，是一份装订起来的资料，那上面是每个学生从高一入学起到现在所有大考年级排名的走向，均由线状图来表示。大多数学生都是稳定或缓慢爬升的状态，极少数是大起大落或逐渐下降的。

令赵建文稍感意外的是，这本资料里还有张骁的线状图。他心下明白，看来这应该是每个班主任老师都必做的功课。

张骁之前的线状图一直稳定在中高端的位置，这次期中练习，他的成绩如旱地拔葱一般，赫然蹿升到了高位，引得几位老师连连赞叹。

洪老师笑道："这都是赵老师的功劳。这么多语文老师里面，我最敬佩的就是赵老师。骆老师那句话怎么说来着，豆包布也想做西服？可赵老师就硬是做成了。"

赵建文笑道："我可是刚来，您了解我多少？您这可是要捧杀我？"

洪老师笑道："我不了解您，我儿子了解您呐，整天都跟我念叨您的本事有多大呢。还真不知道现在他落在那个厉老师手里，会是个什么样呢。"

洪老师按照排名顺序，一个一个念及学生的名字，几位老师一边听，一边拿着笔在名单上做着各种记号。简单说，就是如果某个学生有某一两科成绩相对不够好，这个学生就是教这个科目的老师今后重点关注的对象。

张骁的语文成绩依然算是偏弱，自然也就成了赵建文重点关注的对象之一。

等念到最后一个名字，赵建文的这张表格上，语文这一栏，几乎就是个糖葫芦。

其他几位老师看到赵建文手里这张表，也不禁笑起来。洪老师笑道："赵老师别着急，咱们重点班无一例外，统统都是语文偏弱，别的班也好不到哪里去。不过，这不等于也给了您机会吗？"

赵建文摇了摇头，一脸苦笑。

刚刚在十一班上了几次课的赵建文，心中那因被校长首肯而燃烧起来的熊熊之火已经变成一灯如豆了。

从聚贤会议中心回来之后，赵建文心里一直有个困惑。他不太明白柳传芬老师到底是因为什么原因离开了十一班。现在，他似乎找到了答案。

赵建文原本以为，十一班既然排在全年级第二位的位置，整体的素质自然应该比九班这样所谓的重点班要强得多。而实际的情况是，十一班的学生在语文上的成色不仅没有任何潜在的优势，所表现出来的能力甚至还要在九班之下。无论如何，九班还有蔡泱泱和伊雅这样虽个性突出，但语文的综合实力不输给任何人的学生。可这样的人在十一班，除了当初从九班转到十一班的楚晴柔，赵建文几乎遍寻不着。换个角度说，张骁来十一班倒也算是来对了。因为十一班的学生个个都像张骁那样，完全以对待理科的态度对待语文。赵建文在十一班讲评试卷，尤其是讲到主观题的时候，学生问得最多的问题就是某一道题是不是代表某一种题，而这里面是否有什么规律，以后再遇到这样的题该怎么办。如果赵建文说想把语文题做好还要看对文本的阅读理解能力有没有提高，学生眼神中流露出的失望便分明传达出了对赵建文的怀疑甚至不屑。

十一班还有个情况是九班所没有的，那就是班里有很多参加过高规格的竞赛且成绩优异的学生。这些学生要么已经成了清华北大的保送生，要么得到了这两所大学极其令人艳羡的降分优惠。然而同样是这些学生，他们的语文成绩却目不忍视。更糟糕的是，面对语文上的种种漏洞，这些学生竟然是泰然处之。

想想也不奇怪，他们所获取的加分若是加在语文上，他们的语文成绩几近完美。

更让赵建文苦不堪言的是，虽说这些学生在语文上的问题不少，但每一个人却又都是自信心爆棚。他们喜欢问赵建文一些稀奇古怪的问题，赵建文甚至觉得他们的目的就是要把老师问倒问烦，让老师无言以对，从而以一个胜利者的姿态来遮掩自己在语文上的缺漏。

也许，之前的柳老师就是因为抓住他们的问题不放，与他们进行不屈不挠的斗争，才落得了这样一个结果。

想到这里，赵建文不禁打了个寒战。

十一班的语文科代表是楚晴柔。她的期中成绩在十一班处于中上等的位置。张骁一到十一班，便知趣地主动要求卸下科代表的工作。

楚晴柔很勤快，赵建文交付给她的工作都能干净利落地完成。不过楚晴柔平时话并不多，往往是听赵建文交代完工作之后扭头就走，致使他很难找到机会对她和十一班多一些了解。赵建文无奈，只得趁她交作业的时候强行留住她，问她对十一班是什么样的印象。楚晴柔眉毛一挑，笑道："您不是都看到了吗？一群像人的机器呗。"

赵建文对这样的回答总是感到很恼火，说道："你的意思是你也是其中的一台机器人吗？"

楚晴柔笑道："我不是，我是人。我和他们的区别在于他们总是按别人的指令做事，我只按我自己的想法做事。"

赵建文笑道："那你岂不是不该来十一班？"

楚晴柔反问道："为什么不呢？我自己考进来的，又不是靠关系抬进来的。再说，他们也同化不了我。"

成绩分析会结束后，赵建文故意走在最后。他拦住洪老师，把自己的苦恼和困惑讲给洪老师听。洪老师听罢，一脸严肃地说道："赵老师，你放心。下午咱们班有一节课。上课的时候，我只讲二十分钟的课。剩下二十分钟，看我怎么骂他们。"

赵建文好奇地问道："骂人管用？"

洪老师说道："别人未必，到我这里就管用。我带了他们三年。没有我，他们的数学不一定不好，但绝对不可能好到现在这地步。他们都怕我呢。"

赵建文对洪老师表示感谢。但他又对洪老师刚才的话语中的“别人”有了兴趣。他知道自己如果问得过于直接，恐怕什么要紧的信息也得不到。他和洪老师一边往楼下走，一边用聊天似的口吻问道：“洪老师，您知道咱们学校的文科班是个什么样的水准吗？”

洪老师说道：“咱们学校，成绩最好的自然是理科生。文科班是到高二才有的。多数都是理科学不动了才转去学文科的。真正喜欢文科的没几个。虽说个别时候出过文科状元，但整体实力不行，于校长这里是不敢有太大指望的。”

听了洪老师的话，赵建文不由自主地点点头。类似的话，骆老师也说过。这让赵建文相信，如果柳老师离开十一班确实是这些学生因不肯改变自己而动用了家长的力量，进而使得学校领导被迫做出调整的话，那么柳老师还能教文科一班，便是因为这个班现有的实力使得他们缺乏撼动他人的底气。

赵建文回到办公室，发现厉老师也是刚刚坐定，一脸愠色，脸上还是红扑扑的。

赵建文问道：“厉老师，怎么了，这么激动啊。”

厉老师说道：“我还真是长见识了。”

赵建文忙问出了什么事。

厉老师说道：“班级成绩分析会，只分析有希望考上北大清华的学生。九班还没讨论几个人呢，分析会就结束了，其他的人都成了炮灰。我问为什么不分析其他人。你猜我得到了什么样的回答——朽木难雕，分析他们做什么。”

赵建文笑道：“这你就生气啊，那你等着吧，让你生气的日子还在后头呢。”

厉老师听见赵建文如此说，摇了摇头，只说了句“你怎么也如此说呢”，便不再言语。

下午的备课组会有两个内容，一个是讨论一下明天下午的统练题，一个是大家统一一下口径，以应对今天的家长会。

这次统练以诗歌为主，其中有杜甫那首《野人赠朱樱》：

西蜀樱桃也自红，野人相赠满筠笼。数回细写愁仍破，万颗匀圆讶许同。忆昨赐沾门下省，退朝擎出大明宫。金盘玉箸无消息，此日尝新任转蓬。

几位老教师都惦记着后面的家长会，手里又拿着有答案及答案解析的教师版，便想尽快结束这一环节。但尹老师却希望能有人逐句地讲解一下这首诗，夏老师却微笑不语。尚老师说道："不用了吧，到网上去搜一搜不就有了吗？"

尹老师说道："要是搜不到怎么办？或者搜到了，讲解没那么细致呢？哪位大神帮帮忙吧，学生要是问起来，我总不能老用'我回去查查，大家也回去查查'来搪塞吧。"

刘老师只好说道："好吧，我们抓紧时间，哪位老师帮帮忙，逐句串讲一下。"

刘老师问尚老师和柳老师，两位老师都微笑着摇头表示拒绝。刘老师又问厉老师行不行。厉老师笑道："巧了，我和夏老师前两天讨论过这首诗。不然让夏老师说说看？"其他人表示赞同，尹老师的脸上吃惊胜过期待。夏老师脸一红，说道："我试试看。厉老师，您看我记得对不对。首联中的'也自红'意思是'自然也是红的'，其中这个'也'字和后面作者的回忆还形成了呼应。颔联里的'愁仍破'意思是作者将这些樱桃倒到自家容器的时候，尽管很细心，但担心还是会有破损，而愧对野人相赠。后一句作者惊讶于数量之多，而且颗颗相似，应该是野人相赠之前细心挑选过。作者在这两句里很含蓄地表达了对野人的感激，应该是夸张的手法，也间接表现了作者的厚道。"

尹老师说道："太好了，我最发愁的就是这两句。"

夏老师接着说道："颈联是说作者想起了他当年在朝廷里为官的时候，皇上给大家发了福利。作者下朝的时候，是将樱桃高高地举着走出大明宫的。别人眼里可能不起眼的樱桃，在杜甫眼里却是浩荡的皇恩，能感觉出作者一定要为朝廷尽心尽力的心意。尾联中的'金盘玉箸'代指朝廷，尾句表示作者依然关注着国家的命运，哪怕自己已经像蓬草那样四处漂泊。"

听夏老师说完，尹老师笑道："说得太好了。真没想到，你是蔫人出豹子啊。我刚才就应该录下来，直接放给我的学生听。"尚老师举起手中的卷子给夏老师看，说道："瞧，我都记下来了，比答案丰富多了。"

夏老师不再说话。她红着脸，对厉老师点了点头。

厉老师微笑着摇摇头，向其他老师问道："咱们的学生，整体上诗歌鉴赏的水平怎么样？"

尚老师笑道："咱们的学生，只要一看到杜甫、陆游、辛弃疾等人，全往壮志未酬、怀才不遇那里想，好像这些大诗人全是为这些概念生的，全是为今天的考试服务的。你们等着看吧，这次学生一定会认为颈联这两句是说杜甫因为直言进谏，被皇帝的手下给叉出了大明宫。”

尹老师说道：“还有更可笑的呢。上学期期末考试，我们在诗歌鉴赏题这里考了一首元曲，那首元曲的主题明明表现的是隐逸情怀。就因为那里面有两句‘也么哥’，学生就说那是爱情诗。唉，高二的《窦娥冤》都白学了。”

众人笑过一阵，刘老师说道：“行了，这首诗到此为止。咱们赶紧说说家长会的事。这样，由我们几个老江湖给大家介绍点经验。”她转头对着另外几位老师说道：“你们几位要么刚上高三，要么刚到这里不久，恐怕还不太清楚这里的路数。”

尚老师乐得为人指点迷津，率先说道：“面对高三学生的家长，最要紧的一点就是不能太善良。这个口子一开，后面的麻烦就大了。有的家长先是一脸苦相，声明自己已经管不了自己的孩子了，央告老师跟他的孩子谈一谈，接着就会说他的孩子什么都听老师的，我的孩子可崇拜您了之类的话。这碗迷魂汤你要是喝下去，等于就着了家长的道。家长就像抓住了一根救命稻草一样，以后孩子但凡有问题，家长必定再来找你，要你按照他的要求去找他的孩子谈话，甚至还事先规定好要达到的效果。他们会和学生一样，只要你做了什么，他们就会把情分看成本分。你要是没做或者没做好，他们就可以把自己这边撇得一干二净，而把问题全都归咎于老师的不作为。不信你们看着，等高考之后，这些学生的家长十有八九把你看作路人。”

尹老师说道：“有这么严重吗？那我们该怎么办啊？”

尚老师说道：“这算严重的？你等着吧，以后还有更严重的呢。越是高考临近，家长越是疯了一般，至少是半疯，而且基本上都不自知。不过，这种情况通常都是不治自愈，高考一结束，一个个全好了。你刚才问怎么办，凉拌呗。我的意思是，家长正上火呢，咱们就别往前凑了，当心烧着自己。最好的办法就是冷处理。别把话说死了。家长要我跟孩子谈，我就说我会跟孩子谈的，但我得找机会。至于这机会什么时候来，那就不完全取决于我了。”

几句话说得尹老师频频点头。

尚老师向刘老师示意自己说完了，又看向柳传芬老师，柳老师摇摇头，表示自己没什么可说的了。

见两位老师都不再说话，刘谆谆老师补充道："尚老师说的情况确实有代表性，但这也不代表所有家长都这样。咱们只要尽力而为，高分段的学生没有出现太大的起伏，咱们就不会有什么麻烦。我最后提醒大家注意一点，如果有家长对咱们的语文教学有所质疑，大家想着一定要强调咱们学校只有理科才是强项，学生的语文基础普遍较弱这一点。"

刘老师问大家还有问题没有，大家说没有了。刘老师说道："那就散会吧，大家抓紧时间准备准备。现在那些家长都在报告厅开大会呢。再过一会儿就要回到各班，估计很快就该有人登门拜访了。"

按照惯例，家长会都是在下午两点开始。家长们先是在报告厅集中，由吴老师做整体性介绍。大会时长通常都是两个小时。等大会结束，家长来到各班教室的时候，学生恰好上完下午最后一节课。等到各班班主任把本班学情介绍完毕，家长才会奔赴各个办公室，去找任课教师了解孩子的具体情况。

很多有经验的家长此时采取的都是双线作战的策略，即大会结束之后，一个家长去班里听，另一个家长去办公室找各科老师。因为若真要等到各班的会议结束，家长再赶到办公室去找各科老师的话，那时候的办公室一定是人满为患了。

果然，语文组的备课活动刚刚结束，一个学生家长就推开了语文办公室的门。

这是个四十多岁的中年女子，嗓门很大，进门就喊："谁是教八班语文的老师啊？"

尹老师见此情景，心里甚是反感，她不便发作，只好站起身说道："我就是。"

这个家长走到尹老师身边，抓过一个小圆凳坐下，见尹老师还站着，便说道："老师您坐下啊，咱们坐下说。"

尹老师被这位家长喧宾夺主的架势气得瞪圆了眼睛，但她觉得此时还不便发作，也只好坐下了。

还没等尹老师坐稳，这位家长说道："老师，我就说一句啊，为什么我们孩子有这么多次不完成作业的情况，校方从来不告诉我们家长一声啊。这次我一看我们孩子的成绩，差点没把我和他爸爸气疯了，他初中的时候学得好好的，语文成绩可优秀了。高一高二也还可以，怎么一上高三成绩就这样了，急转直下。我们孩子可是统招生，我们可是慕名而来的。这次我和他爸爸一起给他开会，我们明告诉他，再不说实话就把他电脑砸了，手机没收。他这才告诉我们，他这学期就没好好写过作业。都高三了还不好好写作业，这不是要人命吗？”

尹老师倒是异常镇定。等这位家长住了声，她说道：“您能先告诉我您是哪个孩子的家长吗？”

这位家长说：“我是八班吴博的家长啊。”

尹老师说道：“我完全没印象，以前的家长会也是您来的吗？”

吴博家长说道：“那倒不是，都是他爸爸来的。”

听家长如此说，尹老师心里有了底。她沉住了气，问道：“吴博家长，请问您是从什么时候开始怀疑吴博不认真写作业的？”

吴博家长说：“从一上高中我们就开始怀疑，这孩子不像小时候那么乖了。一回家就把门一关，还插上门，说是在里面写作业呢，还说都写完了，我们哪里知道他骗了我们这么久。”

尹老师说道：“吴博家长，您从他上高一就开始怀疑他不认真写作业，您到学校来主动了解过吗？两年多了，您就只是心里怀疑，不见行动吗？您是不是在孩子读高一高二的时候，明知道他有不完成作业的情况，但也就睁一眼闭一眼过去了，到现在才知道着急呢？以前都是吴博的爸爸来，我每次都反映孩子不完成作业的问题，可问题到现在都没得到解决，您觉得这都是老师的问题吗？”

吴博家长一时语塞。

尹老师又说道：“学生平时作业的完成情况我们都有记录，但我们没有将记录一一向家长汇报的义务。我们向您汇报是情分，不向您汇报也没有失了本分。您要是真的关心孩子的问题，您就不必等到家长会才来，孩子也不是只有家长会这天才有作业要写的，对吗？您平时就该多了解，多监督。孩子上高三了，差不多十八岁了，还不知道自己该干什么吗？如果您的孩子情况特殊，或者您认为有这个必要，没关系，您事先说一声，我可以以后定期向您汇报。但我明确地告诉您，孩子的家庭作业，承担主要责任的应该是家长，而不是我们这些老师，您说是吧？”

这位家长原本是来兴师问罪的，此时倒是无言以对。尹老师乘胜追击道：“您抓紧时间去问问孩子别的科目的老师吧，如果就是语文有不完成作业的问题，咱们一会把孩子找来，好好找找原因。我担心这个孩子各科都有这样的问题。要真是这样，您这急恐怕就着不过来了。”

这位家长乐得此时得了个台阶，起身就走。

尹老师又追问了一句：“吴博家长，您知道我姓什么吗？”

这位家长尴尬至极，支吾道：“您不是姓张吗？”

尹老师开心地笑了，说道：“您记住了，我姓尹。”

这位家长刚出得门去，夏老师便笑道：“尹老师，你好一张利口啊。”

尹老师说道：“这叫以血还血，以牙还牙。那个吴博经常给我找事，想不到这当妈的也这么不讲理。我一个人，不能受他们两代人的欺负。”

夏老师用《雷雨》里的台词呼应道：“是的，他们要好好想一想。”话一出口，几位老师都笑起来了。

刘老师笑道：“尹老师，下一年你还在高三得了。你哪里像第一次上高三的，对付家长你完全是个老手嘛。”

尚老师在一旁叹道：“真是，有什么样的家长，就有什么样的学生。刘老师，您还记得上届那个学生吗？作文错别字特别多，一做字音字形题十个能错八个。”

刘老师笑道：“我怎么不记得。第一次开家长会，那个孩子的家长一进办公室就大喊，谁是刘敦敦老师啊。我纳了半天闷才反应过来是在叫我呢。”

柳老师走到门口，拉开门向外面看了看，转回身说道：“都小点声，让外人听见总是不好。”

大家都不再说话，尹老师也开始埋头整理一会儿和家长见面时要用到的材料。

大约五点钟的时候，以各班为单位召开的家长会也结束了，家长们开始陆陆续续地赶往各科任课教师的办公室。

吴老师事先有规定，家长进各个办公室的环节只进行到七点半。如果七点半之后再没人来，老师就可以离开。

几位老师当中，夏老师这里最是清闲，基本上处于闲坐状态。几位重点班的老师这里，尤其是刘老师、柳老师和赵建文这边，就像是周末超市的收银台，不多一会儿便排起了长龙。

柳老师手里有份资料，是一班的，和她交给历老师那份一样翔实。每来一个家长，她便把那份资料打开，春风化雨般地给家长做解释。

来找赵建文的家长中，必少不了张骁的妈妈。张骁的妈妈一张嘴，必少不了赞美之词。

张骁妈妈说道：“孩子换了班，我们最担心的就是语文，没想到您也来教十一班了，把孩子高兴坏了，这几天总是跟我们说，他的语文有指望了。拜托您以后严格要求他，他听您的，孩子对您可崇拜了。”

赵建文再次听到“崇拜”二字，不禁笑了一下，说道：“张骁聪明，又听话，只要能坚持，他将来的语文是有指望的。”

赵建文嘴里这样说着，心里却想着之前开成绩分析会的时候骆老师给他的那几句叮嘱。看来“崇拜”一词在很多家长眼里都已经视若法宝了。

张骁妈妈接着说道：“张骁这次语文虽说不是很理想，但也是他考得最好的一次了。我和孩子爸爸都特别感谢您。张骁现在的劲头也挺足的。我们希望老师平时多关注他，多鼓励他。我们觉得他的潜力还挺大的呢。”

赵建文每每听到家长说“我们希望老师”这样的字眼的时候，心里都是老大的不痛快。他不觉得家长有对老师发号施令的资格，他只当是家长的无心之失，也只好忍了。

赵建文不知道张骁的父亲是否也是这样的风格，心里这样想着，嘴里说道：“高三这么重要，张骁的父亲怎么不来？”

张骁妈妈自然不知道赵建文这句话里的潜台词，说道：“我们都来了，分头作战呢。”

张骁妈妈起身告辞的时候，从包里拿出一个信封，放在赵建文的桌子上。赵建文问里面是什么，张骁的妈妈说里面是一张贺卡，是孩子自己做的，教师节的时候就想送给老师，但总觉得拿不出手，不好意思自己交给老师，就一直拖到现在了。

那个信封没有封口，赵建文看了一眼，里面果然是一张贺卡。

六点半的时候，学校食堂给老师们送来了晚餐。虽说是盒饭，但菜品甚是丰盛。赵建文眼前还站着几个家长，家长见状，急忙说赵老师赶紧吃饭，我们可以等。赵建文自然没有被别人看着吃饭的胃口，就打电话给倪湘莲，要她来一趟把饭拿走，给儿子当晚饭吃。

厉老师见晚饭来了，恰好此时没有家长到访，见夏老师那边闲着，便起身招呼夏老师吃饭，但夏老师说还不饿，过一会儿回家再吃。厉老师拿了一份，准备到公用教室去吃，却发现那里也是仨俩一伙地坐了不少人，便只得返回自己的座位，没想到刚刚拿起筷子吃了一口，就有人进来找他，自称是郑远航的父亲。

厉老师说道："不好意思，我正吃饭，您等一会好吗，十分钟就好。"

郑远航父亲似乎不太高兴，说了声"好吧"，便站在一旁等着。

厉老师说："您到旁边的沙发上坐一会儿好吗？您站在我身边，我张不开嘴。"

郑远航父亲说："不好意思啊，厉老师，我是担心我走开了，一会儿有别的家长进来，就排到我前面了。"

厉老师说："您放心，我记得您。一会儿就算有别的家长进来，您也是第一个。"

郑远航父亲总算是放了心，到沙发上坐下了。

过了大约十分钟，厉老师吃罢了饭，出去扔掉了饭盒，回来的时候发现郑远航的父亲已经坐在自己办公桌的旁边。厉老师刚刚坐下，郑远航的父亲开口便问，郑远航有没有希望考上北大或者清华。

厉老师想了想，问道："我问您个问题，最好您能说实话。您觉得郑远航上北大清华是因为孩子在悟德中学上学，而且刚刚转进了重点班，就理应上北大清华；还是因为孩子只有上了北大清华，您的脸上才有光；还是说郑远航的理想只有上了北大清华才能实现？"

郑远航父亲愣了半晌，最终还是说了实话："厉老师，您的问题还真问到点子上了。我仔细想了想，好像我和孩子妈妈真的是为了自己的面子才希望孩子考上北大清华的。看来，我们的面子有可能成为孩子的负担了。我们只是觉得孩子进了悟德中学，又进了重点班，不上北大清华实在是说不过去。我们好像都不了解孩子有没有理想，也许是有的，只是我们不知道。"

厉老师说道："如果孩子有理想，家长应该先是尊重，给他讲清楚现实和理想的关系，好选定自己的努力方向。如果没有或者不确定，不妨先沉下心来踏踏实实学习，先不管能学到哪里，但一定要尽力而为。"

郑远航父亲说道："厉老师，我觉得您说的都对，您能和我的孩子谈谈吗？

我感觉这些道理我能懂，但我说不清楚。”

厉老师说道：“我觉得您是在回避问题，回避您自身的弱点。您不能正视这个问题，它早晚会给你们的父子关系带来影响。家长的作用，旁的人轻易替代不了。也许您词不达意，但郑远航也许会觉得这些话就该从父亲的嘴里说出来，而不是由别人代劳。孩子十八岁了，您对他的真心，孩子一定会懂的。我觉得您最起码应该尝试一下，如果真的解决不了，咱们再商量，您看好不好？”

郑远航爸爸非常严肃地点了点头，说道：“行，我愿意试试。厉老师，跟您说话感觉心里特敞亮，有机会还想再跟您交流，您可别嫌我麻烦呐。”

厉老师笑道：“放心吧，不会的。”

这位家长刚走，倪湘莲带着赵千仞进了办公室。赵千仞对眼前的景象很是好奇，一个劲地打量着周遭的一切。赵建文将盒饭和那个信封一并交给倪湘莲。倪湘莲看到那个信封，便一句话也不多说，将信封揣进上衣口袋，提着盒饭，拉着赵千仞赶紧走了。

七点半的时候，吴老师到每个办公室提醒各位家长时间已到。正说着，蔡泱泱的妈妈也刚好来到这里。蔡泱泱跟在后面，双手抱着一盆文竹，比厉老师桌子上那盆要大一点。

见蔡泱泱的妈妈来，厉老师赶忙站起身。蔡泱泱把文竹放在厉老师桌子上。蔡泱泱妈妈刚要张嘴说什么，就听吴老师喊道：“七点半了，各位老师和家长都抓紧时间吧。蔡泱泱妈妈朝厉老师笑道：厉老师，不耽误您回家。我们有机会再聊。蔡泱泱说您喜欢文竹，我们送您一盆，跟您原来那个做个伴儿。”

厉老师笑道：“谢谢，文竹我收下了。您要是不忙，我倒有话想和您聊聊，让蔡泱泱作陪。”蔡泱泱高兴得朝蔡泱泱妈妈直点头。蔡泱泱妈妈看了一眼吴老师，为难地说道：“好当然是好，不耽误您回家吗？”厉老师摇摇头，说道：“这样，学校旁边有个叫六九头的茶馆，我请您，我们去那里坐坐。”

蔡泱泱妈妈说道：“怎么好让您破费，该是我请才对。”

蔡泱泱说道：“你们都别请，我请。妈妈，我有钱。”

厉老师问道：“你哪里来的钱？”

蔡泱泱说道：“我平时的零花钱呗。”

厉老师笑道：“好。今天吃定你了。走。”

三个人说笑着，离开了办公室。

赵建文这里也没有家长来了。正准备回家的时候，他的手机响起来了。赵建文拿起来一看，感觉甚是奇怪，因为电话是倪湘莲打来的。

倪湘莲先是嘱咐赵建文说话小声点，然后问道："老公，送你贺卡的那个家长跟你说过什么特别的话吗？"

赵建文边往外走，边小声地说："无非就是拜托我关照那个孩子呗，那是状元苗子。"

倪湘莲说："我就纳闷呢，不是教师节，不是圣诞节，送什么贺卡啊。"

赵建文说："我也没仔细看，有什么问题吗？"

倪湘莲说："有。贺卡里面夹着一张购物卡。"

第十二章　交　锋

赵建文刚到家，正在吃饭的赵千仞跑过来说道："爸爸，刚才我和妈妈去您的办公室，看到暑假里给我上语文课的那个老师了。"

赵建文一惊，问道："是哪个老师？"

赵千仞说道："就是坐在靠门那一列最后那个位子上的老师，说话声音很大的那个。"

赵建文已经可以确认了，儿子说的是尹老师。他忙问赵千仞，刚才那个老师是否认出了他。赵千仞说道："没有吧。我上课那时候，班上六七十人呢。那个老师讲课就是照本宣科，头也不抬。她肯定不会记得我是谁。"

赵建文叮嘱赵千仞，这件事不许再告诉给任何人，以后没有要紧的事，也不要到办公室来找他。赵千仞不太明白是怎么回事，但还是点头答应了。

倪湘莲打断了他们的对话。她让赵千仞赶紧吃饭，自己拉着赵建文走进卧室，拿出那张卡给赵建文看。

那确实是张购物卡，只是上面没有标注金额。

倪湘莲问赵建文怎么办。

不知为什么，赵建文忽然觉得自己完全可以理直气壮地支配这张卡。他说："左不过是一两千的事。你不正想买件衣服吗？从搬家到现在，你还没买过一件像样的衣服呢。拿去花吧。"

确实，从搬家到现在，倪湘莲还没给自己买过一件新衣服。倪湘莲过日子的观点就是，既然两个人不算能挣，那就一定要能省。因为学校定期给教职工的饭卡里打钱，他们两口子吃饭基本上不用自己花钱；所住的房子虽然旧点，但每月的房租极其有限。再者，他们两个人的工资无论如何也比在老家的时候高了不少，这就不仅能满足赵千仞的成长所需，还能有所盈余。

在这一点上，赵建文对倪湘莲感激涕零的同时，又觉得愧对万分。

听到赵建文如此说，倪湘莲心花怒放，抓起外套就往外走，赵建文问她去做什么，倪湘莲说道："去商场啊，现在就去，离咱家最近的那个商场，九十点钟才关门呢。"

赵建文要倪湘莲吃完饭再去。倪湘莲说道："你吃你的吧，给我留一口就行。"

倪湘莲以前也去过那家商场，但从来都是一进门就往下走，因为那里的地下一层是个大型的超市。

然而，只过了半个多小时，赵建文便接到了倪湘莲打来的电话。倪湘莲在电话里问赵建文，那钱到底能不能花。

赵建文问道："怎么了，出什么事了?"

倪湘莲说道："你知道那卡上的金额是多少吗?"

赵建文心里开始升腾起一丝不安，问道："多少?"

倪湘莲说道："一万。"

赵建文的头"嗡"的一下，一时不知道说什么。

倪湘莲说道："我看好了一件大衣。亏得我先让柜员帮我查看了一下金额。我以为至多也就两千块钱呢。我一看是一万，我就没主意了，我不能给你添麻烦呐。你拿主意吧，这钱我该不该花。"

赵建文忽然觉得心里热乎乎的，他真是觉得自己这个老婆没白娶，如果倪湘莲现在就在他面前，他简直都想给她跪下了。但他此时心下一横，说道："花吧，有什么了不起的，你爱买啥买啥。今天收到这张卡的肯定不止我一个。我们要是上交了，岂不是害了其他人?"

电话那头的倪湘莲很显然犹豫了一下，最后说了一声"好吧"，便挂断了电话。

又过了大约半个小时的时间，倪湘莲回来了，两手空空。她一进来便问赵千仞在做什么，赵建文说写作业呢。倪湘莲回到卧室，坐在床上，一声不吭。赵建文见她什么东西也没买，便追过来问她出了什么事。

倪湘莲沉默了一阵之后，才缓慢且坚定地说道："我什么也没买，这钱我不能花。"

赵建文说道："你担心什么？我都不担心。我不是说了，收到这卡的肯定不止我一个，法不责众。即便校长知道了，也未必能怎么样。"

倪湘莲说道："我花了，就和你没关系吗？别人收没收是别人的事，你不一样。咱们从老家过来，学校帮了咱们这么多的忙，咱们得感学校的恩，念校长的好，不能给学校找麻烦。再说，你又刚来学校没几天，学校的情况你也不了解，万一这事被捅出去了，别的不说，你这饭碗还保得住吗？万一再传回到老家去，你那些同事怎么看你，家里人怎么想啊。"

赵建文说道："有这么严重？"

倪湘莲说道："初来乍到，小心为上。"

赵建文想了想，说道："好吧，那这钱怎么办？"

倪湘莲说道："还能怎么办，退回去。"

赵建文犯了难，说道："这怎么退啊，我要是跟张骁家长联系，他妈妈一定知道我为什么要找她，一定不会见我。我也不能交给张骁，张骁肯定不知道有这回事。"

倪湘莲想了想说道："那就先放着，找个机会还回去。"

面对如此贤惠的老婆，赵建文除了心下感激，还能说什么呢。他张开双臂，使劲抱住了倪湘，轻声说道："老婆，对不起。"

倪湘莲说道："有啥对不起的。咱们发不了财，就不做发财人的梦。你去看看儿子的功课吧。"

赵建文从卧室出来，到赵千仞的房间去查看他的作业。赵千仞问这个周末能不能带他去书店买书，赵建文这才想起自己关于买书的承诺，赶忙答应赵千仞周日上午就去。

从悟德中学向北走不到两公里，便是北三环路上的一座立交桥。立交桥下左拐大约五百多米有家新华书店，一共四层。一层以音像制品为主，二层是社科类书籍，三层是教辅读物，四层是文学类书籍。

赵建文先带着赵千仞先到了三层。时值周末，这里人流如织，全是像赵建文这样，带着孩子来挑选各种教辅读物的。

这里的教辅读物以年级为标准划分出不同的区域，又按照学科分成不同的版块。赵建文带着儿子在初一语文的书架前看了半天，也没发现一本中意的。他原以为这里的教辅读物和老家会有所不同。结果看来看去，终不过是大同小异，改头换面而已。他原本就不想在此逗留，只是不放心才过来看看。既然没什么可让他日后懊悔的，他便拉着赵千仞去了四楼。

四层的人略少了一些。按照事先的约定，赵建文父子俩一面浏览，一面挑选。赵建文给赵千仞挑，赵千仞给自己挑。当赵建文看不见儿子的时候，便叫一声“赵千仞”，赵千仞应一声，两个人就继续挑选。

走着走着，赵建文发现总有几个家长带着孩子尾随在自己或儿子后面。他给儿子选什么书，那几个家长也立刻抽出那本书，仔细翻阅。如果赵建文选定了哪本书，那几个家长也立刻如获至宝一般将那本书抱在怀里。

赵建文满腹狐疑。赵千仞着实聪明，他抱着几本书过来，看着赵建文，又用手指了指自己的衣服。

赵建文立刻明白了，赵千仞今天穿的是悟德中学的校服。那些家长之所以尾随，之所以随赵建文的选择亦步亦趋，就是赵千仞这身校服上的“悟德中学”四个字在起作用。

想到此，赵建文得意地看了一眼赵千仞，又回头朝那几个家长微笑了一下。那几个家长像是得到了默许，立即凑上前来，问赵千仞是不是在悟德中学读书，赵千仞向那几个家长点点头。那几个家长又问赵建文怎么那么会教育孩子。赵建文还没说什么，赵千仞说道：“我爸爸是悟德中学的老师。”

那几个家长瞪大了眼睛，连连惊呼，好像是久别重逢的故交，立刻熟络起来，纷纷要求赵建文传授语文学习的经验。

赵建文的表现要冷静得多，他只说自己赶时间，有机会再聊。

几个家长对赵建文的回答显然不满意，但毕竟彼此陌生，也只好带着孩子走开了。

赵建文父子走到了一个相对僻静的角落。透过这边的玻璃窗，能看到不远处有一条南北走向的河。

这时，一位女士走过来。赵建文看出来，这是刚才几位家长中一直走在前面的那位。很显然，这位女士不肯轻易放弃这难得的机会。她问赵建文能不能帮个忙，又看了一眼赵千仞。

赵建文示意儿子到一边随便看看。

见赵千仞走开，这位女士便问赵建文平时是否有时间，给她和她的几位好友的孩子讲讲课，地点由她操办，时间由赵建文定，报酬好商量。赵建文说自己在高三，着实太忙，实在顾不上。那位家长说不急不急，咱们先彼此留个联系方式，日后有机会再联系。

赵建文犹疑了一下，最终还是告知了对方自己的电话号码。

从书店出来，赵建文看时间尚早，便问赵千仞愿不愿意到河边遛个弯儿。赵千仞一听，自是满心欢喜地应允。

时节虽已入秋，垂柳尚绿，草色微黄，水流舒缓而沉着。偶有游船经过，兴起一时的喧闹，复又归于平静。

河两岸各有一片小区，每幢楼的楼层都不高，单从外表看，那小区的品质就非同一般。

河岸旁整饬得如花园一般，颇有曲径通幽之感。赵建文想，这里一定算得上是富人区了。

没走多远，前面有个小型的下沉花园，那里聚集着几个正在玩耍的孩子，旁边是他们的家长，有一搭无一搭地聊着。

赵建文示意赵千仞可以到下沉花园那里玩一会儿，他自己则走到旁边花墙下的一张长椅上坐下，把那一摞书放在一旁，预备小憩片刻。

赵千仞雀鸟一样地跑下去，只几句话，便融入那几个孩子当中。赵建文想起他自己小的时候，是个十足的杵窝子。每到一个新环境，从来都是因为自己成绩好而引得旁人主动搭讪，才和大家渐渐熟悉起来，这样的性格直到上了大学才有所改观。像赵千仞这样自来熟又招人爱，成绩还这么出色，着实令赵建文感到惊喜。

倪湘莲曾笑道："你得怎么感谢我，我可改了你们老赵家的门风。"

正在这时，赵建文听到有说话的声音从自己的背后传来。赵建文扭头看了一眼，透过略显稀疏的枝蔓，他看到花墙的另一面也有个长椅，长椅上有两个人在说话。其中一个声音较大，一个略小，但因只是花墙所隔，赵建文能听得清清楚楚。

只略略听了几句，赵建文便觉得自己的心脏如同擂鼓一般，剧烈地跳动起来。他的第一反应是赶紧离开这里，他不想让那两个人发现自己，把自己认同为一个偷听者。

可不知怎的，他的整个身体像灌了铅一样，动弹不得。

他已经能够断定，那个声音略大的，是胡岩；声音略小一些的，是蔡泱泱。

赵建文听得胡岩说道："其实我自己一点都不想离开这儿，这全是我爸我妈的意思。"

蔡泱泱说道："可你待在这里能干什么，恐怕将来连个三批都考不上。你老说这个老师不好，那个老师是教书匠，现在来了个好的，可你自己又努力了多少?"

胡岩沉默了一会儿，接着说道："没错，我就是骆老师说的那块想做西服的豆包布。"

蔡泱泱说道："你别这么说。我倒觉得对你来说，出国真的是最好的出路。"

胡岩冷笑了一声，说道："是啊，我出了国，你们不用努力，咱们班的平均分也上来了。"

蔡泱泱说道："那你的意思是你想留在班里，继续把咱们班的平均分拽下来吗？你的问题就在这儿。别人夸你的话，你都不信；别人骂你的话，你全信。你现在好不容易有个重新开始的机会，又这么纠结，跟个娘们似的。"

胡岩笑道："你骂吧。别人骂我，我跟他玩命，你骂我我就听着。我知道你是为我好。"

蔡泱泱说道："你爸妈也是为你好啊。你先别管在这件事情上骆老师起了多大作用，你就想这件事本身，对你来说是不是好事?"蔡泱泱停顿了一下，接着说道："我倒想有个爸爸，把我办出去呢。"

胡岩说道："那你将来也出国呗，到澳大利亚来找我。"

蔡泱泱笑道："算了，还是你好好学，将来回国来找我吧。"

胡岩沉默了一阵，最后说道："也行。"

赵建文听到打火机打火的声音，那两个人都不说话了。

有烟味儿传过来，赵建文使劲捂住了口鼻，生怕自己万一咳嗽起来，惊扰了对方。

短暂的沉默之后，又听得蔡泱泱说道："能给你提个要求吗？"胡岩说道："瞧你说的，老爸给儿子提要求，还要商量啊。"蔡泱泱说道："我要说的就是这个。以后你也别这么叫我了。我忽然觉得，以前让你这么叫我，是一件特别自私的事，对不起。"

胡岩说道："可我愿意啊。"

蔡泱泱说道："可我不愿意了。我总觉得那是我在欺负你。"

胡岩说道："好吧。你怎么说都行。那我以后叫你老蔡吧，你叫我小胡。"

蔡泱泱笑道："好啊，没问题。"

下沉花园的游戏进行到了尾声。几个大人和孩子，包括赵千仞在内，说笑着朝赵建文这边走来。

赵建文赶忙将食指放在双唇上，对赵千仞做出一个噤声的手势。赵千仞见状，赶忙停下脚步，立在原地。赵建文轻轻站起身，小心地挪移了几步，复又大步流星地赶到赵千仞那里，拉上儿子，朝另一个方向跑去了。

回到家，赵建文将那几本书交给赵千仞。赵千仞拿着书进了自己的房间。倪湘莲见爷俩回来了，便开始准备午饭。

过了一会儿，赵建文听到了敲门声。

赵建文打开门，看到蔡泱泱站在门外。

赵建文吃惊不小，那感觉很像是被债主追讨上门。只是赵建文觉得原本自己该是债主，而对方应该唯恐避之不及才是。

蔡泱泱并没有要进来的意思，只是微笑地说："赵老师，打搅您了。你现在有空吗？我想和您谈谈。"

赵建文想了想，说道："可以。去我的办公室吧。"

来到办公室，二人在沙发上坐定。没等赵建文开口，蔡泱泱便说道："赵老师，我想为刚才在下沉花园的事解释一下。"

赵建文先是一惊，看来自己还是被这个孩子发现了，继而笑道："我还真没想到，能在那里遇到你们。"

蔡泱泱说道："胡岩的家就在附近。"

赵建文想起来骆老师之前说过的话，看来胡岩的家一定就在那个富人区里了。

赵建文说道："你专门找我来解释这个，这只能说明你还是个孩子。"

蔡泱泱问道："您为什么这么说？"

赵建文说道："如果你是大人，可能会像我一样，彼此都装作根本没有这回事，然后随着时间的推移，把这件事烂在肚子里，或者忘得一干二净。"

蔡泱泱说道："那您真的会忘掉我刚才说的那些话吗？"

听到这句话，赵建文一时无语。赵建文知道，蔡泱泱说的那句"现在来了个好的"，应该指的是厉老师，而不是他自己。他沉吟了片刻，说道："我倒也不觉得教书匠有什么不好。如果我想做个更好的老师，恐怕我得先做个很好的教书匠。我把你们都送到理想的大学里，去学理想的专业，这有什么不好吗？"

蔡泱泱同样沉吟了一阵，然后说道："赵老师，您要是不介意的话，可以让我跟您讲讲您和厉老师的不同吗？"

赵建文说道："好啊，你们这么喜欢厉老师，我倒正想了解一二呢。"

蔡泱泱说道："您和很多老师一样，应考经验特别丰富，高三的学生要是愿意跟您走，十有八九都能提分。不过，您和其他老师好像也只对我们的成绩有兴趣。你们更关心的是有没有高分，而不是得高分的人是谁。只要有个漂亮的数据摆在那里就一切都OK，但并不关心到底谁在那个数据里面，谁又在那个数据外面，所以我和有的同学觉得，这不能算是对学生真正的关心。"

赵建文问道："厉老师呢，他是怎么做的？"

蔡泱泱说道："他有两件事让我觉得这个老师不一般。一是他让我们读书，鼓励我们思考。我小的时候，我舅舅鼓励我读书，我父亲鼓励我思考。我觉得语文就该这样学。"

赵建文问道："你的意思是，尽管身在高三，厉老师也要你们读书？"

蔡泱泱笑道："老师，我觉得读书和一个学生在哪个年级没什么关系。"

赵建文自觉理亏，便不想就这个话题继续说下去，转而问道："你不是说有两件事吗？还有一件呢？"

蔡泱泱说道："厉老师说，他也和其他老师一样，会带我们做题，给我们讲题，他讲得一点也不比您差。但他说，希望高考结束之后，不管成绩好坏，我们能将关于应考的一切技能全部忘掉。他说，尤其是那些套路化的东西，对我们将来的人生几乎没有任何积极意义。也就是说，厉老师和很多老师不一样的地方就是，他真的关心我们的将来。不像有的老师，他们更关心的不是我们，而是我们的成绩。”

赵建文问道：“这不是一回事吗？”

蔡泱泱说道：“这怎么可能是一回事呢。一个关心的是人，一个关心的是分数啊。”

赵建文问道：“你真不觉得我们这些老师带你们在高三辛苦奋斗是为了你们的将来？恐怕只有失败者才会说，高考没那么重要。”

蔡泱泱说道：“您给我们准备的很多写作素材里，十有八九都是人生坎坷终成大业的，有的还是潦倒一生反而成就身后之名的，那您说他们是失败者还是成功者呢？”

这句话着实把赵建文问住了。

有的老师，在被学生问得哑口无言的时候，往往以对方的言语不敬啊，坐姿不对啊，甚至突然发现对方头发太长等等为突破口，从侧翼发起攻击，最终说得对方难以置喙而使自己成为所谓的胜利者。但是现在，赵建文提醒自己，绝对不能那么做。他很清楚，在蔡泱泱面前，这么做实在是太掉价了。

赵建文不打算再和蔡泱泱理论下去了。待内心激越的心情有所平缓，赵建文问道：“厉老师给你们推荐了什么书，能不能把书单给我一份？”

蔡泱泱说道：“没问题。等我到家之后，我发一份到您的邮箱里。”

回到家里，赵建文闷坐在饭桌边，一口饭也不吃。倪湘莲赶忙问是怎么回事。

赵建文沉默了许久，问道：“你说，我是不是教书匠？”

倪湘莲想了想，她并不预备正面回答赵建文的问题，只是说道：“你是我的好老公，是孩子的好父亲，这还不够吗？”

晚上，赵建文打开邮箱，看到了蔡泱泱发过来的邮件。他把邮件打开，里面是一长串的书目。一个个斟酌了一番之后，他把这份文件转存，预备用作期末考试之后再给赵千仞买书时的参考。

第十三章　嫉　妒

转眼又到了周三，又是语文老师们去进修的日子。

前一天下午备课组会临近尾声的时候，刘老师依旧问大家是否去进修，尚老师依旧回答不去。刘老师刻意问了一下厉老师去不去。厉老师笑道："如果可以不去，我还真不想去。"

尹老师赶紧接着话茬说道："你们看，连厉老师都不想去呢。"

刘老师说道："你有可以不去的资格吗？你赶得上厉老师的水平？"刘老师不甘心，转而又问厉老师为什么不想去。厉老师说道："主要是没什么新意，听来听去都差不多。"

尹老师又接着说道："就是就是。要我说，有问题直接问厉老师，不比去进修强吗？"

尚老师补充道："刘老师，人家厉老师是代课的，恐怕你还不好这么要求人家呢。"

刘老师说道："我可没当厉老师是代课的。我早把厉老师当一家人了。"

厉老师笑道："谢谢。我还以为我在你们眼里太另类了呢。"

尚老师笑道："不是您太另类了，是我们太平庸了。"

刘老师对厉老师说道："厉老师，您还是去听听吧。万一有了什么变化呢。也算是支持我的工作了。"

厉老师点点头，说道："好吧。我去。"

刘老师告诉厉老师早上八点学校有班车，厉老师说他的家离进修的地方不远，就不坐班车了，直接从家里去。

这次进修的内容是针对期中练习的作文进行讲评，主题是如何将一些学生用得滥俗的素材在作文里写出新意。赵建文并没有和大家坐在一起，而是找了个靠后的位子坐下了。他四下张望，并没有看到厉老师的身影。

台上的主讲人刚一打开幻灯片，听课的老师很快就安静下来了。有老师飞快地冲到讲台前，在主讲人面前放上一支录音笔。主讲人似乎乐于台下的人有这样的推崇，脸上显出些许得意的神色。

投影板上映出的是大家所熟知的阿基米德生命中最后一刻的故事。

主讲人是个男老师。他慢条斯理地说道："作文需要素材，而典型的素材往往能起到事半功倍的作用。近年来，很多学生只能停留在照搬典型题材的地步，缺乏创新。即便选材准确，也往往不能带给阅卷老师更多的好感。这时候，就需要学生发扬创新思维，将早已经用得滥俗的素材翻出新意。我给大家看看，同样是关于阿基米德这个素材，下面这两位同学是怎么运用和表达的。"

说着，主讲人将幻灯片翻到下一页。

这一页上，原本的阿基米德和士兵的对话，变成了二者对话的过程中，阿基米德的学生冲进来，劝他的老师向士兵投降，而他的老师依然故我，埋头于公式的计算，士兵手起刀落，将阿基米德砍死。

主讲人说道："大家看看，这是不是比原本的用法多了些新意？我们再看看下一个，又有什么样的创新。说着，主讲人又翻到了下一页。"

这一页上，故事里的学生变成了阿基米德的妻子。妻子同样是来劝降，但同样遭到阿基米德的拒绝，最终阿基米德仍是刀下殒命。

随着主讲人的翻动，下面的老师们飞快地做着记录。

主讲人接着说道："为了应付考场上的作文，很多学生选择了他们未必擅长的议论文。如此说来，选择写记叙文的人倒成了极少数，也就更容易受到阅卷人的青睐。上述两种开头，在传统题材的运用上都翻出了新意，使得故事更加动人，这样的作文也就更容易获得阅卷老师的首肯。"

听到这里，赵建文再没有听下去的心思。在他看来，这样写作文，完全就是在弄虚作假。看着主讲人讲得津津有味，看着下面的人听得聚精会神，一时间，他心里油然而生一股"一览众山小"的感觉。在这种美妙的感觉里，他跷起了二郎腿，后背靠在椅子上，准备在瞌睡中熬到活动终了。

刚刚迷瞪了几分钟。赵建文感觉有人从后面拍他的肩膀。他睁眼一看，原来是厉老师。他拿起包，让厉老师坐在身边，问刚才怎么没有看到他。

厉老师说自己晚来了一会儿。厉老师看了一眼前面的主讲人，又转头看着赵建文，耸了耸肩，然后微笑着说道："我说我不喜欢来吧。"

赵建文坐直了身子，心领神会地朝厉老师点点头，表示自己同意厉老师昨天的判断。

厉老师说道："阿基米德为科学献出了生命，我们却用他来表达虚情假意。"

赵建文回应道："是啊，太过分了。"

厉老师说道："那你还坐在这里干什么，走吧？"

赵建文一惊，说道："走？去哪里？"

厉老师说道："咱们去外面聊聊天，也比待在这里强。"

赵建文还在犹豫，见厉老师已经站起身，也不由得跟了去，两个人从教室的后门偷偷溜出去了。

出了教室门，二人来到院子当中的那个藤架下。藤架下有长椅，赵建文掏出几张面巾纸，把长椅擦了擦，然后才叫厉老师坐下。厉老师笑道："看着你五大三粗的，想不到你竟然是如此的细腻啊。"

赵建文笑着解释道："都是我媳妇给我装包里的。"

进入十一月，时令算得是深秋了。藤架上的叶子飘落殆尽，干枯的枝条既像是趴在架子上陷入沉睡，又像是在张牙舞爪地观望着什么。

厉老师坐在这里，看着四周的景色，半晌不说话。赵建文感觉自己完全被忽略了，说道："厉老师，是你把我哄骗出来聊天的。可你现在一句话都不说，你这算什么嘛。"

厉老师这才转过头来，笑道："我的眼睛没有看你，但我的心眼一直都在打量你，你信不信？"赵建文笑道："亏得你这话是白天说的，要是夜里，能让人灵魂出窍。那你说说，你的心眼看出我什么了？"

厉老师说道："我打个比方。比方说一群好友相聚，也可能不是好友，就是一群关系说不上远近的人搞了个聚会。你是这个聚会中的一员。在这个聚会当中，你肯定不是这些人中话最多的。你知道你不需要因为张扬而引人注目，因为那样也有可能招人厌烦。但你也绝不会因此而被人忽略。你会一直观察，然后在某个关键节点，比如众人突然陷入沉默的时候突然开了金口，只需云淡风轻似的说上几句，就立刻扭转了之前所有人的注意力。大家不仅关注你，还清一色地对你赞赏有加。我说的对吧？”

赵建文不得不承认，厉老师的话，句句说到了他的心坎上。刚才这几句话，简直就像是扒光了他的衣服，示众似的站在众人面前。但是，他不想彻底地从正面承认，那样就像对方刚刚举起了枪，自己马上缴械投降，也太没面子了。于是，赵建文依然是一脸的镇定，只是微笑着说道：“你太厉害了。”

厉老师像个孩子似的笑了。

赵建文说道：“然后呢？”

厉老师瞪大了眼睛说道：“没有然后啊。”

赵建文笑道：“一段描述之后，不是都要配一段议论抒情吗？”

厉老师笑道：“那我说了，你别生气。”

赵建文用手拍打着自己的胸膛，说道：“看我如此宽大的胸怀，你随便说。”

厉老师说道：“你是很在意别人对你的评价的。很在意的人往往容易被别人的评价左右。久而久之，自己人生的悲喜也就被别人左右了。”

听了这几句话，赵建文如塑像一般呆坐在长椅上，久久不说话。

厉老师赶忙说道：“赵老师，别当真啊，聊天嘛，说着玩的。”

赵建文转过头，死死地盯着厉老师，说道：“你这哪里是说着玩的。我用《变色龙》里面的话来形容我此刻的心情。‘叶尔德林老弟，给我穿上大衣吧，好像起风了，怪冷的’。”

厉老师认真了，问赵建文要不要回到教室里去。赵建文笑道：“不是你说的吗，说着玩的。不过，来而无往非礼也，我也说说你，好不好？”

厉老师使劲点着头，说道：“好啊。我洗耳恭听。”

赵建文说道：“从我认识你到现在，你给我留下的一个最突出的印象就是你的微笑。你几乎从来都是一副笑眯眯的样子。但我总觉得，你的微笑里有内容。在别人眼里，你的微笑代表着你的温和。但在我看来，你的微笑里都是冷漠。你用微笑表达着你的拒绝，你的否定，还有你内心的高傲。”

厉老师笑道：“你才厉害呢。我从来没想过自己的一个常态表情里有这么多玄机。”

赵建文说道：“你也别光说我，办公室里其他几位老师你也说说看，你要能还说得那么准，我就拜你为师。”

厉老师说道：“说你可以，你就在我旁边坐着呢。说别人就算了，没必要背后褒贬旁人。”

赵建文觉着此话耳熟，但怎么也想不起来是谁说过了。

赵建文又问道：“你来这里也有一段时间了。对这里的学生印象如何？正德中学的学生特别懂事，我不仅是有耳闻，而且还亲身经历过呢。”

厉老师说道：“说到正德中学的学生，我想给你讲个故事，你愿不愿意听听？”

赵建文点点头。

厉老师接着说道：“这是真事，是我亲身经历的。那时候我还当班主任呢。有那么一段时间，我不知道怎么了，总是把自己锁在门外，我这辈子大概总是要发生一些和钥匙有关的事情。当时我爱人又经常不在家，把自己弄得特别狼狈。后来，我把我家门钥匙当中的一把交给我们班的班长，他家离我家最近。我的意思是，如果我哪天又丢钥匙了，就麻烦他给送一趟，他同意了。结果就在第二天，我当真是又把自己锁外面了。当时天都擦黑儿了。我给那个班长打电话，跟他说明了情况，并告诉他我在哪里等他。过了大约半小时，那个班长到了，把钥匙交给我。我跟他道谢之后，准备回家。刚转过身，那个班长把我叫住了。你猜，他要做什么？”

赵建文摇摇头。

厉老师说道：“他从兜里掏出几块钱零钱，还问我身上是不是没有坐车回家的钱。”

说到这儿，厉老师显然有些激动，眼睛里还闪动着泪光。

赵建文听过之后，心里也是感慨万千。

片刻的沉默之后，赵建文又问道：“现在呢，你现在在悟德中学，是什么感觉？”

厉老师叹了一口气，说道：“现在？我才来几天，我就提醒我自己，课间的时候，不要去厕所，不要去打水。总之就是不要离开办公室。”

赵建文问道："为什么？"

厉老师说道："因为我不想课间的时候，走在楼道里，被不知道从哪飞来的篮球砸到，被跑来跑去的人撞到。还有，我不想一次又一次听到有学生说脏话。"

赵建文说道："是啊。我也感觉到了。我老家的学生，也不会像这里的学生这么肆意妄为的。"

厉老师摇摇头，说道："怪不得学生。他们还是受教育者，未成年人呢，是环境出了问题。你看现在的进修，早就由过去的教育思想交流演变为教学技巧的辅导了。来听课的人不过是想获得一些有效的得分招数。至于思想，要么没有，要么不过是粉饰出来的。你就说刚才那个主讲人所讲的内容吧，你我都觉得这里面有很严重的问题。可你看周围的老师们，如果主讲人只给大家看一个故事，大家都不敢做评价；如果主讲人说'多精彩啊'，大家立刻配以喝彩和掌声。主讲人讲了什么，大家都预备回到各自的学校以后，亦步亦趋地讲给自己的学生听，等这些学生将来长大了，他们又这样教给自己的孩子。"

赵建文说道："事情没你说得这么严重，难道这些老师都不过自己的脑子？"

厉老师说道："现在有很多问题，出就出在大家不想动脑子。或者说，大家的脑筋都动在'名利'二字上了。"

赵建文问道："这话怎么说？"

厉老师说道："学生要的是成绩。我们就去研究试卷，以图找到规律，将这些规律总结为金科玉律，传授给学生。自己总结不出来，就会有一些高人替大家做这些事，然后宣讲给大家听。至于这些学生的将来如何，我们就会说，我是铁路警察，只管这一段。"

赵建文问道："这和你说的'名利'二字有什么关系？"

厉老师笑道："那我问你，你不喜欢做这样的老师对吗？"

赵建文想了想，点了点头。

厉老师接着问道："但如果你是区里的教研员，或者是某次活动的主讲人，你是不是特别希望大家把你所讲的内容奉为圭臬，回到学校如法炮制，将来出了成绩，还感恩一般念你的好？"

赵建文说道："不会不会，我说的话就像教参，仅供大家参考。"

听了赵建文的话，厉老师"嘿嘿"地笑出了声。

赵建文问道："你笑什么？"

厉老师说道："前些年，语文教师地位很低的原因之一就是学生宁可相信教参，也不相信老师。如果你把自己比成教参，那学生可要对你顶礼膜拜呢。"

赵建文笑道："你说的话有时候让人感到不自在，但仔细想想，又真的挺有道理的。不过，你也不能否认这世界上有些人生来就是给大家指引方向的，有些就是顺命而从的。"

厉老师说道："那也得看那个人值得不值得从。你看'从'这个字多有意思，原本也有带领的意思，但很多人现在只记得另外一个意思——跟随。跟随意味着什么？你看不到方向，因为你只能看到前面那个人的后背。你也看不到自己，因为你和大家一样，只是个跟随者，你自己的个性是没有的，或者是没有意义的。"

这几句话，让赵建文不知道该怎么接。两个人之间，再次陷入了沉默。

进修学校的大院突然变得热闹起来，应该是进修活动结束了。

厉老师笑道："走吧，咱们也该回去了。"

返校的途中，赵建文一句话都没说。

进入悟德中学之后，赵建文感觉自己的生活变得像学生写的考场作文——越来越模式化了。他有时候觉得自己就像机床上的一个齿轮，通上电之后，就开始在既定范围内无眠无休地转动；有时候又觉得自己像油画《呐喊》中的主人公，因恐慌而张大了嘴巴，可就是喊不出声音。

中午吃饭的时候，语文组的人又汇聚到一起。刘老师来迟了一些。坐下之后，她只说了一句"有件麻烦事儿"，便只管吃饭，不言语了。

尚老师说道："就不喜欢你这么吊大家的胃口，有什么事你痛快说好不好？"

刘老师说道："我知道是难为大家了，可我也实在是躲不过去了。区里给派任务了，要求我们语文组承担一次公开课。时间定在两周后的周三上午。到时候，全区高三的老师们都要到咱们学校来听课。赶巧，下周有外省的老师来咱们学校参观考察，校长的意思是，语文的观摩课和公开课二合一，一勺烩了。"

尚老师吃惊非小，她把饭勺丢到食盘里，大声说道："老天爷，都什么时候了，还搞什么公开课，这不是捣乱吗？"

刘老师说道："胡老师说了，外校很多老师强烈要求的，人家就是要听听悟德中学的语文老师在高三上什么课，怎么上课。我想推都推不掉了。而且，这次活动要讲两节课，咱们得出两个人。”

尚老师说道：“上什么课，还不是复习课，谁还能讲出花儿来不成。还一下子就要听两个人的课，谁讲？反正我不讲。没那闲工夫。”

刘老师说道：“先别发脾气了，赶紧吃饭。大家先把下午的课上完。语文统练的时候，大家都别监考了，咱们开个会，一起合计合计。”

尚老师身体往后一靠说道：“吃什么吃，气都气饱了。”

下午第三节课后，几位老师发完统练试卷，立即回到办公室。大家围坐在沙发上，开始商量如何应对。

刘老师说：“胡老师的意思是这两节课分别由一个青年老师和一个中年老师来承担。我跟学校领导通了电话，咱们的领导也是这个意思。老教师太辛苦，把这个机会给更年轻的人，所以柳老师、尚老师和我就不在此列了。不过不管选上谁，我们三个都会尽力帮忙，尤其是试讲的时候，我们拿出我们的班，供讲课的人做实战演习之用。”

听说自己不在候选范围之内，柳老师和尚老师也连忙点头应和。

刘老师说道：“那么下面的问题就是，有没有人愿意主动担此大任？”

所有的人都缄默不语。

刘老师将目光转向尹老师，说道：“尹老师，咱们七个老师里边，你最年轻，你承担一个吧。”

尹老师说道：“我就知道，要是按年龄排，我终是躲不过。可你们也都知道我的情况，当着班主任，教着两个班的课，实在是腾不出时间。再说，这次人家点着名地来听课，期望值低不了，万一我要是讲砸了，我个人倒无所谓，要是让人家对咱们学校说三道四，我岂不是又罪过又冤枉。”

刘老师说道：“你别有那么多顾虑。你虽然是第一次上高三，但你的学生你总是熟悉的，再说还有我们这些老教师给你把关呢。我们这几个老的已经无欲无求了，即使讲了也没啥意义。你们毕竟还年轻，还要干很多年呢。”

尹老师明白刘老师的意思，先不管将来讲得好坏，只要是讲了这样的课，日后职称评定的时候，有一节区级公开课，自己也算是多了一条资本。想想自己无论如何也推辞不掉，尹老师也就答应了。

夏老师和尹老师年纪相仿，另一个人选自然与她无关。夏老师知道自己躲过一劫，拉着尹老师的手笑道："我的好妹妹，我得怎么感谢你啊。"

相比较尹老师的竭力推辞，对于这样的事，赵建文倒是心向往之。十几年的教师生涯里，赵建文已经记不得自己讲过多少节公开课了。他只记得自己每一次课后，都会被赞美和掌声包围。久而久之，他开始感到奇怪，怎么会有那么多人害怕上公开课呢？有那么可怕吗？

目前，中年教师的候选人只剩下自己和厉老师。赵建文清楚，厉老师是代课老师，自然不在考虑范围之内。也就是说，那个中年教师非自己莫属。

上班将近半年之久，赵建文终于有个机会在一个更大的范围里展示自己了，这个想法让赵建文兴奋异常，但他极力按捺着，沉默着，等待着。

厉老师自然也觉得这件事和自己无关。他站起身，回到座位上倒了点水，复又回到座位上坐下。

待厉老师坐好，刘老师看着厉老师笑道："厉老师，这另外一个人选，就是您了。"

听到这个决定，所有人都愣住了。厉老师同样愣了片刻，笑道："我头一次见到选右派选得这么快的。刘老师，没开玩笑吧。我可是代课的，我代表不了悟德中学。"

刘老师说道："您是代课老师不假，可我们从来没把你当外人看待。这主意不是我个人拿的，是校长的意思。再说，只要您不说您是代课老师，我们也不说，谁会知道您的底细啊。"

厉老师说道："如果是正德中学的老师来了，岂不就露馅了？"

刘老师说道："您说的是向老师？您放心，我们私交很好。我跟她打声招呼就是了。您又经常不去进修，别的老师应该也不认识您。再说，您毕竟不是正德中学的教师了，即便被人认出来，也没什么可担心的。"

厉老师笑道："好吧。那我答应了。不过，我有个条件。我就用我现在的九班上课，不试讲，就那一锤子买卖。"

刘老师稍微愣了一下。尚老师赶忙说道："没问题，厉哥出马，无人能及。"

厉老师听尚老师叫自己"厉哥"，像小孩子似的红了脸，说道："尚老师，您这么叫可是折煞我了。"

尚老师笑道："我也是脱口而出，可我怎么觉得叫得这么自然呢？"

柳老师一旁笑道："我也觉得挺顺耳的。"

刘老师点头应允，说道："好吧，那我就这样向胡老师汇报了。我得把你们两位老师的电话号码告诉胡老师，她会跟你们联系，了解一下基本情况。学校教务处那里我去说，到时候，给你们把时间调整好。不过，厉老师，胡老师跟您通电话的时候，您别说漏了。"

厉老师点点头，算是答应了。

问题又转到尹老师这里来了，对于讲什么内容，大家七嘴八舌地给尹老师出主意。有的老师说讲病句解析，当即被刘老师否定掉，说悟德中学的老师讲这个太小儿科；有的老师说讲作文，马上被尹老师自己否定掉，她大喊道："我讲作文，讲得过厉哥吗，我不是找死吗？"

最后，大家的意见终于统一下来——讲文学类现代文的阅读理解。

选定了要讲的内容，刘老师又叮嘱大家道："这一个月里，尹老师不管用到哪个班试讲，大家要全力支持，谁都不许推辞。"

整个过程中，赵建文几乎一句话也没说。此时的他心里郁闷至极。他开始后悔自己没有主动请缨。后来一想，若自己真的主动申请了，最后又不能如愿以偿，自己倒更像是一个小丑。赵建文明白，刚才刘老师的话还传递出了另外一个重要的信息，那就是若情况真如刘老师所说，让厉老师讲课这一决定是由于校长拿的主意，这只能说明，厉老师的口碑在领导那里也得到了充分的认可。这种认可让校长宁可担着被人议论或指责的风险也要让厉老师在外人面前给悟德中学挣得脸面。

这一认可，让赵建文内心颇为不甘。

看来在于校长眼里，能代表悟德中学的，能给悟德中学增光添彩的，他赵建文并不是第一人选。在这一点上，厉老师要比他保险得多，可靠得多。

在横江中学那些年，赵建文听到了太多的掌声和赞扬。这让赵建文产生了一个误解，他以为某一种情绪在他的心底已经彻彻底底地销声匿迹了。

这种情绪，有个古老而年轻的名字——嫉妒。

现在，他明显地感觉到这粒种子不仅在他心里重又发了芽，而且正在攀附着他的每一条血管，缓慢而坚定地向四下里蔓延。

第十四章　公开课

剩下的日子里，大家确实见不到厉老师为那节课做了什么特殊的准备。尹老师这里却忙成了一锅粥。

除了九班和她做班主任的七班，其他班级已经被她讲了个遍。她先是在普通班里试讲，普通班的学生反应不够快，总是到了下课的时间，所准备的内容还没有讲完。她又到重点班里试讲，情况刚好相反，学生反应过快，往往是内容讲得差不多了，离下课还有一段时间。

出现冷场是公开课之大忌，急得尹老师完全不知道怎么办才好了。

去九班做最后一次试讲的时候，厉老师和赵建文老师都去坐镇。九班的学生很是配合，蔡泱泱和伊雅的表现尤为突出。往往是尹老师刚抛出一个问题，两个人马上举手，而且对答如流。距离下课还有几分钟的时候，尹老师已经讲完了所有的内容。这又让尹老师犯了难。如果再讲一道新题，时间不够；如果就此做课堂小结，时间又过长。

正在尹老师感到万分尴尬之际，又是蔡泱泱和伊雅站了出来，两个人如说相声一般，一唱一和地对刚才讲过的题做了补充。待两个人补充完毕，剩下那一点时间，留给尹老师做课堂小结刚好合适。

下课后，赵建文走到蔡泱泱身边说："你们俩太坏了。"

蔡泱泱不说话，只是做了个鬼脸，"嘿嘿"地笑了两声。

眼看着讲公开课的日子就要到了，尹老师依然心慌意乱。她对她要讲的内容早已经滚瓜烂熟，但她不知道学生会有什么样的反映，担心自己镇不住场。

尚老师说道："你急什么。你自己的班你还不了解吗？不然你担心谁的话，提前警告他，那一天别来上课，来了也不许说话。要不然，我从我的十班抽调几个人支援你，反正外校的人也不知道。你要聪明的我就给你聪明的，你要笨的我就给你笨的。"

尹老师说道："您那里笨的到我这里也是聪明的。我驾驭不了，谢谢您了。"

刘老师也认为此法不妥，说道："实在不行，有些关键环节，你事先做一些安排，到时候随机应变。你那里不是有个邓晓鹃吗？让她也事先准备准备。"

尹老师苦笑道："邓晓鹃？我要是那天叫她，她敢当时吓个半死！"

刘老师厌烦了尹老师的一脸苦相，只好说道："你放心吧。只要你没讲错什么，就是成功。懂不懂？"

尹老师半信半疑地点了点头。

这一天终于来了。

从学校门口到讲课地点，教务处的老师已经在各个拐点贴好了指示牌。老师们依从着指示牌的导引，便可以到达听课地点——阶梯教室。

有些老师一大早就已经赶到了悟德中学。这些老师当中，有的人大概是第一次来到悟德中学。他们并不急着赶往听课地点，而是三三两两地在校园里转来转去，似乎想一探究竟。

今天上午的两节课，尹老师上第一节，厉老师上第二节。两节课后，大家将对刚刚听完的课程内容及老师的讲授加以讨论。

阶梯教室正中的位置留给学生。其他区域留给听课的老师们。

外省参观团昨天就到了学校，有老有小来了几十口子。今天早饭一过，这些老师便赶到了阶梯教室，集中坐到了教室后面。

早读的铃声刚刚响过，尹老师带着七班的学生也来到了这里。尹老师今天话特别多，待学生坐下之后，对坐在第一排的每个学生都有的没的说上几句。

尚老师和夏老师站在阶梯教室门口，招呼着陆续来听课的老师。柳老师在里面负责给听课的老师们分发资料。这些资料都是尹老师这节课要用到的。

胡老师到得很早。赵建文和刘老师负责把胡老师带到阶梯教室旁边的休息室。除了厉老师和尹老师，其他几位老师也过来了。

胡老师刚刚坐下，便向几位老师连连道辛苦。待几位老师坐下，胡老师忽然变得表情凝重起来，手也不知道该放到哪里。她深吸了一口气，缓缓说道：“老师们，我今天来这么早，是因为我带来一个让你们感到为难的消息，也是个很大的麻烦。”

刘老师和赵建文彼此看了对方一眼，两个人完全不明白胡老师在说什么。

胡老师说道：“我真觉得自己说不出口，但我再不说恐怕也来不及了。今天这两节课，其中一节要临时换个班来讲。”

这句话几乎令所有人大吃一惊。刘老师说道：“临时换班？这马上就上课了，临时调换也来不及了啊。”胡老师说道：“这我知道。我的意思是，第一节就不动了，第二节换，来得及吧？”刘老师说道：“那也来不及，牵扯到好几个科目好几个老师的事情呢。”

尚老师一旁笑道：“临时调换，您就不担心调换出来的那个班，我们事先试讲过吗？胡老师说道：不可能，悟德中学怎么会做这种事呢。这也不是我个人的意思，这是咱们进修学校校长的意思。新章程，从悟德中学做起。当然，临时调课肯定是给教务处添麻烦了，但这对上课的老师来说，肯定不是问题。悟德中学的老师嘛，什么阵仗没见过？”

刘老师见情势万难更改，想了一下，说道：“厉老师，也只能难为厉老师了。”

说罢，刘老师马上又给教务处打电话，跟教务处的老师说明了情况，问调换哪一个班最方便。教务处的老师答应先看看情况。几分钟过后，教务处老师打来电话说，只有十一班最方便。

刘老师对赵建文说道：“赵老师，你马上到办公室去通知厉老师，他正备课呢。你还得告诉十一班的洪老师，看看第一节是谁的课，千万别拖堂。”

赵建文慌忙赶到办公室，呼哧带喘地把情况告诉给厉老师。厉老师听完之后，微笑道：“没关系，只是你的班我不了解，我得换一些内容了。”

赵建文说道：“你怎么不想想，你不觉得今天这件事有什么问题？”

厉老师问道：“能有什么问题？”

赵建文说道：“你确定今天这事和你上次阅卷的时候让人家下不来台没关系？”

厉老师笑道：“不会吧。不至于的。”

赵建文说道："罢了罢了，你赶紧备课吧。你顶多有四十分钟的备课时间。我还得去听尹老师的课，顾不上你了。"

赵建文又去了趟数学办公室，将情况告诉给洪老师。洪老师听明白了情况，告诉他，十一班第一节就是他的数学课，要赵建文放心。

赵建文又跑到九班，向正在监督早读的骆老师说明了情况。骆老师要求学生暂停手里的早读练习。赵建文定了定神，说道："同学们，原本应该是由咱们班下第一节课后去阶梯教室配合厉老师讲公开课的。但现在有了临时性的变动，区进修学校的领导要求临时调换一个班。我们跟教务处商量了一下，只有十一班还算方便，所以咱们班第二节课就不去阶梯教室了，一切听你们骆老师的安排。"

一听说不去阶梯教室了，很多学生不由得欢呼起来。

赵建文向骆老师点头示意，准备离开。

蔡泱泱一脸笑意地向赵建文问道："赵老师，不让我们班去，是怕我们给悟德中学丢人吧?"

这个问题让赵建文无言以对，他已经顾不上这些，急匆匆地出了教室。

八点钟，第一节课正式开始。尹老师一声"上课"，学生齐刷刷地站了起来，高声喊道："老师好!"

尚老师向赵建文小声说道："瞧瞧，别看咱们的学生平时散漫得很，但只要是关键时刻，那可绝对不会给你掉链子。"

尹老师给学生鞠了个躬，示意大家坐下。接着，尹老师打开了事先准备好的幻灯片，投影板上呈现出一张照片，那上面是一朵开得极为绚烂的牡丹花。尹老师问道："同学们，你们说这张照片美吗?"学生齐呼："美!"尹老师说道："确实很美。不过世界上美的东西很多，今天，我们一起来学习一篇美文，大家说好不好啊?"学生再次齐呼："好!"

赵建文顿觉索然无味，他有心回办公室，看看能不能帮上厉老师一点忙，但看刚才厉老师岿然不动的样子，又觉得自己多此一举，倒有可能帮了倒忙。眼前的课他已然听不下去，人靠在椅背上，心已经不知神往到哪里去了。

尹老师的课讲得十分顺利。师生之间有唱有和，十分融洽。每个步骤都进行得非常顺畅。学生的回答不仅简洁，而且总是一语中的。最后一个环节是由尹老师做小结。尹老师的小结言简意赅，语言优美，情感充沛。说到最后，尹老师还动情地唱起了一首歌。

尹老师刚开口唱第一句，赵建文便浑身哆嗦了一下。他见离下课还有几分钟的样子，便悄悄溜出去，一出门便跑了起来。

赵建文冲到十一班门口，见里面的洪老师还没有下课的意思，急得他直跺脚。

下课铃声响起，里面的洪老师还是一番自我陶醉的样子。赵建文顾不得那么多，他推开门，朝洪老师做了个暂停的手势。

还没等赵建文说什么，洪老师一见赵建文，这才恍然大悟，连忙宣布下课。赵建文提醒学生马上去阶梯教室，有的学生高喊要上厕所，赵建文吼道："阶梯教室旁边有厕所，到那里去上！又有学生问该带点什么。赵建文这才想起来，厉老师还没说过，自己要上什么内容。只好说道：人先去，人先去，到那里认真听就是了。"

厉老师这节课，上的是作文课。

待师生间互相行礼，学生坐定之后，厉老师微笑着说道："我今天给大家上一节作文课。通常情况下，师生间彼此了解，一节课的效果才有可能更好。但很显然，此时此刻，你们并不了解我；不过还好，我不一定不了解你们。"

言罢，厉老师同样是先打开一张幻灯片，上面有这样两段话：

我疲惫的时候，母亲就是一杯碧螺春，喝下它，我的心中遍布苍翠；我难过的时候，母亲就是一床厚厚的丝绵被，盖上它，我的心中充满温暖；我斗志昂扬的时候，母亲就是冲锋的号角，人生的道路上，我将勇往直前。

……

站在历史的长河边，我掬起一捧浪花，抬起头，司马迁骑着白马向我走来了。

估计大家已经将这两段文字看完，厉老师问道："各位同学，我做老师很多年，教作文很多年，学生的作文我见过不少。上面这两段文字是某两篇作文的开头，这样的内容和表达估计在座的各位也不会很陌生。在我不做任何评判的情况下，我想先听听你们的意见，你们觉得，这样的开头怎么样？"

张骁率先举手回答说："我不知道这两篇作文下面是怎么写的，光看开头的话，我觉得第一个明显好于第二个。"厉老师要张骁解释一下，为什么觉得第一个好。张骁接着说道："第二个明显不知所云，而且感觉语言特别矫情。"厉老师问道："你觉得哪里尤其能体现矫情?"张骁说道："司马迁骑白马，太莫名其妙了，要是唐僧骑白马，感觉还自然一些。"厉老师笑道："要是某个王子骑白马，是不是会显得更自然一些?"

张骁笑了，学生和听课的老师当中，也有人发出了嘻嘻的笑声。

厉老师又问张骁："那你觉得第一个开头好在哪里。"

张骁说道："我最起码看得出来，这位同学是在歌颂母亲，歌颂母爱，而且排比句挺整齐的，感觉很有气势，比喻也很恰当。"

很多学生频频点头。厉老师示意张骁坐下，问道："和这位同学意见比较一致，也就是大家更接受第一个，否定第二个的，请举手。"

全班同学，超过一半的学生举起了手。

厉老师说道："对于第二个，我个人也不赞成，不仅伪饰，而且伪饰得很失败。不过各位同学，我刚才问你们的问题是'这样的开头怎么样'，而你们自动把问题理解为这两个里面肯定有一个是好的，而另一个是不好的，而你们要做的事情就是二选一。习惯性思维最容易让人人云亦云。难道你们没想过这两个有可能都不好？从我个人的角度，我想告诉你们的是，我也不喜欢第一个。很多同学之所以认可第一个，有可能有两个原因，一是它伪饰得很成功，另一个可能更可怕的原因是，你们有很多同学，平日里把它当作万能钥匙，经常这么写。"

张骁问道："老师，这么写有什么不好吗?"厉老师问道："这位同学，你刚才说第一个开头里，比喻用得很恰当，那你可不可以告诉大家，如果你就是这个作者，你是如何把像碧螺春一样的母亲喝下去的?"

有的学生笑了。有的学生小声嘟囔着："是啊，照样是不知所云。"

厉老师说道："我觉得，内容不明确的情况下，任何表达上的装饰都是伪饰。这就叫矫情。"

张骁问道："老师，我上初中的时候，我们老师就是这么教的。我们老师说了，语言不写得漂亮点，就不能在第一时间吸引老师的眼球，就不能得高分。"

厉老师说道："你没遇上我，我就不会这么教你写作文。这位同学，也许这么多年来，你就没写过真正让你痛痛快快、酣畅淋漓的作文。"下面有同学随口说道："考场作文那么多规矩，还想酣畅淋漓?"厉老师说道："考场作文实质上还是作文。中国人信奉作文如做人。既然是作文，你就要为它负责，也要为看到你文章的人负责。"

张骁说道："老师，您能再解释一下吗？我还是不知道第一个到底怎么不好。"

厉老师说道："很简单，我只消问你们一个问题，你们就明白了。如果有一天，你们遇到了一个可以写亲情写母爱的作文，而你们把开头都写成了这个样子，那我将如何辨认，哪一篇作文是你写的?"

厉老师将"你"字咬得很重。这句话一出口，一时间，阶梯教室里一片沉寂。

这种沉寂没有持续太久，就有人问问题了。但令人没想到的是，问问题的不是十一班的学生，竟然是听课的人群中，一个头发灰白的教师。

这位老师问道："厉老师，您觉得这样的作文应该怎么写合适，您有正面的例子吗?"

大概是意识到了自己的冲动，这位老师说话的时候，语调颤抖，很是激动。

厉老师愣了一下，大概也是没想到会有听课的老师发问。他先是请那位老先生坐下，继而笑道："当然，我总不能只说不该怎么写，也得说说应该怎么写。说着，厉老师又打开了下面的几张幻灯片。"

下面的几张幻灯片上，是一些名家所写的关于亲情的片段。这些片段有的出自老舍先生的《我的母亲》，有的出自张洁女士的《世界上最疼我的那个人去了》，有的出自史铁生先生《我与地坛》。

厉老师要学生把每个片段都认认真真地看一遍。看完这些片段，厉老师问道："哪位同学告诉我，这些片段有什么共同点?"片刻之后，楚晴柔举起了手。厉老师朝楚晴柔点点头，楚晴柔站起身说道："虽然都是片段，但这些内容都很让我感动。还有就是这些作家的其他作品有的我也看过，他们的语言风格很不一样，但现在我发现他们在写母亲的时候，语言都变得很朴素。"厉老师说道："谢谢。这就是我想要的答案。你能回答出这个问题，可能恰好源自你刚才说的，你还读了这些作家的别的作品，这很难得。读书的好处你一定深有体会，希望你能坚持下去。"

楚晴柔很认真地点了点头。

厉老师接着说道："这恐怕真的能说明一个道理，对于亲情的感悟，如果不是用朴素的语言来表达，那也许就意味着，这是对这种世间最真挚的情感的亵渎。之前大家看到那样的开头，最起码可以理解为，那只是为了应付考试而写，为了得高分而写，而并不是写这个开头的人对亲情真的有很深的感触。不过一个十八岁左右的人还不能领悟亲情，不管是从狭义的作文还是广义的人生上说，都是一件很可怕的事情。”

一时间，大家不知道该说些什么。

楚晴柔再次举起了手。她问道：“老师，如果让您写这个题材，您会怎么写？”

没人想到会有人问出这样的问题。这个问题显然比刚才那个老先生问的问题要刁钻得多。这是很多学生上课想问的问题，也是很多老师上课时怕被问到的问题。

所有人的眼睛都盯住了厉老师。

厉老师笑道：“这个问题问得好，我还真没准备。给我半分钟，让我想想。”

半分钟之后，厉老师在电脑键盘上一阵敲打，投影板上显现出了这样一些文字：

我上大三的时候，曾经有一次，也仅有这一次，我的母亲张开双臂朝我走过来，她想要拥抱我。我万没料到母亲竟会有如此的举动，而当时我的反应竟然是脸一红，扭过身去。

我拒绝了她。

我这辈子也忘不了，当时母亲脸上那失望的表情。

看完这段文字，大家先是集体性地陷入了沉默。很快，人群中响起了越来越强烈的掌声。

九点半钟，下课铃声响了。

十一班的学生离开了阶梯教室，听课的老师们就地展开讨论。

胡老师对今天的两节课非常满意，脸上红扑扑的，像是刚刚摘取了胜利果实。她先是对悟德中学、高三语文组和两位讲课的老师表示感谢，然后又问尹老师和厉老师要不要先把自己的构想说给大家听听，厉老师摇摇头，尹老师见状，也跟着摇摇头。胡老师说道：“那我就先不啰唆了。省得我先定了调，影响大家畅所欲言。大家先说说吧。”

尚老师首先说道："两位老师内容不同，风格不同，但给我的感觉是各有其美，美美与共。尹老师年轻有为，脑子清楚，思路严谨，整堂课信息量大，针对性强，知识点的落实非常到位。让我这老教师也学到了不少东西。厉老师是大语文观，目光长远，而且循循善诱。这堂课让我特别感动，也带给我很多思考。"

正德中学的向老师说道："厉老师这堂课让我觉得很亲切，好像很久以前的感觉又回来了。我说的是我小时候上语文课的感觉。那时候的考试不多，也就没那么可怕，我们在语文课堂上可以讨论很多有趣的东西。这种感觉真是久违了。谢谢你，厉老师。"

接下来许多老师的发言，都和尚老师的调子差不多。后面的人觉得自己想说的话已经被前面的人说尽，也不知道还能再说些什么，会场再次陷入了沉寂。

忽然，刚才那位忍不住在课堂上发问的头发灰白的老师站起来，他的语调还是那么激动，说道："我平时不喜欢出来听这种课，一是大家讲来讲去都差不多，貌似激情满怀，实则虚假透顶，一张嘴就是装腔作势的口气，听着很难受。二是大家评课的时候，也说不出什么要紧的东西来。怪不得我们的学生作文里不说真话，因为我们这些当老师的，也不过是在自欺欺人地唱喜歌。就像是一群鸭子，一个带头呱呱叫，所有的人都跟着叫呱呱。今天这两节课，第二节课比第一节不知道好了多少倍。要我说，我们现在语文课所出现的问题就在于，大家都在像第一节课那样讲课，大家也都在像刚才几位老师说的那样来评课，各个都当和事佬，一片祥和，万事大吉。还好，我今天听到厉老师这样理解语文，这样教语文。悟德中学有这样的老师，了不起。我今天第一次来贵校听课。之前有人跟我说，悟德中学成绩好，主要是生源质量高。我今天眼见为实，是贵校的老师水平高。我今天来得早，在学校里转了转，转到贵校高三语文办公室门口的时候，我看到一个老师正在低头看书，我后来才知道就是今天讲课的厉老师。按理说，语文老师看看书是再正常不过的事情。但在今天，语文老师可以不扯天扯地地胡聊，不说孩子，不说房子，不说票子，就是那么安安静静地看书，实在是难得一见了。我甚至以为当时的厉老师不过是在装样子。听了厉老师的课，我相信了，厉老师是有责任心的老师，有担当的老师。如果悟德中学都是这样的老师，不管外面的人对悟德中学有什么样的质疑，我都会相信，悟德中学是个好学校。感谢胡老师，组织了一次这样真正有质量的进修活动。"

厉老师站起身，双手合十，向这位老师微笑致礼。

中午，张骁来到语文组办公室，见办公室里人很多，他问赵建文可不可以出去说几句话。

赵建文和张骁来到楼道里，张骁问道：“老师，我们真的可以像厉老师说的那样写作文吗？打分的老师会认可这样的作文吗？”赵建文说道：“也不过是一家之言，凡事你总得过自己的脑子，从自己的实际情况出发。丢掉自己的长项，总不是好事。”

张骁说道：“我明白了，谢谢老师。”张骁向赵建文鞠躬致谢，转身走了。

第十五章　套中人

第二天下午，全校召开全体大会。于校长特意在大会上表扬了高三备课组，尤其重点表扬了尹老师，为学校争了光。

听到校长的话，赵建文看了一眼旁边的厉老师，厉老师微笑着朝他眨了眨眼。

坐在语文组前面的洪老师似乎更了解个中的缘由。他回头朝刘谆谆老师竖起大拇指，并诡异地笑了笑，气得刘老师直翻白眼。

得到了校长的首肯，尹老师不再像昨天课后的讨论会上那般尴尬，着实得意了两天。

听了于校长的讲话，赵建文心里明白了为什么于校长执意要让厉老师来讲这节课。赵建文相信，昨天的公开课后，刘谆谆老师一定会把公开课众人的反馈汇报给于校长听，于校长肯定也会觉得他的决定十足地达到了他想要达到的目的。而于校长的目的就是，悟德中学不仅有应试教育上的能手，更有高瞻远瞩的引领者。那位头发灰白的老教师的讲话，等于是代表那些不明就里的老师们给悟德中学盖了一个章。那枚图章上就两个字——卓越。反过来说，于校长并不觉得如果讲课的是他赵建文，最终依然会有这样的效果。

又过了几天，一切喧嚣都归于沉寂，像是什么都没发生过一样。高三语文组的老师们和十一班的学生们都忘了厉老师讲过这样一节课。

期中练习已经过去一个多月，刘谆谆老师又接到新任务，去区里打磨期末练习题。

这一次，刘老师带上了赵建文。

坐在班车上，赵建文问刘老师为什么不叫上厉老师。刘老师说道："厉老师去了，万一胡老师问多了，厉老师露馅了怎么办？别看厉老师的年龄比你还大一点，但我感觉他不如你稳重。再者，这次胡老师点名要我叫上你，没提到别的人。一个学校来磨题的人太多了，肯定也不是什么好事。"

到了进修学校，胡老师把参加磨题工作的十几个老师分成了几组，分别对期末试卷上的不同板块的文本、试题以及答案做最后一次的审核校对。胡老师和刘老师负责统筹。初来乍到的赵建文和另外几位老师负责对科普类文章阅读做进一步的斟酌。

上午接近十一点的时候，磨题工作结束。回来的路上，刘老师对赵建文说道："咱们之后几周的语文统练做点对期末考试有针对性的练习，我负责组题，你帮着找些合适的现代文科普类文章阅读理解的练习题，争取过几天就把文本、试题和答案交给我。"

听刘老师说做有针对性的练习，赵建文立刻心领神会，说道："我争取多找几个吧，由您挑选，哪个最合适用哪个。"刘老师说道："时间来得及吗？不要太辛苦。"赵建文说道："没问题。我除了给您一份电子版的，再给您一份打印版的，咱们两家那么近，我印出来就给您送过去，您拿在手里看纸版的，比看电子版的方便。"

刘老师笑道："也是，我看电子版的总是看不出错儿来。"说完，刘老师又嘱咐赵建文，这份练习的意义，不必跟大家多说什么。

刘老师的话，让赵建文心中很久之前埋下的一个狐疑找到了答案。期中练习之后的分析会上，尚老师曾说过，悟德中学语文要想考第一未必很难，关键在于刘老师怎么做。现在看来，无非就是借助教研员之便，将一些题型或考点渗透在平日的练习中，让学生在考试那一天最起码不至于因为陌生而过分慌张。当时尚老师说这些话的时候，其他老师的反应证明他们不仅明了个中秘密，而且还一致采取了默许的态度。现在，刘老师对自己提出了这样的要求，自然也是要把他拉进来，成为这件事的参与者之一。

想到这里，赵建文心里冷笑两声之后，同样默然接受了。

赵建文又想，如果期中练习之前刘老师没有这么做，悟德中学还能考到全区第二，且和第一名的正德中学差距甚小的话，那么期末练习考到全区第一，按理说也真的不该是一件多么困难的事情。

赵建文不清楚正德中学的老师们是否也会有类似的举措。他忽然觉得所谓高三的辛苦奋战更像是一场绝大多数人彼此都心知肚明的游戏，谁都知道对方在使诈，但谁又都装得一无所知。

不过，此时的赵建文并不愿意为这个问题多想下去。他更关心的是他的十一班在期末练习当中能有什么样的斩获。

上次班级成绩分析会后的第二天，赵建文去十一班上课，愕然发现班里安静异常，进而看到洪老师坐在教室后面的一个空座位上。虽说洪老师没有事先打招呼让赵建文感到有些不快，但是自始至终，整堂课都上得井然有序。甚至上课上到一半的时候，洪老师在座位上低头呼呼大睡，也没有哪个学生敢于造次。再加上张骁积极提问，楚晴柔对答如流，赵建文感觉在十一班第一次上了一节酣畅淋漓的课。

之后，洪老师不来了，班里的氛围略有松动，但始终在赵建文的可控范围之内。

赵建文很是奇怪，洪老师到底和学生说了什么，竟然可以让学生如此地顺服。他知道从楚晴柔那里问不出什么，便找来张骁问个明白。张骁犹豫了一下说道："洪老师跟我们说了，让我们玩命学几个月，如果一模的语文成绩还不好，反正离高考也没几天了，那时候再彻底放弃也不迟。"

听到这样的回答，赵建文着实是哭笑不得。

通常情况下，学生到了一模之后，因为其他学科再无油水可榨，转而会带着侥幸心理恶补自己的短板。洪老师如此说，简直就是在帮倒忙。

就目前的情况看，赵建文在十一班的控制力还无法和洪老师相提并论。

走一步看一步吧，赵建文如此劝慰着自己。

接下来的一周，刘老师宣布，从本周起要加大语文各种练习的考查力度，周末练习要增加题量，周三下午的统练要延长时间，就连语文早读的内容也增加了不少，半个小时的时间学生肯定做不完。

面对这样的情况，老师们通常的做法就是将早读时间提前。

除了语文教师，负责监督早读的都是各班的班主任。赵建文找到洪老师，问他提前十分钟上早读的事，在十一班是否可行。没想到洪老师竟是满口答应。

厉老师只教九班这一个班，他早就和骆老师说好了，只要是语文的早读，骆老师不必到班里来，班里的事情全由他自己负责。骆老师乐得每周有三个早上不必把自己搞得那么紧张疲惫，心下对厉老师充满了感激。

其他各班的早读纷纷提前，得知这一消息的骆老师来语文办公室找厉老师，问厉老师怎么办。可能是因为不大好意思，骆老师的言语间颇有些迟缓。

厉老师自然是知晓骆老师的来意，说道："您放心骆老师，还是由我负责。"

骆老师冲厉老师作了个揖，转身走了。

然而接下来发生的事，骆老师就不那么放心了。

厉老师并没有通知学生早读时间提前，时间依然维持在七点半。

刘老师向厉老师问道："厉老师，学生做不完怎么办？"厉老师说道："做不完就在我的语文课上接着做。"刘老师问道："不影响您上课吗？"厉老师说道："不影响。再说，有些题可以删掉不做。"

尹老师问道："厉老师，您哪些题是不做的？"

还没等厉老师说话，刘老师说道："从早读到统练再到周末练习，所有这些内容都十分要紧，你说哪些题该做，哪些不该做？"

听到"要紧"二字，不光尹老师不再言语，其他老师也不再说什么了。

这小小的风波就这样在语文组得到了平息。然而，总有几个心有不甘的班主任找到吴老师，表达了对语文组和九班的不满。

吴老师来到语文办公室，问厉老师能不能和大家保持一致，以免在高三造成一些不必要的混乱。厉老师说道："早读是学生自主学习的时间，之前的安排已经不合理了。我要是同意延长早读时间，那就是助纣为虐了。"

吴老师说道："您没看见，所有的班都这样吗？"

厉老师说道："都这样就是合理的吗？兴许不仅是不合理的，而且问题还相当严重呢。"

吴老师完全没想到厉老师态度是如此强硬，只说了一句"您这是何必呢"，便悻悻地离开了办公室。

接下来的时间里，九班依旧是七点半上早读，其他的班级中也没有哪一个步九班的后尘。

转眼又是周三，就是刘老师所说，有针对性的统练的日子。

开备课会的时候，老师们才拿到试题和答案。当尚老师和柳老师看到今天统练的作文题的时候，两位老师彼此看了对方一眼，禁不住笑了。

这次作文又是个材料作文，材料内容如下：

很久以前，在一个非常遥远的地方，有个叫维拉尼的国家。这个国家的国王，既强悍又贤明。一天夜里，全城的百姓都已进入梦乡。一个女巫来到城中，她朝城中唯一的一口井里滴入七滴药液，并宣称："饮此井水者必定变为疯子。第二天早上，全城的居民——除了国王和侍从长——都饮了井水。果如女巫所言，他们都变成了疯子。"全城的百姓议论纷纷，他们都认为国王和侍从长疯了，应该罢黜他们。

当天夜里，国王令侍从长取来满满一金杯井水，两人一饮而尽。

第二天，维拉尼城一片狂欢，人们庆祝国王和侍从长恢复了理智。

尹老师问二位老师所笑何来，尚老师笑道："题是好题。好几年前的学生期末考试的时候做过，那时候刘老师还没来呢。"

刘老师不如尚老师和柳老师在高三的资格老，有些事情她并不了解，但她已经预感到情况有点不妙，于是赶忙问道："当时情况怎么样？"

尚老师笑道："怎么样？每个班都一大半的学生跑题。这篇作文里的国王很难从正面加以肯定，但很多学生都对这个国王采取了歌颂的态度，还美其名曰'与民同疯'。"

柳老师说道："阅卷的时候，所有老师都犯了难。如果评判从严，那就意味着很多学生的得分会很惨，万一让外区的人知道了，咱们自己面子上也过不去。可要是从宽评判，虽然从分数上看会比较正常，但对学生的是非观来说可能会贻害无穷。"

夏老师问道："后来呢？"

柳老师笑道："后来，胡老师狠了狠心，从严执行。至于结果，你们后来不是都听说了？"

尹老师说道："我想起来了。那年期末考试之后，校长专门给高三的语文老师开了个会，一直开到半夜，校长要求每个语文老师都要写一份成绩分析，不写完不许睡觉。我的老天，就是为这个作文吗?!"

夏老师说道："那可坏了，我的学生这次还不都得是写成偏跑题的啊。"

尚老师说道："别看这是好几年以前的事了，我可没看出学生有什么进步，保不齐现在这一拨学生会出现同样的问题呢。刘老师，你赶紧拿个主意吧，咱们这次评判，从宽还是从严。"

刘老师算是见过风浪的，还不至于被眼前的事情搞得手足无措。她想了想，说道："这样吧，这次作文我们不封卷评阅了，和其他题目一样，咱们各人判各班的。只是大家要保密，这次的作文题目和评判标准都不许对外人说。真遇到刚才说的那种作文，我们尽量都让它们进二类，文笔好的再多给一点。遇到立意特别贴切的，虽然是自己的学生，也要敢于给高分。只要范文站住脚了，学生也就不好说什么了。"

刘老师见厉老师一直没说话，问道："厉老师，你的意见呢？"

厉老师微笑道："我尊重您的意见，但刚才您说的那种作文，在我这里肯定进不了二类。只能打到三四类里去。"

既然是可以各人判各班的作文，老师们对厉老师的说法也就没了兴趣。除了尚老师向厉老师伸出大拇指，其他人各自散去，备课活动宣告结束。

这次的统练安排就如同一次正规的考试，要考两个半小时。下午上课的时间被提前到了一点钟。考试从下午三点半开始，六点钟结束。两个半小时的监考，自然是件苦差事。

厉老师独出心裁。他先是上网搜索了一番，寻到附近一家送饭上门的饭馆。他打过电话，叫了一份外卖，然后回到九班，要求学生一个半个小时之后交机读卡和答题纸。这样，距离考试结束还有一个小时的时候，九班学生手里只剩下了作文。学生写作文的时候，抄袭的可能性很小，自然也就没有了监考的必要。

就在九班学生开始为作文冥思苦想，其他监考老师都还在教室里苦熬的时候，厉老师已经开始公用教室一边在吃着刚刚送到的热腾腾的饭菜，一边开始评阅学生答题纸上的答案了。

整个过程被回办公室喝水的尹老师看个清楚明白。尹老师惊得如大梦初醒一般，待考试结束，老师们返回办公室，尹老师立刻将她所看到的添枝加叶地描述给另外几位老师。

夏老师也如恍然大悟一般，说道："就是啊，写作文有什么可监考的；饿着肚子到六点，食堂里也没什么可吃的了。”尚老师也应和着笑道：“真的，我教书这么多年，就没动过这脑筋，跟厉哥比，我怎么跟傻子似的。”

面对此景，柳老师什么也没说。刘老师嘴上没说，心里却不大乐意。不过考虑到老师们确实辛苦，厉老师又是代课老师，自然也不好多说什么。她只是提醒大家不要声张，以免其他监考老师知道，生出些是非来。

赵建文看着厉老师一边吃饭一边判卷子的惬意样子，笑道：“你怎么这么多的幺蛾子啊。”

当天晚上，赵建文吃过晚饭，便回到办公室判卷子，发现厉老师还在办公室。一问得知，今天是厉老师值夜班。

赵建文问厉老师那里是不是出了不错的作文。厉老师说道：“刚看了几篇，不过确实看到一篇不错的。说着，厉老师便将一张作文纸递给了赵建文。”

赵建文先看了一下名字，发现这是郑远航写的。这篇作文的名字叫《滚滚红尘》，字迹很是工整。内容如下：

试想一下，在全民的欢呼声中，国王还能真正体会到受民众爱戴的幸福感吗？他所保住的王位和性命，因他喝下那满满一杯的井水而不再具有任何价值。

因为，他疯了。

那天晚上，国王手捧金杯一定犹豫了很久。尽管身边站着和他同样清醒的侍从长。但他知道，天一亮，万千民众，也就是万千疯子冲进皇宫，那是一百个一千个侍从长也阻挡不住的。他若是想要活命，早该趁着夜色逃走。但是，他没走。很显然，他不是舍不得百姓，他是舍不得万人之上的王位，舍不得曾经的成就感。于是，他选择交出自己的理智，交出自己的贤明，和疯狂的子民混迹在一起。毕竟，疯子看疯子，彼此都会以为是正常人看正常人。

只是，当国王仰头喝下那满满一杯井水的时候，他的灵魂便逐渐远离了他的肉体。

几十年前，有个名字如今极少被人提及，他叫遇罗克。他在二十几岁的年纪被处以死刑。在那样的一个年代，太多的人选择喝下那杯井水，将自己化作那疯狂的民众中的一分子，以求自保。但遇罗克却对自己的选择表现得坚定而决绝。他不会不知道他那篇《出身论》会给他带来什么样的后果。但他宁可牺牲自己的生命也要维护自己的人格尊严。

淹没于众人中的个体，随着时间的流逝一去不返。但也总有些人，以他们高贵的灵魂在涛涛的江水中站成了中流砥柱。

今天这个时代，也有太多的人几近癫狂。他们很少低下头来，审视自己的灵魂。目光所及之处，不过是为了连自己也不明白的人和事站脚助威。他们愿意上网，只为断章取义，肆意谩骂。他们愿意传谣，只恨天下不乱，只为博得眼球。他们愿意做别人眼中刻苦的学生，只为自己都看不清楚的未来。

我看过一部动画片，那里有一句名言："我不仅要活着，我还要有人生。"我想，所谓的有人生，就是把自己活成了自己想要的样子，如徐志摩所说，"我有我的方向"，而不是面对滚滚洪流纵身一跃，任周围的人将自己裹挟。

我不是国王，但我是我自己精神世界里独一无二的王。我因我的清醒，让我的世界阳光普照。

看完这篇作文，赵建文说道："要是不看名字，我还以为是蔡泱泱写的呢。"

厉老师说道："确实有点像。但蔡泱泱写得会更厚重一些。"

赵建文问道："厉老师，这样的作文你打算给多少分？"

厉老师说道："首先得进一类，我打算给到一类中的分数。"

赵建文问道："我觉得给一类上也完全没有问题。考场作文，限时完成，能写到这个地步已经很好了。更何况，这篇作文里还有一些难得一见的思想。"

厉老师说道："这篇作文在说理上应该可以写得更丰满。给太高了，我担心他会忘乎所以。"

赵建文要厉老师尽快把这篇作文的电子版发给他，厉老师答应了。

判到八点多钟，赵建文眼见得剩下的任务在周末的时间里足以应付，便向厉老师打了声招呼，起身回家。

路过九班的时候，赵建文把蔡泱泱叫了出来。他问蔡泱泱，厉老师在平时的语文教学，尤其在写作上是不是有一些与众不同的地方。

这个问题，他在办公室的时候，不好意思当面问厉老师。

蔡泱泱想了想，说道："这样吧，老师。周日下午您有没有空？我们在六九头有活动，欢迎您来参加。参加了这个活动，您兴许能找到答案。"

赵建文问道："你们？还有谁？"

蔡泱泱说道："主要是九班的，一般都是十几个人。"

赵建文问道："那不是要产生一些费用的吗？谁来承担？"

蔡泱泱说道："我们原来打算大家平摊的。厉老师说如果大家平摊，事情的性质就变了，钱都由他自己出。后来家长知道了这件事，就变成家长来负担了。"

赵建文说道："看来你们已经组织了好几次了。"

蔡泱泱点点头。

赵建文说道："那好，我肯定去。麻烦你跟厉老师打声招呼。"

蔡泱泱说道："没问题。赵老师，咱们周日见。"

星期天下午两点钟，赵建文来到六九头二楼荷花厅的时候，这里的活动已经开始了。

一个拼起来的长桌周边坐着十几个人，每个人手里都拿着几张纸，大家都低着头，认真阅读着纸上的内容。有的学生手里拿着笔，一边阅读一边做着标记。

赵建文惊愕地发现，他班上的楚晴柔也在其中。楚晴柔也看到了赵建文。她微笑着朝赵建文点点头，说了声老师好。

厉老师旁边有个空座位，厉老师朝赵建文招了招手，示意他坐在那里。

赵建文坐下后，厉老师将几张打印纸交给他。赵建文看了看，那上面是完整版的契诃夫的小说《套中人》。

又略等了片刻，厉老师问大家是不是都读完了，大家纷纷点头。厉老师问道："那大家说说看，跟课本上的删节版相比，原著中还有哪些你们觉得同样重要的内容。"

十几个人都举起了手。洪武来说开头的玛芙拉很重要，尽管笔墨不多，但引出了别里科夫这个主人公；郑远航说校长夫人也很重要，是她带头撺掇别里科夫和华连卡结婚，这实际上是几个无聊的人在捉弄他。伊雅说道："老师，我觉得柯瓦连科特别重要，看他说的那句话，'你们这里不是科学的殿堂，而是城市警察局，有一股酸臭味'，这句话分量很重，他是外来者，正所谓旁观者清，一下子就道出了这座城市的本质。"

厉老师笑道："大家的目光都很敏锐，找到的地方都很有价值。如果大家认可柯瓦连科的这句话，有个问题就出现了。如果这里真的像警察局，那么套中人就不可能只有别里科夫一个，他没有那么大的能量。应该有很多个，才让这座城市有了腐败的味道。那你们觉得，小说里众多的人物中，还有谁是套中人？"

大家想了想，很快认定玛芙拉一定是，伊凡尼奇一定不是。伊凡尼奇是这个小说里唯一一个清醒的人。他在小说结尾吼出的那句“再也不能这样生活了”才是这篇小说的主题。华连卡姐弟作为外来人，应该不在讨论范围之内。

厉老师笑道：“那么说来说去，就剩下别里科夫的同事布尔金了。大家别着急下结论，我们从文本出发，先找到描写布尔金的段落，再仔细品读一下。”

过了一会儿，楚晴柔举起了手说道：“小说一开始，布尔金和伊凡尼奇睡不着，布尔金为了打发时间，给伊凡尼奇讲起了别里科夫的故事。听完故事之后，伊凡尼奇认了真，大发感慨，但布尔金却不以为然。当伊凡尼奇想再给布尔金讲一个类似的故事的时候，布尔金却说，这是另外一个问题，他要睡了。这说明，这个故事对他来说，仅仅是解闷的作用，没有任何人生层面上警醒的意义。”

厉老师说道：“非常好。太对了。还有吗？”

郑远航举起了手，他手里拿着课本，说道：“现在看来，课本里有一句话还是挺重要的。课本里第四段，布尔金痛斥别里科夫的同时，标榜自己是有思想、很正派的人。如果他真的很正派，为什么不对别里科夫的行为加以制止；如果他有思想，又为什么对伊凡尼奇在小说结尾处说的话无动于衷呢？”

厉老师问说：“说得太好了。那么各位，你们就此得出的结论是……”

大家推举蔡泱泱做结论。蔡泱泱说道：“我们的结论是，布尔金也是套中人。即使他不是，也不能算是一个正面人物。他完全不晓得自己内心的猥琐，还要一味地标榜自己。”

厉老师点点头，说道：“说得很好。但你们不要以为今天的活动会到此结束。也许真正的意义才刚刚开始。我再问你们一个问题。你们觉得这个世界上，布尔金们和别里科夫们，哪种人多了更可怕？”

厉老师此话一出，大家一下子陷入了沉默。

厉老师说道：“我猜你们不是不知道答案，而是担心答案一出，你们就会感到万分沮丧。”

大家还是不说话，有的学生点了点头。

厉老师说道：“各位先生，各位女士，不敢面对了吗？你们是不是没想到今天竟然是这样的一个结局，分析来分析去，最后竟然归结到了自己的头上？但我相信，有了一次这样的反思，有了今天这样的一次自我质疑，你们将来必然不会像别里科夫那样愚昧，也不会像布尔金那样自以为是。你们身在悟德中学，这别人眼里神一样的学校里读书，是不是不管自己学得如何，都要以悟德中学四个字来标榜自己？是不是不管自己有没有思想，只要成绩好就认为可以一俊遮百丑？不要总埋怨周遭环境对你的影响，先问问自己，你到底在追求什么，你所追求的，是否值得你以生命为代价。”

大约四点钟的时候，活动结束了。不用厉老师吩咐，蔡泱泱招呼两个人和他一起把荷花厅收拾了一下。其他人陆陆续续往外走。

临近结束的时候，厉老师并没有让赵建文说上几句。如果是在别的场合，厉老师这样的举动会让赵建文内心颇感不快，但在今天，赵建文倒要对此心怀感激。他完全没想到今天的活动是这样的内容和形式，如果真要他说点什么，他还真担心自己说出的话会大煞风景。

从同学们积极踊跃地发言开始，赵建文就希望这个活动尽快结束。他明显地感觉到自己完全不属于这里。

走出六九头门口的时候，厉老师热情地邀请赵建文下次再来。赵建文嘴上答应着，心里却笃定自己再也不会来了。

周一的时候，大家把这次统练中各班优秀作文的电子版交给刘老师。刘老师看到了郑远航的那一篇，禁不住连连赞叹道：“真是太好了。厉老师，谢谢你。你救了我，也救了我们大家了。”

第十六章　期末练习

赵建文来不了厉老师那一套，但他有自己的拿手好戏。例如应试，他可算得上是一等一的高手。

其实，不管是全国卷还是各地的自主命题，无不是围绕基础知识、阅读理解和写作这三大板块设置题目。对于赵建文而言，他只需把某地近几年的考卷多看上两遍，基本上便能摸到其中的路数。

赵建文的体会是，虽说阅读所考察的内容年年不同，但所选文本的难度和构架却极为相似，文本后面所问的问题更是永远地似曾相识。也就是说，这些在学生面前可能难比登天的问题，就像找到了通关的秘籍，赵建文早已找到了破解谜题的钥匙。

赵建文原以为在悟德中学，拥有这样本事的人应该大有人在。当他看到尹老师时不时就跟别人要资料，柳老师和尚老师一看到陌生的试题就面面相觑，刘谆谆老师遇到诗歌阅读有时也讲不清楚的时候，若不是坐在办公室最隐秘的角落里，他心中的得意恐怕是怎么也藏不住了。

让赵建文略感到头疼的当然还是作文，尤其是十一班的作文。

面对应考作文，考生首先要具备的是解题能力，然后才是比写文章的本事。这一点在很多老师那里并没有达成共识，让学生接受这一点似乎更是难上加难。很多学生以为文笔好、材料好的作文就是好作文。尤其是十一班的学生，除了张骁和楚晴柔，几乎各个都迷之自信，以为自己张嘴就能口吐莲花，提笔就能妙笔生花。但若真的写起来，要么是离题万里，要么是胡言乱语。

这样的学生和赵建文对话的时候，通常不是为了聆听赵建文的教诲，而是和赵建文来一番唇枪舌剑的争斗。他们听不进赵建文在作文审题方面的讲解，只是不停地强调自己在作文中所谓精妙得非同一般的设计。如果赵建文没有发现这些匠心，或者没有对这些设计表示肯定，这些学生立刻变得情绪高昂，摆出一副因"你不懂我"而万分痛苦的架势。如果赵建文最终还是不能接受他们的想法，而他们自己也理屈词穷的时候，往往是以"我就是觉得挺好的"结尾，然后一转身，"不带走一片云彩"般地拂袖而去。

赵建文一开始还打算用道理说服他们，时间长了，赵建文感到身心俱疲。再遇到这样的情况，赵建文再也听不进去什么了。他只待对方终于住口，期待自己给出评价的时候，以推土机一般的气势，缓慢而又沉稳地说道："你觉得我会害你吗？你觉得这个时候你更应该相信我还是你自己？你还想不想用出色的语文成绩证明你是悟德中学全面而优秀的毕业生？如果你不在乎，那你现在就走吧，把时间留给比你成绩更出色的同学吧。"

一听说给更出色的人留机会，这些学生往往纵有千言万语，也少不得要忍气吞声了。

制服了这些学生，赵建文以这几年的高考真题为例，认认真真地给十一班的学生讲起了作文审题的重要性。因为这几年的作文题往往都不限制文体，而学生不管擅长与否，多数都选择以议论文来应对，赵建文重点传授了如何搭建议论文的构架。

赵建文给学生明确规定："第一段必须提及材料里的内容，最后一句话必须用来表明观点。第二段必须要给观点做解说。到了第三、四两段才允许举例子，并再三叮嘱学生不要全都用反例。结尾的时候要尽量生动些，不要仅仅是照搬开头还美其名曰'首尾呼应'。"

赵建文每每在班里讲到这些的时候，听得最认真的就是张骁，最不认真的就是楚晴柔。

在十一班，唯一兼具审题和写作能力且段位较高的只有楚晴柔。赵建文在课下的时候叮嘱楚晴柔："这些东西对你的同学来说是救命的稻草，对你来说就是惹祸的根苗，这些都不要听，你的应考文是班里唯一有文味儿的，你别丢了你自己。"

只有这时候，楚晴柔才会放下她那副高冷的表情，真诚地对赵建文说一声“谢谢”。

听得最认真的张骁，写作文的时候毛病最多。张骁曾经问赵建文什么叫观点，赵建文说标志性的字眼就是带上“我认为”三个字；后来张骁又问：“我这次写了这三个字了，您怎么还觉得不是观点呢？”赵建文说道：“你不觉得对于高三学生来说，‘我认为这是不对的’这样所谓的观点也太幼稚了吗？”张骁说道：“那我应该怎么办？”赵建文说道：“你能不能给一个更完整的表达，里面含着对写作对象的评价？”

张骁快哭了，因为这样的话他已经听不懂了。

赵建文无奈，说道：“这样，我写个样子给你，按照你的思路写一句更像观点的话，你好好体会体会。”

而张骁的体会就是，以后写议论文的时候，尽可能把赵建文这句话原封不动地搬上去。

赵建文想，如果不是有洪老师的积极配合，如果不是整个年级中各班的语文状况基本上大同小异，如果不是应考作文首先以是否符合题意为标准而将作文分成一到四类，他所教的十一班就不是他要抱定的粗腿，而是商纣王面前烧得通红的炮烙。

期末将近，从区里开会回来的刘老师带回来一个消息：“这次期末不再是全区教师集中到一起阅卷，而是各校老师各自集中阅卷。”

听到这样的消息，老师们顿觉命运重又把握在自己手里，办公室里的氛围轻松了不少。

尚老师笑道：“这就好办了。万一咱们还是第二，校长问起来，咱们也可以说，是我们判得比较严，人家判得松呗。”

刘老师非常郑重地说道：“不管人家怎么判，咱们还是老规矩，既不放水，也不压分。”

尚老师笑道：“你说得轻巧，数你说的这种标准最难把握。你说呢，柳老师？”

柳老师笑着摇摇头，不说话。

自从期中之后，柳老师的话越来越少了。虽说表情上看不出什么，但越发沉默的柳老师还是让人多了几分担心。

赵建文私底下向尚老师问起过，学校做出这样换人的决定是不是过于残酷了。

尚老师叹了口气，说道："你见过纪录片里的角马过河吗？一群角马过河，河里有鳄鱼。有些角马在过河的时候，会被河里的鳄鱼吃掉。你作为没被鳄鱼吃掉的角马，你是在一旁伤心难过呢，还是赶紧过河呢？"

这样的话，让赵建文心内一紧。他确信自己应该是那群角马里最强壮的一个，但他不确定自己是不是恰好因此，成了鳄鱼的一顿美餐。

期末考试当天，赵建文拿到试卷之后发现，学生之前所作的练习对于这次考试来说，确实有一定的针对性。

考试结束之后，同往常一样，几位语文老师负责将试卷分类整理在一起，交由教务处去扫描。老师们一边整理，一边交流起对试卷的印象，几位老师都觉得不太难。尹老师问厉老师对这份试卷什么感觉，厉老师觉得还好，整体上看比较温和。

听到尹老师和厉老师的对话，赵建文忽然想起一件事情。如果说这次考试之前的种种练习，在悟德中学这里已经成为一种老师之间彼此心照不宣的秘密的话，那么对这次练习完全不明就里的，或者说完全被蒙在鼓里的便只有厉老师了。也可以这么说，刘老师之前叮嘱他不必跟大家说什么，其实等于就只瞒了厉老师一个人。

赵建文想了想，他最终决定不把这一秘密告诉给厉老师。

然而，他也恰恰因此而对九班期末的语文成绩产生了强烈的期待。

阅卷工作从下午两点钟开始。

中午的时候，刘老师叫上赵建文，两个人匆忙吃过午饭，便赶到教务处，从扫描完毕的试卷中挑了几份作文的标杆文出来，又拿到文印室，给每位老师打印了一份。

这次的阅卷方式是所有的老师参与评判每一道主观题，共同推进。刘老师负责讲每一道题的评分标准和细则，然后大家开始评判。到下午六点钟的时候，除了作文，前面的主观题已经评阅完毕。

众人一起吃晚饭的时候，刘老师特别表扬了赵建文和厉老师，说要是没有这两位快手，今天不可能这么高效。

尚老师附和道："就是呢。我和柳老师着实是老了，判不动了。以后咱们得跟领导建议，学校添丁进口的时候，多招男老师。"

尹老师也笑道："我同意。我就上一趟厕所的工夫，一道题已经判完了。"

夏老师笑道："你怎么不说你上厕所时间太长了呢？你今天闹肚子吗？怎么去了好几次呢？"

刘老师对厉老师和赵建文笑道："二位老师，我们悟德中学的女老师都是女侠。吃进去的都是香的，说出来的都是臭的。"

众人哄笑了一阵。刘老师说道："咱们今天这样安排，一会儿咱们回去把作文的评分标准说一说，然后就回家，明天上午过来接着判。这次吴老师仁义，只给咱们排了语文的监考。年级组要求咱们最晚明天下午判完。咱们有这么高的效率，今晚就不加班了。"

一听到不用加班，几位女老师顿时欢呼起来。

第二天上午八点，几位语文老师都到齐了。大家对着各自的电脑，开始评阅作文。

这次作文的评阅方式依然是双评制。如果一篇作文的分差超过六分，将由组长进行仲裁，作为最终的结果。

只有备课组长才拥有仲裁权。刘老师特意要求教务处设置了两个组长权限，一个给了自己，另一个给了赵建文。

赵建文先是作为组员判了一阵。一个多小时之后，他回到主页，打开仲裁链接，这里已经堆积了十几篇需要仲裁的作文了。

在这里，赵建文可以看到每篇作文的分差大小，也可以看到每篇作文经由了谁的手。

让赵建文略感吃惊的是，需要仲裁的作文当中，多数都有厉老师的参与。

赵建文起身，叫上厉老师跟他一起去打水。厉老师读懂了赵建文的表情，跟上他出去了。

刚出办公室的门，赵建文便说道："厉老师，我刚才看了几篇需要仲裁的作文，好几篇都有你打的分，而且几乎都是你给的低分。你能不能心疼心疼你兄弟，别弄出这么多仲裁来，让我轻省点儿。"

厉老师笑道："既然是双评，你为什么只找我呢？你说我给的分过低了，怎见得就不是别人给的分过高了呢？"

赵建文说道："别人偶尔有仲裁文，你那里占了百分之八十啊。"

厉老师说道："那种要么虚假要么浅薄的作文，我不给它由二类打到三类就不错了，还想让我给打到二类上甚至一类，不可能。"

赵建文说道："难道你不知道，历年高考作文，不管作文题出成什么样，最终什么样的作文最多？还不是二类文居多？一类文居多没人信；但要是三类文居多，学生可就惨了，命题小组的成员也惨了，甚至相关领导也要跟着遭殃。只要保住二类文，什么话都好说。再者，悟德中学的学生要是不行，其他还有哪些学校能好过悟德中学呢？咱们又是自己给自己的学生判，你这是何必嘛！"

厉老师说道："你别咱们咱们的，我还不是你们的人呢。你们这是虚假繁荣，自欺欺人。"

说实话，厉老师的话让赵建文着实觉得不中听，可他又真的喜欢厉老师这样的性格。他有时候觉得厉老师说出的话同样是自己心中所想。他也着实羡慕厉老师因无所顾忌而给自己带来的自由自在。

赵建文搂着厉老师的肩膀，笑道："我亲爱的厉哥，你这么刚猛，不怕成为孤家寡人吗？"

听到这句话，厉老师的眼神里像是突然下了雪。他苦笑了一下，什么也不说了。

回到办公室，赵建文将手里剩下的几份仲裁文打了分。他的原则是，尽量向高分靠拢。赵建文觉得既然是各校评阅自己学生的试卷，多数老师一定会采取适当放宽的政策。如果在这种情况下自己还过于严苛，只怕等成绩出来了，语文组又会惹上诸多的麻烦。他当然不想亲身经历被于校长当众点名质问的尴尬，也就更不希望自己还成为造成这种尴尬的一分子。

过了一会儿，赵建文退出组员身份，重又以组长的身份登录。到了仲裁区，这里已经又积攒了几份作文。赵建文忽然明白了刘老师为什么给自己组长权限。也许别的理由都是假的，唯一真切的理由就是自己判得快，且不会成心窝工。

在这几篇新的需要仲裁的作文当中，赵建文认出其中一篇是张骁的。

赵建文并没有见字认人的本事，实在是张骁平时的作文给赵建文留下了太深的印象。那工整的字迹，幼稚的言语，尤其是那句以“我认为”开头的论点，显然是脱胎于自己的指点。

这篇作文的分数，一个是厉老师给的，四十分，这几乎是二类文的最低分。一个是刘老师给的，四十六分。

这篇作文，赵建文再看一眼的兴趣都没有。他犹豫了一下，直接给了四十八分。

三天之后，胡老师将各校推荐的优秀作文精选了十几篇，又发还给了各校。

这十几篇作文当中，悟德中学有三篇，正德中学也有三篇。

令赵建文感到失望的是，这三篇作文一篇来自一班，另外两篇均来自九班，一篇是蔡泱泱写的，一篇是伊雅写的。

尚老师将这些作文看罢，长叹一声说道：“瞧瞧人家正德中学的作文，还有厉老师这两篇，这才是说人话的作文嘛！”

又过了两天，期末考试成绩分析会在地下报告厅举行。

得知消息的高三老师们喜不自胜，因为这就意味着悟德中学的成绩一定是全线飘红，每个人心理上的包袱都可以放下了。

真实的结果确实如此。吴老师在大会上宣布，悟德中学的生物学科重新证明了自己，和英语、数学、物理、化学等强项一样，均名列第一，而且遥遥领先于其他学校。就连期中练习之时令人担心的语文也以微弱优势排名全区第一。正德中学的语文排名滑落到第四。

各科平均分之和，悟德中学在全区的排名可以说是一骑绝尘。

全区个人总成绩前两百名当中，悟德中学人数占了一大半。前十名由悟德中学垄断，第一名来自十二班，楚晴柔和邓晓鹃的名字均在前十名当中，张骁排在全区的第十一名。

邓晓鹃来自普通班，却能跻身年级前列，这几乎就是一个奇迹。为此，尹老师还获得了上台发言的机会，介绍自己做班主任和语文教学的经验。

这次成绩分析会的时间不长。整个过程始终伴随着老师们一次又一次的欢呼声。

会议过程中，各个任课教师都从班主任那里拿到了班级成绩排名，也从吴老师那里拿到了各个科目的年级平均分排名。

赵建文十一班的语文成绩位列第三，紧跟在十二班和一班的后面。

欣喜之余，赵建文特别留意了一下九班的语文成绩。

让赵建文略感意外的是，同以往相比，九班的成绩并没有发生什么变化，依然是排在八班前面，排在其他重点班的后面。

不过这一结果既让赵建文稍感意外，但也让他感到了一丝丝的惊喜。

会议临近尾声的时候，于校长宣布了两件事。一是为了进一步加强语文组的备课质量，学校决定，今后由刘谆谆老师和赵建文老师共同担任高三语文的备课组组长。

话音刚落，下面便响起了掌声，来自语文组的掌声尤为热烈。除了厉老师，其他几位女老师全都朝赵建文使劲地鼓掌点头，并配以春光灿烂的笑容。

赵建文站起来向大家表示感谢，脸上的表情里既有镇定，又有礼貌性的惊讶。

从知道考试结果那一刻起，对这样的决定，赵建文心里是有预感的。此时大家的掌声让他感到非常受用。但让他略感不快的是，校长并没有将这一消息正式告知他，或者事先透露给他。这让赵建文很是怀疑备课组长这个位置在校长心中的分量。

于校长宣布的第二件事是，为了感谢高三老师们的辛苦付出，学校在食堂三楼给大家准备了便饭，以示慰问。不过他自己还有要紧的事，不能亲自作陪，他会让小沈代表自己，为大家敬酒。希望大家吃好喝好，以利再战。

台下又是一片欢呼声。

成绩分析会刚一结束，老师们便涌向了食堂。

会餐的地点设在食堂三层的教师专区，每个餐桌上都摆着老师的名牌。语文组和数学组的老师们又被安排在一起。

厉老师原本不想参加，赵建文硬是把他拉了来，并把他的名牌和自己的调换到了一起。

餐桌上的菜肴出自食堂大师傅们的手，都是实实在在的家常菜。冷热荤素，肉蛋菜酒，样样具备。

尹老师见到桌上的饭菜一个劲儿地撇嘴，说道："得了第一就吃这个。万一一模考砸了，还不得给我们吃忆苦饭呐。"

尚老师笑道："难不成你不知道咱们这第一怎么来的？咱们校长是多聪明的人呐，一桌饭都可以鼓励和警示兼具。"

赵建文刚拿起桌子上的酒，便被洪老师叫住。洪老师显然知道今天有这样的安排，从包里拿出了一瓶酒，给每个人都倒了一杯。

尚老师笑道："洪老师，我们也有份啊。"

洪老师说道："什么你们我们，咱们都是一条绳上的蚂蚱。期中考试后我就想请大家喝，可看上次那阵势，只怕是多笑几声都是罪过，哪里还敢提喝酒二字。难得有今天这机会，大家觉得好就多喝几口。"

赵建文平时没有喝酒的习惯，但之前也经历过不少喝酒的场合，很多名酒都喝过一点。洪老师的酒不算有名，但却有一股绵柔的甜香在舌尖缭绕。

赵建文说道："真是好酒。洪老师，品位不低啊。"

洪老师旁边的白老师笑道："他有什么品位，一准是腐败酒。"

赵建文很是纳罕，问道："腐败酒，什么意思？"

白老师笑道："家长送的呗。"说完，她笑眯眯地盯着洪老师。"

洪老师倒也不分辩，只是笑道："你看看你，一口没喝呢，就先醉了。"

赵建文将杯中酒喝完，厉老师把他那杯酒倒进赵建文的杯子里，还没等赵建文说什么，厉老师说道："我不喝酒。"

柳老师说道："洪老师，你们数学这次考这么好，有什么诀窍，让我们也学学。"

洪老师说道："有什么诀窍？柳老师，咱们都是老教师了，您还不知道怎么回事吗？考得好与不好，从咱们老师这里都挑不出毛病。上面有于校长那么拼命，底下人愿意不愿意的，都得玩命干。这学期两次大考，数学一直不错，为啥，还不是因为学生好？没了好生源，说什么都没用。"

刘老师说道："在你们那里是好生源，到我们这里就成了困难户。"

洪老师说道："刘老师，可不是我在你们这里卖乖。你说咱们学校的学生就喜欢学数学，我有什么办法？要我说啊，有些科目不过是盛世的点缀，乱世的累赘；要么就该撤销，要么就该当副科，让学生对付对付就算了。"

尚老师冷笑道："洪老师，你干脆直说，我们语文老师就是一帮白吃饭的不就行了？"

正说着，小沈老师走过来，他代表于校长来给老师们敬酒。洪老师刚喝了一杯，面皮立刻变得粉里透红，他抢过小沈老师手里的酒杯，高高举起，一手放在胸前说道："来来来，祝我们伟大的于校长永远健康。说罢，一饮而尽。"

小沈老师拿着酒杯走向了下一桌。洪老师坐下来，完全没有理会尚老师的冷嘲热讽，继续说道："你们以为咱们老师是什么？也就是咱们自己拿自己当回事罢了。我跟大家讲个故事，是我亲身经历的，真事。前几天，我去超市买菜，遇到一个学生家长，至于这个学生叫什么，大家就别问了。那家长要我到她家里坐坐，还用手指了指旁边的一个小区。我知道，那是个高档小区，咱这身价没办法跟富人比，所以我不想去。可那家长实在是执拗，我只好跟了走。走到小区一栋楼前，我问了一句我到现在特别后悔的话，我问她家在几层。你们猜，那家长说什么？"

尹老师说道："那家长八成是说，那一层都是我们家的。"

洪老师说道："靠谱，但还差得远呢。那家长说，这一个门全是我们家的。"

听到这里，几乎所有的老师都吃惊地"啊"了一声，进而又发出"呵呵"的笑声。

尹老师问道："后来呢？后来您怎么着了？"

洪老师说道："后来天助我也，赶巧这会儿我手机响了。我也不管对方在说什么，装模作样地大喊了几句。然后挂断电话，跟那家长说家里有急事，我溜之大吉了。后来想想，我跑了就对了，不然拎着两袋子绿叶菜，坐在人家不知道有多高档的客厅里，那简直是丢人丢大了。"

众人还在回味着洪老师讲述的故事。厉老师这边好像刚反应过来，"嘿嘿"地笑了两声。

洪老师看了一眼厉老师，问道："厉老师，早就听说您的大名，说您的想法总是与众不同。不知道您有什么高见？"

厉老师笑道："那位家长请您到家里坐坐，也不一定是为了炫富；否则，那家长兴许早就该想办法把您请到家里去了。只怕人家也只是好客而已，是您自己有些不必要的自卑。您这样做，倒是让人家看了笑话。"

洪老师一时间接不上话。其他老师也是你看我我看你，没人言语。赵建文赶忙说道："又一个，又一个喝高了的，洪老师，你这酒后劲不小啊。"

这时，食堂的管理员走过来，问大家菜的口味如何，还要不要再加道菜。洪老师说道：“不加不加，这都显得多余呢。”

正在这时，赵建文的电话响起来了。他拿起手机一看，是张骁的妈妈打来的。赵建文来到楼梯口，问张骁妈妈有什么事。张骁妈妈电话里很是着急，问为什么两个月的时间过去了，张骁的语文成绩怎么不见有什么起色。

赵建文最烦的就是这种电话。在有的家长眼里，只要自己的孩子一用功，如果成绩上还没有进步，那便不再是孩子的问题，而是旁人的问题，尤其是老师的问题。

不过，毕竟是吃人家嘴短，拿人家手软，面对张骁的家长，自己也只好忍下心性，硬着头皮去对付。

赵建文问道：“张骁的语文成绩还可以啊，年级排名也不错啊。”

张骁妈妈说道：“我说的是他全区的排名，好像没比期中的时候好多少。”

总成绩的问题去找语文老师来问罪，一股酒劲直往赵建文的心头上撞，他尽量心平气和地说道：“如果是他别的科目问题较大，您恐怕更应该找找别的老师或者班主任。不过，我们这次阅卷也和以往不太一样。期中的时候是全区集中在一起阅卷，而这次是各校集中，自己判自己的，理解和执行上难免有误差，您明白吧?”

张骁妈妈听懂了里面的意思，长长地“哦”了一声。

赵建文接着说道：“我听说您和十一班的其他家长有个 QQ 群是吧?”

张骁妈妈顿时语塞，“呃呃”了几声之后才说：“是啊”。

赵建文继续说道：“如果您和其他家长都担心这种评阅影响孩子的真实成绩。你们可以以家长的身份把问题跟区里反映一下。在这个问题上，家长的反馈可能比我们更有效果。”

张骁妈妈立刻说道：“好的，我这就和家长们商量一下。说完，便马上挂掉了电话。”

赵建文回到饭桌前，发现厉老师的座位空着，便问厉老师去了哪里。夏老师说厉老师走了，从另外一边楼梯下去了。

洪老师说道：“没他更好，他就不是咱们锅里的菜。”

夏老师说道：“厉老师当然不是咱们这锅里的菜，他比咱们高着档次呢，咱们比不了。有的老师，他的范儿是骨子里的，有的是后天训练出来的，有的是装出来的。厉老师的范儿是骨子里的。”

夏老师这一句话，让饭桌上出现了短暂的沉默。

见大家都不说话，洪老师笑道：“没错，确实比不了。就咱们在座的各位来说，哪个会挑唆着学生跟自己的家长对着干呢。前几天，我接到一个电话，问我愿意不愿意寒假的时候出去上几节课，我说我跟于校长说好了，这几年绝对不上外面的课，我儿子在旁边听见了，就说我虚伪，噎得我一天不想吃饭。我问他跟谁学的，他说我们语文老师告诉我们要做个坦诚的人。你们说说看，我怎么就虚伪了？不坦诚了？”

众人都不说话。尚老师笑道：“您说呢？”

吃罢晚饭，已是七点多钟的样子。赵建文赶回家，见倪湘莲正坐在客厅里发呆。他并没有在意，而是先去了赵千仞的房间，看了看正在做作业的儿子。赵千仞提醒了他两件事，一是自己这次期末考试考得很好，他又该带上自己去书店买书了。二是妈妈今天一回家就愁眉苦脸的，不知道是怎么回事。

赵建文这才想起自己这些天完全忽略了孩子的期末成绩。他用手摸了摸孩子的头，并说这次买什么书，全由他自己做主。

正说着，赵建文听到外面有人敲门。开门一看，门口站着洪老师，手里提着个袋子，里面装的就是聚餐的时候他带给大家的那种酒。

洪老师站在门口，并没想进来，说道：“赵老师，你啥也别说，我也不进去了。这是我老家的酒，不是腐败酒。您觉得好，送给您就送对人了。要说私心我也有，您什么时候方便，给我那儿子辅导辅导，厉老师那里我不放心。说罢，没等赵建文开口，洪老师把酒交给赵建文，朝赵建文摆摆手，转身就走。”

赵建文提着袋子，在门口愣了一会儿。他转身进屋，把酒放在桌子上，发现倪湘莲依然是一动不动。

赵建文拉着倪湘莲的手进了卧室，一边将自己被任命为备课组长的好消息告诉她，一边手忙脚乱地撕扯着她的衣服。谁知倪湘莲不仅不配合，还一转头，一双杏眼死死地瞪着他，冷冷地说道：“赵建文，你当我是什么人，随时供你消遣的吗？”

这一句话，把赵建文吓得矮了半截。他转过身，蹲在地上，双手放在倪湘莲腿上，急切地问道："老婆，你告诉我，谁欺负你了。"

倪湘莲冷笑了一下，说道："于校长欺负我了，你能把他怎么样?"

赵建文扑通一声坐在地上，惊愕道："怎么回事?"

倪湘莲用诧异的眼神看了一眼赵建文，叹了口气，这才缓缓地说道："你想哪里去了。我不能再教书了，下学期，我就去图书馆上班了。"

说实话，对于这样的消息，赵建文本人不是没有预感。只是没想到这预感如今这么快就变成了现实。赵建文不知现在到底该怎么安慰自己的老婆，他担心自己无论说什么，都会再次伤到倪湘莲的自尊。

倪湘莲了解赵建文，他在学生那里可以口若悬河，遇到这样的事情，除了陪着自己默默地坐着，什么话也说不出来。她让赵建文起来，坐到自己身边，伸手抓住赵建文的手，喃喃地说道："你也别劝我了，我知道早晚会有这一天，只是没想到校长中途就把我换了，一点面子都不给。还不如刚到这里的时候就让我去图书馆呢，这让我以后怎么见人呢。"

赵建文把倪湘莲抱在怀里，格外温和地说道："从今天起，你负责做好妈妈、好媳妇，我负责做好爸爸、好老公，再争取做好老师，好不好？对了，你以后是不是就可以穿高跟鞋了?"

倪湘莲又叹了口气，颇为失望地说道："赵老师，你懂不懂？图书馆里不能穿高跟鞋!"

高三的师生们又上了一周的课，终于迎来了寒假。

语文组里，几位老师互相交流着彼此寒假的安排。赵建文和夏老师都要回老家。尚老师要出去玩。尹老师哪里也不去，在家里陪着老人和孩子过年。刘老师也没有出门的打算，她要在家里好好规划一下下学期的工作。在这种指点江山般的安排上，她喜欢自己拿主意。

赵建文问厉老师有什么安排，厉老师说要去海边的一个小城转转。

就在回家的前一天晚上，赵建文接到一个电话，是去年暑假找赵建文讲课的那家机构打来的，问赵建文是否有空，再帮他们出去讲一次课。赵建文说上次是临时客串的，你们这次还应该接着去找尚老师才对。对方说上次讲课，学生对赵建文的反馈非常好，所以这次还是请他去。赵建文又说放寒假了，大家都急着回家过年，谁还有心思上课呢。对方恳请赵建文帮忙，并说价格有的商量。赵建文问这次讲多久，对方说还是讲两天，共十二个小时。赵建文说那好，一个小时一千二，飞机票我要商务舱。对方说一个小时一千二问题不大，但商务舱的飞机票实在是有些为难，请赵建文理解。赵建文答应了，又说自己这次不要现金，将报酬打到卡里即可，不过要在过年前打过来，对方很爽快地答应了。

赵建文放下电话。倪湘莲听得明白，问什么时候开始上课。赵建文说道："后天开始。"倪湘莲又问道："什么时候的飞机？"赵建文说道："明天傍晚的飞机。"倪湘莲说道："这种事哪里有临时找人的，必定是他们那边出了事故，临时找你代替的。要真是这样，你一小时一千二要少了。"赵建文说道："算了。寒假里闲着也是闲着。我明天上午送你们去汽车站，下午我去机场。东西你别带那么多了，拣老家没有的带两样，剩下的等我回老家后一起去买。讲完课我坐飞机回去，误不了事儿。"

倪湘莲问赵建文这次带上多少钱合适，赵建文说道："给我几百块钱足够了，上次出去的时候，你给我的钱都白带了。他们安排得挺周全的，用不着我花钱。"

倪湘莲不再言语，开始给赵建文准备行李。

晚上，赵建文给张骁的家长打了个电话，对张骁的寒假生活提出了一些建议，张骁妈妈连连表示感谢，并说一定做好孩子学习上的监督工作。

第二天上午，赵建文将倪湘莲娘俩送到长途汽车站，一再叮嘱赵千仞好好照顾妈妈，赵千仞大声答应着。

下午三四点钟的时候，倪湘莲母子已经回到老家；晚上八点多钟，赵建文则在千里之外的一个城市落了地。

两天的课程上得很是顺利，听课的学生再次给予赵建文很高的评价。第二天下午上完课后，赵建文收拾东西准备回家。负责接待的工作人员突然跑了来，问赵建文能不能救个急，说后天另外一个地方也有课，但去那里讲课的老师家里有事去不了了，请赵老师无论如何帮帮忙。并说那个地方距离这里不远，坐高铁两个多小时就到。赵建文犹疑了片刻，答应了，但要求对方将课酬调整为一小时一千五，并要求对方给订一张高铁的一等座的票，对方满口答应。

赵建文问下一站是哪里。当那个工作人员说出下一站的名字时，赵建文猛然想起，那就是厉老师放假前提到过的地方。

赵建文给倪湘莲打了个电话，把情况说给她听。倪湘莲自是不大乐意，说道："寒假就两周，让你这么一折腾，还能剩下几天？"赵建文说道："三万多块钱，全都给你，你爱怎么花怎么花，行不行？"倪湘莲不再说什么，只是提醒赵建文别太辛苦，注意安全。

第二天上午十一点多钟的时候，赵建文来到了那个滨海的城市。

负责接待的老师把赵建文带到一家快捷酒店，点头哈腰地客气了几句之后就出去了。

赵建文刚把行李箱打开，房间里的电话就响了。赵建文抓起电话，对方娇滴滴地问需要不需要按摩服务，赵建文忙把电话挂掉了。

吃过午饭，打了个盹儿，赵建文想起了厉老师。他拨通了厉老师的电话，厉老师果然还在这里。赵建文便问厉老师是否知道这里有什么好玩的地方，厉老师反问赵建文愿意不愿意陪他喝杯咖啡，赵建文答应了。

厉老师把地址发了过来。赵建文拿着地址，去大堂问服务员怎么走。服务员一笑，告诉他不必坐车，就在离这里不远的地方。

当赵建文赶到那家咖啡店时，发现厉老师已经等在那里了，一脸微笑地看着他。

第十七章　失败者

赵建文进得店来，在厉老师对面坐下，万分惊讶地说道："没想到你还真在这儿。待了好几天了吧？"

厉老师点了点头，问赵建文想喝什么，并说自己做东，叫赵建文别客气。赵建文说自己不懂，随便吧。厉老师便叫侍者过来，要了一杯和自己一样的咖啡。

待侍者转身走开，厉老师对赵建文笑道："赵老师，出来挣外快的吧。"赵建文笑道："你怎么看出来的？"厉老师说道："放假不回老家，身边又没有老婆孩子跟着，难不成你是来幽会的？"赵建文说道："你还是先回答我吧。我要是在国外遇见你，我倒不奇怪。可我奇怪的是，这好不容易放假了，你怎么不去找你老婆，一个人到这里来了？"

厉老师笑道："我就是来这里找我老婆来的。"

赵建文感觉奇怪，问道："你老婆不是在国外吗？"

侍者把咖啡端过来了。

厉老师似乎没听到赵建文在说什么，他示意赵建文尝尝咖啡的味道，然后说道："这是家老店了，咖啡味道很正。二十年前，我就是在这里遇到我老婆的。"

赵建文意识到厉老师的话里颇有深味。他很想发问，但又不知道该怎样开口。

厉老师已经看出了赵建文的心理，笑道："你也别犹豫了，还不如我直截了当告诉你。前些天，我收到了我老婆发过来的邮件，她要和我离婚。"

其实，今天在这里遇到厉老师，以及此时厉老师脸上的神色已经让赵建文猜出了八九，但真实的情况还是让赵建文感到有些无措，他不知道此时该说些什么好。

厉老师也不急于要说什么。他双手摩挲着咖啡杯，时不时看一眼窗外。

快过年了，街上行人不仅寥寥，而且都是匆匆而过。

赵建文想岔开这个话题，问道："你一个人跑出来了，你父母呢？"

厉老师说道："他们都过世了，好几年了。"说罢，厉老师看着赵建文的反应，自嘲似的说道："是不是觉得我特别像是个彻彻底底的失败者？没了父母，没了老婆，孩子也愿意跟着母亲在一起；而且呢，现在连个单位都没有了。"

说完，厉老师朝赵建文笑了笑，便又低头不语了。

说不清为什么，赵建文忽地觉得自己在厉老师面前显得高大起来。之前的那些不安和嫉妒在此刻荡然无存。赵建文感觉眼前的厉老师已经不再是之前那个无论说话还是沉默都让人感觉气场强大的人。一缕阳光斜照在厉老师的身上，反倒使眼前的厉老师显得非常弱小，就像是老舍笔下的那只小麻雀，闪动着黑豆似的眼睛，蜷缩在一个黑暗的角落里。

不知过了多久，赵建文觉得总不能两个人就这么沉默下去，他用尽可能显得轻松的语调说道："我就说嘛，一个忙着办手续等着移民的人，怎么会有闲心到中学来代课呢。那么现在，离婚，你同意了？"

厉老师说道："我同意了。其实现在想想，早晚的事。她带孩子移民之后我才发现，我们所谓的相敬如宾二十年，其实是连吵架都懒得动嘴的二十年。她移民是在逼我，让我赶紧做个了断。可我喜欢教书，又迟迟不肯出去，最终也就是这样了。"

赵建文想也没想就问道："那你现在怎么办？不然你考虑考虑，在悟德中学做正式的教师？"

厉老师笑道："悟德中学？这除了分数是真的，什么都是假的的学校吗？"

赵建文笑道："我还真是佩服你，都到这份上了，人家给你饭吃，你还挑三拣四的呢。"

厉老师说道："你怎么知道悟德中学一定会给我这碗饭？我还必须就得接着？"厉老师顿了一下，接着说道："你知道我在悟德中学感到最痛苦的地方是什么吗？就是我看到很多人一进学校的门，就像戴了面具一样，换上了另外一张面孔。说话做事都是先为自己做足了打算，然后装出一副孩子不大容易看得出来的所谓善良的面孔。久而久之，连自己都骗了，还误以为自己多认真、多真诚。”

赵建文说道：“你一说话就爱上纲上线，事情哪有你说得这么严重？”

厉老师看了赵建文一眼，笑道：“我不说别人，我就说你，好不好？”

赵建文端正了坐姿，说道：“好啊，说我你随便说。”

厉老师说道：“我只问你一个问题。你是照你教五班和十一班的路数教你的儿子吗？”

只这一句话，便把赵建文问住了。他看着厉老师，厉老师也目不转睛地盯着他，期待着他的回答。最终还是赵建文败下阵来，他避开了厉老师的目光，耍赖般地笑道：“让我怎么说你呢，明明你有时候把对方说得如一丝不挂一般，可我还是喜欢你，真奇了怪了。”

厉老师笑道：“因为我是你心里的另外一个你。”

这句话如醍醐灌顶一般，让赵建文无言以对。刚才的优越感早就不知道逃到哪里去了。他靠在座椅的后背上，半张着嘴，眼睛瞪着却没有神采。

过了一会儿，赵建文用手指着厉老师说道：“我要是不承认你说的话，我自己都知道我很违心。我要是承认你说的话，等于就在承认，我活得有多么的不堪。”

厉老师又恢复了孩子般的顽皮，笑道：“你为什么要承认呢？我这是玩笑话啊。”

赵建文把手指晃了晃，说道：“打住，不说了。还是刚才那个问题，你想不想在悟德中学转正？”

厉老师笑道：“以前没想过，现在恐怕要想想了，你知道怎么办吗？”

赵建文说道：“据我了解，你得先交一份转正申请，上面写上你的职称和你在教育教学上的特殊贡献。学校要是同意给你转正，就会给你排上队；如果你贡献突出，学校还会强行把你排到前面去。”

厉老师笑道：“你就是学校强行排到前面去的吧。”

赵建文伸出舌头，不好意思地朝厉老师笑了笑。

厉老师说道：“我是高级教师不假，但没有什么特殊贡献，无非就是认认真真教了二十多年的书而已。”

赵建文说道："没关系，领导征集下属意见的时候，我们都会帮你说话的。"

厉老师歪着头，看着赵建文笑道："你真的觉得大家都愿意帮我说话吗？"

赵建文说道："别人我不敢说，我这里你大可放心。"赵建文一边说着，一边用拳头把自己的胸膛捶得咚咚作响。

期末练习前，高三语文备课组所有老师对所做的统练与期末练习有针对性集体性地对厉老师缄口不言，这件事在赵建文的喉头滚了几滚，最终还是被他咽下去了。

厉老师见赵建文做出保证，笑道："谢谢你，我得想想。"

两个人又陷入了沉默。

赵建文将杯子里剩余的咖啡喝光，说道："你这两天有什么安排吗？我就在这里上两天的课，你等我两天，然后跟我回家，到我们家过年去。"

厉老师问道："不方便吧，怎么好去叨扰你们。"

赵建文说道："你放心好了。我们这次回家，可以和我父亲住在一起，我让我媳妇把我们原来住的房子收拾收拾，你凑合住两天，等寒假结束了，咱们一起回去。"

厉老师说道："无论如何先谢谢你了，我还是再想想吧。"

厉老师看出赵建文有要走的意思，便叫侍者过来结账。

两人走出咖啡馆，赵建文问厉老师住在哪里。厉老师指了指不远处的一家酒店。

赵建文问厉老师要不要和自己一起吃晚饭，并说反正有人请客，档次低不了。厉老师说道："人家请的是你，我去算什么。"赵建文说道："我就说你也是悟德中学的老师，恐怕他们必得笑脸相迎，说相见恨晚呢。"厉老师笑道："算了吧，毕竟我还不是悟德中学的老师呢。"

赵建文也不好再说什么，两人就此别过。

吃过晚饭，赵建文回到自己的房间。他先给倪湘莲打了个电话，就厉老师可能跟自己一起回家过年的事叮嘱了一番。可能晚饭吃得太饱，放下电话，赵建文倒在床上，一会儿就睡着了。等他再次醒来，时间已经是十点多钟了。他没心思看电视，但也无事可做，只好去洗澡。

当他脱得精光，准备走进洗手间的时候，房间里的电话又响起来了。

晚上十二点左右，厉老师接到赵建文的电话，要他尽快到自己所在的酒店来。

厉老师明显感觉到情况有异。他立刻赶到酒店，看到赵建文房间的门虚掩着。厉老师推开门，看到了里面的情景。

房间里除了赵建文，还有一个女的，两个男的。那两个男的均是一脸凶相，其中年纪轻些的那一个，手里拎着一根短棍，不紧不慢地敲打着另一只手的掌心。那个女的裹着一件羽绒服，里面的衣衫凌乱，但她倒不急着整理，而是和另一个年纪稍长的男人共坐一个沙发，默默地抽着烟。

赵建文用被子将自己的身体裹了个严实。他确认进来的人是厉老师之后，便将整张脸埋进了被子里。

厉老师心下已经明白了八九。他不急不慌地问道："我看出来了，我这个兄弟是想空手套白狼了。放心，大家都不容易，怎么也不能让你们吃亏。兄弟，说个数吧。"

那个抽烟的中年男子看了厉老师几眼，示意那个年纪轻些的去把房门关上，说道："我这妹妹寡妇家家的不容易，上有老下有小，你这兄弟骗我们可不行。我妹妹不能白被骗，我们哥俩也不能白来。看你是个实在人，那我也说个痛快的。完了事，我们还得赶紧回家准备年货呢。"

说着，那个人伸出了两个指头。

厉老师说道："这位先生，您一看就知道我们俩就是妻管严，哪像是带着二十万出门的。回头我们跟家里打电话要这么多钱，万一我媳妇偷偷摸摸地报了警，先不说我们哥俩麻烦不麻烦，大家都撕破脸了，您可就一分钱也拿不着了，没准您连年都过不好。"

那个中年男子说道："谁跟你要二十万了。两万，不难为你吧。"

厉老师说道："成，您够厚道。"说着，拿出钱包，掏出一张卡，说道："我这张卡里就两万多块钱，这么着，我留点回家的路费，剩下的全给您。"他扭头看了一眼那个手里拿着棍子的男子，转回头来接着说道："你让这位兄弟跟我走一趟，看看我是不是骗了你们，也省得担心我出门就跑。"

那个中年男子朝另外那个年轻人抬了一下下巴，年轻人点点头，拎着棍子跟上厉老师出了门。

宾馆的马路对面就有个二十四小时自助银行。厉老师和年轻人来到这里，厉老师把银行卡插进去，输入密码之后，让那个小伙子看了一眼那上面的金额，果然除了两万之外，只剩下一点零头。厉老师把卡抽出来，对那小伙子说道："兄弟，麻烦你跟你大哥说一声，让他们俩出来呗。"

那小伙子拿出手机，拨通号码讲了几句话。过了一会儿，那个女子和那个年长的男子从宾馆里出来了。厉老师当着那三个人的面，取出了两万块钱，交给那个年长的男子。

那个男子将钱拿在手里，看了一眼，说道："兄弟，痛快，不像你那哥们，看着五大三粗的，跟我哭穷说自己就几百块钱，跟个娘们似的。"

那个中年男子将钱揣进了腰包，带上那一男一女大摇大摆地走了。

厉老师买了包烟，回到了赵建文所在的房间。

此时的赵建文穿戴得整整齐齐，旁边放着已经收拾好的箱子。见厉老师进来，向厉老师身后看了一眼，神色依然十分慌张。

厉老师关上门，坐到赵建文旁边，把烟递给他，说道："放心吧，他们应该不会再来了。"

赵建文摇摇头，说道："我还是到你那里去吧，在这儿我心里不踏实。"

厉老师点点头，同意了。

大约二十多分钟过后，二人来到厉老师所住的酒店。进了房间，赵建文把箱子立在墙根，然后便坐在沙发上，使劲摩挲着双手，一句话也不说。他始终不敢抬头看厉老师一眼。

厉老师坐在床头，从烟盒里抽出两支烟，放在嘴里一并点燃，将其中一支递给赵建文，自己手里夹着另一支，默默地看着赵建文。

赵建文接过来，吸了两口，心情似乎平静了一些。他仍然低下头，轻声说道："那女的刚进来，那两个男的就进来了。"

厉老师说道："什么也别说了。今天晚上你睡床，我睡沙发。"

接下来的时间里，两个人谁都没有再说一句话。

第二天上午课间休息的时候，赵建文收到了厉老师发来的短信。厉老师告诉他，自己先回去了，谢谢他的邀请。

第三天的傍晚，赵建文回到老家的时候，已经是农历腊月二十八了。

倪湘莲带着赵千仞去机场接赵建文。看见赵建文面色苍白，倪湘莲心疼不已。

回市区的大巴车上，倪湘莲问厉老师怎么没有一起过来，说自己把房子都收拾好了。赵建文说："正好，咱们自己住，不用和父母挤在一起了。厉老师已经回家了。"

赵建文并没有忘记告诉倪湘莲，课时费应该已经打到她的卡上了，记得明天去银行查收一下。

说完这些，赵建文头一歪，昏沉沉地睡去了。

大年三十的晚上，赵建文请双方的老人和姐姐一家人聚在一起，在一个高档的酒楼里，热热闹闹地吃了一顿年夜饭。席间，赵建文酒杯不离手，好话不离口，哄得两边的老人各个喜笑颜开。

待曲终人散，赵建文带着倪湘莲母子回到了自己的家。刚进家门，赵建文忽觉胃里如翻江倒海一般，还没来得及冲进厕所，就抱着客厅里的一把椅子狂吐不止。倪湘莲帮赵建文轻轻拍打着后背，赵千仞跑到厨房和卫生间，拿了抹布和墩布出来。倪湘莲看赵建文吐得差不多了，便把他扶到卧室，一边让他面朝上躺在床上，一边开始埋怨他不该喝那么多酒。

赵建文大吼了一声"要你管，老子愿意"，然后竟"哇"的一声大哭起来。

倪湘莲被吓了一跳，她让同样被吓得瞪大眼睛的赵千仞回自己的房间去，只问赵建文到底怎么了。赵建文一句话也不说，他翻过身来，双手使劲地捶打着床头，声嘶力竭地哭号了几分钟，便又沉沉地睡去了。

倪湘莲帮赵建文关掉了手机，自己又到外面把房间收拾干净，然后才把赵千仞叫出来，帮自己包饺子。

大年初一上午十点多钟的时候，赵建文醒了。

床头的小柜子上，倪湘莲留了张纸条给他，告诉他自己煮点饺子吃，她先带着孩子去爷爷家了，并叮嘱他早点赶过去，下午还要去她的娘家给老人拜年。

赵建文起床了，感觉头还是蒙蒙的。他打开手机，短信提示音接连不断地响起，全都是拜年的短信。这些短信，多数都是群发的，有的连发信人都没有，赵建文自然不予理睬。令赵建文感到失望的是，这些短信当中，来自悟德中学学生的短信并不多，其中有不少也是群发且没有落款的。

并非群发且有落款的仅有两个人，一个是张骁，一个是蔡泱泱。张骁的短信内容和群发的短信也差不多，无非是一些空泛的抒情，一些发给谁都可以的感谢和祝福。蔡泱泱的短信让赵建文颇感意外。短信里写道：

赵老师新年快乐！昨晚厉老师来我家过年，厉老师，我妈妈，还有我，我们全喝高了，哈哈哈。

忽然，赵建文记忆深处的一个点在此时被激活了。借着残存的酒劲，赵建文给蔡泱泱回复了短信，问了那个他半年多来一直都放不下的问题：

蔡泱泱同学，当你脸上表现出轻蔑的表情时，你内心的潜台词是什么？

很快，赵建文就得到了回应。蔡泱泱在短信里问道："老师，我不懂，您能说得再明白点吗？"赵建文回复道："当初我在咱们班上第一节课的时候，我做自我介绍，你一撇嘴，一脸轻蔑的表情。"

很快，蔡泱泱又回复了，但这次他不是回了短信，而是把电话打过来了。赵建文听得电话里很是嘈杂，便问蔡泱泱在哪里。蔡泱泱说道："我和我妈妈还有厉老师在庙会上呢。"赵建文问道："怎么还有厉老师啊。"蔡泱泱说道："昨晚上厉老师没走，睡在我们家了。"赵建文说："你还没回答我刚才问的问题呢。"蔡泱泱说道："老师我知道您在问什么了，但您可能多心了。我撇嘴可能是我看不惯一些事情，但这并不意味着我会全面否定一个人。当初我对您也不是很了解，如果我那么做让您感到不自在，我现在向您道歉，其实我还是挺敬重您的。最起码，您是个对工作很认真的人。"

挂掉电话后，赵建文洗了把脸，冰凉的水让他感觉清醒了不少。他坐到桌前，沉吟了一阵之后，便打开了桌子上的笔记本电脑。

冥冥之中，他似乎感觉到他应该于此时到悟德中学的贴吧上去看一看。他想再看看那个讨论高三语文老师的帖子。

几个月的时间过去了，原有的跟帖后面又增加了新的内容。所有的发言仍然是以匿名的方式表达着对高三语文组几位老师的看法。评价 X 老师的依然不多，只是在说 X 老师长得好嫁得好的帖子后面跟了几个表情贴。评价 Y 老师的依然是分为两派，有的说 Y 老师认真，有的说 Y 老师很一般，上课的时候不敢让学生问问题，学生一问她就会说我下课查查，结果自然是石沉大海。

有的帖子说 S 老师经验丰富，古文功底尤其好；但也有人说 S 老师似乎不太用心，下班后立刻回家，想问问题找不到人。

评论 L 老师的帖子比以往更多了些。虽说之前的帖子，赵建文分不清哪个是评论刘老师的，哪个是评论柳老师的，但是现在，他一眼就能看出有些帖子肯定是评论厉老师的。

因为这些评论厉老师的帖子，言语中总是伴随着对 Z 老师，也就是赵建文的评论。

这些帖子几乎形成了两大阵营，这边有褒扬 Z 老师的，那边立刻有贬斥的；这里有肯定 L 老师的帖子，后面就跟上几个表示质疑的。有人说 Z 老师深谙高考之道，讲课明白晓畅，受益匪浅，但也有人说 Z 老师的课应考味道十足，缺乏高度。有人说 L 老师高瞻远瞩，真诚，有激情，感染力很强，但也有人说 L 老师自怜自爱，过于理想化，他的做法更像是在带着大家走一条险路。

有一个帖子格外吸引了赵建文的注意力。那上面说道："各位同学，我的意见是，如果你们是为了高考学语文，你们就跟着 Z 老师学，如果你们是为了人生学语文，你们就跟着 L 老师学。如果你们是为了接受知识训练学语文，你们就跟着 Z 老师学，如果你们是为了文化学语文，L 老师是不二人选。"

后面有个跟帖问道："弱弱地问一句，知识和文化有什么区别？"

后面有人回答道："知识就是炸酱面好吃，文化就是炸酱面为什么好吃。"

这个跟帖后面，很多人奉上了鲜花。

正在此时，赵建文的手机响了，是倪湘莲打来的，催着赵建文快点动身。

赵建文关掉电脑，即刻出门。

到了父亲家，赵建文先问赵千仞有没有给爷爷拜年；赵千仞说还没有。赵建文的父亲忙说："都是些老礼了，不拜也罢。"

赵建文一把拉过赵千仞，父子俩双双跪在地上，给父亲磕了头。

吃过午饭，赵建文陪着老人聊了一会儿，便留下儿子陪着老人，自己和倪湘莲提上礼物，去了岳父母家。

回来的路上，倪湘莲问赵建文要不要在寒假结束之前，找个时间请过去的同事吃个饭。赵建文同意了。

回到自己家，倪湘莲便开始一个个地打电话，但结果却是有的说要陪老人；有的说出去旅游；有的说已经身在境外；有的说既然某某某不去，自己也就不便去了；有的则根本打不通电话。到了最后，只有袁老师愿意来，但被袁老师的爱人拦下了。一问才知，因为孩子考试成绩不好，袁老师已经有了轻度的抑郁，担心见到赵老师后，袁老师心里会受到刺激。

赵建文叹了口气，这件事情只得作罢。

返京之前，赵建文拜见了两个人，一个是方城之校长，一个是唐晓燕老师。

从赵建文见到方校长到他离开方校长家之前，方校长的电话就没断过，两个人断断续续的，说不了两句整话，赵建文只得告辞。方校长将赵建文送出了门，说道："没办法，越是到这个时候，我的电话越是要二十四小时开机，说不定哪个电话就是有来头的，我不接电话，对方兴许就会闯到我家里来。上次带你以前的同事出去了一趟，回来被局长一通狠批。我现在哪里都不敢去了，天天在家里守着电话。"

走到电梯口，方校长说道："赵老师，如果在那边过得不如意，真心希望你还回来。或者六年后，等你儿子考上大学了，就算那时候我退休了，不是校长了，我已经不能给你什么承诺了，我也真心希望你回来。"

几句话说得赵建文倍感酸楚，他向方校长深深鞠了一躬，转身走了。

唐老师家里清静得很。完全没有过年的氛围，更像是个普通的周末。寒暄几句之后，唐老师的爱人进了书房。唐老师把赵建文让到沙发上坐下，自己坐到对面。她指着茶几上的一大盘水果要赵建文随便吃，赵建文说这几天吃得太多，已然吃不下了。唐老师笑道："都是别人送来的，我又不好意思再转送出去，我和我们那口子能吃多少？就算是你帮我的忙了。"说着便拿起一个又红又圆的苹果，放到赵建文手里。

赵建文问唐老师的儿子去了哪里，唐老师答道："带上媳妇和孩子出去玩了，年前就走了。现在的年轻人都不太懂得什么是过年了。原本还说带上我们一起去，我说，人都走光了，拜年的来了怎么办，就没跟了去。真要是去了，恐怕还见不到你了。"

赵建文手里拿着苹果，沉吟了片刻，说道："唐老师，您还记得您问过我的那个问题吗？您问我当老师是不是发自内心地喜欢。"

唐老师点了点头，说道："我还记得。怎么，你有答案了？"

赵建文极艰难地笑了一下，摇了摇头，眼泪开始在眼眶里打转，说道："没有。我好像已经不知道我喜欢的到底是什么了。”

唐老师眼窝子浅，见到赵建文如此难过，立刻就像母亲面对受伤回家的孩子一般。她赶忙坐到赵建文身边，双手紧紧握住赵建文的手，充满慈爱地说道：“孩子，怎么回事，你怎么活得这么憋屈啊?”

第十八章　好孩子梁琴

同第一学期一样，高三师生的假期提前结束了。

赵建文比其他老师早到了两天。刚进家门，他就给洪老师打了个电话，说洪武来如果明天下午有空，就让他到自己这边来一趟。洪老师满口答应，又连连表示了感谢。

第二天下午两点钟的时候，洪武来准时站在了赵建文的家门前。赵建文一面把洪武来让到客厅中坐下，一面问他带没带上学期期末的卷子。洪武来把包放在桌子上，拿出卷子交给赵建文。赵建文见洪武来还站着，便示意他坐下，洪武来这才坐下了。

赵建文问洪武来所心仪的是哪一所大学，语文需要考多少分才保险。洪武来说还没想好上哪所大学，但他希望语文能考到一百二十分。

赵建文举着洪武来的卷子笑道："你这不是已经考了一百二十二分了吗？"

洪武来笑道："赵老师，我说实话您可别介意，是我爸非要让我来的。其实我觉得您和厉老师教得都挺好的。但我爸觉得您和厉老师相比，他更相信您。"

赵建文说道："我问你几个问题吧，你是不是有进步，我一问就知道。我总不能辜负了你父亲的嘱托。"洪武来点点头，说道："没问题，您问。"

赵建文点了几道那张卷子上的主观题，要求洪武来讲讲审题和答题的思路，没想到洪武来竟然能说得丝丝入扣，即使得分过低的几道题，他也能把其中的问题说得明白晓畅。

赵建文问道："依你现在的水平，你不应该只是现在这个成绩啊？"

洪武来说道："我前面的题都还可以，就是作文太弱，所以厉老师要求我必须参加周末的读书会。"

赵建文问道："你们那个读书会，寒假里开过几次？"

洪武来的眼神里流露出沮丧的神气，说道："就一次。而且以后也不会有了。"

赵建文吃了一惊，问："为什么，那读书会挺好的啊。"

洪武来说道："好多家长都反对，我爸爸也反对。他们的理由只有一个，离高考就剩一个学期了，该收收心了。"

赵建文又问道："谁的家长都反对吗？"

洪武来说道："除了蔡泱泱和伊雅的家长，剩下的都反对。厉老师问我们还愿意不愿意自己找时间继续读书，随时交流，我们都说愿意，厉老师说那读书会不开也罢了。"

赵建文点了点头，笑道："看来你也用不着靠我来点拨什么了，但我好歹也得对你的父亲有个交代。我给你讲讲作文的审题，还有写议论文要注意的问题，你本着兼听则明的精神姑且听一听，好不好？"

洪武来笑道："那当然好，谢谢您。"

开学后的安排如同上一学期的翻版，不管是开学后的摸底考试，还是老师们见面后彼此间的寒暄。

同其他备课组的老师相比，几位语文老师之间的问候也没什么不同。明明是放假前说过的事情，仿佛是为了印证真假，彼此间还是要问问寒假里做了什么。尹老师说陪孩子在家里疯狂补课。刘老师说整个寒假几乎没有休息，除了准备下学期的计划，还参加了学校里召开的各种会议。其他几位老师相对清闲一些。柳老师的儿子从国外回来了，一家人过了个团圆年；只有尚老师和夏老师抓住仅有的时间，和家人玩了个出境游。

厉老师的回答是哪里也没去，在家里当宅男；而赵建文的回答是回老家陪老人过年。

厉老师的表情和过去一样，还是那么温和。不过在赵建文看来，他总觉得那温和里多了一些深不可测的东西。他不敢主动和厉老师对视，而且每当他感觉厉老师看向自己的时候，他都觉得自己像是被人扒光了衣服在游街。

摸底考试的成绩揭晓之后，年级组照例进行了一个小型的成绩分析会，主要议题就是在上学期两次考试成绩的基础上，再结合这次开学摸底考试，进一步明确且固化各班种子选手的名单。

十二班这样的班级，除去已经获准大学保送的学生外，剩下的学生要么历次考试成绩在年级里名列前茅，要么肯定能获得自主招生的加分。于是，十二班的名额就是这个班的班级人数。

面对这样的情况，刘谆谆老师为班里一个叫宋士豪的学生叫苦不迭。

宋士豪同学上一学期还在参加竞赛，这学期才回来。他已经被保送去清华了，但他还是要参加高考。他的说法很简单，他就是想让自己的高中生活有个圆满的结束，让自己高三的青春像甲烷一样充分燃烧。

刘老师之所以着急，用她的话说，就是因为宋士豪的语文功底就像是一张渔网，到处是窟窿，补都补不上了。

开学考试的时候，宋士豪写完名字就睡觉，脑袋跟个西瓜似的在桌子上滚来滚去。交卷的铃声一响，立刻就醒，自然是交了白卷。

宋士豪在高二时的一件事一直都是悟德中学语文老师们的谈资。

高二第一学期的时候，年级组搞过一次古典诗词朗诵会。目的之一就是检查学生对要求背诵的篇目掌握到什么地步。轮到十二班的时候，被随机抽到的恰恰是宋士豪。

主持人问完问题之后，他只字不答，脸憋得通红。大约过了一分钟，用刘老师的话说，他开始大放厥词。他给人留下印象最深的一句话就是："我奥数可以拿满分，用得着背这些东西吗？"

话一出口，下面立刻有人以掌声和欢呼声予以回应。

当时活动的主持人是楚晴柔，就在很多老师都担心场面难以收拾的时候，楚晴柔温温柔柔的一句话令宋士豪住了口。

楚晴柔就说了三个字："时间到。"

当天晚上，宋士豪在贴吧里将他内心的郁闷控诉了一个痛快。这一主题帖很快招致跟帖无数，而且和宋士豪同一立场的人占了大多数。

不过第二天，这一主题帖就在贴吧里神秘地消失了。

高三之后，年级组做历次成绩统计的时候，刘老师都要将十二班的语文成绩做两版统计，区别在于有没有宋士豪的成绩在内。

这是一个很简单的数学问题。计算班级平均分的时候，多一个高分的，并不会对总体成绩产生多大的拉升作用，但只需多一个低分的，平均分立刻显现为明显的下滑。

在刘老师看来，宋士豪拉低十二班的高考语文平均分和他已经被保送清华一样，都成了铁定的事实。

后面的几个班，其名额随着班号的降低而减少。到了九班八班，名额已经变成了个位数。

赵建文问尚老师："按照这样的规律，普通班是不是就没有名额分配这样的任务了？"

尚老师说道："名额分配可能没有了，但你别小瞧了普通班，各种特长生都集中在那些班级里，舞蹈特长生、器乐特长生、体育特长生。这些学生高考的时候会有非常优厚的加分，最终的结局不比那些仅凭裸分考大学的学生差。他们也算得是咱们学校高考的中坚力量呢。"

赵建文说道："如此说来，倒是那些既没有特长又没有好成绩的学生最可怜了。"

尚老师说道："可怜？不一定。真正可怜的倒有可能是那些状元。状元出了这么多年了，有几个是声名显赫的？将来谁更有出息，谁能过上优哉游哉的生活，光凭现在的成绩可什么也看不出来。"

正式开学之后，倪湘莲便去图书馆报到了。

新教师入职至少还要等半年的时间。倪湘莲的位置不能没人，学校聘请了一位业已退休的教师，接手了倪湘莲那两个班。

对于自己工作上的变动，倪湘莲把赵千仞叫到眼前，眼泪汪汪地说道："悟德中学是个好学校，妈妈混不下去了。但妈妈还是会努力工作的，这不丢人。你好好学习，别的人就不敢看不起妈妈。知道吗？"

赵千仞同样眼泪汪汪，他不知道该说什么，只是一声不吭地抱着妈妈。

别别扭扭地过了几天之后，倪湘莲就开始喜欢上了这个新的岗位。一是这里的工作并不繁重，没过几天，工作便顺了手。二是这里上下班时间固定，这很是方便她照顾赵建文和赵千仞的饮食起居。晚上，她还可以把儿子安置在这里，方便儿子安安静静地做功课。赵建文如果想和她在家里做点什么，倒也不至于总是惴惴不安。

只是让倪湘莲多少有点纳罕的是，从过年到现在，赵建文再没有碰过自己。她以为是自己之前怠慢了老公，或者是在悟德中学做着高三的老师，又担起了备课组组长的重任，压力着实不小，自己也就不好再多说些什么。

赵建文确实有心事，他不担心厉老师的嘴不够严，而是一直想着如何才能尽快且不露痕迹地将那两万块钱还给厉老师。

又过了大约半个月的一天下午，学生正在上第二节课，语文办公室来了一位女生。这个女生推开办公室的门，将头探进来四下找寻了一番，当她发现柳老师之后，突然变得笑盈盈的，小碎步跑到柳老师跟前，大声叫道："柳老师好!"

柳老师刚上完一节课，此时正埋头备课，没注意到有人进来。她被这一叫吓了一跳，抬头看着眼前的姑娘，一时没认出来。

这个姑娘显然对柳老师的反应有些失望，嗔怪道："柳老师，您怎么连我都认不出来了呢，我是梁琴啊!"

柳老师像是被突然通了电，眼睛也亮起来了，立时变得喜笑颜开，说道："哎呀，可不是梁琴吗？越来越漂亮了，简直认不出了。"

两个人的对话也吸引了办公室里其他老师的注意力。

这个梁琴大约二十几岁的年纪，高挑的个子，朴素的打扮，俊美的面庞。虽然脸上满是笑意，但脸色却有些苍白。

柳老师指着尚老师和刘老师对梁琴说道："梁琴，这是尚老师，这是刘老师，还记得吗?"

梁琴也笑着向刘老师和尚老师问好。刘老师向梁琴笑了一下，并没有多说话。尚老师向另外几位老师说道："梁琴，咱们学校状元史上最美的文科状元。当年追她的男生太多，我和柳老师还帮着把关呢。怎么样，梁琴，现在名花有主了吧?"

梁琴微笑不语，但明显笑得有些艰难。

尹老师一听来人是当年的状元，立刻凑过来说道："这个姑娘，你现在在哪里读书啊?"

梁琴笑道："老师您好，我现在正在美国读一个博士。"

尹老师不住地赞叹道："哎呀呀，真是人比人气死人，瞧瞧人家这姑娘，家长是怎么调教的，这么有出息。"

听到尹老师的夸奖，柳老师也十分得意，笑眯眯地说道："人家何止气质好，人家还学了好几年的舞蹈，钢琴拿到了业余九级，可高考的时候，人家硬是凭借裸分考上了北大，一年后又出国了。尚老师你还记得吧，你的儿子还追过她呢。"

尚老师笑道："那我怎么会不记得呢。弄得我当年不知该是喜还是恼，要是支持儿子吧，担心儿子走了心，学业受影响；不支持儿子吧，这么好的孩子放走了给别人，还真是不甘心。"

尹老师问道："后来呢，什么结局？"

尚老师说道："后来？人家定力十足，她不是谁也没看上，而是任谁连看都不看一眼，人家说了，学得功德圆满，才开始谈恋爱。也亏得她没看上我儿子，我那儿子是马蜂儿子，没办法跟梁琴比哟。"

众人的夸奖让梁琴兴奋不已，苍白的脸上也渐渐有了红晕。

尹老师问梁琴回国做什么。梁琴说家里有点事，需要处理一下。尹老师又问梁琴还能在国内待几天，梁琴说至少还要待两个月。尹老师说道："太好了，你哪天有空，我能不能请你到我的班上给学生做个讲座，教教他们最后这几个月怎么冲刺。"

梁琴听尹老师如此说，立刻来了精神，不住地点头说道："好啊好啊，我这没问题。您什么时候需要随时联系我。我一会儿把我的电话号码跟柳老师交换一下。"

正说着，下课铃响了。尹老师下一节有课，只好回办公桌收拾东西。临走的时候，尹老师叮嘱柳老师别忘了记下梁琴的电话号码，还摸了摸梁琴的肩膀，说道："这姑娘，怎么这么瘦啊，肯定是吃不惯外国的东西，现在回家了，可得多吃点啊。"

尹老师刚出去，有个男生进了办公室。这个男生是来找柳老师的。柳老师示意梁琴到旁边的沙发上坐一会儿，转头问这个学生什么事。

这个男生想让柳老师把刚才课上讲的一道题的答案再解释一下，他琢磨了好半天，还是无法认同。柳老师问这个学生自己有什么想法，这个学生却说不清楚。柳老师把答案又讲了一遍，问这个学生懂不懂。这个学生说道："您这不就是把答案又重复了一下吗？我还是听不懂，您能再解释一下吗？”

正当柳老师无言以对之时，梁琴在一旁已然是看不下去，她三步两步走过来，怒气冲冲地对这个学生说道：“这位同学，柳老师讲得这么清楚，我坐在边上，第一遍就听明白了，你怎么还不明白？你还是不是悟德中学的学生？你可不可以自己好好想一想，实在想不明白再来问老师？别老想着走老师这个捷径，你身在悟德中学，悟德中学就是捷径，明白吗？学语文需要悟性，别动不动就来问老师，好不好？”

这个男生被梁琴一顿抢白，一开始直犯懵。等梁琴说完了，这个男生也缓过劲来了，问道：“你是谁啊？关你什么事啊？”

梁琴掷地有声地说道：“我是悟德中学当年的文科状元。”

一听是文科状元，这个男生登时没了脾气，恰好此时上课铃响了，便话也不说，气鼓鼓地离开了办公室。

办公室里又安静下来，但也没人再说话，刚才梁琴那几句话让几位老师吃惊非小，也让柳老师倍感尴尬。她拉着梁琴，去了隔壁的公用教室。

过了大约半个小时，柳老师一个人回来了。大家问梁琴去了哪里，柳老师说，自己刚刚把她送走。

尚老师说道：“这个姑娘刚才那几句话可把我吓着了。看起来那么文静的女孩，怎么突然间变得跟个老妖婆似的。”

柳老师说道：“这个姑娘当年也算不上是个开朗的人，还好还有两个朋友，但没想到她现在的脾气这么古怪。”

这时，一直一言不发的厉老师走过来，对柳老师说道：“柳老师，我怀疑这个姑娘可能有点问题。”柳老师赶忙问什么问题。厉老师说道：“我听说在美国读博士非常辛苦的，怎么可能有那么长的假期？”

听厉老师如此说，柳老师想了想说道：“我今天晚上问问这孩子高中比较要好的同学，兴许他们能知道点什么。”

第二天早上，柳老师给大家带来了事情的结果。原来梁琴并没有考上什么美国的博士，那只是她曾经的志愿。只是因为大话已然说了出去，将来也就未必不能如愿以偿，就不肯轻易撕破脸面承认自己说谎；现在也不想出去工作，在家里晃荡了小半年了。

尚老师问道："她的同学有没有说，梁琴现在到底有没有男朋友啊。"

柳老师摇了摇头说道："估计没有。她的同学说她仗着自己样样出众，养成了坏脾气，跟当年一样，看谁都不顺眼。"

尹老师说道："没考上博士啊，那我请她来做什么。要是被人戳穿了，多丢人。"

又过了几天，梁琴见柳老师这边没有人联系她，便给柳老师打来电话，让她帮忙问问尹老师的时间安排好了没有。柳老师望向尹老师，尹老师立刻明白了其中的意思，忙向柳老师摆手。柳老师不善言辞，说话变得支支吾吾的。梁琴还是听清楚了其中的意思，便也不再多问，随即挂断了电话。

赵建文始终对这件事没什么兴趣，他把厉老师带到楼道里，小声问道："你写入职申请了吗？"

厉老师摇了摇头。

赵建文说道："你想干什么啊，抓紧吧。你要是不好意思交，那我帮你交上去。这种事你自己不着急，谁会帮你惦记着。"

厉老师笑道："你啊，你不就帮我惦记着吗？"

赵建文笑道："我可没有你想的那么好吧？你动作快点吧，估计学校往下征求意见的时候，我和刘老师还得给你写鉴定呢。"

厉老师笑道："我觉得你挺好的。最起码，挺真实的。"

厉老师最后这句话，将赵建文心中的阴霾一扫而空。

晚上，将赵千仞安顿好后，倪湘莲洗过澡，进了卧室。她发现赵建文已经脱得赤条条，且满面春风地看着她。倪湘莲忽然觉得双颊发烫。看着赵建文笑眯眯的样子，倪湘莲问道："你脱成这样，让儿子看到怎么办。"

赵建文笑道："你不知道我脱成这样是为了什么吗？我要补课，把以前欠下的课全补上。"

第十九章　还　债

又是一个周日，恰逢赵千仞没课。赵建文并没有忘记对赵千仞的承诺，他带着儿子再次来到那家书店。

前天晚上，赵千仞带回来一张纸，说上面是他们的语文老师开列的阅读书目，要家长尽快帮忙把这些书买到。老师的要求是，以后每月读两本书，还要上交读书报告。

赵建文一边嘟囔着“你们的语文老师总算做了件好事”，一边将那张纸展开。倪湘莲听到父子俩的对话，也凑过来看个究竟。夫妻二人不看则罢，看过之后，赵建文怒火中烧，倪湘莲脸上发烧。

原来上面所列举的书目中，有几本书完全不适合赵千仞这个年纪的学生。有的书即便是对成人来说，其中有些情节怕也只是男人们在没有女性在场的情况下明枪暗箭的谈资。

赵建文将那张纸折叠起来，问赵千仞上面的那些书，他们的老师是不是都看过。赵千仞摇摇头，表示不清楚。赵建文又问有些书如果一时半会买不到，可不可以用别的书来替换，赵千仞依然是摇摇头。

倪湘莲一旁冷笑道：“看来我的同事比我也好不到哪里去。”

赵建文嘱咐赵千仞先去做作业，自己拿起电话，他原来准备把电话打给刘老师或者殷老师，仔细想了想之后，还是把电话打给了赵千仞的语文老师韦老师。

半年多来，赵建文跟韦老师还不熟悉。一是非毕业年级分布在旁边那两座教学楼里，高三的工作又非常繁重，彼此间各忙各的，也没什么交集；二是学校里全校性的教研组活动少之又少，高三又享有那些不成文的特权，很多活动都可以不参加，两个人便少有见面的机会。

即使平日里和韦老师偶有相遇，也不过是打个哈哈，彼此客套一番。

赵建文从来不从韦老师那里打听赵千仞的学习成绩和状态。在他看来，赵千仞成绩出色，除了自身的聪明，全凭自己平时的教育和关键时刻的点拨。有了这样的想法，任是哪一个做自己孩子的语文老师，他也就都不太放在心上了。

赵建文拨通了韦老师的电话，两个人少不得又客气了一下。赵建文为自己和老师沟通太少表示歉意，对方则说赵老师、刘老师等人都令她高山仰止，有机会一定向他们请教。接着，赵建文又说到那个书单，说韦老师绝对是为孩子做了一件大好事。韦老师说道："您别客气，这不是我的原创，我是跟厉老师学的。"赵建文吃惊地问道："厉老师？我们高三的厉老师吗？"韦老师说道："当然。他的做法学生支持，家长也很认可。消息传到我们这边来了，我这边的家长就有人跟我提议，我也觉得这是好事，就给学生开列了这个书单。不好意思，也给您添麻烦了。"

赵建文问道："您是沿用了厉老师的书单吗？"韦老师说道："那倒不是。厉老师推荐的书目中，有的只适合高中生，对初中生来说太难了，我就替换了一些。"

赵建文又说，自己刚才在网上查阅了一下，有些书断货，他想明天带儿子去实体店看看，万一也没有，能不能用别的书来代替。韦老师当即表示同意，还说如果赵老师有什么好的书目，也可以推荐给她。

赵建文觉得，书单里的书有些属少儿不宜，而韦老师又同意赵建文随意调换，这都只能说明，韦老师对她所推荐的书目未必了解太多，恐怕有的书连她自己也没有读过。

放下电话，赵建文问赵千仞："儿子，在阅读书目这个问题上，你更相信爸爸还是更相信韦老师？"赵千仞说道："我当然更相信爸爸了，我爸爸是破格特级。"赵建文又说道："那这书单里的书如果买不到的话，我用别的书来替换，你没意见吧。"赵千仞说道："没意见。不过，您得遵守约定。删掉什么书，您说了算。换什么书，我说了算。"赵建文点点头，说道："那好，周日爸爸带你去书店。"

听说可以出去，赵千仞高兴得抱住了赵建文的腰，说道："太好了。爸爸，买完书，我们还能去河边玩玩吗？”赵建文愣了一下，说道：“没问题。”赵千仞又问道：“爸爸，那我还穿着校服去吗？”赵建文问道：“你想穿吗？”赵千仞说道：“我想穿。”赵建文想了想，说道：“还是别穿了吧。上次惹人注目是无意的，你这次再穿着去就是故意炫耀了。”

赵千仞心里不愿意，又找不到合适的理由，最终还是同意了。

倪湘莲在一旁说道：“干吗非要去书店，我从图书馆给儿子借出来不就行了？”

赵建文说道：“书这东西，爹有娘有也不如自己有。”

临出门的时候，赵建文带上了之前蔡泱泱给他的那份书单。

到了书店，赵建文先带儿子到了四层。他把赵千仞那份书单里他觉得少儿不宜的书目全都画掉了，赵千仞对自己的父亲充分信任，倒也没有追问些什么。赵建文又把自己携带的那份书单交给赵千仞，让他做个参考。

赵千仞甚是懂事。他挑中的十本书里，大部分来自父亲的那份书单。

从书店里出来，赵千仞扭头看了一眼父亲，见父亲一脸微笑地看着他，便明白父亲没有忘记事先的承诺。他抱着那摞书，快步向河边的方向走去。

距离上次父子来到此地，已有近半年的光景。河岸边的柳树有了朦胧的绿意，脚下枯黄的草丛里随处可见破土而出的嫩芽。河水早已解冻，依旧是不急不躁地流淌着。

今天的太阳也好，相比较冬日的煦暖，这初春的阳光更令人有一种跃跃欲试的冲动。

和上次一样，河边的公园里，随大人出来的孩子不少。赵千仞很快就和几个年岁相当的孩子打成了一片，在公园里撒起了欢儿。这些孩子的家长则聚在一起，又是那么扯天扯地地聊着。

赵建文依然是找了个长椅坐下。他环视了一下四周，眼前这熟悉的情景又让他想起了曾经在此偶遇的蔡泱泱和胡岩，这让他不由得叹了口气。

也许过不了多久，他便想不起胡岩这个名字了。一是因为他已然出国，二是自己不再做九班的老师，很多名字他都会逐渐淡忘。最近这几年，他发现自己已经不像年轻时候那样，能轻而易举地记住学生的名字了。他感觉自己不管是将学生由高一带到高三，还是留在高三做把关教师，都只不过像是和学生一起走了一个或长或短的过场。在这个过场当中，他不是记不住这些学生的名字，只是觉得没有必要再记住他们姓甚名谁。他忽然想起了蔡泱泱跟他说过的一句话，“你们更关心的是有没有高分，而不是得高分的人是谁”。是的，只要还有个学生能够率先冲上山巅，哪怕那个学生之前一直都默默无闻，哪怕之前那些名列前茅的学生全部名落孙山，都不重要，只要那个率先登顶，拔下那杆象征胜利的大旗的学生来自悟德中学。

相对于胡岩，赵建文也明显地意识到，蔡泱泱这个名字他十有八九是很难忘记的。

每每想起蔡泱泱这个名字，赵建文就觉得自己像是站在一面镜子面前。透过这面镜子，他作为老师的种种样貌便纤毫毕现地展现在自己眼前。这很像是鲁迅先生在《一件小事》中写到的“我”因为遇见车夫，进而看到自己的“小”。

从这个意义上来讲，离开九班，就等于离开了诸多难堪，这对他来说未尝不是一件好事。

他又想起那篇《绑架好人》和自己当时看过这篇文章之后激动得手足无措的样子。来悟德中学半年多了，在之后多次的考场作文当中，赵建文再也没有看到自己的学生中有谁能写出这样的作文。他觉得自己像搞不清楚是鸡生蛋还是蛋生鸡一样，说不清楚是学生起义般地举起了应考作文的大旗，而他采取了相时而动的策略；还是他自己引领或者助长了这样的文风，带领学生走进了作文车间，整齐划一地批量生产着所谓的“精品”。与其说他赵建文是老师，不如说他更像是个技术娴熟的生产能手。

你真的不清楚其中的缘由吗？他感觉内心的另外那个自己变成了厉老师的模样，笑呵呵地问他。

在这如此空旷而安静的地方，赵建文自言自语道：“没错，我就是那个生产能手。”

他把一根手指放到嘴里使劲咬了一下，以便使自己从这可怕的臆想当中尽快摆脱出来。

不远处的赵千仞和那几个孩子奔跑着，欢愉地大叫着。眼前的情景让赵建文想到了冰心先生的散文《一日的春光》，想到了从幼稚园门里跑出来的如盛开的海棠花一般的孩子，他甚至想到了这篇文章后面的那几道主观题和答案。

赵建文开始恨自己了，恨自己最终为什么刚从一个令他纠结的痛苦中挣扎出来，马上便又跳到另一个火坑里。他恨自己自从来到省城，他从来没带着家人出来玩耍过，不是为了写观后感，不是为了找素材，仅仅是为了一次纯粹的玩耍。

望着眼前这些比春意还要盎然的孩子，赵建文似乎才意识到自己来到这个城市已是半年有余，这个城市的名字已经刻在了他自己的生命里程中。然而，他对这个城市了解似乎并不多。如果是老同学老同事见面，他真的很难说出一些既属于他自己又属于这个城市的真实感受。转念一想，赵千仞对这个城市的印象不也无非是学校、补课班、书店和这个滨河公园吗？若果真如此，自己岂不是罪莫大焉？

“我不是一个合格的父亲。”赵建文再次自语道。

开学之后，赵建文自己周六的时间已经被工作占去，儿子的周日也几乎都花在了外面的辅导班上。倪湘莲比赵建文的时间更充裕一些，周六的时候带着赵千仞出去过两次。只是不管到了哪里，赵千仞都问这问那，而倪湘莲总是回答不上来，就再也不肯带着孩子出去了。之后每逢空闲，赵千仞要么在家里做功课和看书，要么约同学在操场上踢球。

到了省城，赵建文才知道，外面的补课班不是单给那些基础薄弱的学生预备的。这里的学生，成绩好的在外面上课远比那些成绩一般或者学业上漏洞百出的人要疯狂得多。当然，他们所上的班不能叫补课班，也不叫辅导班，而是叫提高班或者拔萃班。赵建文所教的十一班，就没有一个人没上过任何辅导班。据洪老师讲，张骁周六上完校内的课，晚上还要上校外的课，周日一天还要上课，他的作业只能靠晚上和平日里碎片化的时间来完成。

赵建文正在这里胡思乱想，他的手机突然响了。赵建文拿起手机一看，是上次在书店遇到的那个家长打来的。

电话里，那个家长问赵建文周末有没有空，她和她的几个同事的孩子想让赵建文给补补语文课。赵建文自然不肯，推说自己在高三，实在是太忙，抽不出空。那位家长说她的单位和悟德中学很近，如果是晚上上课，可以在她的单位找个办公室来上课，这样时间地点就都不是问题了，而且上课的孩子总共不超过十个。这些孩子平时成绩都不错，他们就是想见识见识名校名师的风采。

对方如此一说，赵建文动了心，说道：“风采谈不上。如果只是想见识见识的话，你们大概要上几次课？”对方说道：“一两次太少；上多了，我们知道您在高三，很辛苦。您先上五次课怎么样？如果彼此愉快，咱们就把这件事定下来。”

赵建文觉得五次课算不上多，就又问对方报酬怎么算。对方说道：“您看这样好不好，每次课两个小时，每个孩子每次五百块钱。”赵建文说道：“可以。不过我有个要求，如果第一次课几个孩子感觉还不错的话，我要求将报酬一次性付清。”

说完这句话，赵建文心里有些不安。他很怕家长对此反感，使自己失去了一个绝好的机会。但令他没想到的是，对方竟然非常爽快地答应了。

最后，双方敲定上课时间为每周六晚上六点半。

临走之前，赵建文半开玩笑似的向那个家长问道：“你们就那么相信悟德中学的老师？”

那位家长笑道：“我单位就在贵校附近。我每天都从贵校门口路过。时间长了，我都能闻到从你们那里飘出来的味道。”

赵建文问道：“什么味道？”

那位家长笑道：“什么味道？牛哄哄的味道呗。”

回家之后，赵建文吩咐一身是汗的赵千仞去洗澡，然后跟倪湘莲说年级组长吴老师介绍了个家教，先上五次课，一次上两个小时，每次课一千块钱，时间是周六晚上，上课地点就在学校附近。倪湘莲满脸的不乐意，说道：“一千块钱，这不成了杀熟了吗？”赵建文说道：“吴老师让我帮忙，我总不好推辞。权当是长远投资了。再说五次课也不多，离家也不远。”

倪湘莲不再说什么，开始忙乎中午饭。

赵建文撒了谎，还把吴老师牵扯进来。但他相信，尽管吴老师也住在这个楼，但倪湘莲绝对不会就这件事去向一位明天的校长探听虚实。

去上课的头一天晚上，赵建文忽地想起自己对明天将要遇到的那几个学生的情况还一无所知。他赶忙拨通了那个家长的电话。电话里，赵建文问这几个孩子里有没有悟德中学的学生，那位家长说请赵老师放心，绝对没有。那个家长又告诉赵建文，这些孩子都不在高三，个别的在高一，多数在高二，而且他们也不在同一个学校。

赵建文感到有点为难，说道：“这些孩子来自不同的学校，又是不同的年级，我该上点什么内容呢，您那边有什么建议吗？”

那位家长说道："您就给他们讲讲阅读和写作吧，这两项这些孩子都不行。"

第二天晚上，赵建文来到了上课地点。因为是第一次课，除了那十个孩子，孩子的家长也都来了。家长里母亲居多。有的家长对能请到悟德中学的老师兴奋异常。虽是第一次见面，却对赵建文赞不绝口，还说自己特别想念当年上学时候的语文老师，问今天能不能借光重温一次当年的感觉。

赵建文脸上微笑着，心里却是冷笑不止。他很清楚，这些溢美之词里面所包裹着的质疑才是这些家长最真实的想法。

上课的地点在一个小型会议室里。会议室里有个圆桌，足够坐下赵建文和十个学生。圆桌旁边有个投影板，有家长已经提前做好了相关设备的调试。

整个会议室还贴墙放着一排椅子，几个家长就坐在那里。

一堂课下来之后，正如赵建文所预料的那样，孩子们都发自内心地鼓掌以示感谢。有的孩子说以前以为应考作文是个永远说不清楚的谜题，现在才发现不仅有章可循，还可以循序渐进。

有了孩子们的肯定，家长们自然无话可说。有的家长建议现在就把事情定下来，以后每周一次，直讲到孩子高考结束。赵建文摇摇头，说先上够五次再说。那家长笑道："我不是怕您到时候跑了嘛。"

赵建文的打算，还真就是上完这五次课后，他就再也不来了。

一周之后，赵建文将一个装着两万块钱的信封悄悄递给厉老师。

厉老师打开信封看了一眼，心下便已明白，他朝赵建文伸了个大拇指，便微笑着收下了。

第一次高考模拟考试已经渐行渐近。为了使学生不至于在心理上过于紧张，学校决定在三月中旬时候，高三年级进行一次适应性的热身考试。

刘老师告诉赵建文，这次考试的试题由她自己全面负责，赵建文只负责做最后的校对。赵建文晓得其中的玄机，自己也就没有多说什么。

考试安排依然和高考保持一致。语文考试于第一天上午九点钟开始，十一点半结束。

这次考试依然采取网上阅卷的方式。考试结束之后，学生只能带走试题纸，答题纸则被教务处的老师收走，以便由计算机组的老师抓紧时间进行扫描，以保证下午的阅卷工作能准时开始。

下午的阅卷工作仍是从两点钟开始。一点钟的时候，几位老师坐在沙发上，预备讨论一下试题和答案。

上午考试前，刘老师就已经把试题的教师版发到了每个老师手里。趁着监考的空儿，老师们对试题和答案已经有了大概的了解。现在大家坐在一起，主要是听听刘老师还有没有很要紧的补充。

刘老师刚要开口，吴老师便进来了，笑盈盈地说道："你们都在啊，这可太好了。跟各位商量个事。过几天有应届毕业生来求职，学校安排了几个试讲，于校长想安排两个高三的老师帮忙去听听课。你们哪位愿意啊？"

尹老师说道："让高三老师去听课，不可能吧。还嫌我们不够累是吗？"

吴老师笑道："我也是这么跟于校说的。可于校说了，让高三老师来听听，更能听出他们的潜质。"

尚老师笑道："什么潜质？当高级教书匠的潜质吧？"

吴老师不想在这个话题上纠缠，说道："各位姐姐，饶了我吧。我就是个传令的，好歹给我个说法，我也就不耽误你们备课了。"

语文组里依然没人响应，吴老师的脸色已经越发尴尬了。

这时，厉老师举手说道："我去吧。"

柳老师见厉老师表了态，也跟着说道："厉哥去，我也去。"

吴老师非常惊讶地说道："厉哥？您跟厉老师叫厉哥？"

柳老师笑道："是啊。你奇怪吗？我们叫着可顺嘴了。"

吴老师说道："好吧，你们自然有你们的故事，我不掺和。"

吴老师在临走前，又叮嘱厉老师和柳老师，等具体的时间和地点敲定了，她会在第一时间告知二位。

吴老师走后，刘老师把试题和答案又做了一些补充，并分配了阅卷任务。看看时间尚早，几位老师回到自己的座位，暂且休息一下。

柳老师拿起水壶，准备去外面打水。刚走到门口，就听到"砰"的一声，办公室的门被人从外面推开，差点撞到柳老师。

办公室里所有的人都被这声巨响吓了一跳。大家向门口看去，见有四个人先后走进办公室。走在前面的是个中年女子，后面跟着三个男子，其中一个和那女子年纪相仿，另外两个男子也就二十多岁。

走在前面的女子似乎才哭过，满脸泪痕。

柳老师把水壶放回原位，看着这几个人问道："你们找谁?"

这个女子看了柳老师一眼，又把目光转向了大家，把每个人都扫描了一遍，这才张口问道："你们哪位是柳老师?"

第二十章　葬　礼

柳老师走到中年女子面前，问道：“您是找柳老师还是刘老师？”

中年女子愣了一下，然后说道：“我是梁琴的母亲，我找她当年的语文老师。”

柳老师此时已经认出了对方，热情地说道：“我就是。”然后自己回到座位，又拿了个圆凳出来，示意梁琴的母亲坐下谈。

刚刚站起来的刘老师也坐下了。其他几位老师感觉到气氛不大对，便也坐在座位上，关注着事态的发展。只有厉老师趁人不备，悄悄地出去了。

待梁琴的母亲坐下，柳老师问道：“您找我来，一定是有什么事吧，您尽管说。”

梁琴的母亲用手抚着胸口，努力使自己镇定下来。过了一会儿，她颤颤巍巍地说道：“柳老师，我闺女前些日子来找过您，您还记得吧？”

柳老师说道：“当然记得。梁琴是悟德中学的骄傲，当时我们几个老师一个劲地夸呢。”

梁琴母亲问道：“那您还记得后来又跟我闺女说了什么吗？”

柳老师想了想，说道：“好像没说什么要紧的事情。我们在旁边的公用教室聊了一阵。我只是觉得梁琴的身体状况好像不太好，我提醒她以后注意休息。您能告诉我，梁琴怎么了吗？”

柳老师已经感觉到事情不妙了，她一脸急切地看着梁琴的母亲。

梁琴母亲的呼吸又变得急促起来。她强忍住激动的心情，从手包里拿出一张纸，递给柳老师。

柳老师接过纸条，赵建文和另外几位女老师也凑了过来，见那张纸上写道：

你愿意想起我就想起我，就像想起一阵春天的风，你愿意忘记我就忘记我，就像忘记一个秋天的梦。也许连这样说都属于自作多情。我原以为曾经的辉煌可以让我永远光芒万丈，现在才知道，曾经和现在是那么地截然不同。我想我还是回到过去里去吧。我的老师说过，有的人活着，他已经死了。我不想活得跟死人一样。我没用了，就不白吃饭了。

看罢上面的内容，柳老师大惊失色，她抓住梁琴母亲的手，问道："您赶快告诉我，梁琴怎么了?"

梁琴的母亲抽出自己的双手，像擂鼓一样使劲砸着桌子，嘴里说了句"我的闺女啊，我那如花似玉的闺女啊"，便放声大哭起来。

那样的哭声，让人觉得这位母亲的五脏六腑都要被震碎了。

所有老师都已经预感到了将要从梁琴母亲嘴里说出来的是什么结果，大家呆坐在座位上，不知道该说些什么。尤其是柳老师之外的几位女老师，她们知道此时不能离开这里，但又预感到事态的发展一定会令她们万分紧张，强烈的不安让她们悄悄地聚集到了一起。

赵建文站在原地，眼睛盯着那几个男子的动向。

柳老师不死心，她不肯相信她的预感。她抽出几张面巾纸递给梁琴母亲，问道："怎么了？梁琴到底怎么了?"

梁琴的母亲依旧是痛苦号啕。旁边那个中年男子说道："你废什么话啊，这还看不出来？我外甥女死了！自杀了！"

听到这话，柳老师顿时泪如泉涌。

其他几位老师也惊得目瞪口呆。

时间好像凝固了，每一秒都过得很漫长。

待梁琴母亲哭了一会儿，刘老师试图劝解梁琴的母亲。刘老师向前走了两步，说道："梁琴妈妈，我是高三语文组的备课组长，也是柳老师多年的同事了，您能告诉我们到底是怎么回事吗?"

刚才说话的那个男子厉声说道："有你什么事啊！冤有头债有主，我们就问这个姓柳的。"

刘老师不好再说什么，便又退了回去。

厉老师从外面回来了。他回到自己座位上，神色平静地看着眼前这几个人。

听到那个中年男子说的话，柳老师大概明白了这几个人此行的目的，心里也就镇静了一些。她用纸巾擦了擦眼泪，对梁琴的母亲说道："我真的没想到会出这样的事。您让我明白明白吧。"

梁琴的母亲终于止住了哭声，她一手拿着那张纸，一手指着上面的文字，向柳老师问道："柳老师，恕我才疏学浅，您告诉我，什么叫'有的人活着，他已经死了'？您是不是在讽刺我闺女，说她没用？"

被梁琴的母亲这样一问，柳老师不知道说什么好。厉老师在一旁说道："这位大姐，您问的这句话是一句诗，这句诗已经有六十年的历史了，不是柳老师的原创。我敢保证，柳老师没跟您的孩子说过这样的话。"

那个中年男子扭头看了一眼厉老师，横眉立目地说道："您是谁啊，问你了吗？"

厉老师说道："我是这里的代课教师，我叫厉抒。"

梁琴母亲的心情平复了一些。她喃喃地说道："这个没良心的。我娘家婆家的孩子都算上，就她这么一个有出息的，希望都寄托在她身上了。她爸是个窝囊废，根本指望不上。要不是我，她怎么可能那么优秀。她小的时候我就告诉她，人不能凭一张脸蛋混饭吃，要自己长本事，拿了第一也没什么可骄傲的，天底下第一有的是。我的闺女多听话啊，哪次考试不是第一，哪次代表学校参加活动不是第一，给你们校方挣了多少荣誉。后来你们哪一次对外做招生宣传的时候，都会提到我闺女的名字吧。上高中的时候那么多男生追她，我说不许谈恋爱，她就绝对不谈。等她出国了，我跟她说，有喜欢的可以谈了，可她还是不谈。她眼里只有学习。我宁可她拼了命地爱上一个人，也不要只是拼了命地学习。"

看到柳老师依然期待的眼神，梁琴母亲顿了一下，又接着说道："她跳楼了。就趁我出去买菜的时候。等我回来，看见楼下围着一群人，我挤到里面看了一眼，发现是我闺女，当时就什么都不知道了。"

听到这话，几位女老师禁不住"哎哟"了一声，慌忙又用手捂住自己的嘴。

梁琴母亲接着说道："柳老师，我查看了孩子的手机，她后来还跟您通过一次电话呢，您跟她说什么了？"柳老师说道："我们就是随便聊了聊。我还跟她说，等她身体更好了，我请她来给我的学生做个讲座，教教我现在的学生该怎么学习。”

柳老师的话，梁琴的母亲并不相信，但她自己也问不出什么来了。她发了一阵呆，自言自语似的说道：“要是我的女儿真的来了，再多走几个班去讲讲，她也许不会死。”

这样的话，柳老师不知道该怎么接，也就只好那么干坐着，沉默着。

梁琴的母亲回头看了自己的弟弟一眼，站起身，坐到旁边的沙发上去了。

那个男子问道：“姐姐，这就完了？就这么便宜他们了？”

梁琴母亲说了一句“我累了”，便又开始抹起了眼泪。

那个中年男子吼道：“姐姐，我可没你那么好说话！”说着，这中年男子先去关好了门，然后对那两个年轻人大声喊道：“还愣着干什么，动手！”

几位老师还没反应过来，那个中年男子已经带人冲向了那个立在墙边的那个书架。那书架是厉老师从后勤找来的，上面放满了学生考试用的卷子，有的还打着捆，没有拆开。

那三个人有的将打着捆的卷子直接抱起来，狠命地往地上摔。卷子摔在地上，发出沉闷的响声；有的将捆扎的塑料绳扯掉，将卷子撕碎，再向上一扔，卷子变成碎片，纷纷扬扬落在地上。那中年男子一边用双脚使劲踩踏着那些卷子，一边骂骂咧咧地喊道：“考什么试！做什么题！”

柳老师见此，心痛不已。她冲上前去，抓住那个男子的胳膊，大声喊道：“你们干什么，有事冲我来！”

那中年男子只轻轻一推，柳老师站立不稳，往后退了几步之后，坐在地上。她的后脑勺磕到了办公桌的边沿上，绾在脑后的发髻也给撞散了。

几位女老师完全没想到事情会突然演变成这样。她们“啊”地叫了一声，便马上抱成一团。夏老师见柳老师摔倒，冲出去把柳老师拉过来。赵建文也跑过来，如老鸡护小鸡一般，把几位女老师挡在自己身后。

只有厉老师依然一动不动地坐在自己的座位上。

厉老师的位子在中间最靠前的位置，这里很快便成了其中一个小伙子的下一个目标。

那小伙子盯上了厉老师的那套茶具。他正要上前，厉老师伸手一挡，说道：

“你等一下。这张桌子上，这套茶具，这台电脑，这两个音响，这两盆叶子，还有学生的作业，全是我个人的东西。你们一样也不许动。其他的东西，你随便。”

那个年轻人听罢，将厉老师桌子上的东西很认真地辨别了一番。他很快发现，除了厉老师刚才提及的东西，桌子上再无他物。他这才意识到自己被耍弄了。他撸起袖子，双手伸向了那盆长得更高大一些的文竹。

就在此时，办公室的门被推开，蔡泱泱从外面冲进来。眼见那个年轻人双手伸向那盆文竹，蔡泱泱紧跨了两步，伸出一条胳膊，从后面死死勾住了那个年轻人的脖子。

尽管蔡泱泱身形单薄，但比这个年轻人毕竟高出一头，又因是拼了命一般，却也让这个年轻人无计可施，直憋得这个年轻人面色紫胀，双眼外冒。

另外两个人见此情景，正要冲上来对付蔡泱泱，只听得梁琴的母亲一声大喊：“算啦！走吧！”

那两个人停下了脚步，蔡泱泱也松开了手，和厉老师站到了一起。

办公室的门口，已经有很多人站在那里。站在最前面的是于校长，洪老师站在校长身边，旁边还有数学组的其他几位老师，洪武来和郑远航不断地跳起来，向里面张望。

于校长见那几个人住了手，缓慢且沉稳地说道：“我是这里的校长，你们有话，到我办公室去说吧。”

那个中年男人用手指了指地上的试卷，说道：“校长，您也看见了，我们就是撕了一堆烂卷子，值钱的东西我们一样没动，人我们也一个没伤。我外甥女白白地就没了，我得帮我姐姐出出这口恶气。”

于校长说道：“没问题，你们到我办公室去，我那里值钱的东西多，要是你们这口恶气还没出够，我那里的东西任你们摔。”

梁琴的母亲说道：“校长，我正有话要跟您说呢，我跟您走。说完，她又对她的弟弟说道：你和他们两个在校门口等着，别跟着我。”

于校长确认柳老师并无大碍，便要其他人都回去，自己带上梁琴的母亲和那三个男人走了。

洪老师冲了过来，连推搡带斥骂地把洪武来赶回了教室。

待众人散去，厉老师问柳老师是不是真的没事。柳老师说道：“真的没事，我头发多。说着，柳老师伸出手，开始整理已经散开的头发。尹老师拿出一把梳子，夏老师找出几个卡子，两个人开始帮柳老师梳理头发。”

蔡泱泱把楼道里的大垃圾桶搬进来，和郑远航一起，把散在地上的卷子都收进了垃圾桶。

柳老师望着那个变得空空如也的阁子叹气道：“唉，只可惜了那么多的卷子。那都是前两天赵老师抱回来的。”刘老师说道：“无所谓的。咱们都有电子版，大不了再去印，误不了事。”柳老师说道：“还好今天的考试是网上阅卷，不然还真是麻烦了。”

厉老师对蔡泱泱笑道：“倒是没想到你这么瘦，竟有那么大的劲头。刚才那个人，眼珠子都快让你给勒出来了。”

蔡泱泱笑道：“谁欺负我老师，我就跟他拼命。”

地上的碎纸装了多半个垃圾桶。两个学生跟老师们说了声“再见”，抬着垃圾桶出去了。

办公室里总算平静下来了。刘老师向厉老师说道：“厉老师，亏得你有预见，不然，今天指不定闹出多大乱子呢。”尚老师说道：“我教了一辈子书了，从来没遇见过这样的家长。要是孩子出了问题，家长都来找老师算账，这老师岂不是成了高危职业了。”夏老师说道：“就是嘛，吓我个半死。他们为什么不直接去找校长，偏偏要来欺负我们。”

尹老师在一边已经哭了很久。她来到柳老师跟前，向柳老师说道：“柳老师，我该怎么感谢您，您刚才要是说了是我不让那个孩子来班里做报告的，他们指不定要对我怎么样呢。”

柳老师又像是在回应尹老师，又像是在自语道：“当初这个孩子得高考状元的时候，这个妈妈一副趾高气扬的样子，任谁也不放在眼里。给其他年级家长做报告的时候，说的全是自己作为家长有多出色。可现在呢，你们都看见了吧。全是学校的问题。我们真要是被打了，倒也罢了，只可惜了梁琴那孩子。”

说着，柳老师禁不住又落下泪来。她一边擦眼泪，一边向厉老师说道：“厉老师，您当时除了看出来这个孩子有可能撒谎外，是不是还看出来了别的问题?”

厉老师说道：“我以前在正德中学的时候，也接触过这样的学生。他们上大学之后，发现自己不再被那么多人关注和呵护，自己的成绩也不再鹤立鸡群，往往变得很失落。他们返回母校，表面上是来看老师，实际上是来重温往日的成就感和存在感的。他们回忆以前的日子，发现只有高中时代才是他们人生中的高光时刻。只有在这里，他们才觉得他们还是有用的。只是我没想到，这个孩子真的会走极端。”

阅卷的地点在实验楼一层的机房。走到一层的时候，厉老师让大家暂等片刻，他和赵建文分别到正门和侧门附近看了一下，确认那几个男子不在附近，这才招呼着其他老师离开了这里。

晚上七点多钟的时候，所有人都没了阅卷的心思，也没人说话，机房的气氛压抑得很。刘老师果断宣布，今天到此为止，大家各回各家。回家后有空的，就在家里判一会儿，没空的尽管休息，明早八点再继续阅卷。

回到家，赵建文将下午这惊魂一幕讲给倪湘莲听，倪湘莲也是吃惊非小，连忙问赵建文有没有受伤。赵建文说道：“你看我这身大力不亏的样子，像是会受伤的人吗？”倪湘莲冷笑了一声说道：“你倒不至于受伤，估计你也不会让别人受伤。”

第二天早上，吴老师代于校长来语文办公室下了封口令，要求大家不许再提及此事。

之后的几天，每每到下班的时候，赵建文、厉老师还有蔡泱泱，有时候蔡泱泱换成了郑远航，他们几个人轮流护送柳老师出校门，倒也没有再遇到什么麻烦。

又过了两天，眼看就要到清明了。老师们都以为这件事已经如云烟般散去了。这天，吴老师来到了语文组。

当时正是课间操时间，厉老师和蔡泱泱坐在沙发上讨论着什么，尹老师和夏老师坐在一边旁听。吴老师对大家说有要紧的事，让蔡泱泱先在一旁等一等。

待大家的注意力全都集中到了自己这里，吴老师说道：“今天校长找我，让我跟大家商量件事。清明节前一天，梁琴的母亲要给梁琴开一个追悼会。梁琴母亲要求咱们学校派一个高三的老师和一个学生代表全校师生去参加。至于派谁去，可以再商量。”

话音刚落，尚老师已是怒不可遏，说道：“哪有这样的事情？他们怎么还没完了？为什么还非得要高三的老师去；高三这么忙，谁还有闲心去哭丧？校长怎么就答应了呢？”

吴老师说道：“人家点名要高三的老师，还必须是语文老师。最开始，梁琴妈妈还要求学校至少派一位副校长参加，还要由副校长念悼词呢。”

刘老师说道：“过分，真是太过分。又不是我们死了闺女，又不是我们逼她死的。”

吴老师说道：“学校也觉得过分，所以没有答应。可要是完全不答应，谁知道那些人又要闹成什么样子。维稳起见，尤其是马上要一模了，校长最终答应了，派一个老师和学生去。”

厉老师呵呵一笑，不慌不忙地说道：“副校长可以不去，老师就必须得去。看来还是领导比老师更金贵一些。要是哪个老师去了，又被打了，副校长就得做好代课的准备了吧。就是不知道高三的课，副校长是不是代得了。”

这些话，厉老师是笑着说的，可在吴老师听来，这些话句句都如芒刺一样扎人，说得她一时语塞。

柳老师说道：“吴老师，能不能跟校长再说说，学生可去不得，哪个孩子的家长听说是这种事，死活也不会答应自己的孩子去的。至于老师代表，虽然人家没点名，那自然是我，就我去吧。”

尹老师说道：“柳老师，您别去。我们谁都别去。看他们能怎么样。”

柳老师说道：“不管怎么说，梁琴这孩子曾经是我的学生，那时候我还是她的班主任呢，上次她妈妈来，指名道姓地找我，这次自然也应该是我去。”

尚老师说道：“柳老师，这不是该不该的事。非要说该不该的话，那学校就不应该答应这件事。总之，您不能去。”

一时间，办公室里所有的老师都陷入了沉默。吴老师站在那里，不知当进当退。

厉老师打破了沉寂，缓缓地说道：“他们这次不是没指名道姓要谁去吗？如果非去不可的话，那就我去。”

赵建文说道：“我也去，他们应该不会把我们怎么样的。”

厉老师对赵建文说道：“去我一个就行了。你是备课组长，马上要一模了，好多事还等你和刘老师拿主意呢。”

吴老师眼见得事情有了着落，赶忙说道：“厉老师，既然您这么说了，我就把您的名字报上去吧。其实我个人也觉得您去合适，其一您是男老师，他们又不熟悉您，应该不会把您怎么样。其二，您就教一个班，我这里调整课表也方便一些。”

厉老师说道：“大庭广众，光天化日之下，他们能怎么样？柳老师，就这么说定了，我去。”

这时，站在一旁的蔡泱泱忽然说道：“吴老师，要是厉老师去，那我就作为学生代表去。”

吴老师说道：“蔡泱泱同学，你了解整个事情是怎么回事吗？”

蔡泱泱说道：“不了解。厉老师去，我就去。”

听到这话，吴老师满心欢喜。她万万没想到，这个棘手的问题这么容易就解决了。在她看来，让年级里成绩好的学生去，定然没人答应。耽误学习不说，而且大考之前参加这样的活动，也绝不是什么好兆头。那追悼会只半天的时间，对蔡泱泱这样成绩一般的学生来说，也无所谓耽误不耽误。

现在唯一的关键在于，蔡泱泱的家长会不会同意。

吴老师问道：“你有这样的想法自然是好的。不过，你家长会同意吗？”

蔡泱泱说道：“老师您等等，我问问我妈。蔡泱泱用手指了一下办公桌上的电话，吴老师点点头。蔡泱泱按下免提键，拨通了妈妈的电话。”

在众人的注视下，蔡泱泱先跟妈妈把事情讲了一遍，最后问道：“代表老师去的是厉老师，我跟厉老师一起去，您放心吧？”蔡泱泱妈妈在电话里说“放心，没事”的时候，还特意把“没”字说得很长。蔡泱泱话不多说，把电话挂断，转身对吴老师说道：“吴老师，成了吧，我妈同意了。”

蔡泱泱看了厉老师一眼，厉老师微微一笑。

吴老师说道：“你这孩子真是懂事。不过，这件事你就别和班里同学讲了，免得大家分心。”

蔡泱泱答应了。

柳老师觉得过意不去，还要说点什么，被厉老师拦下了。

就像前两天下封口令一样，吴老师转而又叮嘱其他老师，今天这件事同样不能外传，又将具体的时间和地点向厉老师和蔡泱泱做了一番交代。

厉老师和蔡泱泱听罢，见事情已经解决，就像什么都没发生过一样，又坐到沙发上继续刚才的讨论去了。

四月四号这一天，从一大早起，厉老师就没露面；九班教室里，蔡泱泱的位子也空着。其他几位语文老师，还有九班班主任骆老师都知道是怎么回事，但除了骆老师之外，语文组的老师们都有些心神不宁。

柳老师一大早赶来，她学着厉老师的样子，蹲在地上，用抹布将地面擦了一遍，之后又将厉老师的办公桌仔仔细细地收拾了一番，还给那两盆文竹略略浇了点水。

其他几位老师似乎也少了些欢声笑语。课间有学生来问问题的时候，老师们都尽可能三言两语就将学生打发走。上课铃一响，办公室里便不再有人言语，那种沉寂仿佛能令人窒息。

中午时分，厉老师那边还没有任何消息。老师们有些坐不住了。柳老师率先给厉老师打起了电话，可打了几次，对方都是关机状态。刘老师去骆老师那里找到蔡泱泱的电话号码，可电话同样拨不通。

时间一分一秒地流逝，老师们开始埋怨起来。先是尹老师说于校长不该同意梁琴妈妈的要求，厉老师毕竟还是代课老师，要是真有个好歹，事情万一传出去，怎么说都不好听。

尚老师附和道："是啊，也许人家会说校长不能保护自己的下属，让一个代课老师去充数，这样的做法实在不够光明磊落。"

刘老师轻轻捅了尚老师一下，眼睛看向柳老师。尚老师看了一眼柳老师，赶忙住了口。

柳老师的脸色已经越来越难看了。

看着几个女老师六神无主的样子，赵建文倒是平静得多。从前两天梁琴妈妈和那三个男子的表现看，赵建文倒觉得，那几个人更像是在作秀，或者说是一种有节制的宣泄。他有理由相信，厉老师和蔡泱泱应该不会遇到什么麻烦。

只是，那天吴老师说追悼会只有半天的时间，现在眼看着时间过午，赵建文的心里也多多少少有点不踏实了。

下午第三节课的下课铃声响起的时候，风尘仆仆的蔡泱泱推开了语文办公室的门。

几位老师赶忙迎上前去，柳老师冲到前面，急切地问询事情是否顺利，厉老师怎么没有回来。蔡泱泱气喘吁吁地说道：“厉老师让我先回来报个平安，他一进校门就先忙别的事去了。”

老师们很想听蔡泱泱把今天一天的经过完完整整讲一遍，怎奈接下来是统练时间，几位老师都要去监考，只剩下赵建文和柳老师，她们便拜托赵建文和柳老师尽量问得详细一点，然后不情不愿地监考去了。

蔡泱泱也要回教室，赵建文说道：“今天考英语，是你的强项，你晚去一会儿也不要紧的，先坐下歇会儿。”

柳老师给蔡泱泱倒了杯水，蔡泱泱赶忙接过水杯，说了声“谢谢”。三个人坐到沙发上，赵建文坐在蔡泱泱的身边，柳老师坐在两个人的对面。

坐在蔡泱泱身边的赵建文从蔡泱泱身上闻到了一股烟味儿。

蔡泱泱喝了口水，开始向两位老师讲起今天的经历。

原来，梁琴的家并不在城区。开追悼会的地方在几十公里以外的一个火葬场。厉老师和蔡泱泱换了三趟车，最后又走了近半个小时的路，才赶到那里。

赵建文问道：“你们没迟到吧？”

蔡泱泱说道：“没有，我们走得早。我们到那儿的时候，正赶上火化。”

柳老师问道：“我们这边打电话给你们，怎么都打不通？”

蔡泱泱说道：“我和厉老师一到那里，我们就都把手机关了。”

赵建文让蔡泱泱继续说下去。蔡泱泱说道：“这是我第二次看死者火化前的样子。第一次是我爸。那个姐姐妆容化得很好，像睡着了似的。厉老师买了两枝白菊，放在那个姐姐旁边。姐姐整个人躺在一个大盒子里。她的尸身旁边，塞满了各种奖状、证书。这时，有工人招呼他们把姐姐推过去，把装姐姐的大盒子放在一个平台上，工人按了一下按钮，那个平台滚动起来，把那个大盒子送到火炉里边去了。”

柳老师问道：“梁琴的家长有没有难为你们？”

蔡泱泱说道：“没有。那个工人一按按钮，那个姐姐的母亲就昏过去了。”

赵建文问道：“后来呢？”

蔡泱泱说道：“后来，我们到一个大烟囱下面去烧纸钱。那个姐姐的母亲也醒过来了。她一边烧纸，一边跟厉老师和我说，好不容易来一趟，跟我闺女念叨念叨。我不知道该说什么，我就看着厉老师。过了一会儿，厉老师说，孩子，我相信你一定会进天堂，那里会有很多人喜欢你、爱你。你在那里只做你想做的事情，只做让你快乐的事情。你一定要记好你和你家人的名字，将来有一天，会有人叫着你的名字，和你在天堂相会。”

说到这里，蔡泱泱仰起头，努力克制着自己的情绪。赵建文的内心波涛汹涌，柳老师那里早已是泪水涟涟。

蔡泱泱继续说道：“后来，我们到了一个灵堂。那里已经布置停当，当中有姐姐的大幅黑白照片，旁边有几个花圈。这时有个工作人员抱着个骨灰盒走过来，骨灰盒没盖盖儿，里面的骨灰用红布包着。那个工作人员把骨灰盒放到姐姐的照片下面，准备把盖子盖上。里面的骨灰太多了，有的还没有完全烧化，是一截一截的骨头。那个工作人员将红布盖在骨灰上，用手使劲向下压，终于把盖子盖上了。姐姐的母亲看到这情景，就又哭起来了。”

蔡泱泱看着两位老师，说道：“老师，我不想说这个了。”柳老师说道：“别说了，我也听不下去了。”

赵建文问道：“你们是怎么回来的？”

蔡泱泱说道：“姐姐的家人开车把我们送到公交站，我们自己坐车回来的。我和厉老师提前一站下了车，那里有个街边花园。厉老师说不想回学校，想到那里坐一坐。厉老师找了个台阶坐下之后，就不说话了。我坐在他旁边，也不知道该说什么。过了一会儿，我听到厉老师哭了，开始是小声地哭，后来就是左一把右一把地抹眼泪。”

赵建文问道：“他为什么哭了？”

蔡泱泱说道：“我也不清楚，就是觉得他特别伤心。我就那么陪他坐着。过了一会儿，我去买了包烟，我们俩一人抽了一支。抽完烟，我们就回来了。”

柳老师很是惊讶，问道：“抽烟？”

蔡泱泱倒是很坦然，他看着柳老师说道：“是的。”

赵建文突然想起了什么，问道：“你刚才说厉老师一进校门就忙别的事情去了，他去忙什么了？”

蔡泱泱答道：“他找校长去了。”

第二十一章　一　模

关于一模，民间有个说法一直颇为传奇且极具生命力地存在着。考生的一模成绩就是该生高考成绩的"晴雨表"。

打个比方，有这样一个考生，他的成绩一直比较突出，也很稳定，可偏偏在一模的时候有一科出现失误，导致总成绩下滑。这原本是个意外，而且这个学生很有可能在高考的时候正常发挥，弥补了这一科目的遗憾。但是这个考生也极有可能在自己也不知情的情况下，又考砸了另一科。也就是说，他的总成绩并没有什么变化。

那个时候，考生填报志愿和现在不同，他们都是在五月初的二模之后填报高考志愿的。

考后填报志愿，自然是更客观、更准确。哪怕高考成绩只会让考生呼天抢地，那成绩已经黑白分明地宣告——一切都已经尘埃落定。而考前填报志愿，多少带有一点赌博的性质。考生们手里分量最重的赌资就是他们一模的考试成绩。

虽说一模之后仅一个月就会有第二次模拟考试，但这两次考试的性质明显不同：一模为主，二模为辅。相对于一模而言，二模不过是从属的性质。即使有考生二模的成绩明显好于一模，他们在填报志愿的时候，想到一直流传的那个传说，他们依然会感到心神不安。

不过，这种情况在悟德中学基本上是不存在的，因为这里的学生大多都自信心爆棚。这并非来自河清区一年里给了全体考生四次锤炼的机会，让他们越发谙熟考试之道，而是来自"悟德中学"这响当当的四个大字所产生的巨大的威慑力。

只有在这所中学，即使你考到年级一百名开外，你照样可以坦坦然地报考北京大学或者清华大学。

这些考生双眼盯住的不仅仅是这两所大学，更是这些大学里更理想的专业。很多学生甚至早就开始假想着已经拿到了状元的名号，自己的照片被摆在大楼的一层，供学弟学妹瞻仰。

悟德中学的学生，数学和英语的实力是超强的。尤其是重点班，哪一个学生若考了一百四十分以下，几乎就意味着失败。

所以，他们的一模成绩到底如何，极有可能仅仅取决于他们的语文成绩。

对语文学科来说，时至今日，早就没有什么新知识了。语文老师能做的就是不断地捶打，强行地灌输。

赵建文原本以为自己之前教授给张骁写作文的方法是多么地先进与有效，后来他才发现，办公室里的几位女老师，甚至包括尹老师和夏老师，各个都深谙此道。她们和赵建文的不同在于，她们把这个宝押到了最后。这些天里，她们拿着之前记下的笔记和年级范文，与其说是教，不如说是强行训练学生怎么审题、怎么立意、用什么例子，以及如何安排写作的顺序。那些之前一直想在作文上另辟蹊径的学生如今在老师一次次的棒喝下或者被磨平了棱角，或者藏起了触角，在成绩面前乖乖地就范。那些欠了语文的债，如今越来越不自信的人，至少要做好两件事，一是记住，二是祈祷，记住老师所教的东西，祈祷考试的时候这些东西能够用得上。

包括赵建文在内，事到如今，大家对厉老师的做法已经没有什么兴趣了。他们要么觉得不能那么做，要么是不敢那么做。

厉老师依然故我，不管面对什么样的学生，只要有闪光点，他总是会加以鼓励；面对蔡泱泱、伊雅和郑远航这样的学生或者面对一篇优秀作文的时候，聊到兴起，他就把那套茶盏搬到沙发前的茶桌上，同对方边喝边聊。

对于高三的学生来说，要想知道一模对他们有多重要，伊雅和张骁就是最好的答案。

本学期开学之后，伊雅找到骆老师，她向骆老师宣布了一个重要决定：她要放弃出国，专心准备高考。

听到这样的消息，骆老师自然是喜出望外。要知道伊雅的实力原本就非常雄厚，如果她要参加高考，不仅她自己极有可能取得优异的成绩，同时也会为本班完成高考任务加上一个分量极重的砝码。

毕竟对高考的懈怠已不是一日两日。开学之后，伊雅在复习上是拼了命的。两个月过去，伊雅瘦了两圈，瘦到大家都想象不出几个月前的她是什么样子了。她的骨架较大，穿着校服走在校园里，就像是一个移动的鸟笼子。

大概是为了节省时间，伊雅还将自己以前一直扎起来的马尾发剪成了男生一样的短发。

一日中午，两个男生在教室里嬉笑不止。还没等负责答疑的老师说什么，伊雅冲到这两个男生面前，大喝一声："出去!"两个男生被吓得浑身一哆嗦，看到伊雅双眼冒火的样子，只怕是再晚一步，伊雅就会将他们的桌子掀翻。他们只说了句"将来谁敢娶你啊"，就匆忙跑了出去。

伊雅追到门口，冲那两个男生喊道："你们两个没出息的，将来打一辈子光棍儿!"

这一声大喝使得伊雅的大名只在一天的时间里就传遍整个年级。其副产品便是，伊雅得到了一个外号——"二雅"。

伊雅有一句名言在班级里流传甚广：

高考要我的命，我要高考的命。

伊雅瘦是瘦了，但精神很好。一模前的那次热身考试，伊雅的总分在九班排名第一，在年级里也是名列前茅。她的语文最好，但其他科目也没有弱项，整体非常均衡。一模到来之前，年级里真正心平气和的人没有几个，她算得其中之一。

看到伊雅成了一个扎扎实实的状元苗子，骆老师万分激动地对班里的同学说道："伊雅同学只拼了不到一个月就能攀升到这样的高度，你们还有两个多月，不拼还等什么!"

相比较伊雅的坚定和沉稳，张骁就有点令人担心了。

关于张骁的表现，十一班班主任洪老师最有发言权。洪老师说："先别说张骁表现如何，就先看看张骁妈妈的表现就足以令所有老师抓狂。"

本学期开学之后，张骁的妈妈每周都要到学校来一次。每次来的时候，她的手里总是拿着一个本子和一支笔，她会找到张骁的每一个任课老师，向他们了解刚刚过去的一周中张骁的表现，并逐条记录在本子上。然后，她会拿着本子找到张骁，把老师的反馈和自己的感受一一讲给张骁听。

张骁妈妈每次来找张骁，都是笑眯眯地站在十一班的门外，班里的学生看到她，便会向班里喊道：“张骁，你妈妈来了。”再后来，这句话简化为“骁骁，妈妈来了”，接着便是一阵哄笑。

张骁在班里的人缘很是一般，班里的同学要么对他嗤之以鼻，要么是敬而远之。张骁自然听得出同学言语中的戏谑。只是一听到妈妈来了，张骁什么也不管了，站起身便往门外跑。

张骁妈妈和张骁的对话，通常都是在楼道里进行。张骁是个大个子，张骁妈妈的个头矮张骁很多。每每两个人谈话的时候，大家都会觉得那个情景甚是有趣。张骁妈妈仰着头，春风化雨一般谆谆教导，张骁则弯着腰，双手如士兵般贴在裤线上，头低得几乎要碰到自己母亲的头。从远处看去，娘俩像是搭起了一道通向成功的拱形门。

时间长了，十一班的老师找到了张骁妈妈到校的规律，就总是想方设法来回避。怎奈中午答疑和下午统练的时候，老师们必须在岗，有的老师如同被罩在网里的鱼，挣脱不得。张骁妈妈似乎也意识到了老师们的反应，于是有的老师还在上课的时候，她就站在十一班门外，手里拿着本和笔，微笑着，等待着。

十一班的老师们开始向洪老师倒苦水，说他们实在做不到以一周为单位，每周都能找到张骁的亮点。更何况，班里其他同学同样需要老师的关注。洪老师自己也着实感到不自在了。终于有一次，他一脸严肃地跟张骁的妈妈说：“您每周来一次实在不是很有必要，老师们说来说去就是那些内容，关键还是看孩子的表现。孩子成绩很稳定，也一直名列前茅，您这样每周都来，有可能造成孩子心理上的紧张。高三这一年里，像张骁这样的孩子，最后拼的不是成绩，而是心态。本来您的孩子是很有希望的状元苗子，可状元苗子也不只您孩子一个，您不希望他因为心理的波动而影响成绩吧。”

张骁妈妈想了想，觉得很有道理。她对洪老师说：“那这样吧，洪老师。以后我隔周来一次，我不来那周，让孩子自己跟老师挨个聊一遍，我让孩子做好记录，回来和我交流，我带着孩子的意见，下周再来麻烦各位老师。”

听到这样的话，洪老师脸上的微笑几乎凝滞，而内心已经几近崩溃了。

张骁胖了。他身上的肉几乎是前后左右全方位长出来的。有同学亲眼见过，张骁在某一天的一个中午，将满满一保温桶的鸡汤全喝了，将一只整鸡全吃了，只剩下一堆碎骨头。

同学问道："张骁，有必要吃那么多吗?"

张骁严肃地说道："有必要，共和国的未来需要我吃这么多。"

一模前的那次热身考试，张骁的成绩终于在十一班排名第一。

一日中午，吴老师召集这次考试各班总分排名前三的人开个会。最后走进来的是张骁和伊雅。张骁在前，伊雅在后。吴老师没看到伊雅，便问伊雅怎么没来。伊雅从张骁身后探出头来，说道："老师，我在这儿呢。"

吴老师禁不住笑出了声，其他同学也笑成了一片。

会上，吴老师给各位同学做了详细的学情分析，根据各种数据指出每位同学目前所存在的问题。张骁的问题不必说，自然是语文。

会后，张骁找到赵建文，问自己还应该在语文上做点什么。

张骁说话的声音很大，语气很急。其他几位老师已经面露愠色。

赵建文示意张骁小声点。他问张骁，在语文上最不怕什么。张骁答道："我最不怕默写和做题。最怕写作文。"赵建文禁不住要笑出声来了，说道："好，题我有的是。回头我整理一下，发到你邮箱里。"

张骁对此表示感谢。他又问之前的热身考试的卷子还有没有剩余，自己还想再做一遍。赵建文指向那个书架，告诉他自己好好找找，应该还有。

张骁不再说话，只顾得找卷子，办公室里立刻安静下来了。

没过几分钟，张骁大概是找到了自己想要的试卷，兴奋得大喊一声："苍天不负有心人，我找到啦!"

这一声高喊如同一颗地雷炸响在办公室里。吓得几位女老师慌忙捂住了胸口。尚老师厉声呵斥道："这位同学，这是办公室，你可不可以矜持一点!"

张骁看了一眼尚老师，反问道："老师，我终于找到了，您怎么不表扬我的执着，却反过来要批评我?"

赵建文见势不妙，急忙拉着张骁到外面去，一边走一边说道："这怎么是批评呢，这是提醒你。老师们有的在休息呢，下次小声点儿。"

正所谓万事无绝对。在这样的危急时刻，并非所有的学生都抢头彩一般地涌向一模的大门。

相对于重点班日益凝重的气氛，赵建文在五班感觉到的却是难得的轻松与活泼。

如班主任白老师所说，进入到第二学期，五班的学习状态确实有了进步。他们比以前更用功了，只是没把时间花在语文上。但是，赵建文在五班既见不到像伊雅那样玩命的，也见不到张骁那样唯分是尊的。他们既没有在整体氛围上掉队，也没有失掉自己的节奏。五班的学生几乎各个和北大清华无缘，但似乎也正因如此，五班总是令人感到一份难得的怡然。

赵建文问五班的班主任白老师："他们为什么不肯再努把力呢？如果再冲一冲，兴许北大清华就有希望了呢？"

白老师笑道："您这话我不知道说了多少遍了。但您知道咱们班的学生怎么说？人家说要说我不想上清北，您肯定说我是阿 Q。但问题是如果我报了清北，万一没考上，我就会落到特别一般的学校去。再者，如果我本科毕业以后还想着清北，那说明我可能真的喜欢那里，那到时候再考那里的研究生也不迟。不过也许到了那时候，很多情况都变了呢。"

四月八号上午九点，第一次模拟考试正式开始。

其他年级虽然继续上课，但上下课的铃声和课间操的音乐声均已取消。教务处百般抽调，保证了每个考场有两个老师监考。学生进考场前，需要出示仿制得以假乱真的准考证，书包要放在楼道里，只有透明的笔袋可以带进去。

教室里的监控探头业已打开。

除了没有教学楼外的警戒线，没有校门外送考的家长，所有的安排都可以和真正的高考画等号了。

两个半小时之后，语文考试结束。高三所在的两个楼层顿时热闹起来。

负责收拾试卷的教务处老师刚走，张骁就冲进了语文办公室，他大声地向赵建文说道："老师，我跟您说说我这次作文大概怎么写的，您先帮我预估一下吧。"

这次作文，是个文体不限的命题作文，题目叫《上瘾》。这是胡丽云老师自己命的题目。之前赵建文和刘谆谆老师提供的那个题目，在最后时刻被胡老师以这个题目替换掉了。

看到这个题目，赵建文并没有十分慌张，反而是从心头源源不断地泛起一丝丝的欣喜。

从本学期开学到现在，赵建文把教学的重点几乎都放在作文上了。

他不清楚别的老师是否已经山穷水尽，但他自己依然有秘而不宣的高招。

赵建文给自己的做法起了个名字，叫作“推陈出新”法。简单说，就是从大家耳熟能详的材料中挖掘出新意。虽说这一做法脱胎于赵建文在区进修活动上听到的那个讲座，但赵建文自觉要比做讲座的那个人高明得多。

以苏轼为例，赵建文将苏轼的简要生平、主要贡献、代表作品以及一些名言趣事整理出来印发给学生，并要学生讨论，不同的材料可以生发出多少个思考点，同一个材料又可以生发多少个思考点。

十一班的学生原创能力未必突出，再造能力倒是极为强大。很快，学生们发现，苏轼几乎就是为一千年后的高考考生而生的。他的人生经历实在丰富，丰富到了对各种作文题来说几乎万能的地步。赵建文列举往年的高考作文题给学生看，学生们发现，随便哪一个作文题，几乎都可以用苏轼人生中的某个事件加以解读。

赵建文又以乌台诗案为例，要大家讨论，同样面对这一事件，大家有哪些不同的想法。有的学生说可以用来谈朝廷内斗的黑暗，黑暗到了欲加之罪何患无辞的地步；有的学生说可以用来谈皇帝的昏庸，因为他偏听偏信；有的学生说可以用来谈“年少轻狂”，如果不是苏轼之前用笔随意，倒也不会给后来的自己埋下隐患；还有的学生说可以用来谈苏轼的真实，苏轼是大文豪不假，但面对生死，他像常人一样的恐慌，当有人误送来一条鱼，他以为自己大限将至，他是那么地害怕。

看着学生七嘴八舌的议论，赵建文相信，不管洪老师一模后还会跟学生说些什么，十一班学习语文的兴趣，只会是越来越浓烈了。

之后，赵建文又将梵高、梭罗、陶渊明、梁思成等人的材料陆续印发给大家。

看到这次一模的作文题，赵建文暗自庆幸。他发现自己给学生准备的那些资料，用在《上瘾》这个题目上，比被胡老师废掉的那个题目还要妥帖。

整理试卷的时候，赵建文问刘老师，胡老师是不是以前也有过这样出其不意的做法。刘老师说道："有过。可能是觉得找到了更好的，或者是为了避嫌。"赵建文又问这样的改动对咱们学校的学生影响大不大。刘老师说道："如果对咱们的学生影响大，那对别的学校学生的影响只会更大。"

此时，面对张骁的提问，赵建文让张骁在沙发上坐下，让他说说作文的构思。张骁说道："一看到作文题，我就特高兴，我和几个同学都感觉您特神，您事先给我们的资料就像是专门为这次考试准备的。您以前还说过，不要老写古人开会式的作文，作文里全都是古人的事例，这样的作文现在不吃香了，得写写现在的人。我就只写了一个古人，我写的是梵高，我写他在绘画上上瘾的表现。老师，没问题吧。"

赵建文说道："只要你写的那些人的表现让老师觉得是上瘾的意思，就没问题。你第二个例子写谁了？"张骁说道："我写的是一个靠蹬三轮车挣钱资助贫困学生的老爷爷，您以前给我们的写作素材里，这个人物最让我感动了。您不是说过，要想感动别人，先感动自己吗？"赵建文说道："这个老爷爷你怎么写的，他上什么瘾了？"张骁说道："帮助人上瘾啊！"赵建文说道："那就应该问题不大了。别着急了，好好准备下一科吧。"张骁说道："谢谢老师，您这么一说，我踏实多了。"

张骁走后，厉老师走了过来。他双手搭在办公桌之间的隔板上，笑眯眯地看着赵建文，看得赵建文心里直发毛。赵建文忍不住问道："你想干什么？"

厉老师显然听到了刚才赵建文和张骁的对话。他问道："把梵高和白方礼老人捆绑在一起，这和给阿基米德编故事有多大区别呢？"

赵建文尴尬地笑道："亏得我胸膛厚实，不然你就这一刀，就能直接扎到我心尖儿上。"

四天过后，全区各个学校都拿到了各科模拟考试的成绩反馈。

不知是之前期末考试那略显滑稽的优异成绩确实对学生起到了助推的作用，还是悟德中学的学生原本就有响当当的实力，这次悟德中学各科平均分之和在全区再次称雄。全区个人总分前三十名当中，悟德中学占据了二十二席；且前一至九名全是悟德中学的学生。

赵建文十一班的语文成绩上升至年级第二，仅落后于十二班，以微弱优势领先于文科一班。

张骁的总分位列十一班第一，且跃升至年级第二。

九班的语文成绩仍属正常。伊雅的总分为九班第一名，且排在年级第八，略有上升。郑远航位列九班第二。

但让赵建文再次感到遗憾的是，由区里下发的十几篇一模优秀作文当中，有四篇来自悟德中学，其中一篇来自文科一班，剩下三篇又都是来自九班。

语文组几位老师正议论着于校长是不是又为大家准备好了更为丰盛且高级的晚餐。尚老师满脸兴奋地走进来，对大家说道：“这次分析会还去聚贤，各位，有好戏看了。”

尹老师说道：“去聚贤开会还会有好戏看吗?”

尚老师说道：“数学！这次数学考得不好。”

赵建文问道：“数学的平均分不是全区第一吗?”

尚老师说道：“第一不假，但比第二名只多了一点点，这对数学来说，就是失败!”

下班后，两辆大巴车将高三所有老师再次带到了聚贤会议中心。

去聚贤会议中心的路上，尚老师有意地背起了小说《红岩》结尾处敌人将江雪琴等人带走时的语句：

“‘梆梆梆！梆梆梆!’连续不绝的梆声，惊扰着魔窟中的黎明，在浓雾弥漫的深山野谷中四面回响。”

接着，是一阵阵急驶的汽车狂鸣。那飞快旋转的车轮，像碾在每个人心上。

到了目的地，老师们拿到了房间安排表。赵建文依然是和骆老师一个房间，洪老师和厉老师一个房间，赵建文跟骆老师商量了一下，把厉老师和自己调到了一起。

晚饭过后，老师们没有返回自己的房间，而是直接赶到会议室。

会议室最中间最靠前的位置，留给了数学组。其他组的老师也都赶紧就位，数学组的人各个默不作声。其他人受了感染，也都不敢造次。会场里的气氛比上次的高考成绩分析会还要令人紧张。

于校长面色如水，坐在主席台上一动不动，如铁铸的一般。

吴老师宣布会议开始。于校长不说话，只是盯着数学组，数学组的人并不敢和于校长对视。于校长足足盯了一分多钟，便向洪老师说道：“你们，开始吧。”

率先发言的是洪老师。他从备课组的角度，对从开学到现在的教学设计和落实情况做了一番汇报。尽管洪老师说得有条有理，但很多老师听不大懂其中的内容。对语文老师而言，这些内容更是如天书一般。但面对这样的场合，大家也只好屏气凝神，装出一副十分专注的样子。

洪老师发言完毕，刚准备坐下，却被于校长叫住了，洪老师只好非常尴尬地站在那里。于校长说道："洪老师，你别忘了我也是教数学的出身。今天咱们在这开会，你别总说这些虚的。你就说说，既然你们都做得这么好，为什么数学的平均分只比第二名高了不到一分。高三这一年几次大考算下来，你们的优势一次比一次差。这要是语文，领先零点一分都是成功；可你们数学，领先一分就是失败。你先别着急坐下，刚才的话我全当没听见。你重新说，说点实在的。但不许说考试难度降低，我们没有了优势这样的话。"

洪老师僵立了一会儿，说道："于校，能不能让我想一想，先让我的同事说两句。"

说这话的时候，洪老师忘了把手放在胸前了。

于校长想了想，说道："可以。那你再好好想想。"

于校并没有说洪老师可不可以坐下，洪老师便只好依然站在那里。

于校长向坐在洪老师身边的白老师说道："白老师，你说两句吧。"

白老师慢慢站起来，她显然已经被这样的阵势吓坏了。一张嘴，声音就是颤颤巍巍的。话还没讲完一句，她便嘤嘤地哭了起来。

女人的哭声总是有效的。于校长的面色缓和了不少，他叫起白老师身边的骆老师，让他说说看。

骆老师明显要老练得多。他先从思想根源挖起，说自己辜负了学校领导的信任，说因为前几次的成绩不错，便以为高枕无忧；然后便是从行动上找原因，说对一些细枝末节的东西重视程度不高，以为学生均能掌握，讲课的时候便没有再加以强调；最后又说对重点苗子关心不多，过于在主观上相信他们，忽略了他们的实战技能。

听完骆老师的发言，于校长点了点头，说道："总算说了几句不是骗鬼的话。"

于校长让骆老师坐下，又让其余几位老师按刚才的座位顺序依次发言。其余几位老师得了骆老师的真传一般，纷纷如法炮制。

待最后一位老师发言完毕，于校长问洪老师："洪老师，你想好了吧。"洪老师一脸严肃地说道："我想好了。"于校长说道："咱们先让吴老师做成绩分析，你再好好想想，会后我找你。"

于校长又朝洪老师点了点头，洪老师总算是坐下了。

待吴老师做完成绩分析，已是夜里十点多钟了。

于校长原本还想要求各个备课组分散开来，继续进行学科分析，但见下面的老师各个东倒西歪，实在是有些支撑不住。他问台下的老师们，愿意接着进行学科分析的请举手，台下没一个人举手。他又问反对继续进行学科分析的人请举手，结果只有厉老师一个人举起了手。

于校长说道："好吧，今天就先到这儿，明天继续。"

第二十二章　奖　金

赵建文和厉老师两个人回到房间。厉老师并没有忙着去洗漱，而是从包里拿出本书，坐到沙发上慢慢地翻读。

赵建文也没有马上要睡的意思。他知道接下来有可能要发生什么。不过同上次相比，他这一次的心态，更像是京剧《空城计》里的那句唱词，“我正在城楼观山景”。他很清楚，十一班的考试成绩让他处于一个十分安全的位置。也就是说，这次如果又有人员变动，也绝不会落到他头上，他完全可以抱着赏玩一般的心态去关注外面走廊里响起的脚步声了。

赵建文看到厉老师在看书，便问他为什么不睡。厉老师笑道：“下面不是还有故事要发生吗？我也等等吧。”赵建文对厉老师的应答略感吃惊，问道：“你怎么会知道下面还有事呢？”厉老师答道：“上次来这里开会，我不是也来了吗？”赵建文问道：“你上次是几点到这里的？”厉老师答道：“已经是后半夜了。我当时就觉得，你们于校长不是一般人。”赵建文笑道：“你当时是不是内心里被需要的感觉爆棚？”厉老师笑道：“是啊。然后我就上了你们的贼船。”

赵建文忽地想起了什么，问道：“前些天你参加梁琴的葬礼，回来之后蔡泱泱说你去找校长了，你找到他了？”

厉老师点点头。

赵建文问道：“那你方便说说你们都聊了什么吗？”

厉老师把书放下，似乎当时的情境即刻重现，又一下子让他激动起来。他长出了一口气之后说道：“我当时问了于校长一个问题。我说，您做校长最大的遗憾是什么？校长说，他最大的遗憾就是不能纳尽天下英才而教之。我说，您觉得如果天下英才都被您囊括，您就是幸福的人了吗？校长说是的。我说您有没有想过那些被您纳尽的英才是不是幸福，他们将来能否还是英才，有没有可能变成了庸才，还以英才自居。校长问我，庸才和英才的异同点是什么？我说二者的相同点在于可能都有高端的知识积累，而最大的区别在于，庸才的知识永远只是知识，而英才把它创造性地服务于大众；庸才喜欢随波逐流，而英才轻易不会忘了自己是谁。”

赵建文问道：“你说了这些，估计于校长应该是哑口无言了吧？”

厉老师笑道：“你太小看你们的校长了。他说，厉老师，你刚才说到幸福。如果我的学生不仅现在觉得幸福，事实上确实有很多人以身在悟德中学而有强烈的幸福感。我不敢保证所有人都这么想，但也没有哪个学校敢保证所有的学生都有强烈的幸福感。如果他们将来也觉得幸福，对不起，这个问题我们都只能假设，不是吗？俗话说得好，花钱难买乐意。如果一个人他就是觉得自己是幸福的，你还有必要告诉他有的幸福更纯粹，有的幸福更高尚吗？我不能说您讲的没有道理。不过如果让我选择理想和现实的话，我肯定选择现实。因为如今的现实是，学生只有考上大学才更有可能改变命运，学生只有考上更好的大学才更有可能获得更好的工作。不管他们将来养活自己还是尽为人子女的责任，这才算真正有了保障。这个世界上自立自强且取得成功的人是有的，但永远是极少数。他们是励志的楷模，但不是成功的范例，是不能被仿效的。我作为一校之长，不可能让学生放着阳关大道不走，各个都去另辟蹊径。你刚才还说到英才和庸才。首先，我不觉得英才是一所学校一定能培养出来的。它一定是更多更好的综合因素所促成的一个结果。学校只是学校，环境要单纯得多，不具备那么多综合因素。我的意思是，即使是世界上最优秀的校长，他培养的也只是高端的知识人才，甚至绝大多数恐怕是庸才而不是英才。我不能为了所谓的英才而牺牲那么多学生的未来。人活着最要紧的是有用，至于用处大小，那不是自己能说了算的。”

厉老师顿了一下，看着赵建文惊讶的表情，笑道：“和你现在的反应一样，我当时是哑口无言了。”

赵建文问道：“后来呢？”

厉老师说道：“后来我跟他说，教完这学期，我就不干了。”

厉老师说得云淡风轻，让赵建文一时没留意。当他反应过来，不禁大惊失色，说道："啊？你不干了？那你以后吃什么、喝什么？"

厉老师笑道："没事。总不至于没饭吃。"

正在这时，门外响起了敲门声。厉老师去开门，站在门口的是小沈老师。

小沈老师笑道："厉老师，于校想和您谈谈。"

厉老师回头对赵建文做了个噤声的手势，示意赵建文不要把刚才的事情说出去，便跟上小沈老师走了。

厉老师走后，赵建文一个人躺在沙发上，心绪难平。刚才厉老师所复述的内容依然在他的脑海里回旋往复。让他感到纠结的是，他一方面绝对认可于校长的想法和做法，一方面又觉得，厉老师平日里的表现也着实是高出自己一筹。这种差异确实曾让他心生嫉恨，巴不得有一天再也见不到他，自己才会心安。但今天真的听到厉老师要走的消息，他内心的喜悦竟然不是那么强烈，反倒像是五脏六腑中有哪个器官被摘掉了，使得他外表的强悍再也遮掩不了内在的空虚。

这样的心绪终究不会有什么结果。想着想着，困意如排山倒海一般袭来，赵建文就在沙发上睡着了。

也不知过了多久，赵建文被人拍醒了。他睁眼一看，厉老师回来了，提醒他到床上去睡。赵建文迷迷糊糊地问他和于校长说了些什么，厉老师说没什么。赵建文扑到床上，复又呼呼地睡去了。

第二天早上吃早饭的时候。语文组还是和数学组的老师坐在一起。尚老师见数学组人员齐整，向洪老师笑道："洪老师，看来你们数学组是兵强马壮啊。"

洪老师也笑道："那是。悟德中学数学组能力最强的人，全在高三呢，还能有什么变化不成？"

尚老师笑道："你们把人都教成猩猩了，还敢说最强？"

洪老师回敬道："你们把人都教成兵马俑了，考第一又怎样？"

柳老师问道："洪老师，你们昨天几点睡的？"

洪老师说道："也没有很晚。校长让我们每个人都赶紧写一份教学分析，我要写三千字，其他老师每人不少于一千五百字，今天就交给他。"

柳老师说道："怎么像是在写检查。"

洪老师笑道："可不就是写检查嘛。"

上午八点钟，各备课组的学科分析会分头进行。语文组的几位老师仍然是集中在上次的那个会议室里。刘老师告知大家，此次会议有两个主要议题，一是剩下的近两个月时间里的教学规划，二是为即将举行的奋战最后五十天动员大会想个口号。

厉老师问什么是动员大会。尚老师说道：“就是鼓动更多的人报考北大清华的会。”说完，尚老师自己先笑了。忽然，尚老师又向厉老师问道：“厉老师，难道正德中学不开这样的会吗？”厉老师说道：“正德中学的高三和其他年级区别不大，除了新年联欢会和运动会，就是多了成人仪式和毕业典礼。”尚老师说道：“我们就剩下毕业典礼了，还把它安排在了高考之后。”

刘老师提醒大家赶紧进入正题，讨论一下刚才那两个议题。如果没有大领导在，尚老师最喜欢在这样的场合占据主动，笑道：“就这两个议题，还用得着正儿八经地开个会。依我说，教学规划就有劳刘老师了。这次咱们考得好，你好歹写一个，反正领导也不看。这第二个议题呢，就有劳赵老师了。赵老师反应快，脑子灵，说不定能脱口而出呢。”

这一提议立刻得到了大家一致的认同。

刘老师说道：“那剩下的时间呢，你们想干什么，想把分析会变成聊天会啊。万一一会儿领导来了可怎么办。”

尚老师说道：“领导不会到咱们这里来的。肯定都在数学组呢。”

刘老师说道：“那也不行，就算这事就这么定了，就算领导不来，大家在这聊天也不行。说就说点有用的，时间可不能就这么荒废过去。”

尚老师说道：“我想起个有用的来。柳老师，您和厉老师前两天去听试讲，情况怎么样？”

柳老师笑道：“不怎么样呗。有真才实学的不多。最后上场的那个小姑娘，博士毕业，课讲得也不错，就是不太懂事。”

尚老师问道：“这话怎么说？”

柳老师说道：“可能是仗着自己学历高，自己也感觉到了发挥得不错，这个姑娘就忘乎所以了。别人讲完之后都是把黑板擦干净，把粉笔盒黑板擦放回原位。她呢，黑板不擦，粉笔一扔，扭头就走。厉老师提醒她擦一下黑板再走。她说，为了今天的试讲，她特意买了套新衣服，不好沾上粉笔灰的。”

尹老师说道："真是的，怎么连个眉眼高低都不懂呢。"

尚老师看了一眼尹老师，说道："只恐怕现在不懂得眉眼高低的人是越来越多了吧。看看咱们的学生，也就没什么可奇怪的了。"

柳老师说道："是啊，咱们的学生不就是咱们教的吗？"

尹老师更想知道此事的结果，问道："后来呢？她通过了吗？"

柳老师说道："我们听课的人，都拿着一张表格，上面是各种技能的评判标准。我们负责给每一个试讲的人打分。可我们后来才知道，这张表格不过是废纸一张。"看到众人惊奇的神情，柳老师接着说道："这个姑娘刚出去，负责人就告诉我们，都得给这个姑娘打高分。这个姑娘事先已经和咱们学校签约了，这次面试不过是个形式，堵其他那些应聘人的嘴。厉老师当时问为什么要提前签约。人家说了，要是不早点签约，恐怕就落到别的学校去了，看见好的得早点下手。"

尚老师笑道："这就是好的？那你们等着吧，这个姑娘将来就是你们的同事啦。"

一阵短暂的沉寂过后，一直不说话的夏老师说道："咱们可以换一个话题吗？我想问厉老师一个问题。"

厉老师向夏老师点点头。

夏老师说道："我就想知道，您是怎么提高学生的作文品质的。区里反馈的那几篇范文我看了，我觉得九班那三篇特别出类拔萃，您是怎么做到的？"

尹老师说道："那还不简单，厉哥就是有化腐朽为神奇的本事。"

厉老师笑道："可不能这么说，不能用'腐朽'二字来形容学生。"

尹老师不好意思地吐了吐舌头。

柳老师说道："那您能说说您做了什么吗？我也挺好奇的。"

厉老师说道："我还真不敢说一定是我做了什么而产生了相应的效果。看来首先是我运气不错，遇到了几个喜欢思考的学生，而且他们还引领了班里的学习氛围。再有就是，可能和我鼓励他们读书有关。当然，平时写作的时候，我也绝对不会允许他们写虚情假意且非常套版化的作文。"

尹老师问道："读书？现在还要读书吗？"厉老师点点头。夏老师问道："您怎么检查他们读没读呢？"厉老师说道："我让他们交读书笔记。"尹老师又问道："如果他们不交怎么办？"厉老师笑道："一次两次不交，总会有特殊原因；长时间不交，我也没办法。我只是觉得读书总比不读书要好。最起码我要从我这里传达一个信息给他们，那就是读书是好事。”

柳老师听了频频点头，说道：“刘老师，你应该把这个写进今天分析会的总结里。”

尚老师笑道：“柳老师，咱们都是要退休的人了，你怎么还这么天真。厉老师有魅力有经验，自然可以左右学生的好恶，并且做到行之有效。这件事要是传出去了，万一领导脑瓜一热，把这件事变成对所有老师的要求，对你我来说，岂不是既要赶鸭子上架，又增加了负担？再说，即便咱们真的着手去做，家长那一关咱们也过不了。在家长眼里，此时读书就是不务正业。就算那些家长认为读书是好事，人家要是反问咱们一句，你们早干什么去了？咱们不也是自讨没趣吗？”

刘老师觉得此话有理，她向厉老师笑道：“厉老师，看来这件事在您那里是现实，在我们这里就只能是梦想了。”

厉老师微微一笑，便也不再言语。

学科分析会后是班主任会，班主任会后又是以班级为单位的研讨会。研讨会上，每个班主任都给本班的任课教师们带来一个数字，这便是根据半年多来三次大考尤其是这次一模考试的成绩所确定的各班的基准线，即考上北大清华的定额。

十二班的数字原本就是十二班全体学生的人数，班主任好说歹说，说班里有几个一直都在参加竞赛的学生，他们至少能拿到六十分的降分优惠，如今这几个人已经死活不愿意复习了。反正这些人也能上北大清华，能不能在名额上宽松一点。

最终，十二班拿到了五个机动名额。

拿到降分优惠的学生当中，宋士豪是其中之一。听到这个消息，刘老师禁不住惨笑了几声，说道：“完了，这娃儿肯定不会再学语文了。有这六十分保底，他就是语文不及格，恐怕也无大碍了。”

十一班拿到了十个机动名额。这自然也是洪老师争取来的结果。这一结果令教十一班的老师们欣喜不已，有的老师还向洪老师伸出了大拇指。

这次一模考试，十一班有几个学生的数学成绩并不理想，甚至可以说是发挥失常。

张骁尽管排名班级第一、年级第二，但若同其他学科进行比较，他语文上的问题依然明显，依然是赵建文老师日后工作的重点。

九班的成绩分析会，厉老师借故头疼，回房间睡觉去了。

最后的总结大会上，吴老师向大家宣布了两件事。一是下周要召开职称评定大会，高三有意申报职称的老师需要提前准备好申报材料。二是语文组赵建文老师拟定的奋战五十天誓师大会的口号最终获得认可。这个口号是：

生擒高考，活捉状元。

返校的班车上，赵建文和厉老师坐在一起。赵建文向厉老师问起昨天晚上于校长到底和他都说了些什么。厉老师说道："基本上是上次谈话的继续。我们俩各说各的，但谁也没说服谁。最后我问他是否想过接班人的问题。我没想到这个问题把他问住了，他沉默了有一阵，才说出人选来。"

赵建文问道："他说是谁？"

厉老师笑道："他说的不是具体的某个人，而是一个设想。"

赵建文问什么设想，厉老师笑道："是你和我的结合体。他说，要是有这么个人，综合了你我两个人的特质，才是最完美的人选。"

赵建文若有所思地点了点头，心里很认真地盘算了一下之后，又问厉老师是不是还打算学期结束之后离开这里。厉老师说道："校长和我也谈到了这个问题。他问我，如果下学年他给我新高一的一个班，并且还给我特权，就是说这个班的语文我想怎么教就怎么教，出了事他兜着，那我愿意不愿意留下来。"

赵建文说道："这可不是一般的厚遇啊。你怎么说的？"

厉老师说道："我说我得好好想想。"

赵建文说道："你瞧瞧，关键时刻你还端起架子来了。"

厉老师说道："不是我端架子，而是事情没这么简单。"

班车到校，大家各回各家。赵建文和刘老师一起往家里走。刘老师忽地想起了什么。她告诉赵建文，他也得准备职称申报的材料。赵建文忙问怎么回事。刘老师说道："按说你是省内调动，又不需要重新认定，原本该没你什么事。这是于校长的主意，你不过是走个过场。依我看，这是校长想借这个机会把你推出来，让更多的人认识你、认可你。你把你在语文教学上的理念和行动好好准备一下，到时候我们可要洗耳恭听哟。”

刘老师的几句话，把赵建文说得热血沸腾。

快走到家门口的时候，赵建文问刘老师基准线是什么意思。刘老师看了赵建文一眼，像是才想起了什么，说道：“嗨，看来这事你一点都不知道呢。基准线就是无功无过的保底线，但凡比这个数字多一个人，学校会有奖金；如果出了状元，奖金单算，数额可观。”

赵建文忽然明白了，开分析会的时候，为什么十一班的其他老师会向洪老师伸出大拇指。

第二十三章　喧　嚣

周三下午第三节课后，悟德中学所有的老师齐聚阶梯教室。高三的统练只留下一个人负责巡视，其他老师纷纷赶到会场。

在此之前，厉老师问刘老师，自己可不可以不参加这个大会。刘老师说："您参加吧，等以后您参加职称评定的时候，今天的经验，您以后兴许用得着。"

夏老师说道："还以后干吗，厉老师在我们心里早就是特级了。"

厉老师笑了笑，说道："好吧，那我就去学习学习。"

除了赵建文，此次参加职称评定的老师一共有二十位。刘老师等几位老师申报的是特级，多数老师申报的是高级和一级。

通常情况下，申报一级的过程和赵建文今天的情形相似，都有点走过场的意思。只要硬件齐备，评定一级并不是什么难事。而所谓的硬件，无非就是学历和工作年限方面的硬性要求。对于悟德中学来说，符合这些要求，实在是一件稀松平常的事情。

相对来说，评定高级就没那么容易了。

想要成为高级教师，不仅要有相应的硬件基础，还要有成色较高的软件做后盾。比如高级别的公开课，公开发表的论文等等。先不说这样的机会不可能人人有份，即使样样具备，还要看单位里每年有多少高级教师退休，腾出了多少空位子。因为这个数字基本上决定了每年评定高级教师的名额。

无论如何，申报一级和高级教师，学校还有一定的自主权，而且不论是哪一个级别的学校，基本上是年年有份。

特级教师的评选，不仅名额极少，被选送到上级的人也只能说是具备了参选资格，并不意味着板上钉钉。还有，如果此次参评失败，申报特级的教师五年内将不再有报评资格。

刘老师不仅任教研组长多年，还是区里的教研员，市里的学科带头人。不过，这次参评特级教师的几位候选人，各个都具备这样的条件，洪老师也是其中的一位。

会上，每个参评人员都会将个人的工作总结汇报给大家听，最后由大家投票，每个人所获得的票数将成为学校综合考量之时的重要依据。

柳老师和尚老师都申报过特级，但都没有成功。两个人五年的时限未到，却也都要退休了。二位今天来，主要是给刘老师站脚助威来的。

于校长和其他几位领导坐在第一排中央的位置。鉴于报名的人很多，于校长下令，申报一级的每人发言不能超过两分钟，申报高级的不能超过三分钟，申报特级的不能超过五分钟。

赵建文并不能算是真正意义上的申报人员，他被安排为第一个发言。

因为平时不在一个楼里上班，有不少老师还是第一次见到赵建文。赵建文往台上一站，壮硕的身材和硬朗的脸庞立刻吸引了很多人的注意。等他一开嗓，那浑厚的声音便引得台下不少教师窃窃私语。待大家从幻灯片上看到赵建文所取得的各种成绩，包括公开课获奖、论文发表以及曾经参与统考命题等内容，尤其是年未四十就被评为特级教师的时候，会场里便自然而然地爆发出热烈的掌声。

对于这些成绩，赵建文几乎没有做任何的渲染，他只是非常冷静地逐项向大家一一做了展示。他很清楚，既然这些条件已经分量十足，如果自己再多做哪怕一点点的点缀，恐怕都会招致台下众人的反感。

幻灯片最后一页，是赵建文为此次发言所做的小结。上面写道：

人在高三，责任在肩。考生前途，家长心愿。吾辈愚钝，通宵达旦。幸有于校，共苦同甘。生擒高考，活捉状元。尚有一念，萦萦难遣。语文之难，任重道远。只求成绩，寝食难安。学子无思，尸位素餐。但求灵丹，更兼慧眼。拨开浮云，登高望远。吾生今日，悟德明天。

赵建文念完最后一句的时候，时间刚刚好，整整五分钟。

在众人又一次的掌声中，赵建文走下台来，回到自己的座位，坐在厉老师的旁边。

厉老师向赵建文微笑道："赵老师，你是想当校长了吗？"

赵建文脸上发烧，又不好发作，只是狠狠地向厉老师挥了挥拳头。

下面的发言分成三部分，首先是申报一级的老师发言，然后是高级，最后才是申报特级的老师。申报一级的老师们发言还算守时，毕竟硬件条件摆在那里，多说无益。但从第二部分开始，台上发言的老师便没有一个守时的了。短的超时两三分钟，长的用掉了十几分钟。有的老师不仅列举自己的工作业绩，还要前因后果地加以补充，有的讲到动情处，甚至会难以自持，一时间声泪俱下。

面对老师们的眼泪，坐在台下的于校长始终沉默着。

厉老师转过头，对赵建文小声说道："我刚工作那会儿，学校里评个高级都很难。很多报评高级的老师，都是即将退休的老师。教龄已经熬到头了，都想带个名分走。但毕竟名额有限。申报的老师中，彼此间也很难说谁比谁更突出，于是申报大会就变成了诉苦大会，大家比的不是谁更能干，而是看谁比谁更凄惨。说得难听点，跟摇尾乞怜也差不多了。没想到这么多年过去了，今天还能见到这样的景象重演。"

赵建文朝厉老师皱了皱眉头，示意厉老师不要再讲这些。厉老师确实不再说了，因为他又有了新发现。他问了赵建文一个问题："你说，谁是今天这种场合中最尴尬的人？"

赵建文摇了摇头。厉老师朝第一排中间的位置看了一眼，笑道："当然是前面的领导了，这么长的会，我不相信他们饶有兴致，却从始至终都要摆出一副正襟危坐的样子，真是难为他们了。要是他们此时坐在台上被人观瞻，岂不是更难堪？"

赵建文用肩膀顶了厉抒一下，说道："我亲爱的厉哥，你可不可以小点声，可不可以说话不要这么刻薄啊。"

厉老师笑了笑，不再言语。

轮到刘老师发言了。

刘老师的发言言简意赅。除了一些头衔，刘老师还把她在权威杂志上发表的文章、在市级公开课上所获得的奖状，以及参与编辑出版的练习册的封面都制作成幻灯片，一一展现给大家。到了结尾处，刘老师声情并茂地朗诵了两句诗，

“为什么我的眼里常含泪水？因为我对这土地爱得深沉”，以表达她对语文教师这项工作的热爱，也再次引来大家热烈的掌声。

刘老师的发言结束时，两个小时的时间已经过去，台下的众人都已经饥肠辘辘了。

刘老师的后面只剩下一个人，那便是洪老师。

洪老师似乎并没有意识到大家已经饥饿难耐，倒是因为自己是最后一个，后面再没有人要上台，他索性以为后面的时间可以任自己挥洒。他在讲台后面站定，定了定神，笑眯眯地对大家说道：“在语文老师后面上台，我压力好大啊。”

这一句话刚一说完，厉老师的脸上便开始显出不快的神色。

令众人想不到的是，二十分钟过去了，洪老师还完全没有说至结尾的意思，他依然在列举自己所取得的一系列成绩和奖项。

很多老师显然是有备而来，他们早就提起笔，开始批阅带来的学生作业。

整个会场看似平静，但每个人似乎都能感觉到，有一股暗潮一面在地下一点点地涌动和郁积，一面寻找着出口。

就在洪老师依然慷慨激昂地为自己做着宣讲的时候，厉老师忽然站起身，他看着台上的洪老师，面无表情，双手一下一下地拍起了巴掌。

这一举动不仅把旁边的赵建文吓了一跳，也把周围人的目光完全集中到了厉老师这里。

厉老师完全没有理会众人的反应，依然是一下一下，不紧不慢地拍着巴掌。

只片刻的工夫，台下很多地方也陆陆续续地响起了掌声。

台上的洪老师显然已经注意到台下的动静，他看了一眼台下的于校长，发现于校长正面无表情地看着他。洪老师难以揣测出校长内心的潜台词，但他也确实开始感到有些不安。他向台下说道：“好好好，各位老师，我再说两分钟，我保证两分钟内结束，好吗？”

台下的掌声渐渐稀落，厉老师也坐下了。

然而，两分钟之后，台上的洪老师依然没有结束。

厉老师再次站起身，以更快的节奏鼓起了掌。来自其他地方的掌声也再次响起。洪老师没有再看于校长的表情，他直接说了声“谢谢”，一边伸出两根手指摆出胜利的手势，一边走下了台。

小沈看了一眼于校长，见于校长什么也没说，便招呼另外几位老师站起来，将手中的选票分发给大家。

选票发到厉老师这里的时候，厉老师朝小沈笑道："别给我，我没有投票权。"说着，便把小沈递过来的选票转手交给了赵建文。

填写完选票，大家忙不迭地往外走，赵建文和厉老师走在后面。快到门口的时候，洪老师追了上来，拦住了厉老师，朝厉老师笑道："厉老师，我没有得罪你吧？"

厉老师一脸的诧异，说道："您当然没得罪我，您此话何来？"

厉老师的不解几乎让洪老师的五官几乎挪了位。他朝厉老师伸出了大拇指，依然勉强地笑道："厉老师，您敢这么做，不就是因为你只是个代课老师吗？"

厉老师看了洪老师一眼，脸上的笑容变得更加灿烂了。他朝洪老师伸出了左手的小拇指，笑道："我跟您无话可说。"说完，扭头走出去了。

赵建文很是担心洪老师会暴跳如雷，他拍着洪老师的肩膀说道："你别介意，你要是跟厉老师接触时间长了，就会发现厉老师其实是个很好的人。"

洪老师长长地出了一口气，说道："我才不跟他一般见识呢，咱是有涵养的人。"

两个人边说边往外走。回办公室的路上，洪老师说起将要召开的誓师大会，问赵建文愿意不愿意帮张骁润色一下大会上的发言。赵建文说道："真奇怪，他怎么不直接来找我呢，还要到您这里拐个弯？"洪老师说道："这原本是班主任的工作，张骁也并没有说要找人做修改，是我想让他的发言变得更漂亮，更有威慑力。"赵建文答应了，并要洪老师转告张骁，把大会上的发言稿今晚就发到自己的邮箱里。

晚上七点多钟，赵建文在邮箱里看到了张骁发来的邮件。

从语法上看，发言稿无可指摘；但从内容上看，全是一些空洞的口号。赵建文给张骁写了回复，提醒张骁是不是还应该在形式上动点脑筋，不然有可能那天所有的发言人全是脸红脖子粗的怒吼，他的发言自然也就难以脱颖而出。

又过了两天，周六上午八点，高三学生奋战最后五十天誓师大会在地下报告厅召开。

会场上方，高高地悬挂着写有"生擒高考，活捉状元"的横幅。

会议开始之前，这次一模考试理科成绩排在年级前一百五十名，文科成绩排在年级前三十名的学生，他们的名字和照片在横幅下的背景墙上滚动式地展示着。

学生以班级为单位，早早赶到这里。班主任坐在学生旁边。看到背景墙上出现自己班的学生，班主任便带头鼓掌，同学们除了鼓掌，还配以持续地欢呼。

和其他班不同的是，尹老师的七班，每个学生手里都拿着上一次写作练习的年级范文汇总，每当介绍到别的班的时候，这些学生便低下头，要么看手里的作文，要么和旁边的学生就那些范文小声地交流。

有不少学生家长也赶来参加此次活动。他们大多散坐在各班学生的后面。有的家长跟班主任好说歹说，坐到了孩子的身边。父母都来的，便硬是将孩子夹在中间。

任课教师以教研组为单位坐在一起。语文组的老师恰好坐在九班的后面。蔡泱泱坐在前一排靠边的位置，他的旁边还空着一个座位。厉老师探身向前，问了蔡泱泱几句，蔡泱泱摇摇头。厉老师又跟蔡泱泱说了几句什么，蔡泱泱又点点头。厉老师起身，坐到了蔡泱泱身边的那个空位子上。

会上，于校长的讲话有理有情，语重心长。可含英咀华的部分还做成了幻灯片，供台下的人瞻仰。幻灯片的背景，左边是博雅塔，右边是清华园。

赵建文问尚老师，于校长教数学的出身，何以讲起话来竟然也如此地文质兼美。尚老师笑道："你以为他身边的小沈是干什么的？小沈刚来的时候也是语文教师，可偏偏口头表达不好，但要笔杆子挺灵。没过两年，于校长就把他调到身边去了。"

于校长讲话之后，便是去年考入清华北大的几个学生登上舞台，为台下的学弟学妹介绍经验，告诉大家剩下的五十天该如何度过。

见此情景，厉老师问道："怎么全是清华北大的，难道今天的会，那些不想上或者考不上清华北大的人都是来陪绑的吗？"尹老师转头对厉老师笑道："厉老师您没听到吗？刚才校长不是说了，祝愿所有的考生都考上理想的学校吗？"厉老师笑道："是领导眼中理想的学校，还是学生自己心仪的学校？我活这么大了，什么是虚什么是实我还分不出来吗？幻灯片的背景只有博雅塔和清华园算怎么回事？为什么校长不说不管这些孩子考上什么样的学校，只要继续求上进，将来都会有机会这样的话呢？"

尹老师还想反驳，只是实在想不出太好的辞令，但又不想此刻以沉默的方式认输，便又补了一句道："反正我觉得校长讲得挺好的，挺朴实的。"

尚老师对尹老师笑道："你的阿谀也挺朴实的。"

刘老师看着台上那几位轮番发言的学长，冷笑道："这些人恐怕还得感谢去年没出状元呢。不然今天这个环节哪里有他们露脸的机会呢。"

当然，这次会议最引人瞩目的依然是各班代表上台宣誓的环节。

和开学典礼上的情况有所不同，一是上台的学生手中没有红旗。二是能够上台发言的学生，均是这次一模考试各班总分的第一名。

下台口处有一块签名板。每个上台的学生讲话之后，都要到这里来，将自己的名字写在签名板上。

签名板的旁边站着年级组长吴老师，随时准备对发言完毕的学生进行采访。

上台的学生中，只有两位女生。一个是七班的邓晓鹃，一个是九班的伊雅。邓晓鹃上台后，双手交叉着放在身前，身体微微前倾，一副总也站不直的样子。双脚在台上忽左忽右地迈着碎步，似乎感觉自己站在哪里都不合适。她脸上的表情相当紧张，想必是已经忘了自己事先准备好的誓言。她刚一张嘴说话，双脚便开始坚定地向下台的方向走。她说了什么恐怕她自己都没听清楚。咕哝了两句之后，她已经走到了签名板前，迅速签下自己的名字之后，趁着吴老师还在因自己刚才的举止发呆，便急匆匆地下了台。

台下的学生被邓晓鹃的表现搞得愣了神，直到她下台后，下面才响起稀稀落落的掌声。

尚老师转过头来，向尹老师送去戏谑式的微笑。尹老师苦笑着回应道："这样的要是能拿状元，还真是改了悟德中学的门风。"尹老师一边说，一边起身走到过道里，鼓动全班鼓掌欢迎邓晓鹃回来。待邓晓鹃走到她身边，她伸出双手抚摸着邓晓鹃的脸说道："真棒！你表现得特别好。"邓晓娟一边往回走，一边一脸吃惊地看着尹老师。

尚老师转头对柳老师笑道："看看，真是戏精。"

伊雅上台的时候显得非常的从容。和前面很多男生的慷慨激昂有所不同，伊雅站在话筒前，将自己的誓言娓娓道来：

这是我的高考，这是我的人生。这是我的青春，这是我的战争。

伊雅每讲一句，都将里面的"我"字读成了重音。

走到台口的时候，伊雅被吴老师拦住了。吴老师递给伊雅一个话筒，问道：“伊雅同学，能不能告诉大家，你准备报考哪所大学？”伊雅说道：“可以。我打算报考北京大学。”台下顿时响起一片掌声。吴老师又问道：“那你能说说，你打算报考北京大学的哪个专业吗？”伊雅说道：“哪个专业都行，只要可以上北大。”台下又是一片掌声。吴老师惊诧地问道：“能告诉我们为什么吗？”伊雅朝台下看了一眼，她找到了厉老师之后，说道：“这样我就可以和我最喜欢的语文老师做校友了。”

台下没有了掌声。

厉老师站起身，朝伊雅伸出了大拇指。伊雅则朝厉老师摆出了剪刀手。

代表十一班上台的是张骁。

张骁走上台，没有说话，双手紧紧地贴着裤线，双眼瞪得溜圆。他的头发似乎已经着了静电，根根都要直竖起来。

台下的人最期待的就是看看张骁今天闹什么样的古怪，各个都屏气凝神地看着他。

张骁依旧是在台上站着，一句话不说，双眼依旧直勾勾地盯着台下的人，仿佛盯着许久未见的仇人。当他确定所有人的注意力都集中在他这里的时候，突然大声咆哮道：“你们谁也别和我争，你们谁也争不过我。我是状元，状元是我！”说完，他快步走到签名板前，将三支签字笔握成一排，完全不顾签名版上已经写下了很多人的名字，将“张骁”二字满满地写在了签名版上。

台下的反响比之前任何一个学生的表现都要热烈，只是比张骁预计得要晚一些。大家真的被眼前的景象镇住了。只有张骁的妈妈反应最快。她第一时间站了起来，双手抹了一把夺眶而出的泪水，大声向台上喊道：“儿子，状元就是你的，我看好你！”

张骁走到台口的时候，同样满脸是泪的吴老师张开双臂，将张骁紧紧地抱在怀里。

誓师大会的最后一个环节，全体师生起立，举起右手，握成拳头，排山倒海一般高呼着：“生擒高考！活捉状元！”

然而就在赵建文眼前，蔡泱泱和厉老师并没有起身。他们坐在那里一动不动，一语不发。

第二十四章　真心话

待到所有的环节全部结束，已经是上午十一点多钟。最后做总结的吴老师宣布，今天下午不上课，全体学生回家反思，制订五十天的奋战计划。

语文组的老师都直接去了食堂，坐在一起吃了午饭。

尹老师来得最晚，依然是一脸兴奋的表情，似乎还沉浸在刚才的氛围当中。她非常得意地告诉所有人，她拦住了那几位学长，让班里所有的种子选手跟这几位学长一一握手，最后还拍了张合影。惹得还没来得及走出会场的其他师生纷纷仿效。

她原以为自己的举动会赢得所有老师的认可，却万没想到几位老师一直也没停下手里的勺子筷子。等她讲完了，大家还是默不作声，只是专注地吃饭。她颇不甘心地问身边的夏老师自己的主意怎么样，夏老师也只是敷衍似的笑道："嗯，挺好的。"

尹老师对眼前的饭食一下子没了胃口。她颇为失望地拿起勺子，一下一下地在食盘边敲打着。尚老师笑道："尹老师，你别这么敲，过去要饭的才这么干呢。"

尹老师冷笑道："看来我是太拿自己当回事了，也就惹事了。各位不是都吃完了吗？先回吧，别让我惹得你们反了胃。"

尚老师冷眼看着尹老师，说道："我们原本就是要走的，怎么倒成了受你的指使了？"

几位老师回到办公室，谁都没有要走的意思。大家似乎刚刚经历一场激战，需要在座位上喘息片刻。

过了一会儿，尹老师回来了，依然是气鼓鼓的。

厉老师起身准备离开。尚老师问道："厉哥，回家了？"

厉老师说道："不回家，找个清静的地方，待一会儿。"

尚老师笑道："清静的地方，哪有啊？"

厉老师说道："城南有个千年的古庙，庙里有很多丁香，这时候应该还有的看，我去那里坐坐。"

尚老师说道："哦？还有这么个所在，我也去。"

柳老师、夏老师和尹老师听闻，也要跟了去。厉老师说没问题，又问刘老师和赵建文去不去，刘老师说道："我就不去了，还得忙点事儿。赵老师去吧。"说罢，刘老师还朝赵建文使了个眼色。

赵建文朝厉老师点点头。

厉老师笑道："没问题，那就收拾东西，跟我走吧。坐地铁，有半个小时就到了。"

尚老师笑道："坐什么地铁，夏老师不是有车？"

夏老师说道："我有车不假，可我的车装不下咱们六个啊。"

赵建文说道："这好办，厉老师和尹老师坐夏老师的车走在头里，厉老师带路，我和柳老师还有尚老师，我们打个车在后面跟着。"

商定妥当之后，几位老师走到校门口。厉老师和尹老师上了夏老师的车，赵建文拦下一辆出租车，待两位老师上车之后，赵建文坐到副驾驶的位置。两辆车一前一后，驶向南城。

半个多小时之后，一行人来到了一座千年古庙的门前。

古庙的山门并非紧挨着喧闹的大街。大街和山门之间，有一片绿化带，杂植着银杏、玉兰和松柏，地上芳草葳蕤，小路曲曲弯弯。这片绿化带很好地完成了大街和山门之间的过渡，将嘈杂逐渐削减，人走到山门时，心已经静下大半。

这座古庙始建于唐朝，几经坍圮和修缮，如今多是明朝之物。

虽是周末，但毕竟是中午，古庙里人迹寥寥。

进得山门，厉老师嘱咐大家最好把手机关掉或者调成静音。一行人走过钟鼓楼，又向北走了几步，便来到了天王殿。一个年轻的和尚走过来，向厉老师施礼，厉老师还礼。厉老师和他聊了几句。等那和尚走开，尚老师满脸惊奇地问厉老师是不是常来此地。厉老师说："每年丁香花开的时候，我都要到这里来坐一坐。"

过了天王殿，前面便是大雄宝殿。尹老师问厉老师，前面的莲花宝座上供奉的是哪尊神佛，厉老师说是毗卢遮那佛。尹老师又问毗卢遮那是什么意思，厉老师说意思就是智慧之光遍照一切。尹老师听得此语，立刻走上前去，扑通一声跪在了蒲团上，给佛像磕了三个响头。

夏老师笑道："你这是典型的临时抱佛脚，佛祖不会保佑你的。"

尹老师说道："保佑不保佑我无所谓，我求佛祖保佑我闺女，让她将来凭自己的本事考上咱们学校的重点班。今天我给佛祖下跪，兴许日后就不用我给校长磕头了。"

大雄宝殿后面，是一个小巧精致的观音阁。观音阁前，果然长着四五株丁香。这里的丁香全是白色的，且开得正好。中午时分，四下无人，只有微风习习和时隐时现的花香，人在这里略站一站，似乎魂魄都不知飘到哪里去了。

丁香树下有几张长椅，几位老师在长椅上坐下，似乎一瞬间忘却了很多事情，一个个都入定了。

厉老师提醒大家留意丁香花后面的观音阁。这个观音阁外墙以十二根柱子作为骨架，意为一年十二个月；而室内同样以十二根柱子做支撑，意为一天的十二个时辰。

尚老师点了点头，说道："嗯，四季轮回，时光流转，转到今天，我们坐到这里来了。"

夏老师说道："如果这里已经是一千多年的历史，那差不多是唐宋时期的建筑了。"

厉老师说道："是唐朝初年的。距离现在大约有一千四百年的历史了。"

柳老师笑道："一千四百多年，今天你我这些庸人在这里小坐片刻，简直就跟没来过一样。"

尹老师笑道："那不一定啊，要是哪天赵老师做了校长，成了教育名家，今日之行恐怕就是悟德中学历史上浓墨重彩的一笔，我不就是沾了光的陪同了？"

赵建文笑道："别打趣我，我怎么可能是校长呢。"

尹老师说道："别人我不知道。要是从咱们几个里面出一个校长候选人，恐怕就非赵老师莫属了。"

夏老师说道："你要选赵老师，我就选厉老师。"

还没等厉老师有什么反应，尹老师打趣道："你是不是想说，要是你现在还没有结婚，你肯定就要倒追厉老师了？"夏老师说道："既然可以这么假设，我怎么就不能追厉老师呢？这要是在清朝，我做小都愿意。只不过厉老师不会看上我这肉眼凡胎罢了。"

柳老师笑道："你们快别耍贫嘴了，你们看看厉老师的脸都红成什么样了。夏老师，从来都以为你是个安静娴雅的人，怎么今天倒成了女侠了？"

几个人正说笑着，刚才遇到的那个年轻的和尚走了过来。厉老师赶忙站起身，双方见礼之后，小和尚同厉老师轻声说了几句。厉老师听罢，连声致谢，转身对大家笑道："今天我们有福了，我们到旁边的禅房坐坐。那里有茶，我们一边喝茶，一边说话。"

那个和尚将一行人带到旁边的一间禅房。禅房正中摆着一张桌子，几把椅子，桌子上放着一套茶盏。几个人落座之后，那个和尚施了一礼，便转身离开了。

不等众人发问，厉老师笑道："我常到这里来，跟这里的住持成了朋友。今天住持不在，我们自斟自饮，大家随意些。"

厉老师先将茶杯放到茶海上，然后将沸水倒进已经放好茶叶的紫砂壶，略等片刻，将茶壶里的水倒掉，再次倒进沸水；只过了一会儿，厉老师端起茶壶，将茶杯一一斟满，说道："尝尝吧，铁观音。我们也来感受一下，把观音喝到肚子里是什么感觉。"

几个人端起茶杯，小心品啜，顿觉一股兰花的幽香在唇齿间缭绕，尚老师将一口茶水咽下，轻轻地"哎呀"了一声，接着长出了一口气，又轻轻摇了摇头。

柳老师喝下一口，也轻轻叹道："铁观音我是喝过的，今天的茶着实是好，可又说不出来是怎么个好法。"

赵建文说道："兴许是地方变了，心境也跟着变了。"

柳老师"嗯"了一声，非常认同地点了点头。

尹老师见大家颇有兴致，忽然提议道："各位，咱们要不要学学大观园里的人，来一个五言联句怎么样?”

夏老师笑道：“你胆子够大，真不怕闹笑话。咱们谁是林黛玉？谁是薛宝钗啊?”

尹老师笑道：“就是助助兴嘛。别辜负了这么好的地方，这么好的茶。”

尚老师笑道：“要我说啊，咱们也别附庸风雅地弄什么联句了。咱们玩不了雅的，就说点真的。我儿子最近特别喜欢和同学玩真心话大冒险的游戏。我看今天咱们就挨个说说心里话，不管是讲委屈还是泄私愤，但必须是真的。大家觉得怎么样?”

众人听罢，纷纷点头表示同意。

尚老师补充道：“咱们也不抓阄了，谁想好了谁先说。丑话说头里，难得今天有机会到这么一个清净的地方来，要说就说真话，佛祖就在旁边看着咱们呢。假话好听，佛祖心惊，今晚我还想睡个好觉呢。不过，一会儿出了山门，说的人就当什么都没说过，听的人就当什么都没听过。好不好?”

众人又是纷纷点头，继而又都沉默了。或者是在心海里搜寻着可以言说的秘密，或者是在期盼着谁能带个头。

赵建文此时已经拿定了主意，绝不做第一个。他要先听听别人怎么说，琢磨琢磨那些故事里的分寸，再看看大家到底会给予什么样的评价，以决定自己的真心话可以讲到什么程度。

见无人说话，尚老师笑道：“好吧，主意是我出的，自然该我带头。我想说的是，咱们这些人里，把今天没来的刘老师也算上，我最佩服的人，没有之一，就是厉老师。”

厉老师笑道：“怎么回事，怎么又说到我这里来了。”

尚老师说道：“厉老师，您也别不好意思。您还记得您刚来的时候，刘老师说过的一句话吗？她说，厉老师这样活着才是生活，我们充其量只是活着而已，这句话我特别认同。我这都要退休的人了，好像才明白。我活了五十多岁了，似乎就没为自己活过，从来都是别人让干啥就干啥。时间长了，自己都不会给自己拿主意了。去年暑假的时候，校长问我愿意不愿意去高一，我说我不愿意。这不是因为我要退休了，而是我只能待在高三了，新东西教不了了，跟不上了。这几年我在高三，总是教学生要听话。有时候转念想想，我这不就是教了一群不动脑子的顺民吗?《茶馆》里王利发怎么说，这可不能传代。可这眼见着不就是一拨一拨地教到现在了吗？如果我今年不退休，真让我遇到一群特别有个性的学生，恐怕我还真不知道该怎么办了呢。”

说完，尚老师回头看了看柳老师。柳老师笑道：“我们俩一样，我也是这么想的。”

厉老师说道：“尚老师，您和柳老师这一代是不是都有这个特点——国家利益为上，集体利益为重?”

尚老师笑道：“对喽。我们这一代人都习惯了，凡事想着国家、想着集体、想着别人，想自己？想想都觉得可耻。”

尚老师的话让大家陷入了沉默。过了一会儿，尹老师向尚老师说道：“尚老师，我能问您个问题吗？您刚才可说了，问的不合适，一会儿出了这个门，您就当我没问过。”尚老师说道：“当然可以啊。”你随便问。尹老师说道：“您周末或者节假日的时候，有没有在外边上过课?”

尚老师笑道：“我当是什么问题呢。当然上了。我以前想当优秀教师，后来发现天分不够，于是就想当优秀的教书匠，可教到今天，发现自己已经跟不上趟了，优秀的教书匠也当不成了。我这马上就退休了，退休了也就等于没用了，我总得趁着这几年自己在高三图点什么吧。再说，在外面挣外快的恐怕也不止我一个吧？我不妨带个头。”说着，尚老师举起了一只手。

剩下的老师当中，只有尹老师也跟着举起了手。

尚老师微微一笑，把手放下，目光转向柳老师，那意思是在说：“柳老师，该您了。”

柳老师看了一眼大家，说道：“你们谁也不用问了，我猜得到你们想问什么。你们想问我该为梁琴的死负多少责任，是不是?”

众人以沉默表示了认同。

柳老师说道：“我和尚老师年纪相当，情况和尚老师也差不多。年轻的时候，我以为自己是救世主，只要我有爱心，只要凭借我满腔的热爱，就没有我教不好的学生。以前不是流行这样一句话吗，没有教不好的学生，只有不会教的老师。这句话我是深信的。我当初把很多学生送进大学，他们对我万分感激。后来我发现，感激我的学生越来越少了，甚至越来越多的学生开始漠视我了。有的学生毕业之后不来看我，甚至连问候的电话短信都没有，其实我一点也不生气。我知道我不可能做到一碗水端平，我想很多老师跟我一样，遇到有出息的才更愿意付出，对吧？我难过的是那些我曾经觉得有出息而辛苦付出的学生同样对我漠然视之。我到现在都不清楚，当初梁琴来学校给学弟学妹讲用，到底是出于对学校的感激，还是像厉老师说的，仅仅是来找存在感。我不能说梁琴的事跟我没关系，可话要是这么说，我教过的学生都得跟我有点关系对不对？可这到底又是什么关系呢？想不到快退休了，我竟然不能对自己这么多年的教师生涯打个叹号或句号，而是要打个问号，实在是太悲哀了。”

尚老师将手放在柳老师的后背上摩挲着，柳老师朝尚老师苦笑着摇了摇头。

尚老师和柳老师的发言，等于是规定了发言的顺序。夏老师和尹老师不约而同地将目光转向了赵建文和厉老师。

听了尚老师和柳老师的发言，赵建文心里已经有了底。他看了一眼厉老师，示意自己先说。略沉吟了一下，赵建文说道：“我跟各位实话实说。在我原来的单位，横江中学，我也算是小有名气的。但来到这里半年多来，我几乎一直都是在忐忑不安中度过的。我目睹了各位的高水准，总是担心自己哪一步走错了，校长让我打道回府。我心里对自己说，大不了我从零起步，甚至从负数起步，只要我肯努力，我就一定能跟上大家。等到时间长了，我发现其实咱们学校和横江中学也没有什么实质上的区别，无非就是唯成绩论。这倒让我逐渐地放下心来了。无论如何，考试我是不怕的。我现在特别不放心的，是有些孩子我根本驾驭不了，尤其是蔡泱泱这样的。他们读得多，想得远。不过还好，现在蔡泱泱成了厉老师的学生，我觉得这是老天有眼，学生遇到了对的老师，就什么都对了。”

尚老师笑道：“您这话就不实在。您要是在横江中学小有名气，您就入不了于校长的法眼。如果您是从负数起步，我们恐怕就是一直待在坑里，还没爬上来呢。”

赵建文笑了笑，转头看了厉老师一眼。厉老师笑道：“该我了。”

夏老师说道：“是啊，厉哥，特想听听您的故事。”

厉老师说道：“好吧，那我就讲一个我小时候的故事。我上初一的时候，成绩不错。班主任老师很喜欢我，委派给我一个重任——他把班里的钥匙交给我了。那时候，我们的教室用的都是挂锁。其实今天看来，这也不是什么了不起的大事，但对一个十二三岁的小孩来说，那种被信任的感觉是很令人自豪的。于是，我每天很早来、很晚走，几天下来，一切都很顺利。然而，天有不测风云。有一天，我把钥匙弄丢了。当初被信任的感觉有多强烈，那时候的恐惧感就有多强烈。我找到班主任，班主任把锁撬了，又换了把新锁。他把新锁的钥匙还是交给了我。我当时发誓，绝对不能再丢钥匙。可没过两天，我偏偏又把钥匙弄丢了。”

尹老师问道：“后来呢？”

厉老师说道：“后来，我被班主任推搡到了教导处。当时教导处里有个老师正和教导主任说着什么。当着教导主任的面，班主任把我好一阵训斥。”

夏老师又问道：“那个班主任为什么把您带到教导处去？为什么不把您带到他自己的办公室？”

厉老师说道：“我当时也没想那么多。我只想错在我，老师说我什么我都该听着。再说，他早晚得让我回去吧。也不知过了多久，班主任不再批评我了，让我走。我刚转过身，班主任又把我叫住了，他问我，我教育了你这么久，你怎么什么表示都没有，你应该说声谢谢老师，再鞠个躬，然后才能走。”

夏老师说道：“有点过分。”

厉老师说道：“我想想，老师说的话是有道理的，我就照着老师的要求，先说了声谢谢老师，又鞠了个躬，然后转身往外走。可是，我又被班主任叫住了。”

尚老师问道：“怎么回事，还没完了吗？”

厉老师说道：“班主任指着教导处的主任和另外那个老师对我说，他们也是你的老师，你去给那两个老师分别说声谢谢，分别鞠个躬，你才能走。”

尚老师问道：“怎么着，您照办了？”

厉老师说道：“我当时满脸是泪，照办了。”

所有人都陷入了沉寂。过了一会儿，尚老师恨恨地说道：“那样的人就不配做老师。”

厉老师接着说道：“没过多久，这个班主任被调走了。后来有人告诉我，那个班主任老师早就想调走了，学校领导一直不放。他之所以把我带到教导处，就是在给教导主任施压——你不让我调离，我就不让你的学生好过。”

夏老师问道：“后来呢？”尹老师说道：“还有什么后来，那个人不是调走了吗?”

厉老师说道:“后来我就有了两个坚定的想法，一是我要做有尊严的人，二是我将来也要做老师，而且绝对不做那个班主任那样的老师。”

故事讲完了，厉老师的心情也平复下来了。他喝了口茶，向大家点了点头。

尹老师意识到发言的顺序已经轮到了自己，说道:“听了你们的，我感觉我说什么都是在浪费时间。你们真的想听?”

尚老师笑道:“当然了，来者有份，你是逃不掉的。你是咱们语文组的铁娘子，怎么可能没故事呢。”

尹老师说道:“好吧。那你们谁也不用问我什么了。我知道，在咱们学校，没人关心我在高三能教出什么样的学生，只是关心我不在高三这些年靠在外面上课挣了多少钱，是不是?我跟各位说实话，其实自从我到了高三，我就把我在外面的课全停了。不是我不想出去挣钱了，而是我知道，只有在高三站住了脚，我才有以后继续挣钱，挣大钱的机会。我不比你们几位，夏老师嫁了个有钱有爱的好老公;尚老师和柳老师马上要退休了，每月拿着退休金，愿意的话就外面找个班上几节课，天天过着数钱的日子;厉老师闲云野鹤一般，自然不把我等俗人放在眼里。我不行，我要是不出去挣钱，一家老小就得跟着我受罪。我爱人是个小公务员，胆小怕事，领导不管跟谁一瞪眼，他能先吓个半死。单位里也没什么油水。前些年我又把我公婆接来了，本来是想让他们帮我带孩子，来了没两年，我婆婆就查出了肺病，我总不好把老人打发回去;再加上房贷，唉，你们都知道我挣钱不要命，可我要是不出去挣钱，那才真是要了我的命呢。所以说，只要不把教师在外面上课这事上升到刑责的地步，我还就得挣下去。”

柳老师说道:“哪有你说的那么严重，哪里就到了负刑责的地步。不过，你就不怕校长哪天知道了，让你不自在吗?”

尹老师笑道:“各位，你们真的以为在这件事上，校长什么都不知道吗?他是校长，有些话他不能不说，但有些话他也就是说说而已，吓唬人呢。假如我是校长，我手下的人只要能保证高考有个好成绩，我是对这样的人横加阻挠呢?还是换一帮同样在外面拼命挣钱，但在高三不好使的人上来呢?我教的是普通班，成绩上肯定没什么可指望。我在外面上课不上课，只要别太过分，校长也懒得理我。还有，你们都觉得我教普通班省心，但当真让几位姐姐来教普通班，你们是不是就要嫌普通班让自己掉价了呢？这样的班，不也得有我这样的人来教吗？”

说到这里，尹老师问厉老师：“厉老师，你知道为什么您的九班语文早读不肯提前十分钟，吴老师并没有找您的麻烦吗？”

厉老师表示不解。

尹老师笑道：“不是因为您是代课教师，我见过的代课教师比您小心翼翼地多呢，而是因为九班这样的班级，多十分钟少十分钟实质上是没有区别的。厉老师，各位，咱们都是校长手里的棋子，只不过你们是车、是炮，我是个小卒子而已。”

夏老师笑道：“照你这么说，我连小卒子恐怕都不如了。”

尹老师连忙说道：“好妹妹，咱俩可是同龄不同命。你真的会在乎这些个？”

夏老师笑道：“连你也这么看我呢。”

尹老师并没有理会夏老师的表情。她扫视了一下众人，神神秘秘地说道：“你们猜，咱们语文组每次大考前搞的那点猫腻，咱们校长是不是也知道？”

尚老师慌得瞪了尹老师一眼，又看了一眼厉老师。厉老师一眼看穿了其中的玄机，对尹老师笑道：“你说的是大考前的演练和真正的考试试卷似曾相识吧，我早看出来了。”

尚老师尴尬地笑了笑，说道：“什么事也瞒不过厉老师，悟德中学这点事，恐怕没有您不知道的了。”

尹老师接着说道：“依我猜，咱们校长肯定也是一清二楚，只是他不好意思声张。这种事，可不是咱们语文组的‘特产’。你们看数学组那帮人，哪个不是猴精猴精的，准保比咱们会算计。兴许这么做的，也不止咱们悟德中学，但凡哪个学校有人像刘老师那样做兼职教研员的，谁也不会白白地放着便宜不占。道理明摆着，有人清高不这么做，考试成绩一定会名落孙山，明明是别人破坏了规矩，自己倒落得被领导一顿数落，谁肯做这么傻的事呢？再说，大家都这么做，就等同于大家都没这么做，成绩出来了，无非还是常态分布，咱们保住了眼前的平安，学校也保住了独领风骚的优势，保住了社会上的口碑。至于高考，就算咱们没了状元，那本来也是小概率事件，年年有那么多考上清华北大的人数在那里撑着，能差到哪里去？悟德中学依然是社会上牛哄哄的悟德中学。”

尹老师说了个痛快，却引得众人一阵沉默。许久，柳老师才轻轻地叹道：“罪过，罪过。”

尹老师向众人摊开双手，又看了一眼夏老师，示意自己发言完毕。

只剩下夏老师了。

夏老师看了一眼大家，说道：“我大概清楚咱们学校里的人都是怎么看我的。我教的全是普通班，自然人微言轻，机会也就轮不到我这样的人。很多人奇怪我为什么不回家做全职太太，何必在学校里如此遭罪。我说了大家也未必信，其实我喜欢教书，而且我自认为自己很努力。大家只会觉得，我嫁了个有钱的老公，我也就是有钱人了。既然有了钱，你做什么说什么都没意义，都不过是在装样子。不过还好，反正我也不太在意旁人怎么说，我自己心里有数就是了。我就说到这里吧，真没什么好说的了。说多了像是在标榜，说少了像是在解释。算了，就这样吧。”

夏老师言罢，没有人再附会一句，真心话的游戏也就彻底结束了。众人又开始低头喝茶。有花香和着微风一起飘进禅房。尚老师转头向外面看了一眼，又低头看着手里的茶杯，学着《沙家浜》里阿庆嫂的腔调说道：“茶喝到这个时候，才喝出点味儿来。”柳老师应和道：“真的，味道不一般。咱们得感谢厉老师，给咱们带到这样的一个所在来。”

厉老师笑道：“别客气。不过喝完这一道，咱们就走吧，实在是叨扰人家太久了。”

众人将杯子里的茶喝完，开始起身往外走。厉老师要留下来跟这里的人打声招呼，几个女老师便决定坐夏老师的车先走。赵建文也留下来，等着和厉老师一起回去。

等赵建文和厉老师走出山门的时候，几个女老师早不见了人影。赵建文走到街边，拦了一辆出租车。

返回的路上，厉老师一直沉默不语。赵建文不断地寻找话题，以避免一路上的沉闷。赵建文问起厉老师和他爱人的事情。厉老师说五月初的时候，他爱人会回国来办相关手续。赵建文问道：“完全没有挽回的余地了吗？”厉老师摇摇头，不知道是表示没有，还是不愿意再提及此事。

赵建文想起今天上午的宣誓大会，又问当时厉老师和蔡泱泱说了些什么。厉老师说道：“我看他家长没来，就问他愿不愿意让我当一会儿他的临时爸爸。”赵建文问道：“他同意了？”厉老师笑道：“当然同意了，不然我怎么能坐过去？”

第二十五章　美丽的谎言

赵建文进校门的时候，已是下午四点多钟。路过操场的时候，他看见赵千仞正和几个同学在踢球。看见赵建文，赵千仞赶忙跑过来问自己要不要现在就回家。赵建文看了看表，告诉儿子可以再踢一会儿。赵千仞说："那您赶快回家吧，我妈一直找您呢。"

倪湘莲正站在楼门口等着他。看见赵建文，倪湘莲急忙走过来，一边拉着赵建文快步往家里走，一边问他为什么不接电话。赵建文这才想起来，自己在寺庙里将手机关机，到现在还没打开，便问倪湘莲出了什么事。倪湘莲小声地说道："你是不是彻底忘了？你今天晚上还有课呢。"

听倪湘莲一说，赵建文这才想起来，今天是周六。

自从上次答应那个家长以后，赵建文已经上了三次课。最近学校的事情多，赵建文已经有一段时间没再去给那几个学生上课了。他还清楚地记得最后一次告知那位家长自己脱不开身的时候，对方的言语里已经明显透露出不满。

进得家门，赵建文吩咐倪湘莲赶紧弄点吃的。倪湘莲进了厨房，叮叮当当地忙乎起来。

赵建文刚刚坐下，刘老师的电话就打过来了。电话里，刘老师问赵建文大家在那座古庙里都聊了些什么，赵建文说无非就是瞎聊天，没什么要紧的。刘老师说道："那你抓紧时间吃饭，于校长刚才打电话过来，让你我六点钟的时候到他的办公室去一趟。"

听罢此言，赵建文一下子乱了手脚。倪湘莲端着一碗面出来，看到赵建文用双手使劲在两颊上摩挲，一脸紧张的表情，便忙问怎么回事。

听完赵建文的解释，倪湘莲也慌了神。校长的事显然耽误不得，但外面的课怎么办呢？没别的办法，当务之急便是赶紧找个人代替自己去上一次课。

不必左思右想，赵建文也知道自己找不到人。他来悟德中学时间不长，谈不上有在这样的事情有能力又值得信赖的朋友。高三语文组的任何一位老师他都找不得，找谁都意味着校长严令禁止的事情会被他人知晓，且极有可能传遍全校，甚至传到社会上去。那时候的后果，恐怕校长也奈何不得。即使这个人绝不外传，他也像被人在自己身上装了一个不定时炸弹，至于何时引爆，完全由对方操控。这种感觉赵建文已经领教过一次了，他绝不想再次引火上身。

如果他跟家长说上课的日期向后推延，倒也不是不行。只是，时间到了这个时候，那几个学生中有的恐怕已经开始准备去上课，有的已经在去上课的路上了。更何况，赵建文觉得自己已经张不开这个口了。

桌上那碗面，赵建文一口都不想动。

倪湘莲见赵建文一时也想不出办法，就问他可不可以找厉老师代替一下。

其实，赵建文最先想到的就是厉老师，这是他唯一能想到的，也是最放心的人选，但他马上就否定了这个想法。这其中的缘由，赵建文很是清楚，只是他只言片语都不能向倪湘莲透露。他只说厉老师可能刚到家，不好意思麻烦人家。

倪湘莲说道："我平时老听你念叨他，感觉厉老师应该挺好说话的；他只教一个班，应该也没那么忙；我也常听你说他水平挺高的，应付一次应该问题不大；再说，你不是说他还不是正式员工吗？应该不会有太多麻烦吧。"

赵建文思来想去，确实也没有别的办法了。他硬着头皮，拨通了厉老师的电话，说自己有急事，自己在外面有节课上不了，能不能让他帮忙上一次课。

令赵建文没想到的是，厉老师答应得非常痛快。他向赵建文粗略了解了一下那些学生的情况，又问明白上课的时间和地点，然后他让赵建文跟家长说一声，说自己可能稍微晚一点到，并说自己马上往学校这边赶。

赵建文又赶忙给那个学生家长通电话，先是致以歉意，又说今晚上课的这个人是多么的出色。那位家长虽然颇感不快，但事情到了这个份上，也只好接受，最后要求赵建文把厉老师的电话发给她。

放下电话，赵建文依然不觉得饿。他像吃下一堆碎纸条一样把那碗面吃了下去。

五点四十的时候，赵建文出了家门，在楼前等着刘老师。很快，刘老师也出现在楼门口。两人一同向校长办公室的方向走去。路上，赵建文问刘老师，知不知道于校长今天找他们到底是什么事情，刘老师摇了摇头，表示自己完全不知道。她说校长就喜欢这样，让下面的人战战兢兢的。

六点钟的时候，刘老师和赵建文都端端正正地坐在了于校长面前。

于校长一句闲话都没有，上来就问张骁的情况怎么样。刘老师看了赵建文一眼，赵建文赶忙说道："张骁目前的状态很稳定，语文成绩也算是稳中有升，并没有什么异常的表现。"于校长笑道："很稳定？听着像是在说病人。"刘老师和赵建文互相看了对方一眼，也笑了。于校长接着说道："看来孩子的问题不大，倒是家长的问题了。也难怪，孩子一上高三，家长就没几个还能保持理性的了。张骁的妈妈今天下午来过，在我面前哭了半天。说孩子目前的语文成绩停滞不前了，很是让她担心。又说孩子特别佩服赵老师，希望赵老师能额外抽点时间辅导辅导，还说如果赵老师忙不过来，孩子问到别的老师，希望别的老师也不吝赐教。"

刘老师笑道："如果张骁真的相信老师，又干吗拐这么大一个弯，让孩子直接找赵老师不就行了？何必还要家长亲自跑一趟，还拜托您把我们俩宣到这里来呢。明明就是借您的口压我们一头。我们这些人里，论经验论能力，只有赵老师是一等一的好。这孩子要是真问到我们头上，恐怕我们还真不敢接。"

于校长说道："我虽然不是语文老师出身，有些道理恐怕我说出来也不算外行。孩子到了高三，尤其是第二学期，知识上的进步空间基本上已经是有心无力了。倒是心态上如果够稳定的话，应该能够激发他们有个更好的应考状态。赵老师，您要是有空，找个机会跟张骁聊聊，观察一下孩子的情况到底怎样。毕竟这是咱们的状元苗子。张骁妈妈再来找我，我也有个应对。要是真的不太好，您肯定比我有经验，知道该跟孩子怎么谈。"

话说到这个份上，赵建文也只能点头答应了。

接着，于校长要为新一届高三的人选做打算，他问两位如今现有的这几位老师中谁比较适合留在高三。

刘老师想了想，说道："要说最适合留在高三的，肯定非赵老师莫属。"赵建文急忙摇头。其实他未必不愿意如此，只是觉得此刻他必须要摇头。刘老师接着说道："不管是教学还是做备课组长，赵老师的业务能力都不在我之下。若赵老师肯留下，还能带一带新高三的老师们。我是整个语文组的教研组长，也不能老在高三待着。"

于校长点了点头，问赵建文有什么意见。赵建文说道："我听您的，我没啥意见。"于校长笑道："我是问你对组里别的老师有什么意见。"

赵建文不好意思地笑了一下，说道："我个人觉得，夏老师工作很踏实，很沉稳，我估计她也是愿意留在高三的。"

于校长说道："尹老师呢，你们对尹老师什么意见？"

在此之前，赵建文和刘老师似乎都有意回避了对尹老师的态度。但他们知道，既然于校长点着名地问，他们是无论如何也躲不过了。刘老师说道："校长，我们毕竟同事一场，我不想把话说得多难听。我这么跟您说吧，如果您能把赵老师留在高三，而我去新高一的话，我建议您把尹老师安排在高二。"

于校长眉毛挑了一下，点点头，笑道："嗯，我明白你的意思了，让我想想。"

接下来，刘老师和赵建文都不说话了。剩下的人里，除了厉老师，就是马上要退休的柳老师和尚老师，自然也就没什么可说的了。

于校长见两个人不言语，问道："怎么不说话了？还有三个人没说呢？"

刘老师说道："我们还能说什么啊。两个退休的，一个关系不在这里，没意义啊。"

于校长说道："你们二位谈谈厉老师吧，我对这个人很有兴趣。"

两个人愣了一下，刘老师又看了赵建文一眼，说道："厉老师很聪明，也很能干，也很肯干，知识积累很丰厚，应考经验很足，对学生也特别认真，责任心很强。"

于校长说道："全都是优点啊。"

刘老师略想了想，觉得自己猜中了校长的心思，接着说道："您是要给他转正吗？"于校长笑道："我当然愿意了。我听过他的课，这点我可有发言权。但我还是想先听听你们的意见。"

刘老师笑道："校长，您没觉得厉老师的风格和咱们这里格格不入吗？"

于校长显然有了兴趣，说道："你有例子吗？说得实在点。"

刘老师说道："太实在的例子我也说不上来。厉老师和赵老师平时关系不错，还是让赵老师说说吧。"

于校长转过头来，让赵建文说几句。

刘老师这么快就把球踢到自己这里，着实打了赵建文一个措手不及。刚刚听到校长有心给厉老师转正，赵建文就开始在心里盘算。他想起了寒假里自己和厉老师在滨海小城的那次相遇。当时，面对身处窘境的厉老师，赵建文脱口而出的那些话完全是他心里的真实想法。只是他没想到当时的想法如今真的有可能变成现实。他此时此刻内心的犹豫同样是真实的。他很清楚如果厉老师真的转了正，不管厉老师去了哪个年级，他都是自己在语文组里的一个强大的对手。以厉老师留给于校长的印象，很有可能在校长眼里，他还根本就不是厉老师的对手。此刻的他能说什么呢？如果自己只说厉老师如何出色，他自己也不大乐意；可如果要说厉老师的不好，他也没觉得厉老师有什么问题。若非说不可，现在刘老师就坐在旁边，他不知道刘老师会怎么看自己。他甚至担心他现在说的话，明天就会传到旁人的耳朵里。刚才刘老师把球踢过来，分明是在明哲保身。再说，厉老师还是对自己有恩的人。就说现在，厉老师还在校外的某个地方帮着自己的忙呢。

赵建文真的不知道该怎么办才好了。

刘老师叫了一声"赵老师"，赵建文似乎才醒过神来一般，他知道自己无论如何躲不过去了，只好说道："那我举个例子吧。厉老师即使在高三这样关键的时刻，还要求学生读书，并指导学生写读书心得。每一篇心得，他几乎都是找学生面批。"

于校长沉吟了一下，说道："高三还在读书，难能可贵。家长们不反对吗？"

赵建文说道："是啊，从长远的角度看，厉老师真是个难得的好老师。他还不定期地组织读书会，大家一起交流读书心得。不过，从寒假起，读书会就散了，家长不支持了。"

于校长笑道："那九班的学生，现在还读书吗？"

赵建文说道："有的依然在读，其中有的人还就是靠了厉老师的引领。不过我觉得读书是个人行为，再好的老师恐怕也很难让全班的同学都那么爱读书。再说，高三的老师肯定还是应该以抓应考为主。其实厉老师应考能力挺强的，就是他心里不大愿意做这样的事。”

于校长说道：“上次在聚贤会议中心，我问过厉老师一件事，如果给他一个新高一的班，让他完全可以按照自己的想法去教语文，他愿意不愿意。他说得想想。”

刘老师笑道：“校长，我听出来了，您很喜欢厉老师。不过这个问题我都能回答，肯定不行。”于校长问为什么。刘老师接着说道：“首先您得给人家转正吧，没名没分地算怎么回事啊。再者，课表怎么排，这样的语文课怎么上，一周上多少节合适？和其他学科怎么协调？还有，万一一时半会成绩不理想，您怎么向那些家长解释呢？”

于校笑道：“你说的这些是问题，但都不是解决不了的问题。”

刘老师和赵建文从校长那里出来，时间已经过了七点。

回家的路上，刘老师问张骁的事怎么办。赵建文说道：“他是我的学生，自然是我先想办法了。万一没什么效果，我再跟您通报。”

到了家，倪湘莲忙问有没有什么要紧事，赵建文心里惦记着在外面替他上课的厉老师，没心思回应倪湘莲的发问，只是草草地应付了几句。

他想打电话问问厉老师课上得怎么样，但又觉得这样做不合适，只好坐立不安地等着。

晚上九点钟的时候，赵建文的电话响了。赵建文一看，是那个学生家长打来的。赵建文避开倪湘莲，来到阳台上。那个家长在电话里对赵建文表示万分感谢，说他推荐的这个人特别好，几个孩子非常喜欢，还说如果赵老师特别忙，抽不开身，剩下那次课也由厉老师上，这也是几个孩子和家长们的意思。

赵建文问如果最后这两次课都由厉老师上，报酬怎么算。那位家长说主意是从他们那边改的，赵老师自然不必退钱，我们另外再出钱给厉老师。

赵建文感到有些怅然若失。他放下电话，回到客厅，坐在电脑桌前发呆。他原以为自己应该为甩掉个包袱而倍感轻松，但很显然，那个家长在电话里对厉老师的赞美像是在他心里压了块石头，让他觉得很是憋闷。

倪湘莲问谁来的电话，赵建文说是张骁家长打来的。沉默了片刻，赵建文问倪湘莲冰箱里还有没有猪蹄。倪湘莲说还有两个。赵建文吩咐倪湘莲明天晚上把两个猪蹄全都红烧了，装在饭盒里，下周一他带走，给张骁吃。

倪湘莲问道："你忘了这些猪蹄就是那个叫张骁的家长送来的？再说，你给他吃猪蹄做什么？人家又饿不着。"

赵建文说道："他怎么可能知道他家长给我送东西，而且还知道送的是什么。我给他吃猪蹄，是表表我的心意。我要让他知道，什么叫'不用扬鞭自奋蹄'。"

倪湘莲笑道："亏你想得出，奋猪蹄啊。"

忽然，倪湘莲又想起什么，说道："你要带到办公室给那个学生吃吗？让别的老师和学生看见了，你岂不是惹了是非？你还是下周一吃晚饭的时候，带他来家里吃吧。"

赵建文想想也是，点头答应了。

周一下午五点多钟，赵建文带张骁来到了自己家。赵建文并没有告诉张骁自己要做什么，张骁跟在赵建文旁边，一路走来，一路疑惑。

到了赵建文家里，倪湘莲正将红烧猪蹄摆上桌，赵千仞帮着摆碗筷。见张骁进来了，倪湘莲让赵千仞叫哥哥，并招呼张骁赶紧坐下。

赵建文也示意张骁坐下，让倪湘莲和赵千仞也坐下。张骁说了声"师母好"，坐下了，仍是一脸的不解。

赵建文笑道："今天老师请你来，不谈学习，就是一起吃顿饭。咱们学校食堂的晚饭着实一般。你师母特地为你烧了猪蹄，不知道你是不是喜欢吃。"

张骁总算是明白了此行的意义。他连忙对倪湘莲说着谢谢师母，又吃惊地说道："老师，您怎么会这么了解我，我特喜欢吃猪蹄，在家里我妈妈常给我做着吃。"

赵建文笑道："你喜欢吃就好，尝尝你师母的手艺，是不是别有风味。"

张骁倒也不客气，抓起一个放在手里，拇指食指夹住，咬了一口之后，说道："师母，您做的和我妈妈做的不一样，但比我妈妈做得好吃。"

倪湘莲笑道："这孩子，还挺会说话的。我就喜欢这样的，不认生。"说着，倪湘莲又转头对埋头吃饭的赵千仞说道："赵千仞，这是你爸爸的得意弟子，你学着点。"

赵千仞看了张骁一眼，面无表情地点了点头，便又低头吃饭了。

张骁说道："老师，您在家里也叫自己的孩子名字吗？我在家里，我妈妈从来都是儿子儿子地叫我。"

赵建文还没说什么，倪湘莲抢着说道："这是你老师给定下的规矩，什么时候都得叫他的名字，这叫增加他的社会公民意识，不让他学得家里一套外面一套的。"

张骁停顿了一下，赵建文示意倪湘莲别再言语。

赵建文对张骁说道："你一边吃着，一边听我给你讲个故事。"

张骁停了嘴，把猪蹄拿在手里，说道："老师您说，我听着呢。"

赵建文说道："二十几年前，我像你这么大的时候，也像你这么结实。那时我也上高三了。我们那时候条件艰苦，食堂伙食特别差，尤其是晚饭，吃了没多久就开始觉得饿，一觉得饿，晚自习就撑不住。条件好的学生，从家里带点吃的过来当夜宵，可我家条件一般，没什么可带的，无非是大饼，还不能多带，那时候我们都住校，带多了，有的过几天就放坏了。我们还不像你们，每个周末回家一天，就算不回家，离家也不远，现在交通也方便，家里条件都好，需要什么，家长立刻就送过来了。我们那时候一上高三，全都住校，一个月回家一天，学校离家也远，有的同学怕耽误时间，就那一天也不回家。我就是那经常不回家的学生之一。可时间长了，大饼没了，晚上肚子饿得咕咕叫，第一学期期中考试刚过，我整个人就瘦了一圈。我回家的时候不跟我爸我妈说是饿的，只说学校食堂很好，就是学习辛苦了点。"

张骁问道："老师，您那时候是不是学习成绩特别好？"

赵建文笑道："让你说着了。高三那一年里，每次考试成绩排名出来，文科班里所有学生当中，我一直都是第二名，就如同你这次的年级排名。我从来没考过第一。但第一总是换人，而我永远是那第二名。我的老师说，按成绩稳定性来排名，我才是学校上大学的一号种子。"

赵千仞大概从来没听父亲讲过这些，也不再埋头吃饭，开始专注于父亲的故事。

张骁问道："老师，您不是说您身体吃不消了吗？您后来怎么保持成绩的稳定的？"

赵建文说道："这要感谢我当年的语文老师，他是个男老师，也是我高三的班主任，是个特别有经验的老师。我的老师很看好我，但看到我越来越瘦，他也很着急。有一天他晚自习值班，无意中问我吃晚饭了没有，我说没有。他出去了一会儿又回来了，原来他是和别人去换了班。然后，他硬是拉我到他家里去吃饭。他家离学校不远。到了他家，我的师母已经把饭做好了，你知道他们那天晚上吃什么？”

张骁举起手里的猪蹄说道：“就是猪蹄吗？”

赵建文笑道：“就是猪蹄。不过你可能不相信，我以前没吃过。不是没啥机会吃，就是偶尔碰到一次吃猪蹄的机会，却也不敢吃，因为我不会吃，怕露怯。我的老师让我尝了一口，我才知道那竟是无上的美味。我的老师看到我狼吞虎咽的样子，眼里盈满泪水。他跟我说，以后每隔一周，都要我到他家吃一次猪蹄。你要知道，那时候老师的工资很低，猪蹄也不好买。有的时候，我的师母工作忙，也顾不上回家做饭。我的老师就让我的师母教他怎么做。学会了，他自己做给我吃。他做的猪蹄，比我师母做得还好吃。你肯定也知道，两周吃一次猪蹄，不可能解决我晚上肚子咕咕叫的问题。但你可能不知道的是，人一旦有了精神力量，这力量有多强大连我自己都想象不到。高三一年虽然辛苦，但我过得很顺利。你猜，我高考成绩排名多少？”

张骁说道：“肯定还是第二名。”

赵建文笑道：“错了，这次我是第一名。”

张骁一听，双眼发亮。

赵建文说道：“为了报我老师的恩，我报考了北京大学的师范班。四年后，我做了老师。去年，我来到了悟德中学，遇到了一个像我当年一样用功的学生，他叫张骁。”

说到此处，张骁的眼里也盈满了泪水。赵千仞瞪大了眼睛，他一会儿看看张骁，一会看看自己的父亲。倪湘莲什么也没说，她盛了一碗饭，放在张骁面前。

过了一会儿，张骁说道：“老师，我明白您的意思了。您放心，我一定会努力的。”

赵建文说道：“你有这份心，我相信你就一定能做到。”

张骁走了。赵建文坐在沙发上颇为得意地回味着刚才发生的一切。赵千仞完全被赵建文刚才的表现感染了。他一边帮着妈妈收拾东西，一边兴奋地说道：“妈妈，将来我也当语文老师吧！”

倪湘莲说道：“不行！当老师我都不同意，更别想当语文老师了。教语文有什么好，就练了一张利口。”

第二十六章　二　模

虽说二模的形制和一模别无二致，但其查漏补缺的性质使得一模和二模即使形同姐妹，但到底还是有了主仆之别。对于已经将北大清华视为囊中之物或者认定此生与这样的学校无缘的学生来说，二模不过是一次聊胜于无的练手机会。只有两种学生会对即将到来的二模充满期待，一是原本考试成绩一直比较出色，但一模的发挥不尽理想的学生。他们希望借助二模的成绩证明自己，坚定早就在心中高高树立的目标。二是如同赌徒一样的学生。他们历次大考的成绩乏善可陈，但一直坚信自己绝非庸碌之辈，必将成为名牌大学的一分子。如今，他们只剩下二模这唯一的机会。

第二种人，悟德中学居多。

悟德中学每年有那么多人考上世人心中理想的大学，恐怕要感谢这些超级自信且奋不顾身的人。这是一个再简单不过的道理：底座坚实，爬到上面的人才会更多。

我们又遇到了这个很简单的数学问题。如果我们把最终的结果看成分子，那么决定分子多少的唯一前提就是原始基数的大小。

如果你去提醒悟德中学的某些学生，每年都有冲击北大清华而失利的人，他们的眼里就会放出异样且夺目的光彩，就像去买彩票的人，发现五百万大奖依然还在奖池里一样——别人失利了，我不就更有希望了吗？我若不报，难道要我把机会留给别人吗？我是悟德中学的学生，我怎么可能连报考的勇气都没有呢？

这大概就是名校的力量。只要你走进悟德中学的校门，穿上悟德中学的校服，你的自信心不仅瞬间爆棚，而且持久绵长。如果哪天觉得自信心受挫，就穿上那身校服到街上走一走，感受一下周遭羡慕的眼光，便会重拾信心，相信自己绝不是凡夫俗子。

今天，这些人不用谁去做过多的动员，他们早就如兵马俑一般，带着必胜的决心，庄严地站到了皇家禁卫军的行列里。

悟德中学的老师从来不为有多少人考上北大清华而担心。今年，他们更为关心的只有两点，一是出没出状元，可以让悟德中学一雪前耻；二是这个状元是谁。毕竟成为状元的老师，便可以享受无冕之王一般的荣耀；但毕竟又没有谁敢拍着胸脯说，我的学生一定会蟾宫折桂。

稳妥起见，一模之后的日子里，班主任和任课教师经常找状元苗子做思想工作，密切关注他们的精神状态，便成了这一段时间里工作的重中之重。

尹老师的班上，学生分化很是严重，除了几个成绩高高在上的，大多是早就对北大清华死了心的。尹老师最关心的自然是最有可能冲击状元的邓晓鹃。

邓晓鹃的成绩还算稳定，但她那副似乎永远都是惊弓之鸟的样子，着实让人不放心。

这几日，尹老师常常在上午大课间的时候把邓晓鹃叫到办公室来，或长或短地聊上几句。邓晓鹃总是瞪大了眼睛，不住地点头，似乎要把老师说的每一句话都装进去。但尹老师每每问到她自己有什么想法的时候，邓晓鹃便一个劲地摇头。尹老师不知道接下来还能说些什么，便只好让邓晓鹃回去。只有这时候，邓晓鹃会像得到特赦一般，说上一句“谢谢老师”之后，立刻站起身，缩着脖子快步走到门前，开门闪了出去，剩下尹老师一个人坐在沙发上长吁短叹。

刘老师不仅关心状元是谁，她也尤其关心十二班的平均分，进而也就无比关心宋士豪。她不死心，依然满心希望宋士豪可以在剩下的时间里，在其他学科学无可学的情况下，可以多花一点时间在语文上。可宋士豪偏是执拗得很，他宁可帮助刘老师干体力活，也不肯在语文上多学一点。有时候刘老师前脚走进办公室，宋士豪后脚抱着一捆卷子跟了进来。刘老师让宋士豪把卷子放下，接着便要给宋士豪讲讲作文的审题。宋士豪总会笑嘻嘻地说道：“老师，要是您的电脑出什么问题了，您尽管找我。至于语文，我妈在外面给我找了好几个一对一的老师了，全都被我气走了，您也就别在我身上浪费时间了，我谢谢您了。”说完，宋士豪稳稳当当地走出了办公室。

尚老师笑道："刘老师，我看你也就死了这份心吧。就算他听你的，剩下这一个多月的时间里，他得有多大的神通，才能把语文学好啊。"

刘老师叹道："我怎么赶上这么一个货，非把咱们年级的语文平均分拉下来不可。"

尚老师说道："你就这么一个货，就急成这样。别的班此等货色俯拾皆是，人家还急死不成。"

刘老师说道："那不一样，别的班的孩子，人家不惦记北大清华啊！"

尚老师笑道："人家上北大清华已经十拿九稳了。是你心有不甘吧？"

除了这两位老师，办公室里其他的人也没闲着。一到中午，尚老师、柳老师便坐到办公室旁边的那圈沙发上，旁边总是坐着一两个学生。两位老师柔声细语地和学生聊着什么，若是有人从旁边经过，那和风细雨般的情景着实令人动容。

这些学生都是班主任指派给两位老师，叮嘱二位对这些学生加以重点照顾的。

面对这样的情景，刘老师眼睛看着尚老师，嘴角露出一丝嘲讽似的微笑，对赵建文小声说道："我还以为尚老师多洒脱呢，终究还是和咱们一样的人。"

赵建文和其他几位老师还是习惯于在自己的座位旁边准备一个小圆凳，静候学生的到来。

只有厉老师这里依然是少有人来。整个办公室里到处弥漫着春风化雨般的氛围的时候，厉老师总是一个人独处，要么在喝茶，要么在看书。

夏老师从厉老师旁边经过，笑道："厉哥，你的学生是不是都被你搞定了，怎么这么悠闲？"厉老师也笑道："搞定什么？搞定学生去报考北大清华吗？"夏老师说道："你好歹也做做样子，不然如果有人看到了，指不定会怎么想呢。"厉老师说道："别人怎么想是别人的事情。我不会让这些学生去当炮灰的。"

话正说着，伊雅进了办公室，她来找厉老师问道题。话还没说几句，赶巧吴老师也进了办公室。她看到伊雅，立刻走过来，温和而关切地说道："伊雅，对二模有没有信心啊？争取考个年级第一怎么样？我很看好你哟。"伊雅笑道："谢谢您。可我只求尽力就好，是不是第一对我来说不重要。"吴老师略感尴尬，但还是不死心，依旧说道："你看原来和你同班的张骁，最近的状态多好，你不妨把他看作你的假想敌，你的动力就来了。”

不提张骁还好，听到吴老师提及张骁，伊雅杏眼圆睁，非常严肃地说道：“吴老师，您别把我和张骁相提并论，那就是个学习的机器，和他比肩，那我也太掉价了。”

吴老师看着厉老师，笑道：“厉老师，您的学生都挺有个性的啊。”

厉老师说道：“有个性是好事，不然就没有存在感了。”

吴老师不再理会厉老师和伊雅。她向旁边走了两步，然后提高了嗓门，大声说道：“各位老师，上学期学生给老师们打分的结果已经出来了，大家抽时间到网上看看。”

说完这句话，吴老师又看了一眼伊雅，转身便走。

赵建文叫住吴老师，问她除了五班之外，另外一个给他打分的班级是九班还是十一班。吴老师说道：“肯定是十一班打的。九班的学生给厉老师打分。”

厉老师很是好奇，问道：“我也有分吗?”

吴老师像抓住了什么把柄似的笑道：“我还以为您不关心这个呢，您当然有呢。”说着，她把一张纸条递给厉老师，说道：“这是您的登录名和原始密码。”

吴老师出去之后，厉老师将那张纸条揉成一团，扔到了桌子下面的垃圾桶里。

尚老师笑道：“厉老师，您这么做就对了。真不必拿这个当回事。我们看都懒得看了。想在悟德中学发迹，法宝就一个，成绩过硬。有了这个，哪怕您的分数在所有老师里倒数第一，您也照样稳坐钓鱼台。”

回到家里，赵建文一屁股坐到电脑前。他相信尚老师所言不虚，但此刻的他还是想尽快了解学生给予了他什么样的评价。

输入用户名和密码之后，“悟德中学教育教学评价系统”便呈现在赵建文眼前。赵建文所能选择的只有五班和十一班。他先是选择了五班，点击之后，他看到了一张表格。表格上面有十项评价标准，每一项标准后面都有 ABCD 四个等级和相应的文字表述，A 为最高，D 为最低，不同层级对应着不同的分数。表格的右上角，是该教师的得分总和，以及他在本班诸多教师中的排名。

赵建文在五班的六位老师当中排名第五。赵建文自己很清楚，近半年来，自己的精力几乎全耗费在十一班上了。对于这个结果，他已经非常满意了。

他将网页退回到上一级，定了定神，然后点击了“十一班”的字样。

当赵建文看到自己在十一班的排名时，他有点不大相信自己的眼睛。他在十一班的排名竟然是第二名。

赵建文把正在做饭的倪湘莲叫过来，用手指了指电脑屏幕的右上角。倪湘莲看到结果，问道：“怎么是第二名，第一名是谁？”

赵建文笑道：“这是十一班给我打的分数，学生打分的时候，我做十一班的语文老师时间还很短；我也不知道第一名是谁，通常情况下，极有可能是班主任。若果真如此，那我就是除班主任之外，十一班所有任课教师中的第一名。”

倪湘莲听罢，笑道：“嗯，真好。赵老师，这下踏实了吧？臣妾可以接着去做饭了？”

赵建文挥挥手，倪湘莲转身回了厨房。

赵建文又将一个名为“学生评价”的链接打开，他想看看学生都给自己留下了什么样的评语。

学生给赵建文留下的评语不算多，但全是清一色的赞扬。

赵建文双手抱肩，一遍又一遍地揣摩着上面的话，生怕自己主观化的理解和原本的意思有了出入。

可是，待到那兴奋的感觉渐渐退去，另一个念头从赵建文的脑海里稳稳地升了起来。

他很想知道厉老师的排名。

尽管他知道自己没有这个权限，他也知道，班与班之间未必有可比性，可他就是想知道厉老师排第几，以及九班的学生都对厉老师说了什么。

想着想着，如鬼使神差一般，赵建文再次来到了悟德中学的贴吧。

贴吧前面几页不是八卦贴就是游戏帖。翻过之后，赵建文果真找到了他想看到的。他看到了这样一个帖子，这个帖子的标题是“悟德中学是否有个姓厉的老师，有的话介绍一下”。

其实，赵建文真的不希望能在这里看到什么和厉老师有关的内容。他很清楚，一旦有所发现，他必将被那个东西牵了鼻子走。

他尽量克制住内心的忐忑不安，打开了那个链接。

帖子的内容并不复杂，只写着一行字：

贵校是否有个姓厉的老师，有了解的麻烦告知一下，我们觉得这个老师很牛。

赵建文看到发帖时间就在前几天，仔细想了想，那是厉老师替他上课的第二天。

那句话的下面还有个视频链接。

赵建文在那个链接上点击了一下。片刻之后，电脑屏幕上呈现出一个画面，那是厉老师上课的视频。

这段视频时间不是很长，画质和声音都不是很清晰，画面还有些抖动。不过，厉老师的风采依然是一展无遗。他的课不仅明白晓畅，而且声情并茂，时不时还有些幽默的言语。整个过程中，能不时听到学生开怀的笑声，不由自主的“哦哦”之声。当然，更多的是掌声。

视频内容临近尾声之时，前面一个学生回过头来，冲着摄像头伸出了大拇指。

一开始，赵建文就觉得画面里的环境很是眼熟，这个回头的学生让赵建文确信，这段视频应该是厉老师替他上课的时候，由某个学生或学生家长录下来的。

平心而论，厉老师的课，赵建文也是从心底里佩服。但此时此刻，赵建文的心思完全不在这里。当他断定这段视频的出处时，他几乎已经是真魂出窍了。

看来还是有哪个学生没有听从家长的告诫，将这段视频放到了网上。或者是这个学生太喜欢厉老师了，想对他有更多的了解。

赵建文知道，学校里上这种课的老师肯定不止他一个，有的老师与学生和家长之间早已达成默契，老师踏实上课，家长绝不张扬。学校无凭无据，自然也无从查证。但是现在，这件事情已经非同小可。这个帖子如果最终传到校长那里，这段视频就是赵建文违反学校规定的铁证。在赵建文看来，厉老师毕竟只是个代课老师，学校未必能把厉老师怎么样；或者不管学校如何处置，厉老师也未必在乎；学校也完全可以以厉老师是代课老师为由，把悟德中学撇个干净；但如果学校由此了解到更多的个中情由，到那个时候，赵建文不敢想，也想不到，等待他的会是个什么结果。

他得赶紧想办法，尽快把这个帖子删掉。

赵建文知道，学校的贴吧由德育处的老师和学生会的人负责。他不可能直接找到德育处的老师来帮忙，那无异于自投罗网。要想把危险程度降到最低，最好是找学生会的负责人，可他又完全不知道那负责人是何许人也，也不知道该向谁去打听。

赵建文甚至想给厉老师打电话，说明缘由，让厉老师出面解决此事，或者最起码有个心理准备。但他又想，如果厉老师完全不在意此事，那么自己的表现，则完全就是个跳梁小丑了。

厨房里，倪湘莲正颠勺挥铲干得火热，叮叮当当的声音搅得赵建文直想骂娘。当他想到这件事连倪湘莲这里都要讳莫如深，他长叹了一口气，忍住了。

忽然，“蔡泱泱”三个字蹦到了他的脑海里。他冥冥中觉得，虽然蔡泱泱不是学生会的人，但他一定不希望厉老师有什么麻烦。

事不宜迟，赵建文马上给蔡泱泱打了个电话。电话接通之后，赵建文告诉蔡泱泱，学校贴吧里有不利于厉老师的视频。他也没忘了告诉蔡泱泱学校对这样的事是什么态度。蔡泱泱闻听，立刻谢过赵建文，然后说了声“这件事我去办”，就把电话挂掉了。

蔡泱泱的态度让赵建文确信他一定能办成此事，但接下来的等待还是让赵建文觉得度秒如年。

大约过了半个小时，蔡泱泱打来电话，让赵建文再到贴吧上去看看。赵建文刷新了网页，那个帖子终于如他所愿，从贴吧里消失了。

倪湘莲叫赵建文吃饭，却见赵建文瘫坐在椅子上迟迟不动，便走到赵建文身边，拍了一下他的肩膀。赵建文看了一眼倪湘莲，又转回头，自言自语似的说道：“我就奇怪了，为什么随便一件什么事情就能让我心惊肉跳呢？”

又过了两周的时间，第二次模拟考试如期来临。

此次的阅卷方式和上学期期末完全相同。不同的是，时值二模，老师们都有个彼此心照不宣的评判原则，那就是尽可能把标准放得再更宽一些，以便让更多的学生通过自己的好成绩看到希望。

和上次一样，赵建文和刘老师拥有对作文的仲裁权。到了第二天上午大家开始评阅作文的时候，赵建文再次看到他所需要仲裁的作文当中，仍然是厉老师给了低分的占了大多数。他也不再和厉老师多说什么，而是直接按照自己的想法对那些作文的成绩一一做了改动。

在等待仲裁的作文当中，赵建文又看到了张骁的作文。

张骁的作文依然没什么改进。永远用排比句开头，排比之后永远跟个反问句，整个语段充斥着怒吼和蛮横的味道。

张骁写作文只写议论文，但只空有议论文的架子，完全看不到议论文的实质。中间部分的两个例子以尽可能多的叙述为主。那些例子都是赵建文平日提供给他的。对于这些例子，张骁至多能做到尽可能和观点一致或相似，例子之后是寥寥数语且非常空洞的议论。

看张骁的作文就像看到一个人在骂街，骂了半天连自己都忘了在骂谁，但又不想灰溜溜地收兵，便在最后又放了几句狠话。

赵建文并没有对张骁的作文直接下手。他起身来到刘老师跟前，将电脑放到桌子上，用手指了指这篇作文，又指了指旁边的两个分数。

刘老师看了一眼，心下便明白了，说道："这是状元苗子，这个时候更应该多鼓励。你看着给吧，给多少我都同意。"

赵建文抱着电脑回到自己的座位，又把这篇作文从头至尾看了一遍，最终给了五十分。

语文阅卷结束之后，又过了两天，二模成绩便揭晓了。

跟一模相比，各班成绩排名没有发生任何变化。

九班的语文依然如故。

张骁的个人总成绩不仅排名全年级第一，更是全区第一。邓晓鹃的排名则紧随其后。郑远航位列九班第一，伊雅以两分之差位列第二。

蔡泱泱的语文成绩位列九班第一，个人的排名也比第一次模拟考试有了大幅度提升。

得知成绩和排名之后，张骁一路小跑来到语文办公室。或许是因为兴奋，或许是因为走得太急，他脸上红扑扑的，嘴里"呼哧呼哧"喘着气。他来到赵建文面前，深深地给赵建文鞠了一个九十度的大躬，大声地说道："老师，谢谢您。"

赵建文业已知晓张骁的成绩和十一班在全年级的位置，但看到刘老师还坐在办公桌前，赵建文压抑住内心的喜悦，同时也示意让张骁说话小点声。

可张骁此时的心情正如同火山爆发，怎么也安静不下来。他说话的时候，声音比以往大，语速比以往快，还不时配以将军拔剑般的手势。

张骁的表现几乎吸引了办公室里所有老师的注意力。

恰在此时，尹老师也刚刚获知邓晓鹊排名年级第二，这令尹老师激动不已。要知道，即便是以往邓晓鹊排名班级第一的时候，她在年级里也没排过这么好的位置。

尹老师在办公室里激动得大喊大叫。夏老师说道：“一个第二就把你高兴成这样。将来要是得了状元，你一准要疯了。”尹老师说道：“你没听说过第二名理论吗？将来有出息的大多都是当初学习成绩排名靠前，但恰恰不是第一的。”夏老师笑道：“反正只要能高兴，你总是有话可说的。”

张骁眼见得自己不再是办公室的中心，尹老师的话又恰好刺激了他的自尊心。他走到尹老师面前说道：“老师，我第一次拿全年级第一，您说这些话，这不是打击我吗？”

尹老师完全没有意识到自己刚才的几句话会对张骁有什么负面的影响。她也确实没有这样的目的。但见张骁如此说，刚才的兴奋劲又还没有过去，心里像是被什么东西堵住了，她只能是吃惊地张大了嘴，瞪大了眼，不知道说什么才好。

张骁预备还要说点什么，哪知道尚老师笑吟吟地走了过来。她拍了一下张骁的肩膀，对张骁说了句“我有话跟你说，咱们到走廊里去说”，说着便走到办公室门前，并把门打开。

张骁不明就里，乖乖地走向外面。

张骁刚刚走出去，尚老师便从里面把门撞上，并在门锁上狠狠地拧了一把。

张骁这才明白自己上当了，他把办公室的门拍得啪啪响，并大声喊着：“不是说教学相长吗？为什么只能是我听你们的，你们为什么就不能听听状元苗子的意见？”

话说完了，但张骁拍门的动作并没有停止。

见张骁没有离开的意思，尚老师只好把门打开。恰在此时，上课的铃声响了。张骁依然站在门口，并没有要离开的意思。还没等张骁开口，尚老师笑道：“状元苗儿，你该去上课了。万一别人因为比你多听了这一节课，把将来真正的状元从你手里夺走怎么办？”

张骁听得有理，转身跑了。

张骁刚走，尹老师趴在桌子上，放声大哭起来。

第二十七章 离 开

悟德中学有个传统，就是在五月下旬，即二模结束大约半个月之后，高三便不再集中性地上课。所有的学生面临两个复习方式，要么回家，要么留在学校。

此举的目的只有一个，让学生在这半个多月的时间内，将所学的知识自行消化。

很多学生选择留在学校复习。因为在剩下的这些天里，高三所有的老师仍将按照年级的要求全员全天上班。每天六节课，上下午各三节。若上午是语数英，下午便是文综或理综，第二天的课程与此相反。上课铃一响，学生便在教室里上自习，相关的任课教师则在外面静候。楼道里每个班靠近前门的位置都摆放着两套桌椅，一套留给老师，另一套虚位以待，等待随时有可能出来问问题的学生。

学生并不需要严格遵循课表的安排，他们随时可以走出教室，去向办公室里的其他教师讨教。

张骁选择留在学校，一个是问老师方便，一个是便于观察周围的强手都是怎么学习的。不过每天下午一下课，他就会匆匆离开学校。他的家长给他报了外面的冲刺班，他在冲刺班上还能见到很多选择在家里复习的同学。这样一来，两下里的情况他就都有所了解了。

赵建文的两个班不在同一个楼层。十一班在三层，五班在四层的南端。

仅仅两三天下来，十一班的表现已经让赵建文有些吃不消了。每到十一班的课，赵建文刚走出办公室，便看到摆在十一班门口的椅子上已经坐了人，早有学生准备好一连串的问题等着他了。

这让赵建文觉得很不舒服，他觉得那个学生像是已经张起了一张网，而他没有选择，只能乖乖地往那网里钻。

答疑的时候，赵建文最想听到学生说“还有一个问题”这句话。后来他发现自己错了。学生说这句话的时候，重音不在“一个”上，那只是下一个问题的过度。有时候赵建文久旱逢甘霖一般终于听到学生说出“还有最后一个问题”这句话，而回答问题的时候一不留神多说了几句，原本有所愧疚的学生将赵建文的亢奋理解为默许和鼓励，又抛出了一堆的问题。

教室内的黑板上，排列着一串学生的名字。刚刚问完问题的学生会将自己的名字擦掉，下一个学生便站起身，走出教室，坐到赵建文的身边。

更让赵建文感到恼怒的是，很多学生问的问题都是他之前不知道讲过多少遍的问题。可他知道，此时的他不能发火。因为就在前几天，年级里为这最后一个阶段专门开了全体教师会。吴老师早就料到部分学生会有如此的表现，她向大家强调，悟德中学的学生要么基础好，要么能力强，要么悟性高，哪怕就是在这最后的十几天里突然开悟，他们的成绩也极有可能出现飞跃式的进步。

每每一堂课下来，赵建文都如同失了元气一般，回到办公室之后，坐在座位上一句话也不想说。他抬眼看去，其他几位老师的情况也和他差不多。三位留在高三的老教师毕竟见过这样的阵势，心情还算平静。夏老师回到座位上，抓了两片西洋参含在嘴里，然后便闭目养神。尹老师则是一阵大呼小叫道：“我的妈呀！我原以为这些天我要解放了呢，怎么感觉比平时上课还累啊。学生都要疯了吗？这时候才想起来问问题，早干什么去了？”

尚老师笑道：“你知足吧。人家最后还想得起来问语文题，就算是给你天大的面子了。咱们老师就像超市里的菜，虽说到了这般时候，人家会不会把你装到自家菜篮里还不一定呢。”

尹老师嘴一噘，说道：“这算是给我面子吗？我看他们是在榨取我的剩余价值。我敢跟你们打赌，就现在这些疯了似的问问题的学生，即便他们高考考得好，你们看着，我敢说一个感恩的都没有。”

话音未落，邓晓鹃推门进来，看到尹老师心绪难平的样子，赶忙说道：“老师，我过一会儿再来吧。”

尹老师的脸色登时变成春天般的笑容，说道：“哎呀，宝贝儿，难得见你主动问问题，我拼上我半条命不要了，也得帮你排忧解难呐!”

说着，她拉上邓晓鹃的手，出门进了公用教室。

尹老师刚出门，尚老师笑道:“呵呵，她不是戏精，她是影后。”

赵建文在五班的时候，和十一班相比，那情形简直是又走到另一个极端上去了。

五班在四层，这里除了文科班，集中的都是以非统招生为主的班级。

五班问问题的人少，问的问题也少。有的学生拿了篇刚写的作文出来，赵建文看过之后，指点了一番，重点进行了表扬。这也是全体教师会上吴老师的意思。到了现在这个份上，学生无论问什么，教师的原则只有一个，那就是极力表扬。学生听完赵建文的指点，说声“谢谢”，便又回到教室里去了。

学生这样的表现，倒让赵建文不放心了。他见没人出来，便时不时到五班教室里转一转。他发现班里的学生各个都在忙着手里的事情，只是他们手头的资料都和语文没什么关系。

赵建文明白，学生未必是主动性地放弃语文。在各科复习任务多如山脉的情况下，放弃母语也许是他们性价比最高的打算了。

赵建文原本想找某个学生说点什么，但见他们各个都全神贯注的样子，便又退出来了。

回到座位上的赵建文望向走廊的另一端。他发现在这一层里的老师都和他差不多。只不过那些老师多数是有备而来，有的在玩手机，有的打开电脑看视频。

第二天再到五班来的时候，赵建文带来一本书。他从上次给赵千仞买的那一堆书中抽出了最薄的一本——赫拉巴尔的《过于喧嚣的孤独》。

赵建文平时看国外的书不多。虽然这一本很薄，赵建文只看了几页便看不下去了。

今天的天色不好，从早上起就阴沉沉的。楼道里的灯很亮，衬得照不到的地方更加阴暗。不一会便感觉到有风从楼道尽头的门缝间挤进来，发出令人恐怖的声响。

门外是个阳台，为了防止出现意外，那两扇门落了锁，一直就没打开过。

不一会儿，外面传来一阵“哗啦啦”的声音，下雨了。

赵建文放下书，听着外面的雨声，感觉到有各种思绪在内心无端地升腾起来。

他首先觉得楼道里明暗对比之下的景象有了虚幻的色彩。他像是坐在剧场里，观看一出默片一般的舞台剧。很快，他又觉得自己已经不在台下，而是同样成为台上的一员被人观赏和指摘。他又觉得眼前的景象曾经一模一样地见过。每个人的位置、表情、动作，每个人和周围的光线、颜色所形成的氛围他都如同有过前世一般地经历过。我和悟德中学有缘吗？赵建文在心里苦笑着。

不过，另一个问题接着就冒出来了，如果悟德中学对他来说有宿命般的归属感，那他之前四十年的人生又算是什么呢？

他想起上次寒假回家，原本打算和以往的同事聚一聚，可倪湘莲到最后一个人也没联系上。这让赵建文感觉自己就像是小时候被老师表扬了一次之后，立刻便招致所有同学因嫉妒而默契地形成了对他的敌对。他相信，即使大家见了面，裹挟着满嘴酒气说出来的豪言壮语会比桌子上的菜肴冷得还早。再加上时间的稀释，很多熟悉的名字最终不过是个符号，酒桌上的谈资也不过是在记忆里越来越模糊的事情，大家的精力可能全都耗在谁的说法更真实的争执上了。

偶尔有学生走出教室，走进厕所，很快又从厕所出来，急匆匆走回去。他们当中很多人的表情是坚毅的，这也许是此时高三的学生最应该拥有的表情，但如此的千人一面又让人觉得有些可怕。赵建文相信有得必有失。高三如果只剩下应考，那同时失去的东西也一定很多，而且里面一定有很多非常宝贵的东西。

他说不清楚那些东西是什么，但他清楚的是，他的儿子早晚有一天也会上高三。悟德中学既然从初一开始就进行分班考试，恐怕赵千仞已经在开始失去一些东西了。等孩子上了高三，他既是老师，又是日日备受煎熬心乱如麻的高三学生的家长，恐怕连他自己也是造成孩子有所失去的原因之一。尽管他知道读书对一个孩子的成长来说是最好的盔甲，他也给赵千仞买了很多书，赵千仞也喜欢读书，但他从来没有跟赵千仞就读书有过真正的交流。

也许会有那么一天，赵千仞变得不再那么乖巧，甚至像洪武来讨厌他的父亲一样讨厌自己。而到了那个时候，恐怕他也只能和很多家长一样，以从道义上谴责儿子的无情来对自己业已失去的尊严百般修补。

好吧，随他的便吧。赵建文心里嘟囔着。好在还有倪湘莲跟着我。不过即使我没离开横江中学，最终的结果也不过如此吧。

想到这里，赵建文忽然感到一阵心酸。

答疑进行到第五天，再过两天，就该是悟德中学特意为帮助学生保持状态而进行的热身考试了。

在所有的老师中，厉老师一直都是早上到得最早的那一个。即便是答疑期间，厉老师依然和往常一样早早到校。轮到他上课的时候，他便揣上一本书，端着茶海，坐到走廊里的课桌边。有学生问问题，他便悉心解答。没有学生的时候，自己便和在办公室里一样，一边喝茶，一边闷声不响地看着手上的书。

这天早上，夏老师和尹老师来到办公室的时候，发现柳老师早已等在那里。柳老师没带钥匙，已经等了半天。进了办公室，大家忽然察觉到厉老师还没有来。

一开始，大家还不是很在意。以为厉老师不过是偶感小恙。过了一会儿，赵建文和尚老师也来了，可厉老师还没有到。大家的担心开始在办公室里持续发酵。

夏老师来到厉老师的座位，仔细打量了一番。她发现那两盆文竹不见了，而文竹旁边的茶具都在，几本语文课要用到的课本、教参和一些练习册也都整齐地立在办公桌的一角。

夏老师伸出手，拉开了桌面下方的一个抽屉。她先是“啊”地叫了一声，又快速地将其他所有的抽屉拉开，进而更大声地叫道：“你们快来看，空了！全都空了！”

大家赶紧凑过来，果如夏老师所说，所有的抽屉都是空的。

正在大家感到万分惊愕的时候，刘老师到了。看到大家惊慌的样子，刘老师却是一脸的镇静。大家看到刘老师的神情，便猜到她已经知道了内情。

不等大家发问，刘老师说道：“从今天起，厉老师不会来了。”

夏老师腾地一下站起来，瞪大眼睛问道：“为啥？什么情况？怎么这么突然？”

正在这时，上课铃响了。尹老师和柳老师都该去答疑，但两个人谁也没动，只怔怔地看着刘老师。

刘老师放下包，一边脱下外套，一边将事情的原委一五一十地告诉给大家。

昨天晚上，厉老师负责晚自习值班。他出去打水的时候，走过楼梯口，正遇到十二班一个男生从教室出来。这个男生手里拿着一个空瓶子。

楼梯的拐角处，有个红色的垃圾桶。一个保洁员阿姨此时正弯着腰，把从垃圾桶里捡起的水瓶放到旁边一个巨大的黑色垃圾袋里去。

学生每天扔到垃圾桶里的饮料瓶数以百千计，这对保洁阿姨来说，算是一笔可观的收入。

这个男生并不想走到垃圾桶旁边去扔掉那个瓶子。他采取的方式是像足球运动员那样，飞起一脚，将那个瓶子踢到垃圾桶里去。只是他的脚法并不精准，那个瓶子被踢到了保洁员阿姨的肩膀上，弹了一下，却又刚好落到那个黑色的垃圾袋里。

那个男生见此情景，转身跑进教室。那个阿姨回头的时候，十二班教室门口连个人影都没有。那个阿姨没说什么，继续在垃圾桶里翻找。

整个过程被厉老师看个一清二楚。他来到十二班门口，准备找出那个男生。谁想到那个男生不用找，他也不是逃回教室的，此刻的他正站在讲台前，朝班里的同学大声喊道："诸位，知道我刚才踢得有多准吗！折射！折射入网！"

厉老师朝那个男生招招手，说道："这位同学，你过来一下。"

这个男生不知道怎么回事，走到厉老师身边。厉老师用手指了指那个保洁员阿姨，对这个男生说道："去，跟那个阿姨道歉。"

那个保洁员阿姨听到了厉老师的言语，笑道："不用了，不用了。"

那个男生听到阿姨如此说，又看了一眼厉老师，便转身走进教室，回到自己的座位上。

厉老师跟着这个男生进了教室，走到他身边，问道："你刚才那样做很不礼貌，知道吗？"那个男生说道："知道。"厉老师问道："那你为什么不去道歉？"那个男生说道："那个阿姨说了，不用了。"厉老师说道："阿姨说不用了，那是她不愿意和你小孩子计较。你做错了就是做错了，不能这么不懂事。"那个男生说道："那个阿姨可以不和我计较，你怎么没完没了的啊。"厉老师说道："我是老师，我没看到也就罢了，看到了我就得管。"那个男生说道："你又不是我老师，你管不着。"

下课的铃声响了。十二班教室里，其他的学生已经无心复习，但也没人离开教室。他们大概难得看到这样的情景，谁也不说什么，只是静静地，津津有味地关注着事态的发展。

厉老师说了一声"好吧"，便掏出手机，给吴老师打了个电话。

厉老师要那个男生跟他到办公室，那个男生满不在乎跟了来。两人坐在沙发上，等待吴老师到来。

过了大约二十分钟，吴老师到了。

三人坐定之后，吴老师对那个男生说道："现在就咱们三个人，别的同学看不到，我去把那个阿姨找来，你当着我们的面，跟那个阿姨道歉，怎么样？"想不到那个男生态度十分强硬，依然是拒不道歉，理由始终都是那一条，阿姨已经说过不用道歉了。厉老师说道："那你先给我道歉吧。"那个男生说道："我为什么要给你道歉？"厉老师说道："因为你刚才对我的态度同样很不礼貌，我要求你道歉。"那个男生说道："我怎么不礼貌了，我又没把瓶子踢在你身上。"

局面陷入了僵局。吴老师大概也听明白了之前发生了什么，说道："这样吧，厉老师。您先休息一下，我带他去我的办公室，我再做做他的工作。"

厉老师同意了。

过了大约半个小时，厉老师不见有人下来，便去十二班看了一眼。他发现那个男生正在若无其事地做着习题。那个男生发现了厉老师，微笑着朝厉老师做了个"V"字形的手势。

厉老师上了五楼，见吴老师还在办公室，便问刚才的事情是个什么结果。

吴老师说道："厉老师，这事就这么过去吧。您大概不了解情况。您知道那个男生是谁？高三一年里，四次大考，前三次都在年级里名列前茅。最后这一次他以为可以考第一，没想到让张骁超过去了，这孩子还在为这事烦心呢。他刚才那样的表现，也能理解，是吧？"

厉老师笑道："您要是这样说，那我太能理解了。"

吴老师说道："马上就要高考了，一切都以大局为重。您要是觉得实在气不过，等高考完了，我让那个孩子当着我的面，给你和那个阿姨道歉，怎么样？"

厉老师笑道："那就算了，不必了。"

刘老师最后说，晚自习值班结束之后，厉老师找到我，把办公室的钥匙交给我，并且跟我说他会给于校长打电话，说他从明天起，自己就不来上班了。

听完了刘老师的讲述，几位语文老师谁也不出声，坐在椅子上默默地出神，全然忘了自己要干什么。正在这时，吴老师推门进来，对着尹老师和柳老师说道："尹老师、柳老师，现在是你们的答疑时间，你们该到楼道里去了。"

柳老师并没有要走的意思。她依然坐在原位，向吴老师问道："吴老师，厉老师的事，您知道吧?”吴老师云淡风轻地笑道：“我怎么能不知道呢？看样子你们也都知道了啊。”刘老师笑道：“咱们学校没个说法吗？就让厉老师这么走了?”吴老师说道：“咱们这里庙太小，装不下厉老师这么大的神。再说，人家也未必愿意跟我们一个锅里混饭吃。还好，他的课也上完了，对咱们学生来说，倒也什么都没耽误。”

吴老师并不想就这件事再多说什么，但也没有要走的意思，只是站在那里，用目光督促着柳老师和尹老师。尹老师看着柳老师，柳老师缓缓站起身，对吴老师说道：“吴老师，作为老教师我多一句嘴，这件事办得真的不地道。”说完，柳老师走出了办公室。尹老师紧跟着刘老师也出去了。

吴老师刚要走，忽又想起了什么，对刘老师说道：“刘老师，厉老师走了，九班热身考试的试卷讲评课和考前最后的叮嘱，得由语文组出一个人代劳。”

看到刘老师点了点头，吴老师也出了办公室。

办公室里重又安静下来了。

许久，夏老师才缓缓地说道：“这也太突然了。我这心里空落落的。”

整个过程里，赵建文一句话也没说。

下午上完最后一节课，蔡泱泱、伊雅和郑远航进了语文办公室。走在最后的郑远航手里拿着个空纸箱。

办公室里只有赵建文和夏老师在。蔡泱泱向两位老师说道：“老师好，我们来帮厉老师搬东西。”

夏老师站起来，点了点头。三人来到厉老师的办公桌前开始收拾。

其他东西都还好办，面对那茶海，三个人犯了难。他们不知道怎么安排才能保证那些茶具不至于被损坏。

赵建文见状，便叫那几个学生停手。他问夏老师有没有旧报纸。夏老师一边说有，一边抱了一叠过来。赵建文从自己桌子上拿来一盒抽纸。他用抽纸将几个杯子包好，放进那个纸盒，又让夏老师和另外几个学生把报纸揉皱，他用揉皱的报纸将纸盒中茶壶和茶杯之间的空隙填满，盖好盖子，这才交到郑远航手里。

三个人谢过夏老师，准备离开办公室。

夏老师又把他们叫住，她问蔡泱泱知道不知道厉老师去了哪里。蔡泱泱笑道：“抱歉。厉老师不让说。”

过了一会儿，其他几位老师回来了。看到厉老师的桌面上已经空空如也，便问夏老师是怎么回事。夏老师便把刚才的事情讲给几位老师听。

尚老师坐下来，看着前面厉老师的座位，摇了摇头，说道："虽说厉老师刚走，我怎么就觉得他之前在这里的日子，就跟传说似的，已经开始不真实了。"

晚上，赵建文把厉老师的事情讲给倪湘莲听。倪湘莲听了，什么也没说。她盯着赵建文，像是在他的表情里寻找着什么。赵建文问她在想什么。倪湘莲这才露出一丝笑意，说道："这不正是你希望的吗？剩下的那些个老师，还有哪个能和你争锋呢？"

两天之后，便是高三年级热身考试。在学生眼里，这一次考试除了热身，还有押题的性质。再加上年级组长和班主任的鼓动，所有的学生都参加了。

这次的语文试题都是由刘老师负责的。赵建文只负责对试卷做校对。

这次考试没有班级和年级排名。试卷讲评安排在一天内完成，每节课一个小时。第二天，任课教师会集中到自己所教的班级，对学生做最后的动员。

考试之前，刘老师问赵建文可不可以到九班去讲语文课，毕竟他教过九班，彼此不太陌生，赵建文答应了。

教务处给赵建文排好了课表。五班和十一班的课在上午，九班的课在下午。

走进九班的时候，蔡泱泱上来问赵建文，可不可以压缩一下讲卷子的时间，余出十分钟来。赵建文问要那十分钟做什么。蔡泱泱说要和大家说几句话。赵建文问要说十分钟吗，蔡泱泱非常郑重地点了点头。

五十分钟的讲课时间更像是在走形式。学生听得不算不认真，但几乎个个都面无表情。不知道是源于对考试过于熟悉，还是对赵建文过于陌生。赵建文把试卷中要紧的部分做了一番强调，又给了一些叮嘱和建议，尤其是在最后的写作部分，就如何避免偏跑题多说了几句，最后又给眼前的学生们送上了几句祝福，赵建文低头看了看腕上的手表，刚好五十分钟。

赵建文向学生们表示，自己的课已然到了尽头。学生自发地给赵建文鼓起了掌。赵建文向蔡泱泱点了点头，自己走向了教室后面，坐到了蔡泱泱的位置上。

大家原本还不知道要发生什么，当蔡泱泱走上讲台，双手放在胸前，十指交叉着，温和地看着大家的时候，大家忽然发现，眼前的蔡泱泱已经是活脱脱一副厉老师的神态。

所有人都梦醒一般，激动地看着蔡泱泱。

蔡泱泱微笑道："大家好，我是厉老师。"

没想到，此时蔡泱泱的语调也和厉老师十分相似。很多人禁不住拍起了手，有人甚至欢呼起来。

伊雅的眼里已经浸满了泪水，她问道："厉老师，您还好吧？"

蔡泱泱依旧笑道："我很好，谢谢。大家不必担心。"

伊雅说道："我还以为您嫌弃我们了，再也不理我们了呢。"

蔡泱泱笑道："不会的。你们都这么可爱。六月七号的早上，我会回到这里，为大家送考。"

下面的欢呼声瞬间响成了一片。

待欢呼声渐渐落下，蔡泱泱说道："借这个机会，我想跟大家说几句话。半年多以前，你们完全没想到会有这样一次相遇。我不确定，这几个月来的经历在你们的人生中处于一个什么样的位置。我能确定的是，今天是我们别离的日子。相遇是偶然的，分离是必然的。既然是必然的，我们的心情自然也可以是坦然的。我们还可以在以后的日子里，坦然地面对一次又一次的相遇和别离。我希望在相遇和离别之间，大家在这个过程当中，能够彼此珍惜，因为这些过程注定是我们生命历程中的一部分。如果可以彼此珍惜，我们就互相成了对方的生命过得有意义的见证者。我当然希望，在你们的人生历程中，这半年多里，你们遇到的这个我，对你们来说有意义。你们的表现对我的人生来说肯定是有意义的。因为我看到了你们的进步，看到了你们在作文中反映出来的越来越强烈的唤醒自我和独立思考的意识。我不确定这个意识可以助你们将来飞黄腾达，但我可以确定的是，你们因此而能够对自己有准确的判断，有更理性的思考，进而不会轻易随波逐流。我们的躯体是渺小的，但我们不必因此而活得卑微。有时候你应该感谢生活中很多人把彼此活成了对方的样子。他们凑在一起，停滞不前，说一些无聊的话，做一些无聊的事。这些人等于是自动给你让出一条坦途，你但凡一用功，就可以把那些人甩得很远。不过，我希望将来不管你们走到哪里，都能经常静下心来想一想，我喜欢干什么，我能干什么，我是否尽力而为，我是否从中收获了源自心底的快乐。这些问题未必都有答案。世界上有很多问题我们都很难得到答案，这些问题的价值就在于思考本身。我不祝福你们将来大富大贵，我祝福你们将来能自己把握住自己人生中的重要时刻。这些祝福，我也送给现在不在场的胡岩，由蔡泱泱负责转达。”

听到最后一句话，下面的同学不由自主地笑了。

蔡泱泱说道：“最后，我背一首短诗送给大家。”

蔡泱泱背诵的是英国诗人兰德的诗：

我不和任何人争，和谁争我都不屑。我爱大自然，其次就是艺术。我双手烤着生命之火取暖，火萎了，我也准备走了。

九班的学生听了这几句诗，一时陷入了沉默。几秒钟之后，伊雅举起了手，问道：“老师，您不希望有人记得您？记得您的人越多越好吗？”

蔡泱泱笑道：“那不重要。记得我的人早晚也会被人忘记的。”

下课后，赵建文找到骆老师，告诉他明天做最后的动员的时候，自己就不到九班来了。

回到办公室的时候，几位语文老师都还在，大家正商量着明天动员会的时候，怎样避免只是换汤不换药似的给学生说几句励志的话，而在学生面前别具一格地表现一番。

尚老师问柳老师有什么想法。柳老师笑道：“年年都是这一出，学生好像也有意要利用这次机会以难为老师取乐，我也实在没有什么新点子了。学生要是实在不肯放过我，我就还和过去一样，唱首歌呗。”

尚老师笑道：“你是不是打算唱《革命人永远是年轻》啊？”柳老师用手指朝尚老师点了点，微笑不语。

夏老师和尹老师问尚老师做了什么准备。尚老师说自己写了一首诗，自己还找了配乐，准备当堂朗诵给学生听。大家纷纷要求尚老师在办公室里朗诵几句给大家听听，尚老师倒也不推辞，说了一句“只当是彩排了”，于是念道：

“我是园丁，在百花盛开的时候，我不是观赏者，我最好的结局，就是离开。所以，你们尽情地怒放吧。尽管怒放的尽头依然是凋零，但从未盛开过的花朵，所遭遇的，只有无视的悲哀……”

才朗诵到一半，尚老师已禁不住潸然泪下。

尹老师赶忙招呼大家看她都做了什么。尹老师熬了几个晚上，将每个学生从高一入学到如今所参加的所有活动的照片刻在一张名为《光阴的故事》的光盘里，并配上字幕和音乐，准备最后放给学生看。

夏老师一边看一边赞叹道：“乖乖，悟德中学的班主任，着实是做不得了，自愧弗如啊。”

几个老师当中，只有刘老师闷闷不乐。她感觉到自己的状态和办公室里的氛围格格不入，此刻又没有人关注她，便站起身来向外走。赵建文此时也完全没有心情欣赏其他几位老师的演艺。他跟上刘老师，一起回家了。

路上，赵建文问刘老师缘何不开心。刘老师告诉赵建文，之前特级教师的评比，自己的得票过低，学校没有上报。

赵建文不知道该说什么，只是默默地随着刘老师的步伐向家里走。

刘老师叹道：“什么得票过低，如果只是考虑得票问题，第二天就可以公布结果，怎么可能拖到现在？还不是不拿语文当回事？你猜，上报的老师里有谁？”

赵建文想了想，说道：“有洪老师？”

刘老师恨恨地点了点头。

第二天上午，各班动员会刚刚结束，学生如约定好的一般，要么冲到面对天井的窗前，要么跑到空中走廊里拉开了窗户。他们每个人手里都抱着一摞书，或者是一沓卷子。所有人都如雕塑一样静候着，眼中充满了过节般的期待。

赵建文起身站到窗边，夏老师也走过来一看究竟。其他几位老师显然对外面即将发生的事情没有兴趣，都在忙着各自的事情。

赵建文问夏老师知道不知道要发生什么。夏老师说道：“知道，但真不希望再看到了。”

突然，不知道是谁一声令下，大喝一声“高三，再见啦！”学生们开始将手里的书或卷子撕扯得粉碎，扔向了天井。一边扔，一边逃脱魔掌一般地欢呼着。有的学生将手里的东西撕尽了，扔光了，还不肯离开窗口，继续振臂高呼，被后面急不可耐的同学强行拉扯到一边。有的学生等不及，直接将书或卷子从窗口抛了出去。

像是从空中飘下纷纷扬扬的大雪，不一会儿，天井里铺满了各种纸片碎屑。

面对这样的景象，赵建文心里说不清是个什么滋味。一旁的夏老师已经泪流满面，喃喃地说道：“我们这是做了什么孽！他们就这么恨学习吗？”

第二十八章　送　考

六月四号这天，答疑结束。包括住宿生在内，所有学生都回家调整三天。高三的两个楼层彻底安静下来了。

高三老师不能离校，但也不必留守在办公室。他们可以待在家里，如果还有学生需要答疑解惑，可以通过电话或者网络和学生取得联系。

悟德中学的学生有两个考点，一个在本校，一个在正德中学。

送考的老师被分为两队。悟德中学这边的队长是吴老师，语文老师有赵建文、尹老师和夏老师。其他科目的老师也和语文组一样被拆开，一部分在这里，一部分去正德中学。

所有学生和老师都被事先告知，考试当天，学生都要穿校服，送考的老师一定要穿一件红色的上衣。赵建文明白，红色意味着胜利，这是给走向考场的学生先讨个好彩头。

赵建文翻遍了衣柜，也没找到合适的。赵建文红色的上衣很少，仅有的两件，式样也过时了，颜色也发暗了。

倪湘莲说道："反正你以后也要经常穿的，我出去买吧。"

赵建文笑道："你怎么知道我会经常穿？"

倪湘莲笑道："我是你老婆，还不了解你？下一年，你肯定还想留在高三吧？"

赵建文笑而不答，只是嘱咐倪湘莲买衣服的时候至少买两件。

虽说眼前的工作还没有结束，但赵建文有强烈的预感。如果没有什么意外的话，他留在高三的可能性很大。一是他相信十一班的高考语文成绩应该会令他交上一份满意的答卷；二是相对其他年级来说，在高三累是累了点，但也没有太多杂七杂八的事。更何况，这些所谓的辛苦在赵建文看来，根本就不算个事。

还有一个很重要的原因，高三年级老师的工资明显要高于其他年级。

赵建文唯一惦念的就是这份答卷是否能更圆满一些。他非常希望今年的状元落在他十一班的某位学生头上，但就这点来说，连十一班的班主任洪老师也并不敢打包票。

五号晚上六点多钟的时候，赵建文接到吴老师打来的电话。吴老师上来就问倪湘莲在不在家。赵建文把电话给了倪湘莲，倪湘莲“嗯嗯啊啊”了一阵，又把电话交给赵建文，说了句“你接着听吧”，她自己拿上件衣服，急匆匆地出了家门。

赵建文接过电话忙问怎么回事。吴老师说张骁的父母带着张骁到学校来了，想和所有的任课教师见个面。毕业楼已经封起来，进不去了，便麻烦倪老师借图书馆用一下。吴老师让赵建文先略等一等，轮到他的时候，吴老师会打电话通知他。

赵建文又问到底是什么事，吴老师只说“一会儿你就知道了”，便挂掉了电话。

赵建文满心狐疑，却也只好等在家里。

一直到晚上将近八点钟的时候，赵建文终于接到了吴老师的电话。赵建文叮嘱赵千仞好好看家，便急匆匆赶往图书馆。

图书馆里有张长桌，长桌里面那一端坐着倪湘莲。倪湘莲手里拿着一本杂志做样子，实则看戏一样关注着眼前的情景。长桌靠近门口这一端坐着张骁一家和吴老师。一见到赵建文，张骁和他的父母立刻站了起来。吴老师依旧坐在原地不动，只向赵建文点了点头。

这是赵建文第一次见到张骁的父亲。此时张骁父亲脸上的谦恭，他本人和赵建文都不太习惯。

张骁妈妈用吵架般的声调不停地对赵建文表示感谢和歉意。那话语间的焦虑像一支支利箭不断投射到赵建文的耳朵里。

张骁愣愣地站在那里。他好像好几天没洗脸也没睡觉了，头发乱糟糟的，双眼红红的，身形并没有瘦削下去，但并不挺拔。赵建文请一家人坐下。张骁刚一坐下，便马上把双手插进头发里，使劲地抓挠着。

赵建文坐下来，问张骁妈妈出了什么事情。从张骁妈妈颤颤巍巍的话语里，赵建文了解到了事情的原委。

原来今天晚饭之后，张骁突然变得坐立不安。他原本是该回自己房间做功课的，但他在书桌前坐了片刻，发现自己什么也做不下去。张骁妈妈让他把别的科目先放一放，先背一背古诗文调整一下。张骁拿起书来之后惊恐地发现，那些诗文他都看不懂了；张骁妈妈又要张骁看看历次大考中那些优秀的范文，张骁一篇也看不进去；张骁妈妈也开始手忙脚乱了，她让张骁自己写一篇练练笔，张骁想了半个小时，也不能动笔写下一个字。最后，张骁满脸是泪，向张骁妈妈说道："我以前的作文都是老师教我的，老师让我说什么我就说什么，没有一句是我自己的话。可是现在，老师的话我一句也想不起来了。妈妈，我完了。"

这样的话让张骁妈妈听起来心惊肉跳。她自己又没有什么好办法，只得带着孩子来到学校向老师们求救。

吴老师在一旁补充道："其他学科的老师都来给张骁做了疏导，现在就剩语文了。"

了解到这些情况后，赵建文可以对张骁做出判断了。张骁这样的学生，就不该有最后这两天假，他是离不开老师的。他得想点办法平复他今天如此慌乱的情绪。他拉过一把椅子，坐到张骁身边。他问张骁："你还相信我吗？"

张骁的眼泪都快流下来了。他带着哭腔说："相信。我现在最相信的就是您。"

赵建文问张骁现在对语文最担心的是什么。他刚一说完，就发现张骁父亲将一个录音笔放在了赵建文和张骁之间。张骁答道："我最担心作文。"赵建文让张骁说得具体点。张骁说道："我最担心自己准备的素材用不上。"赵建文又问道："如果有这样一个素材，一个科学家屡败屡战，最终在科研上取得重大突破，你面对一个名为《创新》的题目，你怎么用？"张骁想了想，说道："我就说他的人生理想就是创新，他就是为创新而生的，这您以前不是教过我们吗？"赵建文点点头，又问道："如果是面对一个名为《味道》的题目，还用这个素材，你怎么用？"张骁惶惑道："根本不挨着啊，没法用啊。"赵建文说道："如果文章一开篇你就先强调他最喜欢实验室里某种制剂的味道呢?”似乎是被一句道破了天机，张骁的表情一下子变得灿烂起来。他惊呼道:“是啊，这不就转过来了吗?”不过，仅仅过了几秒钟，张骁脸上的灿烂马上又转回到阴郁，说道:“老师，一到您这里来，我就什么都明白，可我自己面对考题的时候，我就一筹莫展，怎么办啊?”说着，他又要伸出手去抓头发。

赵建文赶忙抓住张骁的手，说道:“我之前给过你们很多非常精彩的开头，你背下来了吗?”张骁说道:“背是背下来了。可那些好开头是您给大家的。如果考试那天我用了一个，可能别的同学也用了，万一被发现了，算我作弊或者让阅卷老师看不起，不是都得丢分吗?”

赵建文这是明白了，张骁这是讨要秘籍来了。他甚至怀疑张骁刚才那几句话是张骁的父母教给他，并且在家里演练过的。此刻，这一家人不仅认为赵建文手里有秘籍，而且看眼前这阵势，他们志在必得。这让赵建文内心颇感不悦。他觉得自己是被人算计了，但看眼前这阵势，他又只能言听计从。犹豫了一阵，赵建文说道:“这样吧，你先和你爸妈回家，我回家之后整理点东西，然后发到你邮箱里。剩下的时间里，你抽空把我发给你的东西多看看，心里感到不安的时候也拿出来看看，能背最好就背下来。”张骁问是什么东西，赵建文答道:“平时你们写作文的时候，我自己也练练笔。我把我认为写得不错的一些开头整理一下，挑好的给你。你收到之后马上转存，把邮件彻底删除。这些东西，我只给了你一个人，放心了吗?”

此话一出，张骁差点双膝一软跪在地上，连连对赵建文表示感谢。看到张骁喜笑颜开，张骁的父母也终于面露喜色。张骁妈妈说道:“我就知道赵老师一定是有办法的，我们孩子最崇拜您了，现在连我也崇拜您了。”

送走张骁一家，吴老师也先行离开了。赵建文和倪湘莲慢慢往家里走。

赵建文问倪湘莲是不是看到了整个过程。倪湘莲说道:“从头到尾我都看见了。我的老天爷，你们悟德中学为了个状元简直是什么都不管不顾了。为了一个学生，至于吗? 把所有的老师都折腾一遍。看这架势，我不当老师倒真的罢了，不受那个累，也不受那个委屈。”赵建文说道:“我怎么觉得张骁一家像是在演戏呢?”倪湘莲笑道:“那还不是演戏? 真够假的了。”

回到家，赵建文赶忙打开电脑，将刚才提到的内容分类整理了一下，做成了一个压缩包，发给了张骁。

邮件发出之后，赵建文开始犹豫是否将这些东西从电脑里删除。

过了一会儿，赵建文收到了张骁发过来的短信。张骁告诉赵建文，邮件收到了，而且已经转存，且将原邮件彻底删除。他让赵建文放心，绝对不会外传。最后一句话是“谢谢我万分崇拜的赵老师”。

赵建文思量再三，最终决定还是留下这些“秘籍”。

时近子夜，赵建文辗转难眠。他怕惊扰到倪湘莲，披了件衣服来到阳台上。

赵建文家的阳台对着操场。此时已是子夜，操场上黑乎乎的，操场边上的灯昏黄得很像朱自清笔下的“渴睡人的眼”。

赵建文想起几个小时以前倪湘莲和他一起回家时说过的话，尤其是那句“你们悟德中学”让他印象颇深。仅半年多来，倪湘莲每每听到看到一些在她看来不正常的事情，总是会冠以“你们悟德中学”这样的字眼。似乎这样说，就更方便她表达内心的不满和置身事外的幸灾乐祸。不过，倪湘莲说话从来都是图嘴上痛快，说完也就完了。更何况，她也不会真的从心底拒绝悟德中学。她知道悟德中学对她的老公和孩子来说有多么的重要。

只是，倪湘莲今天看到的这出“活报剧”，主人公之一就是他自己。

从听吴老师的安排到图书馆去，赵建文就知道后面发生的事情都会被倪湘莲通览，他的心里就开始不痛快。后来他当着年级组长和张骁父母的面给张骁做辅导，更让他觉得自己是被人操控了。想起吴老师坐在椅子上朝自己点头的样子，赵建文明白，尹老师在古庙里说的那几句话是对的。即使今年高考的成绩非常出色，在领导眼里，自己也不过是一名被人任意役使的马前卒而已。

看着眼前漆黑的夜色，赵建文猛然想起，大约一年以前，他站在宿舍楼的窗前所看到的景象和今天何其相似。那个时候他孤零零一个人，又因为事情进展得过于顺利，让他感到当时被黑暗笼罩的悟德中学是那么的不真实。现在，眼前的黑夜如旧，但他的老婆和儿子就在他身边酣眠。可是，他觉得那种不真实的感觉不仅没有消失，似乎还在他的心底扎下了根。

忽然，赵建文开始特别想念厉老师。如果厉老师在身边，他无论如何都可以把自己内心的真实感受一吐为快。

一想到这些，赵建文就更睡不着了。

六月六号的夜里，一场大雨将整个省城冲洗得干干净净。虽说第二天早上依旧是艳阳高照，却也有凉风习习，带给人夏天里难得一见的清爽。

七点钟的时候，已经有警察站在悟德中学的门口。挂着胸牌的工作人员同样站在这里，检查考生的证件，提醒家长到此止步。

大约七点半钟的时候，开始有家长带着考生赶到这里。有的家长带着孩子四处转转，有的站在门口，打量着校园里面的景象，还有的家长让孩子站在门口，比画出胜利的手势，拍照留念。

更多的家长带着孩子在门口走来走去，想叮嘱几句，又不知道从何说起，想让孩子进去，时间又着实尚早。逡巡了好一阵，又不知道还能做点什么，索性心一横，还是让孩子先进去。有的孩子大声喊道“放心吧”，像是在给自己壮胆，又像是在震慑他人，然后便昂首挺胸地走进了校门。家长不放心地追到门口，被保安伸手拦住，便只好伸长脖子，使劲朝里面张望。

门口的人越聚越多。除了家长，还有架起“长枪短炮”的记者，举着广告牌卖力吆喝的附近辅导机构的工作人员，维持秩序的民警和交警，以及每年都来温习一次这壮观景象的周边的市民。

忽然，一阵鸣笛声越来越近。不多一会儿，一辆救护车开进来，停在了悟德中学的门口。家长们像是有所避瘟神似的，向四周退了几步，为救护车腾出了一块地方。

所有的人都等在门外，除了送考的老师们。

七点半的时候，校门以里，道路两边，分别站着悟德中学和正德中学负责送考的老师们。

悟德中学的老师，全都穿上了红色的上衣。夏老师穿的是一件剪裁得体的红色旗袍，非常引人注目。正德中学老师的着装却颜色不一。有的是红色的，有的是灰色或黄色的。赵建文猜也猜得到，红色意味着走向胜利，灰黄两色则是走向“辉煌”。

赵建文见对面的人群中有向老师，便走过去打声招呼。

几句寒暄之后，赵建文便问向老师知道不知道厉老师的消息，向老师摇了摇头。赵建文又问道：“厉老师没想过回正德中学上班吗？”向老师小声问道：“厉老师的情况你知道了？”赵建文点点头。向老师说道：“先不说领导同意不同意，即便领导同意，恐怕厉老师也不愿意回来了。”赵建文问此话何意。向老师说道：“从今年起，我们学校对入学的高一新生也要进行分班考试了。据我所知，我们学校一旦这样做，全省就再也没有凭中考成绩平均分班的学校了。你看今天，我们穿成这样，也是领导的要求。真是无聊得很，弄这些幺蛾子有什么意思。厉老师顶反感的就是这些。”

大门口有学生走进来，身着便装。赵建文便问向老师正德中学的学生怎么不穿校服。向老师笑道：“不就咱们两个学校的学生嘛，有必要那么张扬吗？吓唬谁啊！不过，这兴许是我们领导考虑不周，估计明年就和你们一样了。”

吴老师在对面向赵建文招手，赵建文跟向老师点了下头，回到自己的队伍当中去了。

赵建文刚刚站定，门口有工作人员走过来，问今天送考的教师当中有没有一个姓厉的。赵建文跟着工作人员走到门口，发现厉老师站在那里。赵建文跟工作人员交代了几句，便带着厉老师向里面走。

厉老师也穿上了一件红色的短袖上衣。那颜色红得很正，像一团燃烧的火焰。

赵建文笑道：“这么红的上衣你也敢穿？你干脆裤子也穿红的吧。”厉老师笑道：“我是来送人的，又不是来杀人的，穿一身红干什么。”

尹老师和夏老师老远便看见了厉老师，两个人快步走过来，一人挽了厉老师一条胳膊，有说有笑地回到送考的人群当中。

厉老师这才发现大家的上衣都是同一个颜色。不等厉老师说话，尹老师笑道：“您终于和我们想到一块来了。”夏老师说道：“怎么可能一样呢。咱们这是为了服从命令，厉老师穿成这样，那是他自己的主意。”

厉老师回应夏老师以微笑，又向对面的向老师点了点头，向老师朝这边挥了挥手。

走进校门的考生渐渐多了起来。

很多学生知道进的校门之后，眼前会有一个温暖的关口，但他们不知道这个关口的温暖程度。第一个走进来的悟德中学的考生是个女生。刚一进来，这边的老师就呼啦啦围了过去，所有的老师都伸出手和她击掌，班主任更是把她一把拉过去，紧紧地抱在怀里。还没等其他任课教师张开双臂，这个女生早已经吓得哭成了泪人。班主任只好拉着这个女生走到一边好一阵安慰。

有的考生虽不似刚才那位女生那样紧张，但也非常兴奋。他们看不清眼前的老师是哪一个，只知道要和每个老师击掌或者拥抱，只知道此时必然要用高亢的声调表达自信，然后便如一去不复返的壮士一般离开了这里。

更多的考生是非常享受这样的安排的。他们再熟悉不过的校服和周边的环境让很多学生流露出并非走向考场而是已然得胜还朝的从容与昂扬。眼前再熟悉不过的老师也似乎变成了久违的亲人，他们大叫着跑过来，主动跟每个老师握手相拥，生怕自己漏掉了哪个老师，或是哪个老师漏掉了自己。

八点多钟的时候，蔡泱泱走过来了。他看见厉老师就赶忙跑过来，要求和厉老师合个影，并要赵建文帮个忙。赵建文拿着蔡泱泱的手机，向旁边走了几步。蔡泱泱个子高一些，他站到厉老师后面，从后面抱住厉老师，脸上露出了灿烂的微笑。

赵建文按下了快门，又把手机还给了蔡泱泱。蔡泱泱看了看照片，对赵建文表示感谢，便把手机交给了厉老师，自己扭头向考场走去了。

赵建文正要跟厉老师说点什么，忽听身后一声大喝，“仰天大笑进考场，我辈岂是蓬蒿人”，这一声大喝惊得很多老师都扭头向校门口望去，原来是张骁正昂首阔步地向里面走来。

张骁的父亲朝张骁高举着拳头。张骁妈妈个子矮一些，踮着脚尖向里面高喊道：“儿子，平常心，状元是你的，谁也夺不走!”

所有的老师都对张骁表示鼓励，只有厉老师站在原地一动不动。这让张骁走到厉老师跟前的时候，略微迟疑了一下。厉老师跨出一步，上前抱住了张骁，还在他的后背上轻轻拍了几下。

看着张骁走远，赵建文走向大门口，张骁的父母还在那里。赵建文从怀里掏出一个信封，交到张骁妈妈手里，说这是自己写给张骁的一封信，并叮嘱考试结束之后再给张骁看。张骁妈妈迟疑了一下，还是一边说着感谢一边把信封装到了手包里。

那个信封里有一张白纸，白纸包裹着的是那张购物卡。

九点钟的时候，考试正式开始。校门口附近也随之安静下来了。多数家长已经散去，几个不肯离开的家长或者钻进车里，或者找个阴凉处，拿出一个小凳，撑起伞，坐在路边等着，熬着。

送考的老师们也开始往外走。赵建文邀请厉老师到他家里坐坐。厉老师倒是没推辞，跟着赵建文出了学校正门，向南走了几十米之后右拐，向学校南门的方向走去。

到了家，赵建文请厉老师坐下之后，便忙着给厉老师泡茶。厉老师问弟妹和孩子怎么不在。赵建文说今天高考，其他年级都停课了，老婆带着孩子出去看电影去了。说着，赵建文从随身带着的包里拿了一件红上衣出来，说道："看看，就怕你耍脾气，还特意给你准备了一件呢。"厉老师笑道："要不说你是个好人呢。"

赵建文问厉老师这几天忙些什么。厉老师笑道："哪里有什么可忙的。要不是还有你给我的那个课外班，我就是个彻底的闲散之人了。"

赵建文又问厉老师以后有什么打算。厉老师摇摇头，默不作声。

赵建文问道："你想不想抽支烟?"厉老师略带惊讶地看了赵建文一眼，说道："好啊。"

赵建文进了卧室，把倪湘莲收好的那两条烟拿出一条来。他拆包的动作并不利索，惹得厉老师笑道："看出来了，你没有这个爱好。"不过回头弟妹回来了，查问你怎么办? 赵建文并不理睬厉老师的问话。他终于撕掉包装，拿出一盒烟，从中抽出两支，这才发现又忘了拿打火机，于是到厨房找了个打火机，又找了个水杯接了半杯水，权且当烟灰缸。他先给自己点上，又把打火机交给了厉老师。

厉老师点上烟，依旧无话。

赵建文看着厉老师，觉得一个等待了很久的机会终于来到眼前。他慢悠悠地说道："厉老师，难得有今天这个机会，我得跟你说几句实话，这些话我憋了好多天了。你还记得上次在那个古庙里尚老师问大家有谁在外面上补课班挣钱吗?当时我没有举手。不过我在外面是有课的。这事你后来知道了。其实尚老师也是知道的，我寒假里上的课就是她介绍给我的。还好，尚老师没有当众拆穿我，事后也没给我找麻烦。"

厉老师说道："尚老师怎么会拆穿你，她不是在外面也有课吗?"

赵建文说道："我要说的重点不在这里。你帮我代过一次课之后，有个家长打电话给我，话说得很客气，但意思很明白——我不如你。我一下子就觉得，在外面上课真的是一件好无聊的事情。”

厉老师笑道：“兴许这些孩子上了高三，那些家长又该来找你了。”

赵建文苦笑道：“你这话简直就是在骂我。不过，骂得倒也在理。我原本以为我从老家到这里，悟德中学会带给我改变和提升。哪里想得到，我不需要改变和提升了，因为我竟然算是站在巅峰的人。应考我是在行的，不过这里也只需要应考。在这一点上，我还真没觉得这里和我老家的学校有多大的区别。我不过是换了个地方继续工作而已，而且我还回不去了。可是，我又能怎么样呢？我很想像你一样，完全按照自己的想法生活，可我的老婆怎么办？孩子怎么办？一个要跟我走一辈子，一个到我死那天也要叫我爸爸。你自然不用考虑这些，这是咱们俩最大的不同。这个不同让我成了投诚的人，而你是个反抗者。”

赵建文说不下去了，只是一口接一口地抽烟。厉老师抢过赵建文手里的烟，和自己的那支一并扔到水杯里。看着赵建文一个劲地搓手，厉老师说道：“你何必这么悲观呢。最起码你还有爱你的人，你也爱他们呢。”

听了厉老师的话，赵建文点点头。他不想再继续这个话题了，于是说道：“厉老师，我们以后见面的机会可能不太多了，我也想劝你两句，以后说话做事别那么个涩，有些事你心里清楚就行了，没必要那么张扬。这个学校里未必只有你是明白人，但确实只有你是局外人。”

厉老师看着赵建文，笑道：“有些事你也是清楚的，如果你从来都是默不作声，谁都以为你是个好欺负的。”

赵建文说道：“你何必如此执拗呢。同样一个问题，你有你的角度，人家有人家的角度。你不能说人家的角度和你不一样就一定是人家有问题。更何况，人家的手里还有生杀予夺的大权。”

厉老师说道：“有大权又如何？我承认我渺小，但我不会因此而卑微。其实人人都是渺小的对吗？为什么有了权力的人就可以驱使他人？没有权力的人就要甘心被他人驱使？如果这个人是为大家谋福利，那我赢粮而景从并竭尽我绵薄之力；如果这个人带着大家走到死路上去，难道我不仅要亦步亦趋，还要山呼万岁吗？”

赵建文说道：“你看看，一说你就急，事情没你说得那么严重。我倒觉得于校长对你挺好的。你看你之前就是不肯同意给九班的早读提前，校长不是也没把你怎么样吗？他不是还答应你新高一给你一个班，随便你怎么教吗？”

厉老师笑道：“校长没把我怎么样，是因为在他眼里九班不怎么样吧。你还记得我上的那节公开课吗？我后来才明白，校长之所以让我上这节课，不过是为了给悟德中学竖起一个幌子。先不说校长的承诺是否现实，即使真的能这么做，我也不过是为这个学校贴金的一枚棋子。你刚才说事情没那么严重，这让我想起蔡泱泱问过我的一个问题，他问学校这么做是为了学生的将来还是为了学校自身的荣誉。我说，从上大学的角度讲，老师们确实是在为学生上更好的大学创造更多的机会，但如果这个机会是以牺牲学生将来更多的机会为代价呢？我就奇怪了，为什么连学生都明白的事情，我们却是这样的执迷不悟。”

赵建文想起来了，这样的问题，好像蔡泱泱也问过他。

赵建文说道：“这些话，你跟我说说也就罢了。再不要跟任何人提起了。”

听赵建文如此说，厉老师笑了。他手里把玩着茶杯，不再言语。见赵建文也不再说话，厉老师这才意识到自己刚才的言语有些过激了。过了一会儿，厉老师说道：“我问你一个问题，假如一个孩子和一个大人都犯了错误，你是原谅孩子，还是原谅大人？”

赵建文想了想，说道：“我原谅大人，不原谅孩子。”

厉老师问为什么，赵建文答道：“不原谅孩子，是为孩子的未来着想，孩子的未来需要今天的修正。原谅大人，是因为大人的错误基本上难以更改，你不原谅也没办法。”

厉老师笑道：“恐怕这就是咱们俩最大的不同之处。我和你正相反。我原谅孩子，也是为孩子的将来着想。孩子有未来，也需要有改正错误的机会。我不原谅大人，因为我不想因为我的沉默而和某些人混为一谈。”

赵建文问道：“你嘲笑别人，别人反过来也会嘲笑你啊。”

厉老师说道：“嘲笑我什么？说我是没了老婆孩子，没了工作的失败者？那些说我是失败者的人，就一定是成功者吗？也许不过是在不动脑子的情况下，默认了他人的标准呢？”厉老师停顿了一下，又说道：“你还记得之前的一道作文题吗？关于维拉尼城的那个。”赵建文点点头。厉老师接着说道：“你有没有觉得，现在有的中学就像是那个故事的结局？”

赵建文说道：“你的意思是，我也是那个喝下井水的人之一。”

厉老师笑道："我没说啊，你自己说的。"

赵建文不想再说下去了。他邀请厉老师在家里吃午饭，并说倪湘莲做饭的手艺非常好。

厉老师听出了其中逐客的味道。说道："谢谢。过一会儿我先去把手机还给蔡泱泱。蔡泱泱的妈妈已经跟我说好了，中午请我跟他们娘俩一起吃饭，我就不过来了。"

赵建文问道："你不去正德中学看看别的学生了吗？"

厉老师说道："下午考完试之后，我去那边接考。"

说罢，厉老师便起身告辞。赵建文也不多说什么，把厉老师送到了南门口。

看着厉老师渐渐远去的背影。赵建文心头涌起夏老师所说的那种感觉，空落落的。

下午一点多钟，赵建文等人又赶到了正德中学门口。

楚晴柔是较早走进来的一个。她一进门就冲老师们边微笑边摇头，示意自己不想接受老师们的祝福和拥抱，自己一个人急匆匆地走进去了。

宋士豪甩着肩膀走进来，一副寻仇的样子。

两点多钟的时候，伊雅和郑远航一前一后进了校门。伊雅走到赵建文面前，笑眯眯地问道："老师，您不问我上午考得怎么样吗？"

赵建文笑道："你能这么说，就不用我问了吧。"

伊雅笑得摇头晃脑的。

郑远航叫了一声"二雅"，两个人向其他老师道过谢，便向考场走去了。

赵建文没看到邓晓鹏，便问尹老师怎么回事。尹老师说道："正德中学有个后门，估计是从那里进去了。"

第二十九章　大结局

六月十二号，赵建文和刘老师去参加高考阅卷工作，同行的还有尹老师和夏老师。阅卷地点在省城一所大学的计算机中心。刘老师是作文阅卷组的小组长之一。刘老师和胡老师好说歹说，把赵建文安排进自己所在的小组。尹老师和夏老师则去了另外的两个作文组。

赵建文原本以为，悟德中学的老师都进了作文组，是因为悟德中学名声在外，悟德中学的老师自然也就是最好的老师，当然应该去评阅工作最为繁难的作文组。赵建文把心里的想法讲给尹老师听。尹老师脸上掠过一丝神秘的笑意，继而说道：“您说的当然有道理，但也不尽然。今年赶上柳老师和尚老师退休，能来阅卷的也就咱们这几个。要在过去，几乎是全员参加。您知道为什么？概率问题。”

赵建文立时明白了尹老师的意思。笑道：“这么多考生，就去了咱们这几个，还能有什么概率？纯粹是撞大运吧？”

尹老师也笑道：“撞上一个是一个，兴许能把状元撞出来呢。”

第一天，作文组的老师们一直都在开会，上午聆听各位领导讲话，下午熟悉标准和试评，一天的时间也就过去了。

晚上，赵建文接到刘老师的电话。刘老师要赵建文准备好一支笔和一张纸，并把她讲的大致内容记下来。赵建文话不多说，边听边记。听着听着，赵建文明白了，刘老师所讲的是一些作文的开头或基本立意。刘老师并没有提及这些内容的出处，赵建文自然也就不必多问。最后，刘老师问赵建文明白不明白这是什么意思，赵建文说明白。刘老师要求赵建文把记下来的内容熟记于心，然后把记录用的那张纸烧掉。

赵建文放下电话，又把纸条上的内容看了几遍，便找来一个打火机，将那张纸烧掉了。

倪湘莲问赵建文在烧什么，赵建文说道：“你还是不知道的好。”

阅卷期间，大组长时时来到各组，提醒大家注意评阅标准的把握，顺便不点名地批评有些老师标准把握过严或者过松，表扬有些老师既能吃透标准，又保证了很高的评阅效率。每每说到此，刘老师都会向赵建文投以微笑。赵建文心下明白，但依旧不动声色。

一天下来，刘老师所讲到的那些内容，赵建文从始至终一篇都没有看到。但他并不为此心生郁闷，反而是感到了一丝幸运。

中午吃过午饭之后，通常都有一个多小时的休息时间。这个时候，赵建文便和三位女老师在大学里随便转转。一些心照不宣的话，几位老师均以缄默达成了默契。

阅卷进行到最后一天的时候，吃过中午饭，夏老师和尹老师要去大学里的书店看看，准备挑选几本书带回去。赵建文原本也要去，但被刘老师拦住了。

走在回计算机中心的路上，刘老师告诉赵建文一件事，她下学期就要到进修学校去上班了。

赵建文一脸的惊诧，说道：“真的吗？学校肯放您？您可是教研组长啊。”

刘老师笑道：“以咱们学校的地位，走了红的来绿的，还怕没人来吗？于校长大手一挥，不是照样把你这个金凤凰给招过来了吗？”

赵建文不好意思地摇摇头。

刘老师接着说道：“校长这次这么痛快放我走，恐怕跟你有直接关系。不信你看着，过不了几天，于校长就会宣布，你是新高三的备课组长。也就是说，你还得留在高三。赵老师，你好好干，我在进修学校那边，一定帮你创造机会。虽说我们相处只一年，但我感觉你是个既有本事且又厚道的人，没那么多歪心思。”

刘老师又叮嘱刚才说过的话，赵建文千万要守口如瓶。赵建文万分郑重地点了点头。

下午的阅卷工作总结会上，赵建文被评为优秀阅卷员。

第二天上午，于校长找到赵建文，问他是否愿意继续留在高三，并担任备课组长的工作。赵建文象征性地犹豫了一下，接着便答应了。

赵建文问到新高三语文组的人选。于校长说道："你来挑，你都想要谁。"赵建文把高三这几位老师在脑子里过了一遍，说道："上次您问过我和刘老师关于新高三人选的问题，要是按照我个人的意思，这几位老师我都想留下。我们相处了一年，毕竟彼此间比较熟悉。"于校长说道："这恐怕不行。尚老师和柳老师都退休了，人家是否愿意返聘，恐怕还得问一问。夏老师和尹老师都还年轻，多少长了一些见识，她们俩的工作应该比较好做。"

于校长又问对新高三的建设有没有什么建议。赵建文问能不能把新高三当中铁定出国且不参加高考的学生单组一个班，别让这些学生混杂在教学班里，以免扰乱军心。又说高考成绩公布以后，能不能从每个班的学生中找个学科代表，让他们从学生的角度给新高三的任课教师说一说去年本科目学习上的得与失，对老师们所采取的教学措施予以评价，以便老师们在面对新高三学生的时候能够有所调整。

于校长听罢，沉吟了片刻说道："嗯，都是好主意，我好好想想。"

又过了两天，赵建文从校长那里得到消息。尚老师决然不肯接受返聘。柳老师原本是犹豫的，校长问她对今年的成绩是否甘心，柳老师便表示愿意再教一年，也愿意临时代理一年语文教研组长的工作，条件是她只教一个班。于校长问如果分出来一个出国班，可不可以也交给她。柳老师同意了。

尹老师愿意留在高三，但夏老师坚决要求下到高一去。

接下来的几天，赵建文和很多学生一样，都是在备受煎熬的等待中度过的。等待高考成绩和录取结果，是包括老师在内的所有人高考之后必然要面对的两个关口。在这两个关口面前，极少有人可以坦然处之。失望之后的侥幸和兴奋之后的怀疑，纠缠着牵涉于其中的每一个人。

六月二十三号的中午，几天里心神不定的赵建文终于从网上看到了一则快讯："今年全省高考理科状元和榜眼均落户于悟德中学。状元叫楚晴柔，榜眼的名字是邓晓鹃。"

赵建文不大相信自己的眼睛，就像小孩突然发现地上有十元钱，自己并不敢直接上去捡起来，而是要围着它转几圈。赵建文刻意刷新了页面，没错，就是楚晴柔，全年级就一个叫楚晴柔的人，是他赵建文的学生！

赵建文大叫了一声“赵千仞”，赵千仞从房间里出来，瞪着大眼睛，不知道发生了什么。赵建文跑过去，一把抱起儿子，把他放到椅子上，让他看看那上面写着什么。

赵千仞瞬间了悟，也大喊道：“妈妈，快出来，爸爸的学生当状元啦！”

倪湘莲从厨房里出来，围着围裙，手里拿着一个削了一半的白萝卜。当她看明白发生了什么事情之后，立即把萝卜和菜刀放在桌上，扯下围裙，吩咐赵千仞去厨房里把火关上，自己抓起挎包就往外走。赵建文问她去做什么。倪湘莲回答道：“去超市，买点好吃的，今天中午改善伙食。”

很快，赵建文便接到了吴老师发来的祝贺短信。紧接着，刘老师、柳老师、尚老师和尹老师的短信也都发过来了。除了群发给其他几位老师表示感谢之外，赵建文特意给尹老师单独回复了一条，以示祝贺。

很快，十一班和五班的几个学生先后给赵建文发来短信，一是汇报语文成绩，一是对赵建文千恩万谢。

赵建文并没有留意到张骁没有发短信给他。此时的赵建文都快想不起来张骁这个人了。

第二天上午，毕业楼一楼大厅的正中央摆上了楚晴柔的巨幅照片。图书馆里将召开记者会，许多记者来到悟德中学，准备采访楚晴柔和邓晓鹃两位同学。

图书馆长桌的正中央坐着楚晴柔和邓晓鹃，年级组长吴老师和班主任洪老师、尹老师也都在座。

赵建文并没有得到参会的通知。

整个采访过程中，邓晓鹃紧张得要命，一句话也没说，一直低着头，让头发遮着自己的脸。记者们倒也没有难为她，或者他们原本对她就没什么兴趣，而是把所有的问题都抛给楚晴柔。楚晴柔倒是从容不迫，对记者的提问娓娓道来。有记者问道：“你这次高考语文能考到一百四以上，这么好的成绩，你最想感谢谁？”楚晴柔回答道：“如果您问我这么高的成绩我最想感谢谁，按照你们的意思，那我当然会感谢我的语文老师，赵建文老师。”记者听出话里有话，又问道：“那你还想感谢谁？”楚晴柔说道：“我还想感谢另外一位老师，但他绝对不希望我说出他的名字，我也没上过几节他的课，但我发自内心地感谢他，他让我真正体会到了学习语文的快乐。”

记者会上的内容很快就由倪湘莲传到赵建文的耳朵里。赵建文并非完全不在意楚晴柔说出那样的话。不过还好，楚晴柔并没有提及厉老师的名字，大家听到的反正只有“赵建文”三个字，他才是楚晴柔名正言顺的语文老师。想到这里，原本为自己不能出席记者会而感到不快的他，此时倒也心平气和了。

下午，赵建文接到于校长的电话，说尹老师不能留在高三，而是要到新高一去，并且要担任新高一语文备课组的组长。

傍晚时分，倪湘莲提着一兜子菜，一脸怒气地从外面回来了。赵建文忙问怎么回事。倪湘莲把菜扔在桌子上，气鼓鼓地说道：“还不是你的得意门生张骁！他和他妈在天桥上和我撞了个正脸，他们居然把我当成了路人，趾高气扬地走过去了。这娘俩怎么可能不认识我呢，怎么可能！”

此时的赵建文心里依然被“状元”二字衍生出的喜悦包围着。他颇有些漫不经心地对倪湘莲道：“别跟他一般见识。他肯定是为自己没拿到状元郁闷呢。”

倪湘莲仍旧是恨恨地说道：“猪蹄都白吃了，白眼狼一个。”

一个学年就要结束了。其标志就是各种会议接连召开。

七月六号下午，新老高三交接会在地下报告厅举行。

和去年不同的是，今年的交接会是在喜庆祥和的气氛中进行的。

老师们一进来，不管是老高三的老师，还是即将升入高三的老师，便三三两两地聚在一起，开起了小会。

坐在台上的吴老师一脸笑意，见大家仍是兴奋不已，吴老师却也没有叫停的意思。直到于校长走进会场，大家总算是安静下来了。

吴老师先是向大家宣布了楚晴柔拿到高考状元的消息。众人像是第一次听到这个消息一般，再次欢呼起来。接着，吴老师告诉大家，除了将状元揽入怀中，悟德中学的整体成绩也再次傲视群雄。说着，吴老师打开幻灯片，将各项成绩展示给大家。

吴老师给大家展示的只是各班统招生的成绩。这一次，十一班的语文平均分位列全年级第一，排在第二位的是十二班，然后便是文科一班。让人颇感意外的是，夏老师的四班竟然排到了第五位。

看到十二班成绩的时候，赵建文看了看刘老师，发现刘老师一脸的平静，倒是没有任何的惶恐和不安。刘老师发现赵建文在看她，扭过头来，微微一笑，向赵建文伸出了大拇指。

夏老师前边的几个老师对四班的语文成绩大惑不解，回头看着夏老师。坐在夏老师身边的洪老师笑道："美女，你行啊。平时不多言不多语的，原来你是蔫人出豹子啊。"

夏老师急得直摆手，说道："我自己想都没想的事情，任你们说什么我都不会承认的。再说，我那个班统招生不到十个人，和你们是不能比的。"

赵建文问夏老师，又和尹老师分到了一个年级是不是很高兴。夏老师笑道："赵老师，我已经跟校长申请，下学期去高二了。"赵建文问道："校长同意了？"夏老师点点头说道："您这样的老英雄在高三留守，我们这些人到各个年级开枝散叶，校长怎么会不同意呢。"

赵建文不再言语。他扭头朝吴老师那里看去，恰好看到投影板上九班的成绩。九班的语文成绩依然不够显赫，第四名。

大会过程中，吴老师对厉老师的名字始终只字未提。

成绩通报结束之后，吴老师开始宣布新高三的人选。

新高三的年级组长依然由吴老师担任。

成绩分析会结束时，吴老师通知大家移步毕业楼，那边还有个师生经验交流会在等着大家。

老师们全然不知后面还有一个这样的会，吴老师为此解释了几句。了解到会议的内容和目的之后，所有老师的脸上都明明白白地写着三个字——不情愿。

毕业楼的四层，几间教室的桌椅已经被摆成椭圆形，来自各班的学生代表正微笑着等在那里。

差不多一个多小时之后，语文学科的经验交流会结束了。

走出教室的尚老师一脸怒容，一边下楼一边恨恨地说道："谁出的这么恶心的主意？我这都退休的人了，临了却被这帮崽子一通数落，受这样的侮辱。语文考一百三十多分还要挑老师的毛病？什么叫我们既然已经很辛苦了，那就不妨再辛苦一点？还拿不拿我们当人？"

尹老师一旁冷笑道："你们没看见刚才吴老师几个教室挨个巡视，不仅听得津津有味，还举起手机拍照的样子？恐怕这新政今后就要一年年地传下去了。"

七月十二号上午，悟德中学召开了本学年最后一次大会。

今天的赵建文，心情格外地好。昨天晚上，他得到了三个好消息。一是小沈老师通知他去医院体检，这也就意味着，他很快就能转正，从而真正成为悟德中学的一员；二是他的儿子赵千仞的期末成绩位居全年级第一；三是倪湘莲被评为本学年度校级优秀工作者。

台上，洪老师正在向大家介绍数学组的成功经验。赵建文对台上的内容完全没有兴趣，他发现刘老师没有到会，便问身边的尚老师知不知道怎么回事。尚老师显然已经知道了刘老师的动向，说道："即便她还没有到进修学校去报到，她大概也觉得没必要参加今天的会了。"尚老师问赵建文知不知道刘老师到底为什么要离开悟德中学而去进修学校。赵建文摇摇头，满心期待地看着尚老师。尚老师指了指台上的洪老师，小声说道："去进修学校，评特级更方便。"

大会最后一项内容是介绍新老师。于校长一声令下，呼啦啦站起来近二十个年轻人。介绍到语文老师的时候，柳老师眼尖，她指着中间的一个女孩儿对赵建文说道："赵老师，那就是我和厉老师去听试讲的时候见到的那个女孩。"

到家后，赵建文看看时间尚早，便问倪湘莲娘俩想不想出去吃饭。倪湘莲说道："你要是带我们娘俩出去吃家常菜那就算了，要是带我们出去吃烤鸭，我们就跟你去。"

赵建文问赵千仞："儿子，你说，你想吃什么？"

赵千仞笑道："我听我妈的，吃烤鸭。"

赵建文笑道："好，咱们就去吃烤鸭。吃完饭，爸爸再带你和妈妈去海洋馆，好不好？"

赵千仞一蹦三尺高，一个劲地欢呼。倪湘莲在一旁嗔怪道："你什么意思嘛，我在家里就这么没地位是不是？"

赵建文所说的吃烤鸭的地方，悟德中学北面就有一家。赵建文带着老婆孩子来到这里，到二楼挑了一个靠窗的座位坐下。

三个人来得早，店里的人不多。除了烤鸭，倪湘莲又点了几个菜。她问服务员有没有免费的茶水，服务员说有菊花茶，倪湘莲便要了一壶。

趁着喝茶的空儿，倪湘莲问赵建文要不要把老家那套房卖了，拿着卖房子的钱，在这边付个新房的首付应该不成问题。毕竟住在学校里不是长久之计，况且那房子也实在是太老了。

赵建文想了想说道：“不能卖。要是再过些年，家里老人没了，自己的房子也没了，就好像连个根都没有了似的。”

倪湘莲觉得赵建文的话不是没有道理，便也不再言语。

赵建文一时也不知道说些什么，便将视线转向窗外。

外面骄阳似火，清洁工坐在树荫下喝茶。偶有行人经过，依然是脚步匆匆。

忽然，赵建文看到蔡泱泱从远处走过来。蔡泱泱背着个双肩包，紧走两步之后就回头看看。走到赵建文所在的窗户下边的时候，蔡泱泱似乎有些不耐烦了，向后面大声喊着什么，大概是催促后面的人尽量快一点。

赵建文伸长脖子，使劲向远处望去。

过了一会儿，厉抒老师和蔡泱泱的妈妈走进了赵建文的视线。他们两个人肩并着肩，慢慢悠悠地朝这边走过来。

后　记

我以前所认识的语文老师当中，有两位老师在课堂上唱过歌。一位是教我高中语文的高放老师。他讲《天山景物记》的时候，讲着讲着，在我们所有学生没有任何防备的情况下，他突然又自然而然地唱起了《我们新疆好地方》。我记得我当时浑身一颤，整个人像过电一样僵在那里。随后便觉得从他的歌声里，我看到了美丽的新疆。我和旁边的同学不由自主地交流着眼神，眼神里都是惊奇和喜悦。高老师后来再没唱过，但我从此记住了一句话：语文老师是可以在课上唱歌的，是可以凭着真性情去挥洒的。

过了很多年，我认识了李家声老师。作为晚辈，我时常去听李老师的课。据同事和学生讲，李老师很喜欢在课堂上唱歌，尤其喜欢唱《满江红》和《小放牛》。但很可惜，我一次也没听到过。有一次，他给即将参加高考的学生上最后一次课。临下课的时候，所有学生都站了起来。其中一个学生说：李老师，以前都是您唱给我们听。今天我们唱，您听。于是，所有学生齐声唱了起来。“赵州桥什么人来修，玉石栏杆什么人留。什么人骑驴桥上走，什么人推车压了一道沟，嘛咿呀嘿……”

我以为那是一个万分幸福的时刻。说来可笑，我曾经强迫症似的期望这样的情境能在我的学生这里再现。于是，我被这份执念折磨了十几年。

李老师已经退休多年。到今年七月份，我的教龄也有整整三十年了。

我小时候的梦想是当个作家。那时候，只要谁的作文被老师表扬，几乎都有了一个作家梦。即使自己没想到，老师也会说：你作文这么好，将来应该当作家。我想，如果那时候有哪位老师表扬我的数学好，那我肯定想当个数学家。我上小学和初中的时候，数学比语文学得好。

然而，我做了老师，且已经做到了不可能或者说没必要再转行的地步。

我不能说我有多喜欢做老师。只能说，做老师也挺有意义的。

我时常跟我的学生说，如果将来做不上自己喜欢的工作，就去做对大家有意义的工作吧。一样有成就感，一样没有枉过一生。

其实，我说这句话还有一层意思：人不可能不想着自己，也不可能只想着自己。

不知道从什么时候起，很多人开始拥有两副面孔。一副面孔用于面对摄像机或者话筒的时候，另一副面孔用于面对亲人或仅仅面对自己的时候。我们至少忘了这种情况需要在学生或孩子面前有所避讳，因为这种情况很快就被学生高仿了，尤其是在学生写作文的时候。

(以下省略二十四万字)

大概是不甘心自己的梦想随着时间的流逝而渐行渐远吧，我写下了这部小说，算是给内心深处那个依然怀有童年梦想的自己一个交代。

去年七月，我到了三亚。近一年来，有几件事让我难忘。一是刚开学不久的时候，我中午在食堂吃饭，忽然接到一会儿开会的通知。吃过饭后，我便坐在食堂的一个角落里耗时间。一位学生看我一个人孤零零的样子，便来问我是不是有什么事不开心。还有一件事也是发生在食堂里，一位学生硬是要把他分到的水果送给我。我问他为什么，他摇摇头，不肯说。在教室里晚自习值班的时候，我刚要坐下，一个学生提醒我那椅子脏，并拿起抹布把座位擦干净，这才让我坐下来。还有一个女生，到办公室交作业的时候，看我在收拾饮水机的水槽，便默不作声回了教室，拿来一块干干净净的毛巾来帮我。还有一群男生，派个代表来问我周末有没有空，一定要请我吃饭。

我觉得那种久违的幸福感又回来了。

高建忠

2020 年 6 月于海南